엑스오엑스오

Hugs and Kisses

 엑스오엑스오

초판 1쇄 찍은 날 | 2014년 11월 20일
초판 1쇄 펴낸 날 | 2014년 11월 26일

지은이 | 이혜선
펴낸이 | 예경원

편집 | 유경화

펴낸곳 | 예원북스
등록번호 | 제396-2012-000132호
등록일자 | 2012. 7. 25
YRN | 제1-0087호

주소 | 경기도 고양시 일산동구 무궁화로 8-28 삼성메르헨하우스 712호 (우) 410-837
전화 | 031-819-9431 팩스 | 031-817-9432
http://cafe.naver.com/yewonromance
E-mail | yewonbooks@naver.com

ISBN 979-11-5630-204-9 03810

Hugs and Kisses

엑스오엑스오

이혜선 장편 소설

YEWONBOOKS ROMANCE STORY

목
·
차

**XOXO란
Hugs and kisses를 의미하는 약어입니다.

#프롤로그#

타다닥, 타다닥. 고생과는 거리가 멀어 보이는 매끈한 손가락이 원목 데스크를 느릿하게 두드린다.

"뭐 할 말 없어?"

고생 안 해본 손의 주인, 서준이 비뚜름한 미소를 지으면서 물었다.

"싫으시면 포기하면 됩니다."

잘생긴 얼굴에 어울리는 상큼한 미소로 화답한 최태평 실장 덕분에 서준의 이마에 핏대가 섰다.

힘주어 데스크를 두드리던 서준은 팔짱을 끼고서 최 실장을 쳐다보며 대놓고 빈정거렸다.

"최 실장은 참 태평하네. 누가 들으면 다른 회사 일인 줄 알겠어."

"제가 맡은 일이라 최선을 다했지만 안 되는 걸 어쩌겠습니까."

"안 되면 되게 했어야지."

"수단과 방법을 가리지 않았지만 저쪽이 들은 척도 하지 않더군요. 모든 업무에 탁월한 능력을 과시하는 저로서도 어쩔 수 없었습니다."

"그렇게 따박따박 말대꾸한다고 연봉이 오르지는 않을 텐데."

"싫으시면 자르십시오."

태평이 눈이 접히도록 환한 미소를 지었다.

파인 엔터테인먼트의 대표 이서준은 최 실장처럼 얼굴 만면에 미소를 그렸다. 웃고 있는 최 실장에게 질 수 없어 억지로 입매를 늘이느라 서준의 입술이 바르르 떨렸다.

악재는 몰려서 온다더니 35년간 평온하기만 했던 서준의 인생이 최근 들어 급격하게 꼬이고 있었다.

쿨하게 만나오던 여자들이 느닷없이 소유권을 주장하기 시작했고 야심차게 기획했던 아이돌 그룹은 심의에 걸려 방송 3사에서 출연 정지를 먹었다. 그뿐이 아니다. 거액을 들여 다른 회사에서 빼내온 배우가 음주운전을 하고서 자수를 하질 않나, 예상치 못하게 열애설이 터지질 않나.

첩첩산중, 진퇴양난. 현재 서준의 상황이 그랬다.

그런 와중에도 한결같이 배짱 두둑하게 나오는 최 실장 때문에 서준은 폭발 일보 직전이었다.

"하루가 멀다 하고 언제 곡을 받냐고 묻는데, 기다리라는 말도 한두 번이지요. 무슨 계획이라도 있으십니까?"

최 실장이 세상만사 근심 없는 표정으로 미소를 지으며 묻는다.

이 자식을 진즉에 잘라 버렸어야 했어.

무시무시한 기운으로 최 실장을 노려본 서준이 어금니가 뽀개지도록 이를 갈았다.

서준이 파인 엔터테인먼트의 전(前) 대표이자 그의 아버지 이강진으로부터 회사를 물려받은 게 3년 전. 70년대 후반, 영화판 잡일부터 시작한 이강진은 15년 만에 '소나무 기획사'라는 회사를 설립했고 그로부터 7년 후, 파인 엔터테인먼트로 회사명이 변경되었다.

이강진이 금이야 옥이야 키워온 아들에게 아들만큼이나 아끼는 회사를 물려주며 걸었던 조건은 딱 두 가지였다. 죽이 되든 밥이 되든, 최태평과 남성 5인조 그룹 'pine'은 회사에 남겨둘 것.

받아들일 수밖에 없는 조건이었다. 태평은 아버지의 절친이었던, 고인이 되신 최진하 이사의 유일한 혈육이었고 'pine'은 파인 엔터테인먼트의 첫 아이돌 그룹이었다. 데뷔 9년 차가 되어가는 'pine'을 서준도 무척이나 소중하게 여기고 있었다.

아버지의 뜻을 거스를 이유가 없는 서준은 항상 말만 삐딱하게 내뱉었다. 언젠가는 태평을 잘라 버릴 거라고. 'pine'의 멤버들이 다른 회사로 옮기길 원한다면 쿨하게 보내 버리겠다고.

그나저나 이걸 어쩐다?

서준의 미간이 좁아졌다. 해외 활동을 마치고 충분한 휴식기를 가진 그룹 'pine'이 국내에서 컴백하게 된 게 딱 2년 만이다. 요즘처럼 보이 그룹이 넘쳐 나는 시대에 2년은 검은 머리가 파뿌리 될 만큼 긴 시간이었고 그렇기에 무엇보다 타이틀곡이 중요했다.

전략팀과의 오랜 회의 끝에 타이틀곡을 맡길 인물로 작곡가팀

R&E를 선정했는데 시작부터 쉽지가 않았다.

"어떻게 하시겠습니까? 포기하시겠다면 다른 작곡가를 찾거나 저희 소속 작곡가팀한테 맡겨야 합니다."

빙긋이 미소 짓는 태평 때문에 서준의 눈빛이 분노로 번뜩인다.

"그게 말이야, 똥이야? R&E가 최고라며. 내가 뭘 그렇게까지 극찬하냐 했더니 전략팀 거들면서 그 팀이 한국에서는 최고라고 했던 사람이 최 실장이야. 그런데 뭐? 포기를 해?"

"그 팀이 최고인 건 확실하지만, 안 하겠다는데 어쩌겠습니까. 쇠고랑 찰 각오로 어렵게 주소를 알아내서 찾아가 봤지만 문전박대당했다고 말씀드렸을 텐데요. 대표님께서 직접 찾아가 보시면 어떨까 했는데 그건 싫다고 하셨잖습니까. 이제는 더 굴릴 머리도 없습니다."

눈을 감은 서준이 중지를 세워 관자놀이를 강하게 눌렀다. 화가 난다. 끝 간 데 없이 치솟는 짜증을 누를 길이 없다. 하지만 이런 일로 품위를 잃을 수는 없었다.

"전략팀 호출할까요?"

서준이 번쩍 눈을 떴다. 태평은 어느새 서준의 포기를 기정사실화시키고 있었다.

포기? 어림없는 소리!

서준의 얇은 입술이 비틀렸다. 그는 이서준이다. 머리털 나고 포기라는 걸 해본 적도 없거니와 할 필요도 없었다.

포기라는 단어가 서준의 자존감과 자존심을 동시에 건드렸다.

"내놔."

서준의 말이 떨어지자마자 태평이 손에 쥐고 있던 태블릿 PC를 조작했다.

　지이잉. 데스크 위에 누워 있던 서준의 휴대폰이 진동했고 그는 태평으로부터 수신된 문자 메시지를 뚫어지게 노려보았다.

　"멀리도 사네."

　"차로 30분 거립니다. 대표님이시라면 15분 만에 도착하실 거라 예상됩니다."

　교통 법규 무시하기를 밥 먹듯이 한다는 뼈 있는 말에 서준의 눈썹이 꿈틀댔지만 잠깐뿐.

　재킷을 집어 든 서준은 곧장 대표실을 나섰다. 일이 계획대로 안 풀릴지도 모른다는 예측 같은 건 그에게 필요 없다. 모두가 못 하겠다, 안 된다 하는 일이지만 이서준은 해낼 테니까.

　태평을 비웃어줄 미래가 눈앞에 그려졌다. 집 한 채 가격을 자랑하는 애마에 오른 서준의 광대가 하늘로 승천했다.

1

[목적지에 도착했습니다.]

네비양의 안내에 따라 하얀 2층집 앞에 차를 세운 서준이 운전석에서 내려 뒷좌석의 문을 열었다. 청담동에서 일산까지 오는 데 걸린 시간은 총 1시간 30분. 그중 1시간 정도를 백화점에서 소비했다.

서준이 뒷좌석에 고이 모셔두었던 쇼핑백들을 양손에 들었다. 고급스러운 보자기에 싸여 있는 한우 세트, 취향 따라 골라 마시라고 선택한 양주와 와인은 가격과 무게가 비례했다.

아무리 저 잘난 맛에 사는 이서준이라도 곡 좀 써주십사 부탁하러 가는 처지에 빈손으로 갈 수는 없는 일. 그래서 가장 무난하고 실속 있는 선물을 골랐다. 이제껏 고기 싫어하는 사람 못 봤고 비싼 술 마다하는 사람 못 봤다.

철제 대문 앞에 서서 망설임 없이 초인종을 눌렀다. 흠흠, 목소리를 다듬어가며 기다렸지만 답이 돌아오질 않았다. 두어 번 더 초인종을 눌러봤지만 아무리 기다려도 누구시냐고 물어오는 사람이 없다.

8월 중순, 땡볕 아래 자리를 지키고 있는 서준의 반듯한 이마에 송골송골 땀이 맺혔다. 힐끗 손목시계를 쳐다본 그는 인내심을 발휘했다. 오후 3시밖에 안 됐으니 자고 있을 확률이 컸다. 창작하는 사람들은 낮밤을 바꾸어 생활하는 게 일반적이라 했다. 안 그런 사람들도 있다지만 이 사람들은 일반적인 경우에 해당하는 모양이라고, 서준은 스스로를 설득시켰다.

"최 실장 이 자식은 내가 간다는 전화 한 통 안 해놓은 거야?"

만만한 게 태평이다. 기다림에 지친 서준이 인상을 구기며 쇼핑백을 바닥에 내려놓았다.

철제 대문을 한참 동안 뚫어지게 노려보던 그가 조심스럽게 주변을 살폈다. 그리고 이내 큰 결심을 내린 표정으로 폴짝! 제자리에서 뛰기 시작했다.

폴짝, 폴짝! 185cm의 장신이 대문 안쪽을 들여다보겠다고 안간힘을 썼다. 그리고 드디어 정원 한가운데 생뚱맞게 놓인 평상과 그 위에 누워 있는 사람의 모습을 확인한 순간.

"누구세요?"

"헉!"

바로 옆에서 들려온 앳된 음성에 놀란 서준의 몸이 휘청거렸다.

젠장! 모양 빠지게.

서준은 아무 일도 없었다는 듯 담담하게 자세를 바로잡았다. 그리고 앳된 음성만큼이나 앳된 얼굴의 소년을 쳐다보았다. 제법 똘망똘망한 눈망울에 의구심을 잔뜩 품고서 쳐다보는 모양새가 이 집에 사는 사람 같았다.

가만있어 봐. 최태평, 나 엿 먹이려고 주소 잘못 알려준 거 아니야?

절로 미간이 좁아지고 눈매가 사나워진다.

R&E는 정보가 별로 없는 팀이었다. 서준이 알고 있는 건 그들이 작사가, 작곡가 2명으로 이루어진 팀이라는 것, 작사가는 여자고 작곡가는 남자라는 것, 그리고 두 사람 모두 20대 후반으로 보인다는 것뿐이었다. 그들이 부부라거나 아이가 있다거나, 그런 소문은 듣지 못했다.

서준은 소년을 빠르게 스캔했다. 이제 갓 스물이나 되었을까 싶은 얼굴에 양손에는 마트 봉지를 들고 있었는데 다양한 종류의 우유와 아이스크림 때문에 봉지가 미어터질 지경이었다.

"누구시냐구요."

되묻는 소년의 눈동자에 경계의 빛이 더해진다. 서준은 잠시 망설였지만 곧 정중하게 자신의 정체를 밝혔다.

"파인 엔터테인먼트 대표 이서준입니다."

지갑에서 꺼낸 명함을 내밀며 씨익 웃었다. 조카뻘로 보이는 소년이었지만 어떤 가능성도 무시할 수 없었기 때문이다. 작곡가의 나이가 잘못 알려졌을 수도 있고, 작곡가가 최강 동안일 수도 있으니까.

"아."

서준과 명함을 번갈아 쳐다보던 소년의 표정이 뭔가 애매했다.

안쓰러워하는 것 같기도 하고, 곤란해하는 것 같기도 하고.

"잠깐만 기다리세요."

대문을 열고 들어간 소년이 서준의 눈앞에서 쾅! 문을 닫아버렸다.

덩그러니 남겨진 서준은 허탈한 표정으로 대문 안을 들여다보았다. 아까처럼 폴짝폴짝 뛰어대지 않는 이상 아무것도 볼 수가 없었다. 마냥 기다릴 수밖에. 철창 안에 갇힌대도 이보다는 덜 답답하지 싶다.

얼마나 기다렸을까. 애써 눌러두었던 짜증이 스멀스멀 고개를 들이밀 때쯤에야 대문이 열리고 소년이 나타났다.

"바쁘시다고 돌아가시라는데요."

소년은 쭈뼛거리며 서준의 시선을 피했다.

동네 바보 형도 거짓말인 걸 알겠다!

주먹 쥔 손에 힘이 들어갔다. 분명히 평상 위에 누워 있는 사람을 보았는데 바쁘니 돌아가라?

더하고 뺄 것 없이 딱 문전박대다. 태평이 당했다던 문전박대를 몸소 체험하게 될 줄이야.

눈두덩이 뜨끈해질 만큼 자존심이 상했다. 정말 바쁜지 내 눈으로 확인하겠다며 쳐들어가고 싶은 마음이 굴뚝같다. 하지만 서준은 참았다. 그는 파인 엔터테인먼트 대표니까. 감정에 휘둘려 일을 그르쳐서는 안 되는 자리에 앉아 있는 사람이니까.

"그럼, 가져온 물건이라도 전해 드리고 가겠습니다."

대표용 미소를 지은 서준의 말에 난감해하던 소년이 작게 중얼거렸다.

"안 받으실 텐데."

서준의 관자놀이에 시퍼런 핏대가 섰지만 그는 끝까지 정중함을 잃지 않았다.

"말씀이라도 전해주시죠."

"그런데 이거, 혹시 한우예요?"

물끄러미 물건들을 쳐다보던 소년이 물었고 서준은 말없이 고개를 끄덕였다. 특특특! 등급 한우라고 외치고 싶은 걸 겨우 참았다.

땅이 꺼지게 한숨을 쉰 소년이 기다리라는 말을 남기고 사라졌다.

또다시 홀로 남겨진 서준은 눈을 감고서 천천히 심호흡하며 감정을 컨트롤했다. 이제껏 이런 식으로 무시당하고 거부당해 본 적이 없어서 놀람을 넘어 당황스럽기까지 했다. 하지만 다 때려치우라고 성을 낼 정도는 아니다.

그래. 그럴 만해. 잘난 건 잘난 거니까 인정해 주지.

사실 직원들이 R&E를 극찬하기 전부터 서준은 이 팀을 주시하고 있었다. 그들이 만들어낸 곡은 단 한 곡도 빠짐없이, 음표를 외울 정도로 줄기차게 들었다. 이서준이 아쉬운 소리를 해가며 그들에 대한 정보를 수집하려 발품을 팔았다는 사실을 태평과 직원들은 전혀 모르고 있었고 몰라서 다행이었다. 별로 얻어낸 정보가 없으니.

서준이 알기로 R&E는 아이돌 그룹에게 곡을 준 적이 없었다. 이제까지 그들의 행보를 따라가 보면 이유가 무엇인지 어렵지 않게 유추해 낼 수 있었다.

군이 R&E의 곡을 받지 않아도 된다. 'pine'은 곡 하나에 좌지우지될 고만고만한 아이돌 그룹이 아니다. 그래서 서준도 아이돌 그룹에겐 곡을 주지 않겠다는 R&E를 염두에 두지 않았었다. 하지만 전략팀과 회의를 하다 보니 그의 머릿속에 청사진이 그려져 버렸다.

이미 그려두었던 청사진이 눈앞에 펼쳐지자 서준의 입매가 길게 늘어졌다. 원래 비싼 거 보고 나서 싼 거 보면 비싼 것만 눈에 들어오는 법이다.

서준의 꿈은 컸고 목표는 높았다. 선물까지 바리바리 싸들고 와서 땡볕 아래 서 있다가 문전박대를 당했는데도 웃는 낯으로 참는 이유가 거기에 있었다.

끼이익. 대문이 열리는 소리가 들렸다. 서둘러 웃음기를 지운 서준과 소년의 시선이 부딪쳤다. 말없이 서준을 쳐다보던 소년은 포옥 한숨을 쉬곤 고개를 좌우로 저었다.

"안 받으시겠대요."

대표용 미소도 지을 수가 없었다. 욕설을 뱉어내지 않은 게 다행일 정도였다.

"그리고요."

소년이 대문 안쪽을 살피며 조용하게 말을 덧붙였다.

"우리 선생님들은 소고기 안 드세요."

어마어마한 팁이라도 주는 양 속삭거렸다.

"술도 맥주하고 소주만 드세요."

취향 한 번 특이하다. 소박하고 털털한 입맛을 욕할 수가 없어서 힘이 빠졌다.

"선생님들이 앞으로 찾아오지 마시래요. 사생활 침해라고."

서준의 주먹이 부들부들 떨렸다.

"안녕히 가세요."

소년이 총알처럼 집 안으로 뛰어 들어갔고 서준은 멍하니 서서 철제 대문을 쳐다보았다.

한참 후에야 정신을 차린 그가 대문 안쪽을 죽일 듯이 노려보았다.

"……사생활, 침해? 사생활 침해에?"

억울하기 짝이 없다. 그저 초인종 몇 번 누르고 가져온 물건이라도 받아달라고 말을 전한 것뿐인데 사생활 침해란다.

백번 양보해서 마음대로 주소를 알아내 찾아온 게 무례고 실례라고 치자. 그렇다고 집까지 찾아온 사람을 이런 식으로 내쫓나? 그것도 파인 엔터테인먼트 대표를? 나 이서준을?

생전 처음 느껴보는 격한 감정이 낯설었다. 뭐라 표현하기 힘들 만큼 불쾌하다.

드럽고 아니꼬워서 못해먹…… 긴 뭘 못 먹어! 다 해먹을 거다!

웃고 있는 서준의 얼굴 근육이 꿈틀댔다. 그래, 기분은 더러워도 이해할 수 있다. 그가 터를 잡고 있는 바닥엔 제가 잘난 줄 알고 싸가지를 내다 버린 인간들이 넘쳐 나니까.

대문을 뚫어져라 쳐다보던 서준이 다시 폴짝 뛰었다. 여전히 평상에 누워 있는 사람의 모습이 보였다. 남녀 구별이 쉽지 않았지만 분명히 누군가 있다. 소년은 아닐 테니 작사가든 작곡가든 둘 중 한 명인 게 틀림없었다.

땅에 두 발을 딛고 선 서준이 단전에 힘을 모았다. 크게 숨을 들이마신 그에게서 쩌렁쩌렁한 음성이 터져 나왔다.

"내일! 다시! 오겠습니다!"

서준이 입을 다물자 주위가 고요해졌다. 바람 부는 소리조차 들리지 않는다. 상관없었다. 애초에 돌아올 반응을 기대하지 않았으니.

잠시 서 있던 자리에 머물던 서준이 차에 올랐다. 에어컨 바람에 그제야 제대로 숨이 쉬어진다.

셔츠의 단추를 두어 개 푼 그가 블루투스를 귀에 꽂고 태평에게 전화를 걸었다.

[성공하셨습니까?]

그럴 리 없다는 뉘앙스가 폴폴 풍기는 얄미운 목소리에 서준이 눈살을 찌푸렸다.

"아니. 그러니까 직원들한테 전해."

[말씀하세요.]

"학연, 지연을 이용하든 여기 와서 잠복을 하든 R&E에 대해 속속들이 알아내라고 해."

[그건…….]

"설마 못한다고 하려는 건 아니지?"

태평은 말이 없었다. 하긴 집 주소를 알아낸 것도 기적이라고 했었다. 사진은 물론이고 그들을 직접 만나봤다는 사람도 몇 명 찾아내지 못했는데 속속들이 알아내라는 건 불가능을 가능케 하라는 것과 다름없었다.

"우리 최 실장, 이제 보니 못하는 게 많네."

[…….]

"못할 것 같으면 빨리 얘기해. 그래야 나도 다른 방법을 강구⋯⋯."

[합니다.]

태평의 음산한 목소리에 서준의 입꼬리가 말려 올라갔다.

"그래야 우리 최 실장이지. 나는 최 실장만 믿어요."

전화를 끊은 서준이 킬킬 웃음을 터뜨렸다. 똥 씹은 표정을 하고 있을 태평을 떠올리니 기분이 산뜻해진다.

선물 처리도 어려울 것 없었다. 한우 세트는 태평에게, 양주는 아버지께, 와인은 그가 마시면 되니까.

"이 내가, 파인 대표가 매일 찾아왔는데 매번 쫓겨났다는 소문이 퍼지면 그쪽도 좋을 게 없을 거야."

동화에나 어울릴 듯한 2층집을 쳐다보며 중얼거리던 서준이 서둘러 회사로 향했다. 떡하니 자리라도 지키고 앉아 있어야 직원들이 훨씬 빨리 움직일 테니 말이다.

며칠 후.

이른 아침, 영악하기로 둘째가라면 서러울 남자 두 명이 머리를 맞대고 있었다.

"차라리 꽃은 어때?"

"화원을 통째로 사가시게요? 그리고 알레르기라도 있으면 어떡합니까?"

"음. 그럼 지갑이나 가방 같은 건?"

"모든 사람들이 대표님이 만났던 여자들 같지는 않습니다."

말을 내뱉는 족족 태평의 콧방귀가 따라붙었다. 서준은 눈을 가늘게 뜨고서 다이어리에 메모 중인 얄미운 최 실장을 노려보았다.

"해산물은?"

"대표님도 새우 알레르기 있으시면서 그런 위험한 시도를 하고 싶으십니까?"

"견과류는."

"한우도 돌려보낸 사람들 아닙니까? 썩 적합해 보이지 않습니다."

"최 실장."

쉿소리가 나는 음성에 그제야 태평이 다이어리에서 시선을 떼고 서준을 쳐다보았다.

"내가 실장이고 네가 대표냐?"

태평은 무표정한 얼굴로 눈만 깜박였다.

"대표는 어떻게든 일을 성사시켜 보겠다고 아침 운동도 못 가고 이러고 있는데 최 실장은 만고땡인가 봐?"

"면목 없습니다."

냉큼 고개를 숙이는 태평이 서준의 화를 부채질했다.

"면목이 없으면!"

그 집에 가서 묘목이라도 심어!

서준이 입 밖으로 튀어나오려는 말을 가까스로 삼켰다. 되도 않는 말장난한다고 비웃음만 살 게 뻔했으니까.

"……일을 더 열심히 해야 될 거 아니야!"

안타깝게도 할 수 있는 말이 그것밖에 없었다. 대표로서 위엄 있게 호통 치고 싶은데 이상하게 태평에게는 마음먹은 것처럼 되지가 않는다.

"추가적으로 입수된 정보가 있는지 알아보고 오겠습니다."

발딱 일어선 태평이 붙잡을 새도 없이 대표실에서 빠져나갔다.

천 년 묵은 날다람쥐 같은 자식.

서준이 이를 갈았다. 최태평 때문에 마흔도 되기 전에 틀니를 사용하게 될 것 같아 걱정이 앞선다. 흘흘흘, 치아 없이 잇몸을 드러내며 웃고 있는 제 모습이 그려져 부르르 몸을 떤 그가 담배를 찾았다.

커다란 창에 담배 연기가 부딪혔다. 담배 맛이 지독하게 썼다. 허벅지를 꼬집고 피눈물을 흘려가며 근 석 달간 흡연의 유혹을 뿌리쳐 왔건만 쓸모없는 짓이었다. 그동안 씹어댄 금연 껌과 니코틴 패치로 탑도 쌓을 수 있었는데.

연거푸 줄담배를 피워댄 서준이 대표실에서 나와 엘리베이터로 향했다. 그를 발견한 직원들이 사색이 되어 도망치기 시작했지만 태평은 선뜻 다가와 말을 걸었다.

"또 가십니까?"

부산스럽게 꽁지를 빼는 직원들을 보며 쯧쯧 혀를 차던 서준이 얼굴을 굳혔다.

"안 가면?"

"빈손으로 가실 겁니까?"

"말 같은 소리를 해."

서준이 인상을 그었다. 빌어먹을 엘리베이터는 오늘 안에 올라오기나 하려는지. 이젠 별게 다 속을 긁는다.

"뭐 건진 거 없어?"

당연히 없을 걸 알지만 혹시나 하는 희망에 던진 질문을 태평이 진지하게 받아쳤다.

"저희는 'pine'만 있는 게 아닙니다. 밀려 있는 일들이 산더미……."

"내가 그걸 몰라?"

불쑥 화가 치밀어 오른 서준이 태평의 말을 잘라 버렸다. 냄새라도 맡으려고 숨겨두었던 담배를 거의 다 피우고 나왔는데도 다시 흡연 욕구가 치민다.

"모두가 최선을 다하고 있습니다. 잘 다녀오십시오."

태평의 말이 끝나길 기다렸다는 듯 땡! 하는 소리와 엘리베이터의 문이 열렸다. 더할 수 없이 불쾌해진 서준이 씩씩 콧김을 내뿜으며 주차장으로 내려갔다.

차는 자연스럽게 백화점으로 향했다. 하지만 이젠 뭘 사들고 가야 할지 감도 잡히지 않는다.

한우는 안 먹고 양주와 와인도 안 마신다기에 별의별 걸 다 사 갔었다. 그제는 명화(名畵), 어제는 유명한 사진작가의 작품을 들고 찾아가 봤지만 현재 두 작품은 서준의 집에 전시되어 있었다. 그래서 태평과 머리를 맞대고 회의까지 했던 것이다.

"후우."

답답함에 한숨만 나왔다. 무조건 안 하겠다는데 대체 어떻게 설득해야 할지 알 수가 없었다. 처음의 자신감은 쥐도 새도 모르게 사라져 버렸다.

3년 만에, 아니, 이서준 출생 이후 처음 찾아온 고비였다.

서준의 마음과는 달리 맑고 고운 초인종 소리가 울려 퍼졌다.

그리고 잠시 후, 익숙한 목소리가 들려왔다.

[잠깐만 기다리세요.]

오늘은 기필코!

양손 가득 무거운 짐을 들고 눈을 빛내는 서준에게서 다부진 각오가 엿보였다.

유능하다고 믿어 의심치 않았던 직원들은 R&E를 선생님으로 모시고 있는 소년의 정체조차 알아내지 못했다. 서준도 아직까지 소년의 이름이 뭔지, 몇 살인지 모른다. 소년의 환심을 사려던 계획도 세워봤었지만 첫날 이후, 소년 역시 코빼기도 비치지 않았다. 그저 인터폰을 통해 돌아가라는 말만 되풀이했을 뿐. 그랬는데 오늘은 기다리란다. 나오겠단다.

"또 오셨네요."

서준은 며칠 만에 소년과 마주했다. R&E를 만난 것도 아닌데 괜히 코끝이 찡해지는 것이 반가움이 격하게 밀려든다.

"선생님들 외출하셨는데."

반가움은 찰나였다. 소년의 말 한마디에 힘이 쭉 빠졌다.

강적이다.

집 앞까지 찾아온 게 닷새가 넘어가는데도 얼굴 한 번 보여주지 않는 사람들이 서준의 오기에 불을 붙였다.

이렇게까지 파인 엔터테인먼트를 무시한 사람은 없었다. 내로라하는 연예인들의 대다수가 파인 소속이었고 학교로 치자면 명문 중에서도 최고로 쳐주는 명문이었다. 이서준과 손을 잡아서 안좋을 게 없었고 그를 적으로 삼으면 안 좋을 일들이 차고 넘쳤다. 그런데 R&E는 파인 따위 알 게 뭐냐는 듯 행동하고 있었다.

예의는 개밥그릇에 말아 드셨나! 빌어먹을!

싸가지 없기로 유명한 서준도 혀를 내두를 만한 강적이었다. 사람이 이렇게까지 했으면 거절을 하더라도 얼굴 정도는 보여주고 해야 될 것 아닌가.

"언제쯤 들어오실지 알 수 있겠습니까?"

속마음이야 어떻든지 간에 서준은 담담하게 굴었다. 아쉬운 쪽이 굽혀야지 별수 있나.

"늦으실 것 같은데……."

선생님들이 오랜만에 찜질방으로 출타하신 사이, 철저하게 혼자서 서준을 감당해야 하는 바우가 말을 끌었다. 키도 크고 덩치도 좋은데다가 인상까지 날카로운 남자는 냉기를 폴폴 날리고 있었다. 중학생으로 오해받을 만큼 동안인데다가 키나 덩치가 받쳐주질 않는 바우로서는 여간 상대하기 벅찬 남자가 아닐 수 없었다.

고등학교 졸업 후에 어느 기획사에서 아르바이트를 하다가 기적처럼 R&E를 만날 수 있었다. 하지만 기적은 거기까지였고 선생님들의 뒤를 졸졸 쫓아다니며 오늘날 수제자의 신분을 얻기까지 결코 녹록치 않은 시간이었다. 그래서 선생님들과 관련된 일에는 조심, 또 조심해야 하는 입장인 것이다.

'또 오면 내가 전화한다고, 돌아가시라고 해.'

하늘 같은 선생님 말씀이 귓전을 맴돌았다. 사실은 이렇게 서준과 마주 서 있는 것도 안 되는 일이었다.

선생님들이 아시면 꾸지람을 듣겠지만 그럼에도 불구하고 바우가 서준과 마주 선 이유는 그가 안쓰러워서다. 동병상련의 아픔을 느꼈다고 해야 할까? 자신도 처음엔 선생님들의 무시와 냉대를 고스란히 받아들여야 했었으니까.

이곳에서야 냉대 받고 쫓겨나는 사람이지만 대한민국에서 파인 엔터테인먼트 이서준 대표를 모르는 사람이 있던가. 미다스의 손 이강진의 하나뿐인 아들이자 그의 모든 것을 물려받은 사람, 리틀 이강진으로 불리는 남자인데. 어쩌자고 이러시는지.

선생님들이나 파인 대표나 양쪽 모두 이해가 안 되긴 마찬가지였다. 아니, 선생님들은 이해가 된다. 충분히 이러고도 남을 분들이고, 돌아가는 사정이 썩 좋지 않았으니까. 그런데 파인 대표는 대체 왜, 어쩌자고 자꾸만 찾아오는지 모를 일이었다. 바우에게야 선생님들이 최고였지만 그렇다고 작사, 작곡가가 R&E밖에 없는 것도 아닌데.

"아이스크림, 사오셨네요."

바우가 서준의 양손에 들려 있는 종이봉투를 보고 한숨을 흘렸다. 서른한 가지 맛을 자랑하는 아이스크림 가게를 털어온 모양이다.

"우리 선생님들, 그거 안 드시는데."

안 먹는 것만 골라 사오는 것도 재주라면 재주지 싶었다.

"도대체, 뭘, 사와야, 하는 겁니까?"

어지간히 화가 나는지 파인 대표의 목소리가 뚝뚝 끊겼다.

"힌트라도 주면 안 됩니까?"

그냥, 안 오시면 안 돼요?

하고 싶은 말을 꾸욱 눌러 담은 바우는 갈등했다. 선생님들 두 분 모두를 만족시키기는 어렵겠지만 한 분 정도는 가능했다. 종종

'그것'이 먹고 싶다며 울부짖는 선생님의 모습을 본 적이 있었다. 그것을 구해올 수 있다면 한 분의 마음은 돌릴 수 있을 것이다. 그러니 힌트는 줄 수 있었다. 다만.

"그러면 제가 쫓겨나는데요."

두 남자가 동시에 한숨을 쉬었다. 서준은 소년이 쫓겨날 걸 알면서도 힌트를 달라고 강요할 만큼 몰인정하지 않고 바우는 쫓겨나는 게 무섭다.

"선생님께서 직접 전화하신댔어요."

잘못한 것도 없는데 괜히 서준에게 미안해져 바우의 목소리가 작아졌다.

"……알겠습니다."

바우는 홱 몸을 돌린 서준의 등을 보면서 발을 동동 굴렀다. 파인 대표가 모를 리 없었다. 직접 전화하겠다는 게 확실하게 직접 거절하겠다는 뜻임을. 그래서인지 그에게서 분노의 오라가 너울거렸다.

무려 파인 대표인데 곡 하나 못 받았다고 해코지를 일삼지는 않을 것이다. 그렇다고 승승장구하며 탄탄대로를 걸었던 선생님들 앞날에 밝은 빛이 되어줄 것 같지도 않다.

"잠깐만요!"

차 뒷좌석에 아이스크림을 난폭하게 내던지던 서준을 향해 바우가 다급하게 소리쳤다.

"고지희요!"

난데없이 웬 이름 하나를 내던지는 바우를 서준이 멀뚱멀뚱 쳐다보았다.

"가수 고지희 씨한테 물어보세요! 먹는 거요!"

잊지 말라는 듯 소리친 바우가 대문 안으로 들어가고 남겨진 서준의 머리는 쉭쉭, 소리를 내며 회전했다.

"고지희한테 물어보라고? 먹는…… 거?"

고지희, 고지희. 서준은 실력으로만 인정받은 여가수의 이름을 몇 번이나 곱씹었다.

가만있어 봐. 고지희 씨가 R&E하고 작업을 했었지? 고지희 씨 남편이 우리 소속이었……!

서준의 눈빛이 번뜩였다.

"오케이!"

마침내 힌트의 답을 얻어낸 서준은 단 15분 만에 회사로 복귀했다.

3일 후, 서준은 또다시 일산에 위치한 2층집 대문 앞에 섰다. R&E로부터 직접, 확실하게, 곡 의뢰 거절 전화를 받은 지 꼭 3일 만이었다. 이젠 제집보다 문턱 한 번 넘어본 적 없는 이 집이 더 익숙하게 느껴지기까지 했다.

그동안 있었던 일들이 머릿속을 스치듯 지나갔다. 그나마 R&E와 친분이 있다는 고지희에게 접근하기 위해 은퇴하기 전까지 파인 소속이었던, 그녀의 남편인 민승원을 찾아내야 했다. 하필이면 이런 때에 외국으로 가족 여행을 가 있는 부부를 찾아냈지만 거기서 끝이 아니었다. 부부를 설득하고, 다른 사람도 설득해야 했다. 그리고 이제 R&E도 설득해야 한다. 전생에 설득 못해서 억울하게 돌아가신 조상님이 돌아오신 건 아닌가, 허튼 생각이 들 정도였다.

서준의 눈빛이 세차게 흔들렸다. 검은 봉지를 들고 있는 손에 절로 힘이 들어간다.

이렇게까지 해야 되나 싶었다. 나 파인 대표 이서준인데, 우리 'pine'이 R&E한테 곡 못 받았다고 추락하는 것도 아닌데, 굳이 R&E가 아니어도 되는데. 그런 생각들 때문에 3일 내내 괴로웠었다. 하지만 그는 결국 이 집에 다시 올 수밖에 없었다.

첫째, 누가 따라 할 수도 없을 만큼 뛰어난 R&E의 실력 때문에. 둘째, 자나 깨나 대표님이 곡 받아오시길 기다리고 있는 직원들과 'pine' 멤버들 때문에. 셋째, 김칫국 마시듯 그려놓은 청사진 때문에.

그 외에도 이유는 많고 많았다. 이서준이 R&E한테 까였다는 소문이 돌아서 자존심에 크나큰 타격을 입었고 오기는 활활 불타올랐다. 아버지 이강진도 위로하는 척 세상엔 안 되는 일도 있다고 놀려댔으며 무엇보다 직원들한테 면이 안 섰다.

내 기필코! 이서준 이름 석 자를 걸고! 곡 받아내고 만다!

서준의 입꼬리가 사악하게 말려 올라가고 서슬 퍼런 안광이 뿜어져 나왔다. 제대로 잠도 못 자고 제주도까지 가서 공수해 온 '그것'이 보란 듯이 그의 손에 들려 있었다.

서준이 비장한 표정으로 초인종을 눌렀다.

[선생님들이⋯⋯.]

바우의 말이 채 끝나기도 전에 서준은 검은 봉지를 들어 올렸다.

"일단 보시라고 전해주시죠."

서준이 검은 봉지 중앙에 선명하게 찍혀 있는 하얀색 글자를 인터폰에 가져다 댔다. 선생님을 부르는 바우의 목소리가 들리고 곧 침묵이 찾아왔다.

상대방의 반응을 기다리며 서준은 결심했다. 이래도 안 되면 그만둘란다. 세상에는 안 되는 일도 있다는 걸 인정하련다. 더럽고 치사해서⋯⋯.

지잉!

다부진 결심을 하고 있던 서준의 눈이 커다래졌다. 철옹성마냥 굳게 닫혀 있던 철문이 양옆으로 벌어지고 있었다.

마침내 문이 열렸다.

2

검은색 카우치 소파에 앉은 서준이 마른침을 삼켰다.

정원을 통과해서 집 안으로 들어올 때까지만 해도 그저 감개무량했었다. 그런데 막상 자리를 안내받고 앉으니 무슨 말을 먼저 꺼내야 할지 도통 머리가 돌아가 주질 않았다.

이래서 아는 게 힘이라는 거지.

R&E에 대한 정보가 너무 없다 보니 그들과 마주했을 때 받은 충격이 만만찮다.

이상…… 아니, 개성 있는 비주얼과 조합. 서준의 감상은 그러했다.

"에릭 한입니다."

새하얀 피부에 금빛 머리카락, 에메랄드 빛 눈동자가 기막힌 조화를 이루고 있는 미남자가 고개를 까딱였다. 이쪽은 누가 봐도 외국인.

"한장미예요."

마찬가지로 새하얀 피부지만 구불구불한 붉은 머리카락을 어깨까지 늘어뜨린 여자의 새까만 눈동자가 서준에게 향했다. 이쪽은 어떻게 봐도 한국인.

"우리 두 사람이 작업을 함께 하고 있습니다. 그리고, 아셨겠지만 영어 안 쓰셔도 됩니다. 한국말 잘하니까."

한국인보다 더 한국말을 잘하는 미남자의 딱딱한 음성에 서준의 미소가 어색해졌다. 그의 회사에도 외국인들이 소속되어 있지만 이 남자처럼 완벽한 발음과 억양을 구사하지는 못했다.

"파인 엔터테인먼트 대표 이서준입니다."

전혀 당황하지 않은 척, 서준은 명함 두 장을 꺼내 의심과 짜증 어린 시선을 보내고 있는 사람들에게 건넸다. 그때, 현관문만 열어주고 모습을 보이지 않던 소년이 나타나 거실 테이블에 이슬 맺힌 유리컵을 올려놓았다.

"레모네이드예요. 드세요."

여기서 정상적…… 이라기보다 평범한 사람은 소년밖에 없는 듯한데 음료만 주고 쌩하니 사라져 버린다.

서준은 우선 레모네이드를 한 모금 마셨다. 입술이라도 축여야 범상치 않은 사람들과 대적하기가 한결 수월해질 것 같아서.

"이거."

유리컵을 도로 내려놓는데 자신을 에릭이라 밝힌 남자가 거실 테이블 위, 검은 봉지를 눈짓했다.

"어디서, 어떻게 구했습니까?"

처음부터 의심 가득한 눈빛이었던 에릭의 질문에 그제야 서준의 어깨에 힘이 들어갔다.

"장사를 접고 고향인 제주도로 가셨더군요. 직접 찾아뵙고 부탁드렸습니다."

독기를 숨긴 서준이 미소 지었다.

'그것'을 줄 수 있는 유일한 사람이 제주도에 있다는 말에 비행기 타고 날아가서 그 사람을 찾고, 설득하고, 그걸 안전하게 비행기에 싣고 돌아오기까지. 이번 기회에 개고생이라는 게 뭔지 뼈에 새긴 그였다.

서준은 보았다. 인형처럼 숱이 많은 에릭의 속눈썹이 파르르 떨리는 것을. 검은 봉지에 적힌 하얀 글씨를 응시하는 그의 눈빛은 당장에라도 봉지를 채어갈 듯 이글거리고 있었다.

"이걸 가져올 생각은 어떻게 하신 건가요?"

조용히 입을 다물고 있던 여자가 따지듯 물었다. 내내 짜증난다는 심정을 숨기지 않았던 쪽이다.

"고지희 씨께 여쭤봤더니 알려주시더군요."

여자의 눈꼬리가 치켜 올라갔다. 딱 봐도 앙칼진 고양이상인데 눈에 힘을 주니 눈꼬리가 눈썹에 붙을 참이다. 하지만 그럼에도 예쁜 얼굴이라는 건 인정해야 했다. 웃음기 없는 삭막한 표정이었지만 그것조차 묘하게 매력적이었다.

우리 회사에 저런 느낌을 주는 배우가 있었나?

눈에 띄게 예쁘거나 개성 있는 매력을 가진 사람을 보면 남녀노소 구분 없이 눈여겨보게 된다. 서준의 직업병이었다.

관심은 가지만 여자로 보이진 않았다. 한장미는 그가 선호하는 스타일이 아니었다. 서준은 여리여리 청순한 여자를 좋아했다. 손가락으로 톡 치면 쓰러질 것 같은. 그런데 장미라는 여자는 이름답게 뾰족한 가시를 세우고 있었다. 척 봐도 기가 세게 생겼다.

여자가 까만 눈동자를 굴렸다. 이서준과 고지희의 접점이 뭔지 생각하는 듯했다.

서준은 슬쩍 소년이 사라진 방향으로 시선을 던졌다. 힌트는 소년이 줬다지만 이들에게 들키진 않을 것이다. 서준에겐 민승원이라는 카드가 있었으니까.

R&E가 신이 내린 가수라 칭송받는 고지희에게 곡을 준 사실을 모르는 사람은 적었다. 그들이 고지희의 팬이라는 소문까지 돌았었고. 그러니 소년의 힌트가 아니었어도 언젠가는 고지희에게 초점을 맞췄을 것이다. 단지 소년 덕분에 조금 빨리 알게 된 것뿐이지.

"입 가벼운 사람이 아닌데."

혼잣말을 중얼거리는 여자의 음성에 의아함이 묻어났고 서준은 저도 모르게 고개를 끄덕일 뻔했다.

절대 가볍지 않았지. 암, 그렇고말고.

고지희의 입을 여는 데만 꼬박 하루가 걸렸다. 서준과 민승원이 호형호제하는 사이가 아니었다면, 민승원이 햇병아리 시절이었을 때 이강진에게 받았던 수많은 도움이 아니었다면 고지희는 결코 정보를 누설하지 않았을 것이다.

고지희의 입을 열게 만들기 위해 서준은 텃밭을 가꾸며 조용히 사시는 아버지 성함까지 팔았다. 그렇게 어렵게 얻은 정보였다.

"얘기라도 들어봐야 되지 않을까?"

약간의 긴장감이 돌던 거실에 에릭의 목소리가 울렸다. 반짝 눈을 빛내는 파인 대표를 일별한 장미는 무시무시한 눈빛으로 에릭을 쳐다보았다. 얘기를 들어봤자 변하는 건 없다는 걸 누구보다 잘 알면서도 저런다.

"아니 뭐, 성의를 봐서라도……."

금세 꼬리를 내린 에릭의 시선이 검은 봉지에 달라붙었다.

저 웬수!

장미가 얼굴을 구겼다. 절대 집에 들이면 안 된다고 귀에 못이 박히게 잔소리를 해댔건만 검은 봉지 하나에 정신 줄을 놓다니!

귀찮게 됐어.

쯧, 장미가 혀를 찼다. 소문이 빠른 바닥이다. 아마 늦어도 내일 오전에는 R&E가 파인 대표를 만났다는 얘기를 해대느라 사람들의 입이 바쁘게 움직일 것이다.

"우선."

중저음의 음성에 장미의 시선이 파인 대표에게로 향했다.

"무턱대고 찾아와 귀찮게 해드린 점에 대해 사과드리겠습니다. 죄송합니다."

퍽이나.

피식, 장미가 비웃음을 흘렸다. 그 소리에 잠시 봉지에서 시선을 뗀 에릭이 엄한 표정으로 그러지 말라는 듯 고개를 저었다. 하지만 그녀는 개의치 않았다.

죄송한 걸 아는 사람이면 허락도 없이 집주소를 알아내 매일같이 찾아왔을 리 없다. 거절의 뜻을 확실하게 밝혔지만 귓등으로도 듣지 않은 사람이었다. 대표가 그러니 실장이라던 남자가 'pine'

멤버들까지 대동하고 찾아와 난리를 칠 수 있었던 거다.

"이제 왜 안 된다고만 하시는지 그 이유부터 들어보고 싶은데요."

겉으로는 더할 나위 없이 평온했던 일상을 깨부순 남자의 미소에 장미의 눈매가 가늘어졌다.

"아이돌 그룹하고는 일 안 해요."

장미의 표정과 음성은 더할 수 없이 단호했다. 절대 깨어질 수 없는 원칙이라는 듯. 하지만 사실 작정하고 안 하는 건 아니었다. 요즘 아이돌 그룹의 대다수가 놀라운 가창력을 뽐내고 있으니까. 단지 현재 대외적으로 내세울 수 있는 이유가 그것 하나였다. 이제껏 아이돌 그룹과는 일한 적이 없으니 말이 되기도 하고.

"그러니까 더는 서로 얼굴 붉힐 일 만들지 말죠."

얼굴 붉힐 만큼 짜증났다는 뜻이었다. 그리고 그쪽도 꽤나 자존심 상하지 않았느냐는 물음이 포함되어 있는 말이었다. 하지만 파인 대표는 미소를 잃지 않았다.

"데뷔 9년 차에 막내 나이가 스물여섯입니다. 아이돌이라고 부르기 어렵죠."

수긍 대신 공격 태세를 갖춘 서준의 말을 장미가 맞받아쳤다.

"서른여섯이어도 아이돌 그룹은 아이돌 그룹이죠. 솔로로 활동하지 않는 한."

"유닛으로 출범시킨다고 하면 곡을 주실 겁니까?"

"아니요."

서준의 미소가 짙어졌다. 이 여자, 단호박만 먹고 살았는지 치가 떨리게 단호하다.

"그냥 파인이 싫으신 겁니까?"

서준은 그룹 'pine'과 파인 엔터테인먼트를 묶었다. 싫다는 대답을 피해가기 위한 얕은 수였다.

"아니요."

대답은 넙죽넙죽 잘도 한다. 참을 인(忍) 자가 서준의 머릿속을 빼곡하게 메웠다.

"아이돌 그룹하고 일을 안 하시는 이유가 뭔지 말씀해 주시면 안 되겠습니까?"

앵무새처럼 안 한다, 아니다만 뱉어내던 여자가 입을 다물었다.

솔직히 서준은 R&E가 이해되지 않았다. 작사, 작곡가의 취향이나 성향을 무시할 수는 없고 그들이 정해놓은 룰을 어기라고 강요하진 못한다. 하지만 대한민국의 아이돌 그룹이 한류 열풍을 이끌고 어마어마한 외화를 벌어들이는 시대다. 그래서 곧 죽어도 아이돌 그룹하고는 일을 안 하겠다고 고집하는 이유를 알 수가 없었다.

"아이돌 그룹은 노래만큼 퍼포먼스도 강해야 살아남잖아요?"

한참이나 입을 다물고 있던 장미가 말을 꺼냈다.

"지금은 귀로 듣는 음악보다 눈으로 보는 음악이 대세라는 걸 부정할 생각은 없어요."

서준 역시 부정할 수 없는 사실이기에 가만히 이어질 말을 기다렸다.

"퍼포먼스도 중요하죠. 하지만 우리 음악은 자극적인 퍼포먼스에 어울리지 않아요."

"아이돌 그룹은 귀로 듣는 음악을 못한다, R&E의 곡은 아이돌 그룹한테 어울리지 않는다. 그런 편견을 가지고 계신 것 같은데요."

"편견인가요?"

장미가 되묻자 이번엔 서준이 입을 닫았다.

복고 열풍이 불어 옛날 노래들이 대중들의 귀를 사로잡았다. 10년, 20년 전에 활동했던 가수들이 다시 수면 위로 올라와 인기를 얻기도 했다. 하지만 음악 방송과 차트에서 빛을 보는 건 어린 가수들과 자극적인 퍼포먼스였다. 빠른 걸 좋아하는 대한민국답게 신곡이 나오는 시간도 빨랐고 그럴 때마다 순위가 바뀌었다. 며칠, 몇 주간 흐르다가 사라지는 노래들도 부지기수였다.

사라지는 노래들이 좋지 않았던 건 아니었다. 그저 따라잡기 힘들 만큼 변동하는 속도가 빠른 것뿐이다.

"아이돌 그룹도 귀로 듣는 음악을 할 수는 있겠죠. 그런데 정말 그런 걸 원하세요? 2년 만의 컴백이라고 하던데요."

정곡을 찌르는 말에 서준은 뜨끔했다.

"보이 그룹이 2년 만의 컴백이면 퍼포먼스도 강해야 되지 않겠어요?"

할 말 있으면 해보라는 듯 미소 짓는 장미를 보며 서준은 큰 숨을 삼켰다.

이 여자, 만만치 않다.

얼굴을 보는 것도 어려웠지만 마주 앉아 대화를 나누고 있는 지금이 더 어려웠다. 하지만 서준은 그들과의 만남을 성공시킨 사람이었다.

질 수야 있나.

"댄스곡도 만드셨던 걸로 아는데요."

장미의 눈이 조금 커졌다. 이번엔 서준의 입술이 호선을 그렸다. 승리를 손에 쥐려고 개고생을 마다하지 않던 그였으니 R&E가 만든 곡들에 대해서 꿰고 있는 건 당연한 일이었다.

"서른 곡 중에 단 한 곡이에요. 그리고 댄스곡이 아니라 재즈구요."

"저는 그 노래를 들으면서 충분히 신났습니다. 그런 곡이면 됩니다."

"아이돌 그룹이 재즈풍의 음악에 춤을 춘다, 위험한 도전 아닌가요?"

"말씀드렸다시피 데뷔 9년 차에 실력으로 치자면 어디다 내놔도 부끄럽지 않은 그룹입니다. 저희 쪽에서는 해볼 만한 도전이라고 확신하고 있는 상탭니다. 물론 댄스곡이라면 더 좋겠지만 말입니다."

장미와 서준의 시선이 맞닿았다. 한쪽은 눈빛과 표정에 불편한 심기가 고스란히 드러나 있었고 다른 한쪽은 속은 어떨지 모르겠으나 보이는 면만 봐서는 기세가 당당했다.

주방에 숨어 거실의 동태를 살피던 바우는 꿀꺽, 꿀꺽 침만 삼켰다.

정말 우리 선생님, 맞아?

낮에는 정원 평상에 누워 뒹굴거리기, 그 외 시간에는 방이나 거실에서 뒹굴거리기. 에릭과 다툴 때나 밥 먹을 때가 아니면 어디서든 등을 대고 누워서 뒹굴거리던 장미였다. 그것이 바우가 보아온 장미의 일상이었다. 그랬기에 지금 보고 있는 선생님의 모습이 영 낯설면서도 무지막지하게 존경스러웠다.

저는 고작 마주 선 것만으로도 위압감을 느꼈던 파인 대표에게 밀리지 않는 모습이 다시 반할만치 멋있었다. 이제야 장미가 R&E의 R인 것이 제대로 실감난다.

한 치의 물러섬 없이 기 싸움을 하고 있는 장미와 서준도 대단했지만 정말 대단한 사람은 따로 있었다.

아아, 에릭님.

바우가 안타까운 표정으로 에릭을 쳐다보았다. 그분은 바로 코앞에서 전쟁이 일어나든 말든 상관없다는 듯 검은 봉지만 응시하고 있었다.

"안 해요."

한참이나 서준과 눈싸움을 하던 장미가 또다시 거절 의사를 밝혔다.

"저희가 제시한 조건이 마음에 차지 않으시는 겁니까?"

"그런 거 아니에요."

장미가 한숨을 쉬었다. 말 한마디 꺼내기 싫을 만큼 피곤해진 그녀였지만 대답을 안 할 수 없는 질문이었다.

파인에서 내건 조건은 실로 어마어마했다. 곡 하나에 책정된 금액은 입을 떡 벌어지게 만들었다. 그래서 더 부담스러웠다. 절대하고 싶지 않았다.

"원하시는 게 있다면 무엇이든 들어드리겠습니다."

안 한다고! 못한다고오!

장미는 죄 없는 입술만 물어뜯었다. 아이돌 그룹이라 안 하는 것 말고 거절을 할 수밖에 없는 중요한 이유가 있었지만 말할 수가 없었다. 말하면 안 되는 이유였다. 그리고 그녀가 그럴 수밖에 없음을 잘 알고 있는 사람은 검은 봉지에만 매달려 있었다. 고군 분투하는 장미는 나 몰라라 한 채로.

"에릭?"

너도 같이 당하자는 취지로 장미가 에릭을 불렀다. 하지만 아직 그의 정신이 돌아오지 않은 모양이었다.

"에릭!"

주먹을 말아 쥔 장미의 목소리에 분노가 실렸다.

"……어?"

에릭의 흰자위에 핏발이 서 있었다. 쯧쯧쯧, 장미는 소리 없이 혀를 차댔다. 안타까운 마음은 눈곱만큼도 없었다. 저런 인사를 오빠로 두고 있는 제 자신이 안쓰러울 따름이었다.

"안 할 거지?"

에릭이 입술을 씰룩거렸다. 그러면서 어울리지 않게 간절한 눈 빛으로 장미를 쳐다보았다. 아마 그녀가 결사반대를 외치지 않았 다면 봉지를 보자마자 곡을 주겠다고 했을 위인이다.

못 먹고 사는 것도 아닌데 왜 저러느냐고!

울화가 치밀었다. 보란 듯이 검은 봉지를 들고 온 남자의 속셈 이 빤히 보이는데 그 앞에서 침을 꼴깍꼴깍 삼키고 있는 에릭 때 문에 환장할 지경이었다.

"안 할 거잖아. 그렇지?"

장미는 아들을 구슬리는 엄마처럼 자못 온화한 표정으로 에릭 을 바라보았다. 하지만 에릭은 그녀가 원하는 말을 내놓기는커녕 뭐 마려운 강아지처럼 쩔쩔맨다.

대체 누굴 닮았는지 모를 일이었다. 새엄마 애니 블라스트는 절대 저런 성격이 아니었다. 예순에 가까운 연세에도 몸매 망가진다고 버터는 입에도 안 대는 분이란 말이다.

됐어! 내가 알아서 해!

귀찮은 일은 딱 질색이지만 별수 있나. 에릭을 보며 이를 갈던 장미가 파인 대표를 쳐다보았다.

"죄송하지만 저희는 안 해요. 그만 돌아가 주세요."

장미가 자리에서 일어섰다. 제발 포기하고 돌아가라는 의미였는데 파인 대표는 그녀에게서 시선을 거두고 에릭을 바라보았다.

"안 하실 겁니까?"

"에릭?"

서준이 에릭에게 묻자마자 장미도 오빠를 불렀다. 두 사람이 원하는 대답은 판이하게 달랐지만 에릭이 원하는 것은 단 하나, 검은 봉지뿐이었다.

검은 봉지를 선택하느냐, 여동생을 선택하느냐. 그것이 문제였다. 당연히 여동생을 선택하는 게 맞지만, 그게 옳다는 걸 알지만 에릭은 당연한 문제를 두고 엄청난 갈등에 휩싸였다.

먹고 싶다. 먹고 싶은데. 먹어야 하는데.

에릭이 애틋한 눈빛으로 봉지를 쳐다보고 있는데 갑자기 봉지가 획 들어 올려졌다.

"에릭 씨의 대답은 다음에 듣겠습니다. 이건 제가 가져가서 버리도록 하죠."

"버, 버려요?"

경악한 에릭이 벌떡 일어섰다.

"어차피 안 받으실 거 아닙니까."

어깨를 으쓱한 서준의 말에 에릭은 분노했다.

"멀쩡한 음식을 버리면 천벌 받습니다! 당장 내려놓으세요!"

에릭의 생쇼를 지켜보던 장미가 비틀거렸다.

저 사람이 내 오빠라니. 내 오빠라니…….

극심한 두통이 몰려와 손으로 이마를 짚은 장미와 달리 서준은 씨익 미소 지었다.

"그럼 내일 다시 오면 대답, 들을 수 있는 겁니까?"

"새, 생각할 시간은 줘야죠!"

"충분히 드렸다고 생각합니다만."

서준의 손에 들린 검은 봉지가 달랑거리며 에릭의 마음을 현혹했다.

"내일, 오세요."

에릭의 고민은 길지 않았다. 그는 여동생이 아니라 검은 봉지를 선택했다. 충격 받은 장미가 입을 떡 벌리고 서 있었지만 에릭은 여동생을 외면했다.

용서해, 로즈.

마음속으로 용서를 구하며 거실 테이블에 안착한 검은 봉지를 보고 있는데 서준의 목소리가 들려왔다.

"내일 다시 찾아뵙겠습니다."

꾸벅 허리를 숙여 인사한 서준이 현관문을 열고 나가자 에릭은 슬그머니 검은 봉지를 품에 안았다.

살금살금, 그는 동생이 정신을 차리기 전에 발 빠르게 제 방으로 도망쳤다. 철컥! 에릭의 방문이 잠기는 소리가 고요한 거실에 울려 퍼졌다.

"에리익!"

뒤늦게 정신을 차린 장미가 벌겋게 달아오른 얼굴로 소리를 지르기 시작했다. 쾅쾅쾅! 다부지게 말아 쥔 주먹으로 방문을 두드리고 발길질까지 일삼았지만 문은 열리지 않았다.

그날 새벽, 행복한 얼굴로 잠든 에릭의 방 쓰레기통엔 깨끗하게 발라진 닭발 뼈가 소복하게 쌓여 있었다.

밤을 꼴딱 샌 장미는 침대 위에서 뒹굴며 화를 삭이고 있었다.

아무리 그 닭발이 먹고 싶었어도 그렇지. 어떻게 내가 아니라 닭발을 선택할 수가 있어?

곱씹을수록 기가 막히는 일이었고 애니가 들으면 기절초풍할 일이었다. 한국에 가서도 여동생을 잘 보살펴야 한다, 당부에 당부를 거듭했던 엄마니까.

확 일러버릴까 보다.

움직임을 멈춘 장미의 머리 위에 뿔이 돋았다. 소식을 들으면 당장에라도 한국행 비행기에 오를 애니를 알기에 참았는데 생각을 하면 할수록 에릭의 행태가 괘씸했다.

한국에 오더니 사람이 변했다. 미국에 있을 때는 장난이 심하긴 했어도 다정다감했던, 맛있는 게 있으면 동생 먼저 챙기던 사람이었는데. 물론 그때도 영어보다 한국말을 더 잘하는 이상한 미국 오빠이긴 했지만.

누굴 탓해. 다 내 탓이지.

장미는 천장을 향해 한숨을 뱉어냈다. 한국에 오게 된 것도 자신의 탓, 곧 의뢰를 죽어라 거절하는 것도 자신 때문이었으니.

그래도 그렇지!

내 탓이오, 전부 내 탓이오, 그렇게 화를 삭여보려 했지만 결과는 실패. 내 탓이라고 치부하며 마음을 풀기엔 서운함과 배신감이 너무 컸다.

똑똑.

장미는 방문을 두드리는 소리에 벌떡 몸을 일으켰다. 살짝 열린 문틈으로 삐죽 고개를 내민 에릭의 얼굴이 보였다.

"로⋯⋯ 즈?"

그녀는 냅다 베개를 집어 던졌다. 퍽! 소리를 내며 에릭의 얼굴을 강타한 베개가 방바닥으로 툭 떨어졌다.

"억!"

양손으로 얼굴을 부여잡은 에릭이 과장되게 비틀거렸다.

"로즈, 오빠 아파."

은근슬쩍 문틈을 벌리고 방 안으로 침입한 그가 울먹이자 장미는 남은 베개까지 던져 버렸다.

"나가!"

벌겋게 달아오른 얼굴로 씩씩거리는 장미를 보며 뒤통수를 긁적이던 에릭이 떨어진 베개를 품에 안고서 한 발, 한 발 조심스럽게 내딛었다.

장미의 방은 평범한 사람이 보면 기함할 만큼 난장판이었다. 형편없이 구겨진 종이 뭉치들, 벗어놓은 원형 그대로를 유지하고 있는 옷들, 읽고 나서 책장에 꽂아놓지 않은 책들, 그 외에도 수많은 장애물들이 진을 치고 있었지만 에릭은 용케도 발 디딜 곳을 찾아냈다.

전쟁터에서 지뢰를 피하는 사람처럼 심각한 표정으로 걸음을 옮기던 그가 끝내 침대에 다다랐다. 그리고 막 침대 끄트머리에 엉덩이를 붙이려는데.

"어딜 앉아?"

"어, 그렇지?"

눈을 부릅뜬 동생의 경고에 에릭이 얼른 일어섰다. 실없는 사람처럼 허허허, 웃는 모습에 장미의 눈이 쫙 찢어졌다.

"웃음이 나오지?"

"하하하."

"좋아?"

"하하…… 하."

"맛있었어?"

"하…… 하."

"그래, 오빠 마음을 확실하게 알았어."

죽일 듯이 노려보던 장미가 기운 없이 흘린 말에 에릭은 우는 건지 웃는 건지 모를 애매한 표정으로 웃음을 흘렸다.

"으응?"

"오빠한테 나는 닭발보다 못한 동생이었던 거야."

"아니야! 절대! 절대, 절대 그런 거 아니야!"

손사래까지 치며 부정했지만 장미는 믿지 못하겠다는 듯 단호하게 고개를 저었다.

"정말 아니야, 로즈. 오빠가 우리 로즈를 얼마나 사랑……."

"의미 없다."

진심 어린 호소를 냉정하게 잘라낸 장미가 찬바람을 날리며 방에서 나가 버렸다. 동생을 붙잡지도 못하고 멍하니 서 있던 에릭은 제 뒤통수를 후려갈겼다.

"왜 그걸 받아먹어서는!"

정말이지 제정신이 아니었다. 먹고 싶다는, 먹어야겠다는 생각밖에 없었다. 도저히 곡을 줄 수 없는 상황 따위는 저 멀리 던져버리고 봉지에 올인했다.

에릭에게 '영희네 불 닭발'은 그저 단순한 의미의 가게나 먹거리가 아니었다. 아주 오래된, 그만의 추억이었다.

사실 에릭은 아버지라고 부르게 된 분과 꽤 오랜 시간 서먹서먹한 사이였다. 어머니의 재혼을 반대하지도 않았고 새아버지가 싫은 것도 아니었지만 쭉 어머니와 단둘이 살았기에 갑작스럽게 생긴 아버지라는 존재가 어렵고 낯설었다. 신기하게도 여동생이 된 장미는 처음 본 순간부터 사랑하게 됐지만.

어머니가 재혼하고 1년쯤 지났을까? 여름 방학을 맞이한 에릭에게 새아버지가 물었다.

'에릭, 나하고 한국에 가볼래?'

에릭은 아버지가 내민 손을 거부하지 않았다. 내심 다른 친구들이 아버지와 여행을 다니는 게 부럽기도 했었고 내밀어진 손이 부끄러워지게 만들고 싶지도 않았다. 그리고 아버지와 여동생의 나라, 어머니가 사랑하는 나라에 가보고 싶었다.

짧은 일정이었지만 에릭은 정말이지 그때만큼 신나고 즐거웠던 적이 없었다. '영희네 불 닭발'은 그 시간 속에 머물러 있는 소중한 추억 한 조각이었다.

아버지가 데리고 간 전통 시장에서 닭발을 봤을 때는 사람이 먹는 음식이 맞는지 의아했었고 거부감도 들었었다. 그런 에릭에게 '영희네 불 닭발'은 신세계를 열어주었다. 쫀득쫀득한 식감과 중독성 강한 매운맛에 완벽하게 매료되었다.

'너는 날 닮았나 보다. 너희 엄마도 이렇게 매운 건 못 먹는데.'

눈가에 자글자글 주름이 잡히도록 환하게 웃으며 머리를 쓰다듬어 주던 아버지의 모습을 에릭은 지금도 선명하게 기억하고 있었다.

날 닮았다는 말 때문이었을까? 두려움 반, 호기심 반으로 입에 댔었던 닭발은 에릭이 세상에서 가장 좋아하는 음식이 되었다.

다시 한국에 돌아와 아버지와의 추억을 되새기러 찾아갔었는데 가게가 사라졌을 때의 허무함이란. 딱 한 번만 더 그 닭발을 먹어 볼 수 있다면 바랄 게 없을 것 같았다.

여러 가지 의미에서 다른 불 닭발과 '영희네 불 닭발'은 비교 자체가 불가능했다. 그러니 먹을 때도, 먹고 나서 잠들 때까지도, 자면서도 행복할 수밖에 없었다. 하지만 제정신이 돌아오자 아차 싶었다. 아무리 그에겐 소중한 추억이라지만 여동생과 닭발을 바꾸는 짓은 하지 말았어야 했다.

에릭은 방 안에 들어왔을 때처럼 나갈 때도 조심스러웠다. 자기가 어질러 놓은 것들이 다른 사람으로 인해 어긋나는 것을 못 참는 동생이었다. 더는 미운털이 박힐 수는 없었다.

2층 욕실이 비어 있는 것을 확인하고 아래층으로 내려간 그는 주방에서 장미를 찾았다. 식탁 위에는 다 먹은 아이스크림 막대가 놓여 있었고 그녀의 손에는 반쯤 먹은 아이스크림이 들려 있었다. 어지간히 열이 뻗치는 모양이었다.

"로즈, 많이 화났어?"

조심스레 말을 걸어보지만 장미는 아이스크림만 우걱우걱 씹어 먹었다.

"잘못했어. 오빠가 닭발에 눈이 멀었어. 미안해."

에릭은 고개를 푹 숙이고 양손을 모아 싹싹 빌었다. 하지만 동생은 말이 없었다.

"다른 닭발도 아니고 '영희네 불 닭발'이었잖아. 한 번만 봐줘. 응?"

의자에서 일어선 장미가 냉동실 문을 열었다. 3개째 아이스크림을 입안에 넣자 골이 울렸다.

그녀는 아이스크림과 함께 한숨을 삼켰다. 절대 불쌍하게 생각해서는 안 되는 건데 힘없이 축 늘어진 오빠의 어깨가 신경에 거슬렸다.

이건 애니 탓도 있어. 미국 오빠한테 김치를 먹인 건 엄마니까.

장미는 아량을 베풀기 위해 애꿎은 애니에게 죄를 덮어씌웠다.

어렸을 때는 식탁 위에 김치가 올라와 있는 게 당연한 건 줄 알았다. 김치찌개와 된장찌개는 기본이었고 때마다 별미로 먹던 냉면까지. 애니는 못하는 한국 음식이 없었고 대부분 다 맛있었다.

어렸던 장미가 엄마는 한국인이라고 믿었을 만큼 애니는 코리아 홀릭이었다. 처음부터 한국에 대한 호감이 컸다던 그녀는 한국인 남편과 딸이 생기고 나서부터 한국의 모든 것을 흡수하기 시작했다고, 장미의 아버지는 그렇게 말했었다. 한국어는 물론이고 한국 문화, 한국 음식, 한국 역사까지 애니가 손을 뻗치지 못하는 분야는 없었다.

엄마의 교육 덕분인지, 한국과 합이 잘 맞는 건지, 에릭은 반 한국인으로 자랐다. 미국 드라마는 안 보는 사람이 한국 드라마는 열성적으로 챙겨봤고 예능 프로그램은 말할 것도 없었다. 한국어 공부도 장미보다 더 열심이었다. 한국어 공부를 하다가 모르는 게 생기면 에릭에게 물어봤을 정도니 더 말해 뭐할까.

김치를 먹고 자란 에릭은 매운 음식에도 거부감이 없었고 때가 되면 삼계탕을 찾는 이상한 미국 오빠였다. 그런 오빠에게 닭발 맛을 보여준 건 다른 누구도 아닌 그들의 아버지였고.

그래도 불 닭발에 밀릴 줄은 몰랐지. 아아, 엄마 보고 싶다.

장미는 다시 눈에 힘을 주고 에릭을 째려보았다. 그녀의 눈치를 보다가 시선이 마주치자 딴청을 피우는 모습에 한숨이 나왔다.

"그래서, 이제 어쩔 거야?"

에릭이 '영희네 불 닭발' 중독자라는 걸 모르는 바도 아니고 어떤 추억이 있는지도 대충은 안다. 그래서 장미는 이번 한 번은 넘어가 주기로 했다. 범죄를 저지른 것도 아닌데 안 넘어가 주면 어쩔 건가 싶기도 했고.

"아직, 안 돼?"

에릭이 조심스럽게 물었다. 장미의 화를 돋울 질문이라는 걸 알면서도 물을 수밖에 없었다.

"나는 빠른 곡에 소질 없잖아. 재즈곡도 네가 쓴 거고."

"그러니까 닭발은 왜……!"

말을 끝맺지 못한 장미가 숨을 골랐다. 안 된다, 안 된다, 그렇게 세뇌를 시켰는데도 뇌물을 받아먹은 오빠 덕분에 다시금 부아가 치민다.

두 사람은 알고 있었다. 제주도까지 날아가서 닭발을 공수해 온 파인 대표가 포기하지 않을 것을. 끝끝내 못한다, 안 한다 해버리면 그쪽도 어쩔 수 없겠지만 이미 받아먹은 게 있는 입장에서는 그런 식으로 배짱 튕기기도 뭣하다.

아이돌 그룹하고 일 안 한다는 변명을 계속 내세울 수는 있었다. 자칫 소문이 잘못 퍼졌다가는 이 바닥에서 매장당할 수 있다는 위험이 도사리고 있지만.

현재 휴식기라는 이유는 저쪽이 받아들이지 못할 게 분명했다. 의도치 않은 휴식기를 보내고 있다고 해도 믿지 않을 것이다.

"오빠가 다 해."

현재로서는 작사, 작곡을 에릭이 도맡아 하는 게 최선이었다. 하지만 장미의 결론을 들은 그가 펄쩍 뛰며 강력하게 거부했다.

"안 돼! 같이 할 수는 있지만 나 혼자서는 안 돼! 내가 댄스곡 만든 거 들어봤잖아, 너!"

에릭이 억지를 부리는 건 아니었다. 장미도 알고 있었다. 그래서 머리가 지끈거리며 두통이 몰려왔다.

에릭은 발라드, R&B, 블루스 같은 장르에 강했다. 신시사이저나 기계음이 강하게 들어가는 일렉트로닉 분야는 소화하질 못했다. 그 부분은 장미가 소질이 있었다. 단지 그녀도 기계음을 좋아하는 게 아니라서 자주 손대지 않을 뿐이었다.

보통은 장미가 작사를, 에릭이 작곡을 하는 식이었다. 함께 작업을 하지만 서로의 강점을 최대한 활용하자니 그렇게 된 것이다. 그런데 그룹 'pine'의 타이틀곡을 만들자면 작사는 같이 하더라도 작곡은 장미가 맡아야 했다.

"어떻게 안 될까?"

엉덩이에 불붙은 사람처럼 펄쩍 뛰었다가 금세 시무룩해진 에릭의 목소리가 작아졌다.

"되는 걸 안 된다고 해, 내가?"

소리 지르는 것도 지친 장미가 식탁 위로 엎드렸다. 안 그래도 어제 하도 소리를 질러대서 목이 컬컬했다. 개도 안 걸린다는 여름 감기에 걸린 것마냥.

"어떻게든 되지 않을까?"

할 수만 있다면 에릭을 두들겨 패주고 싶은 심정이었지만 장미는 참았다. 애니가 폭력은 나쁜 거랬으니까.

"하다 보면 될 수도 있잖아. 응?"

이거야말로 억지다. 그녀는 엎드린 채로 시큰둥하게 대꾸했다.

"오빠 슬럼프 왔을 때 똑같이 말해줄게."

그 말 한마디로 상황 종료. 에릭은 입을 다물었고 주방에는 무거운 침묵이 내려앉았다.

나도 할 수 있었으면 좋겠다고. 하고 싶어서 미치겠다고오.

장미는 속엣말이 튀어나오지 않도록 꾸역꾸역 삼켰다. 이제까지 '슬럼프'라는 단어를 입 밖으로 내뱉지 않았던 것처럼.

최근 몇 개월간 단 한 곡도 만들어내지 못했다. 이유 있는 이 증상이 언제까지 갈지 그녀조차도 알지 못했다. 그 이유라는 것도 스스로를 무척이나 한심하게 여기도록 만들었기 때문에 초기엔 슬럼프라는 것 자체를 인정하지도 않았었다.

에릭은 슬럼프를 겪어보지 못한 사람이었고 장미도 처음이었다. 그래서 어떻게 대처해야 할지 알 수가 없었다.

'사람마다 극복하는 방법이 달라. 넌 너만의 방법을 찾아야 해. 그리고 절대로 자책하지 마. 지금의 너에겐 충분히 일어날 수 있는 일이니까.'

애니가 해준 조언이 귓가에서 맴돌았다. 그녀만의 방법을 찾아야 한다고 했는데 무슨 짓을 해도 벗어날 수가 없었다. 그래서 자연스럽게 자책감이 따라왔다.

머리로는 별것 아닌 일인 걸 알고 있었다. 그런데 마음이 곧이곧대로 받아들이질 못했다.

"그냥 말해 버릴까?"

한참 후에 던져진 에릭의 말에 장미가 혀를 찼다.

"뭐 좋은 일이라고 소문을 내? 밥줄 끊기라고?"

"오빠가 너 밥도 못 먹이겠어?"

"그럼 난 평생 오빠만 믿고 살아?"

예전에 써두었던, 잘 빠진 곡들로 먹고살 수는 있을 테니 오빠만 믿고 사는 불안한 인생은 찾아오지 않을 것이다. 짜증나서 말꼬리를 잡은 것뿐이지. 그런데 에릭이 본질을 흐렸다.

"평생 갈 것 같아?"

"그런 말이……!"

악담처럼 들릴 수 있는 말을 참 자상하게도 한다. 욱하고 치미는 성질을 잠재운 장미가 의자에서 일어섰다.

"닭발 먹은 사람은 오빠니까 오빠가 알아서 해."

"어어?"

"난 몰라."

귀찮았다. 만사가 귀찮았다. 어질러 놓은 방만큼이나 어질러진 머릿속도 귀찮고 줄 수 없는 곡을 달라고 찾아오는 파인 대표도 귀찮고 어떻게든 해보라고 억지 부리는 오빠도 귀찮았다.

일광욕도 못하겠네. 에이씨!

계단으로 향하던 장미가 콧잔등을 찡그렸다. 파인 대표가 언제 올지 모르니 평상에 누워 광합성하기도 글렀다. 하루 중 유일한 낙이었는데.

"로즈! 기다려 봐. 얘기 좀 해. 응? 로즈으!"

서둘러 장미를 뒤따라 나오던 에릭이 그녀의 손목을 붙잡았을 때.

Rrrr. Rrrr. Rrrr.

갑작스럽게 울린 전화벨 소리에 두 사람은 그대로 얼어붙었다.

3

상대방은 서준의 인내심을 시험하고 있었다. 하지만 이미 몇 차례 겪어본 경험이 있는지라 느긋하게 대답을 기다렸다.

그에 반해 데스크 앞에 서 있는 태평은 연신 시간을 확인하고 있었다. R&E와의 통화에 성공한 대표가 몇 시에 찾아뵈면 되겠냐고 물은 지 벌써 한참이 지났다. 그런데 그의 대표는 입을 꾹 다물고 수화기만 들고 있었다.

기다림에 지친 태평이 소리 없이 입술을 움직였다.

뭐라고 합니까?

타이밍과 느낌으로 태평의 말을 알아들은 서준이 고개를 저었다.

"끊었습니까?"

작은 소리로 묻자 서준이 검지를 세워 입술에 붙였다. 전화가 끊긴 건 아니라는 뜻이었다.

대체 뭐 하는 사람들이야?

태평은 슬슬 화가 나기 시작했다. 자신과 전략팀이 0순위로 지목한 팀이었고 그들이 세상에 내어놓은 곡들이 꾸준히 빌보드 차트에 오르고 있다 하더라도 너무하지 않은가.

아무 생각 없이 고른다고 해도 R&E가 우선이었고 이것저것 재고 따져 본다면 R&E가 최선이라지만!

아무리 우리가 저자세로 나갔어도 그렇지. 너무 뻗대는 거 아니야?

화낼 때마저도 웃는 상이라 그게 더 무서운 태평의 얼굴에서 웃음기가 사라졌다.

서준과 툭탁거릴 때가 많고 능청이 트레이드마크인 태평이지만 파인 엔터테인먼트에 대한 충성도는 결코 얕지 않았다. 그러니 회사와 대표인 서준을 무시하는 것 같은, 무시하는 게 분명한 R&E의 태도에 화가 나는 것이다.

이래서 내가 실장인 거지.

묵묵히 수화기를 들고 있는 서준을 보면서 태평은 새삼 왜 이서준이 대표여야 하는지 깨달았다.

태평이었으면 제주도까지 날아가지도 않았을 거였다. 어떻게든 설득을 해보려 노력하다가 안 되면 쿨하게 끝. 다른 작곡가를 물색하거나 회사 소속 작곡가들을 달달 볶았을 것이다. 너희가 감히 파인을 무시하냐며 대놓고 화냈을 가능성도 있었다.

가만 생각해 보니 서준이 이런 식으로 성사시킨 일이 적지 않다. 그의 집념과 열정은 타의 추종을 불허했다. 그런 사람이라 더

늦기 전에 'pine'을 아시아 최고가 아닌 세계 최고로 만들겠다는 청사진을 그릴 수 있었던 것이기도 하고.

"그럼 5시에 찾아뵙겠습니다."

드디어 시간 약속을 잡은 서준이 전화를 끊었다.

"대표님."

수화기를 내려놓기 무섭게 저를 부르는 태평에게 서준이 표정으로 물었다.

뭐, 왜.

"끝까지 거절하면 어떡하실 겁니까."

서준이 손등으로 턱을 쓸었다.

"생각 안 해봤는데."

"컴백은 해야 되지 않겠습니까."

"해야지."

"곡이 나와야 무대에 세우죠."

"그렇지."

"대표님!"

귀찮다는 듯 얼굴을 찡그린 서준이 새끼손가락으로 귀를 후볐다.

"생각이 없으시면 어떡합니까! 멤버들은 이제나저제나 컴백할 날만 기다리고 있는데 말입니다! 후발 주자는 진즉 곡 받아놓고 안무까지 맞춰놨는데 어쩌려고 이러십니까!"

"최 실장, 군대가 체질에 맞아?"

저를 멀뚱히 쳐다보다가 뱉어내는 엉뚱한 말에 태평의 눈썹이 휘었다.

"아니, 다나까를 굉장히 좋아하는 것 같아서."

태평의 턱이 단단해졌다.

"흥분할 거 없어. 곡 받을 테니까."

무례한 짓이라는 걸 알면서도 태평은 의심이 묻어나는 눈빛으로 서준을 쳐다보았다.

"확신하십니까?"

"내가 언제 승산 없는 게임 하는 거 봤어?"

"이번엔 어려울 것 같아서 드리는 말씀입니다."

"어려운 거, 이미 다 했잖아."

씨익 웃는 서준은 여유 있어 보였다. 어딜 어떻게 뜯어봐도 곡 못 받아서 안절부절못하는 사람 같지가 않았다.

"첫술에 배부를 수 있나? 재촉하지 마. 저쪽도 압박받을 만큼 받았어."

개고생을 체험한 대표님이 그렇다는데 더는 할 말이 없었다. 태평이 믿는 구석이라도 있냐고 물어보려는데 서준이 화제를 전환시켰다.

"사고 친 배우님들은 어떻게 지내고 계시나?"

의자에 몸을 기댄 서준이 물었고 태평은 습관적으로 손에 들고 있던 태블릿 PC를 조작했다.

꽤 오랫동안 서준과 태평의 질의응답 시간이 이어졌다. 그들은 현재 시급하게 처리해야 하는 일들과 법적으로 해결해야 하는 문제들에 대한 대화를 나누기 시작했다. 1차적으로 걸러낼 수 있는 문제들을 거르는 시간. 사실상 소회의나 마찬가지였다.

"고소하겠다고?"

태평에게 가장 최근에 일어난 일들에 대해 듣고 있던 서준이 눈을 가늘게 떴다.

악플에 괴로워하던 가수 한 명이 악플러들을 고소하겠다는 의사를 전했단다. 회사가 하지 못하게 한다면 위약금을 물고서라도 계약을 파기하고 개인적으로 고소하겠다는 강력한 의지를 보였다고 했다.

"악플 수준은?"

"직접 보시는 게 나을 겁니다. 정리해 놓은 파일, 보내 드리겠습니다."

과학의 발전은 이래서 좋았다. 귀찮게 왔다 갔다, 시간 낭비할 필요가 없으니까.

손가락 몇 번 움직였을 뿐인데 서준의 PC로 파일이 도착했다. 문서를 열어 확인한 그의 표정이 시간이 지날수록 험악해져 갔다.

악플은 상상 그 이상의 수준을 보여주고 있었다. 서준이 가장 혐오하는 게 가족 관련 악플이었는데 악플러들은 사돈의 팔촌까지 끌어들였다. 소속 가수의 막둥이 동생을 그녀의 사생아로 둔갑시킨 건 시작에 불과했다. 몇몇은 그 막둥이가 파인 대표의 아들일 거라는 예측까지 내놓은 상태였다.

조금 전까지만 해도 손가락 몇 번 움직이는 것으로 모든 게 해결되는 세상에 살고 있다는 것에 만족하던 서준이 분노했다.

요즘은 세 치 혀만 무서운 게 아니다. 손가락 열 개가 세 치 혀보다 훨씬 더 무서운 세상이었다.

익명성의 폐해다. 생각 없이, 단순히 재미로 움직인 손가락 때문에 누군가 죽음을 떠올릴 만큼 끔찍한 고통에 시달릴 수 있는 사실을 악플러들은 무시한다. 모르는 게 아니다, 무시하는 거였다. 그리고 몰라서 그랬다고 해도 모르는 것조차 죄가 되는 것이 악플이라는 게 서준의 생각이었다.

"이번 기회에 싹 다 고소해 버려."

더럽고 추잡하게 만들어놓은 사진들까지 확인한 서준이 창을 닫았다. 아직도 이런 일들을 겪을 때면 신물이 올라왔다. 절대 익숙해지지 않을 인간의 사악함이었다.

"전부, 말입니까?"

비단 고소 의사를 전한 가수만이 아닌, 파인 식구 모두를 포함시킨다는 뜻을 캐치한 태평이 조심스럽게 되물었다.

서준이 하얀 치아를 드러내며 웃었다. 섬뜩하게.

"파인 소속 연예인들은 절대 건드리면 안 된다는 걸 가르쳐 줘야지."

"파장이 클 겁니다."

"구더기 무서워서 장 못 담그나?"

"전 구더기 무섭습니다."

"난 안 무서워. 내가 대표야. 이런 일도 케어 못해줄 거면 소속사가 왜 필요해?"

악플에 대응하는 서준의 입장은 한결같았다. 그것은 아버지 이강진의 영향이 컸다. 예상했던 시기보다 빠르게 회사를 물려받았던 이유 중 하나가 악플 때문이었으니까.

악플에 상처받고 우울증에 시달리던 배우가 끝내 생의 끈을 놓고 말았다. 이강진은 절반은 자신의 탓이라며 자책했고 그때부터 건강이 급속도로 안 좋아졌다.

파인 엔터테인먼트는 절대로 악플러들과 타협하지 않는다. 2대에 걸쳐 소중한 생명을 지키지 못하고 잃어버릴 수는 없는 일이니까.

"돈과 시간이 얼마가 들지는 관심도 없고 상관도 없어. 뿌리까지 뽑아낼 거니까 절대 합의해 주지 마. 그게 파인 엔터테인먼트의 뜻이라는 걸 확실하게 전달하고."

내 식구들을 철저하게 보호하라는 명에 태평이 고개를 끄덕였다.

"나가봐."

허리를 숙여 인사한 태평이 문고리를 잡고 돌리다가 멈췄다. 그리고 이내 몸을 돌려 서준을 쳐다보았다.

"대표님."

서류에 시선을 두었던 서준이 고개를 들었다.

"나가실 때, 같이 가겠습니다."

서준은 몇 번 눈을 깜박이다가 별일 다 있다는 듯한 표정으로 물었다.

"왜?"

"왜긴요. 가서 설득하는 것도 돕고, 대표님 피곤하시지 않게 운전도 해드리고……."

"최 실장."

태평의 말을 끊은 서준이 깍지 낀 손으로 턱을 받쳤다.

"솔직하게 말해."

심각하게까지 보이는 말투와 눈빛에 태평이 고개를 갸웃했다.

"무슨 말씀이십니까?"

"뭘 잘못했는지 말하라고."

"예?"

"범죄를 저지른 게 아니라면 용서해 줄게. 그러니까 말해."

마치 자신이 죽을죄를 지은 것처럼 몰아가는 서준 때문에 태평의 얼굴이 일그러졌다.

"지금 무슨 말씀을 하시는 겁니까?"

"혹시 최 실장……."

말을 늘이는 서준을 태평이 무섭게 노려보았다. 대표 입에서 정상적인 말이 나오지 않을 것을 충분히 예상할 수 있었기에.

"횡령했어?"

"대표님!"

오랜만에 태평의 얼굴이 붉게 달궈졌다. 이게 무슨 날벼락인지 모를 일이었다. 참으로 오랜만에 대표가 대표답게 보여 좋은 일 좀 하겠다고 나섰다가 졸지에 횡령 누명까지 쓰게 되다니. 이래서 사람이 안 하던 짓을 하면 안 되는 거다.

"그렇지 않고서야 최 실장이 운전기사를 하겠다고 나설 리가 없으니까 그러지. R&E 만나러 갈 때도 나 혼자 보냈고. 게다가 내가 아주, 아주 중요한 모임에 나가서 술에 떡이 돼도 대리기사 불러주는 사람이잖아, 최 실장이."

낄낄, 얄미운 웃음을 흘리는 대표 덕분에 태평의 얼굴엔 하루가 다르게 주름이 는다.

"그쪽이 안 좋아할 것 같지만 같이 가지, 뭐."

"됐습니다!"

쾅! 태평이 문이 부서져라 닫고 나가자 서준의 웃음이 커졌다.

기분 전환엔 역시 최태평 놀려먹는 게 최고다.

"감회가 새롭지?"

차에서 내린 서준의 말에 태평은 대꾸하지 않았다. 운전하는 내내 뒷좌석에서 어찌나 잔소리를 해대던지 귀 따가워 죽는 줄 알았다. 이래서 곧 죽어도 서준을 태우고서 운전을 안 했던 거였다. 만취 상태에서도 잔소리를 할 수 있는 사람이 자신의 대표라서.

"난 닭발 들고 이 집 앞에 섰을 때 감회가 새롭더라고. 최 실장은 멤버들 대동하고 왔었잖아?"

네가 'pine' 멤버 다섯을 데리고 왔어도 못 열었던 문을 나는 닭발로 열었다, 자랑이라도 하고 싶은 모양이었다.

"그런데 정말 빈손으로 와도 괜찮은 겁니까?"

아무래도 불안해서 물었더니 서준이 콧방귀를 뀌었다.

"최 실장은 이 집 사람들 입맛 맞출 자신이 있나 보군. 그리고 우리가 왜 빈손이야? 그거 가져왔잖아."

서준이 눈짓으로 가리킨 건 태평이 들고 있는 서류 봉투였다.

"그게 선물이지, 다른 게 선물이야?"

부정할 수 없는 말이었다. 서류 봉투 안에는 계약서가 들어 있었고 거기엔 어마무시한 계약 사항들이 빼곡하게 나열되어 있었으니까.

어떤 작사, 작곡가도 R&E가 제시받은 것만큼 좋은 조건으로 계약한 적이 없었다. 파인의 소속 작사, 작곡가들이 알게 되는 날에는 그들이 노사분쟁을 일으킬 만큼이었다.

돈으로 흔들리는 사람들이면 좋겠구만.

초인종을 누르려 팔을 뻗는 서준은 긴장하고 있었다. 태평의 앞에서는 자신만만한 척했지만 속마음은 안 그랬다. 이미 R&E 가 돈이나 좋은 조건에 흔들릴 만한 사람들이 아니라는 걸 아니까.

떨리는 마음을 다잡고 초인종을 누르자 누구냐고 묻는 말도 없이 철문이 열렸다. 약속을 하고 왔다지만 너무 쉽게 열리는 문을 보자니 어쩐지 허탈해졌다.

"표정 관리 잘해."

정원을 가로지르던 서준의 경고에 태평은 이유도 모르고 고개를 끄덕였다.

"들어오세요."

이 여자는 오늘도 붉네.

현관문을 열어주고 바로 등을 돌리는 장미의 뒷모습을 쳐다보던 서준의 입술이 한일자로 굳었다. 아무도 모르게 전투태세에 돌입한 것이다.

"앉으세요."

거실에 서 있던 에릭이 자리를 안내하자 서준과 태평이 소파에 앉았다.

"파인 엔터테인먼트 실장, 최태평입니다."

"저희 소개는 생략하죠. 알고 오셨을 테니까."

붉은 여자의 말에 태평은 서준이 경고한 이유를 알았다. 그들의 외모도 외모지만 파인 엔터테인먼트 사람들에 대한 거부감이 엄청났다. 그럴 만했다. 매일같이 찾아와서 괴롭혔으니 곱게 보일 리 만무했다.

"좋은 곳에서 저녁이라도 대접하고 싶었는데요."

웃음 띤 서준의 말에 분위기가 싸늘해졌다. 모두가 그것이 에릭을 겨냥한 말임을 모르지 않기 때문이었다.

"오늘 대답을 들을 수 있을 것 같아서 계약서도 가져왔습니다."

서준의 말이 떨어지자 태평이 들고 있던 서류 봉투를 거실 테이블 위에 올려놓았다.

"저희가 말씀드렸던 조건 중에서 누락된 건 없지만 한 번 읽어 보시는 게 나을 겁니다."

마치 계약을 약속하고 온 사람마냥 구는 서준 때문에 태평의 등에서 식은땀이 흘러내렸다.

아무리 그가 다니는 회사의 대표라지만 이런 억지가 어디 있나. 성의는 성의, 닭발은 닭발, 계약은 계약인데 닭발 하나 내밀고 계약이 성사된 것처럼 굴다니.

척하니 팔짱을 끼고 서류 봉투를 응시하던 장미가 한참 후에야 입술을 떼어냈다.

"성급하시네요."

능글맞은 걸로는 태평보다 몇 수 위인 서준이 씨익 웃어 보였다.

"그럴 리가요. 제가 성급한 사람이었으면 이 자리에 앉아 있지도 못했습니다. 하하하!"

승리를 확신하는 웃음에 태평의 발가락이 곱아들었다.

제발 분위기 파악 좀 하십쇼!

대표를 쳐다보는 붉은 여자가 말 그대로 불타오르고 있었다. 조금만 더 건드리면 집 안에서 폭죽놀이도 할 수 있을 것 같았다.

줄타기를 하듯 아슬아슬한 기운이 넓은 거실을 감돌았다. 그리고 어제와 마찬가지로 서준과 기 싸움을 하던 장미의 입가에 미소가 걸렸다.

"조건 좋아하시는 분인 것 같으니 저희도 조건을 걸죠."

"편하게 말씀하십시오."

"어떤 조건이든 받아들이실 건가요?"

"물론입니다."

서준은 기세등등했다. 그 와중에 에릭은 한숨을 쉬며 고개를 저었고 태평은 서준이 경고했던 것처럼 표정을 관리하느라 정신이 없었다.

장미의 미소가 진해졌다.

거실에 정적이 감돌았다. 폭탄이 투하된 이후 평정심을 유지하고 있는 사람은 폭탄을 터뜨린 장본인인 장미뿐이었다.

R&E가 제시한 조건을 듣고 멍해 있던 서준이 바쁘게 눈을 굴렸다. 아무리 머릿속으로 되감기를 해봐도 제대로 들은 게 아니지 싶다. 그가 들은 말이 진짜라면, 잘못 들은 게 아니라면, 저 여자는 제정신이 아닌 거니까.

"받아들이시겠어요?"

앙칼진 눈매가 부드럽게 휘었다. 배불리 밥 먹고 기분 좋아진 고양이 같았다. 아니, 아니다. 저 여자는 고양이가 아니라 여우였다. 사람 속 뒤집어지게 만드는 정신 나간 불여우.

서준은 에릭과 태평을 번갈아 쳐다보았다. 에릭은 민망한지 고개를 돌려 버리고 태평은 그때까지도 멍해 있었다.

"제가, 잘못 들은 것 같습니다만."

숨을 고른 서준의 말에 장미의 입매가 늘어졌다.

"잘못 들으신 거 아닐 거예요."

"진심이십니까?"

장미는 아무렇지도 않은 얼굴로 고개를 끄덕였다.

"정말…… 술로, 결정을, 하자는 겁니까?"

서준은 아드득 이를 갈았다. 저 여자가 맛이 갔거나 파인 엔터테인먼트를 무시하거나, 둘 중 하나였다. 그렇지 않고서야 감히 계약을 할지 안 할지를 술내기로 결정하자는, 말 같지도 않은 소리를 내뱉을 수는 없는 일 아닌가. 예술 하는 사람치고 지극히 정상적인 사람들을 몇 본 적이 없긴 하지만 이건 해도 해도 너무한다.

억지로 입꼬리를 끌어 올리느라 경련을 일으키는 서준의 얼굴을 보면서 장미는 생글생글 웃었다.

빨리 안 한다고 해. 집어치우라고 하라고.

제발 그래 주기를 바랐다. 그걸 노리고 내건 조건이었으니까.

더럽고 치사하고 치졸하기까지 한 노림수라는 건 장미도 잘 알고 있었다. 하지만 아무리 머리를 쥐어 뜯어봐도 다른 방법이 없었다.

목에 칼이 들어와도 안 한다고 배짱 튕기기도 어렵고, 솔직하게 슬럼프라고 불어버릴 수도 없다. 그냥 안 하겠다고 고집부리면 파인 대표는 날이면 날마다 찾아올 게 뻔했다. 그의 방문에 화를 낼 수는 있겠지만 할 수 있는 건 그게 다일 것이다. 불필요한 감정 소모.

그녀도 이 상황이 짜증스럽고 안타까웠다. 할 수만 있다면 끝내 주는 곡을 주고 싶었다. 할 수만 있다면.

언제쯤 다시 곡을 쓸 수 있게 될지 예상조차 할 수 없는데 계약서에 사인을 갈길 수는 없었다. 치졸한 술내기 제안보다 무책임한 결정이 더 나쁘다. 적어도 장미에게는 그랬다.

내키지는 않지만 궁여지책으로 찾아낸 게 술 내기였다. 적당히 마시고 거하게 취하는 에릭과 달리 장미는 술을 꽤 잘했다. 사실 엄청나게 잘 마셨다. 대학 다닐 때 러시아 친구와 붙어서 이긴 적도 있었다. 그러니 파인 대표가 때려치우라고 하지 않고 조건을 받아들인다고 해도 그가 장미를 이길 확률은 적었다. 물론 이쯤에서 먼저 항복을 선언해 준다면 그것보다 좋은 일은 없을 테지만.

소파에 기대어 앉아 있는 장미의 미소가 서준을 폭발 직전으로 끌고 갔다.

이 여자, 진심이다.

술내기를 하자 했다. 그가 이긴다면 계약서에 사인을 할 것이고, 그녀가 이긴다면 그걸로 끝. 계약이고 뭐고 없다는 말이었다. 두 번 다시 찾아오지도 말라는 거였다.

"대표님."

정신을 차렸는지 태평이 떨리는 목소리로 서준을 불렀다. 그가 잠시 흔들린 사이, 때를 놓치지 않은 장미가 어깨를 으쓱해 보였다.

"싫으시면 마……."

"합시다."

세 쌍의 눈동자가 서준에게 날아들었다.

"대표님!"

태평과 오래 보긴 했나 보다. 이제 목소리만 들어도 알겠다. 이건 있을 수 없는 일이라고, 이렇게까지는 하지 말자고 말하고 싶어 한다는 걸.

"단, 승패가 정해지면 무조건 결과에 승복하는 겁니다."

태평의 거친 숨소리에도 서준은 뜻을 굽히지 않았다. 시작한 일은 끝까지 간다. 끝을 봐야 시작한 의미가 있는 것이다. 더불어 더럽게 못돼 처먹은데다가 치사하기까지 한 불여우는 그를 화나게 했다. 파인을, 이서준을 물로 봤다.

절대로 이긴다.

"시작합시다."

재킷을 벗어 태평에게 건넨 서준의 말에 그를 물끄러미 쳐다보던 장미도 미소를 지운 채 전열을 가다듬었다.

이겨야 한다, 무슨 일이 있어도.

거실 테이블에 술상이 차려졌다. 술상이라고 해봐야 위스키 한 병과 얼음물이 다였지만.

장미와 서준은 소파에서 내려와 테이블을 사이에 두고 마주 앉았다.

"스트레이트로, 동시에."

서준의 말에 장미가 고개를 끄덕였다. 머리를 올려 묶고 편안한

트레이닝복으로 갈아입은 그녀는 홈그라운드의 이점을 최대한 활용하고 있었다. 이왕 치사해진 거 더 치사해지지 못할 게 뭔가.

술상을 쳐다보던 에릭이 주방에서 과일을 꺼내오고 오징어도 구워 왔지만 아무도 안주에 손을 대지 않았다. 술 못 먹어 죽은 조상신이 붙은 사람들마냥 한 잔, 한 잔 성실하게 비워 나갔다.

"술, 잘하시나 봅니다."

서준이 빈 잔을 내려놓자 장미도 질세라 잔을 내려놓았다.

"못 마시진 않아요."

서로의 잔을 채우고 향마저 독한 술을 입안에 털어 넣는다.

"이렇게까지 하는 이유가 뭡니까?"

술이 몇 순배 돌았지만 취해 보이는 사람은 없었다. 장미의 잔에 술을 따르던 서준이 약간 인상을 구기며 묻자 그녀는 질문을 되돌렸다.

"저 역시 묻고 싶네요."

또다시 술잔이 채워지고 빠르게 비워졌다.

"제가 들은 이유 외에 다른 사정이 있는 겁니까?"

잠시 장미의 눈빛이 흔들렸다. 하지만 그녀는 이내 마음을 다잡았다.

"들으신 것처럼 아이돌 그룹과 저희 곡은 어울리지 않고, 지금은 휴식기예요."

"휴식기엔 곡을 아예 안 씁니까?"

"기계가 아닌 이상 원하는 날에 맞춰서 곡을 뽑아낼 수는 없어요."

"써놓은 곡들은 있을 거 아닙니까."

"저희 곡들, 안 들어보셨어요?"

바쁘게 비워지는 술잔만큼 치열한 대화가 오갔다. 그리고 말을 하면 할수록 두 사람의 생각은 비슷해져 갔다.

장미는 가늘어진 눈으로 서준을 쳐다보았다.

정말 맘에 안 들어.

말투와 행동으로 봐서는 능글맞은 배불뚝이 아저씨가 연상되는데 생긴 건 멀끔하게 잘생겼다. 모델을 해도 좋을 만큼 키가 크고 체격도 좋다.

남자의 짙은 눈썹과 시원하게 뻗은 콧대가 유독 눈에 띄었다. 삐딱한 미소를 지을 때조차 매력적으로 보였다. 한마디로 정의 내리자면 이서준 대표는 남자 냄새를 풀풀 풍기는, 여자들이 한 번쯤 연애를 꿈꾸어볼 만한 남자였다. 그래서 더 싫었다.

서준은 눈 한 번 깜박이지 않고 장미와 시선을 맞췄다.

이렇게까지 마음에 안 들 수도 있나?

적당히 치켜 올라간 눈매와 머리카락처럼 붉은 입술이 잘 어울리는 여자였다. 동그란 콧방울이 사나운 인상을 완화시켜 줬고 머리를 틀어 올려 드러난 목선은 남자들의 시선을 끌기 충분했다. 정형화된 미인이 아니라 특색 있는 매력을 가진 외모였다. 쉽게 눈을 뗄 수 없을 만큼.

사납지만 그럼에도 예쁘장한 외모에 걸맞은 성격의 소유자였다면 더 할 수 없이 좋았을 텐데. 여자는 그저 사납기만 했다. 정말이지 그가 딱 싫어하는 스타일이다.

서로를 쳐다보는 눈빛이 못마땅함으로 완벽하게 물들어갔을 때쯤, 위스키 병이 바닥을 보였다.

"로즈, 계속할 거야?"

빈 병을 흔들며 중단을 종용하는 에릭의 말에 장미보다 서준이 먼저 대답했다.

"아직 승패가 갈리지 않았습니다."

"술, 더 있지?"

망설이는 에릭을 일별한 장미가 자리에서 일어나 주방으로 걸어갔다.

비틀거리지도 않네. 빌어먹을.

장미의 뒷모습을 뚫어지게 쳐다보던 서준이 끄응, 신음을 삼켰다.

서준도 술이라면 일가견이 있었다. 반주(飯酒)는 일상이었고 회식 자리도 많았다. 사업상 술자리를 가질 기회가 많았고 애초에 술이 약하지도 않았다. 그는 술과 술자리를 즐기는 사람이었다. 지금이야 승부욕과 오기로 똘똘 뭉쳐 술맛도 모르고 마시지만 말이다.

연예계에서 일하고 있는 만큼 술 잘 마시는 여자들은 많이 봤다. 영화감독, PD, 작가, 배우 등등, 술고래라고 불릴 법한 여자들이 꽤 있었다. 하지만 한장미처럼 위스키를 쉴 틈 없이 마시면서도 얼굴색 하나 변하지 않는 여자는 본 적이 없었다.

술 취해서 이성을 잃은 여자만 꼴불견이라고 생각했는데 술 마시고 아무 변화 없는 여자도 참 매력 없다.

안 취해도 취한 척 비틀거리기도 하고, 얼굴도 빨개지고, 그래야 여자다운 건데 말이지.

"위스키로 계속 가죠."

술병을 들고 나온 장미의 도발 아닌 도발에 서준은 기꺼이 응했다.

잔이 비워지는 속도가 빨라졌다. 그 와중에도 서로를 향해 끊임없이 으르렁거리는 두 사람을 지켜보던 태평이 쯧, 소리 없이 혀를 찼다.

이게 대체 뭐 하는 짓인지 모르겠다. 말도 안 되는 조건을 내건 여자는 말할 것도 없고 곡 하나 받자고 술내기에 응한 대표도 이해가 되지 않았다.

제일 이해 안 가는 건 저 남자야.

태평은 에릭의 정체를 파악할 수가 없었다. 여자를 말리는 듯하더니 씨알도 안 먹히니까 바로 포기해 버렸다. 그리고 이제는 제법 흥미진진하다는 표정으로 내기에 목숨 건 두 사람을 지켜보고 있었다.

"드려요?"

쳐다보는 시선이 느껴졌던지 에릭이 손에 들고 있던 맥주 캔을 위로 들어 보였다. 태평은 단호하게 고개를 저었다.

제정신이야? 우리까지 술에 취하면 승패는 누가 가늠하는데?

싫으면 말라는 듯 에릭이 맥주를 홀짝홀짝 마셔대면서 오징어를 씹었다. 그는 이미 목덜미까지 벌게진 상태였다. 아마 한 캔만 더 마시면 무식하게 술을 들이붓고 있는 두 사람보다 먼저 뻗으리라.

태평이 슬쩍 휴대폰을 꺼내 시간을 확인했다. 술내기가 시작된 지 얼마 되지도 않았는데 벌써 술을 2병이나 비웠다. 술병이 미니어처 사이즈도 아닌데.

저러다 일 나는 거 아니야?

서준을 바라보는 태평의 얼굴에 수심이 가득했다. 붉은 여자한테는 관심 없었다. 그의 걱정은 자신의 대표만을 향해 있었다.

스스로 절제가 가능한 서준은 기분 좋게 취한 적은 있어도 만취해서 주사를 부린 적은 없었다. 오늘처럼 작정하고 술을 들이 붓는 미친 짓은 한 적이 없었다는 뜻이다.

타고난 체력과 꾸준한 운동 덕분에 술을 많이 마신 다음날도 태연하게 출근해서 업무를 봤던 서준이라지만 과연 이번에도 그럴 수 있을지 확신이 서질 않았다.

응급실에 실려가지 않으면 다행이지.

태평은 닳도록 혀를 차가며 한심하게만 보이는 두 사람을 주시했다. 점차 꼿꼿했던 허리가 수그려지고 그들의 의지와는 상관없이 상체가 좌우로 흔들리기 시작했다.

"그러눈 거 아임다!"

흰자위까지 시뻘게진 서준이 소리치자 눈이 반쯤 감긴 장미가 대차게 받아친다.

"에이쒸! 반솨! 미투거등!"

"어? 어어? 말놨냐아?"

"놔따! 어쩌 껀데!"

"너 며 쌀이야!"

태평의 시름이 깊어져만 갔다. 위스키 3병째. 대표와 붉은 여자는 만취했다. 그들은 자꾸만 쓰러지는 몸을 억지로 일으키며 잔에 술을 따랐다. 그래 봤자 테이블을 적시는 술이 반 이상이다.

"테이블 닦아야…… 헐."

태평은 기가 막혔다. 에릭이 오징어를 손에 쥔 채 소파에 누워 곤하게 잠들어 있었기 때문이다.

내가 무슨 부귀영화를 누리자고 여길 따라왔을까.

한숨을 푹푹 쉬어가며 신세한탄을 하고 있는데 서준이 크게 휘청거리는 모습이 눈에 들어왔다.

안 됩니다! 어차피 이렇게 된 거, 이기셔야 합니다!

눈을 부릅뜨고 마음속으로나마 서준을 응원했다. 그 마음을 아는지 서준이 다시 중심을 잡으려 애를 쓴다.

시간이 갈수록 태평은 조마조마해졌다. 두 사람 모두 이제 술은 마시지 않고 서로를 쳐다보고만 있었다. 흔들흔들, 몸을 좌우로 정신없이 흔들어대면서.

조금만 더. 조금만 더!

저도 모르게 주먹을 말아 쥔 태평이 서준과 장미를 번갈아 쳐다보았다. 그리고 잠시 후.

쿵! 한 사람의 머리가 테이블과 조우했다.

"으윽."

잠에서 깬 서준이 양손으로 머리를 감싸 쥐곤 얼굴을 구겼다. 머리가 깨질 듯이 아팠다. 정말 깨졌어도 이상하지 않을 것 같았다.

"아으윽."

손가락 하나 움직일 때마다 골이 울렸다. 힘겹게 몸을 일으킨 그는 느리게 눈꺼풀을 들어 올렸다. 끔벅, 끔벅 눈을 깜박이면서 대체 왜 이렇게 머리가 아픈 건지 기억을 더듬었다.

불여우와 술내기를 하고 위스키를 마셨던 건 기억난다. 서로 삿대질을 해가며 뭐라 뭐라 소리를 질렀던 것도 같다. 그런데.

"누가…… 이겼지?"

아무리 머릿속을 헤집어도 그 부분만은 명확하게 떠오르질 않았다. 3병째 위스키를 잔에 따랐던 것까지는 기억나는데 그걸 해치우고 또 술을 마셨는지, 아니면 3병으로 끝났는지조차 알 수가 없었다.

최태평, 최 실장은 알겠지.

"아윽, 빌어먹을."

침대에서 벗어난 서준이 흐느적거리며 휴대폰을 찾아 헤맸다. 거실 소파 위에서 휴대폰을 찾은 그는 곧바로 태평에게 전화를 걸었다.

[……네.]

잔뜩 가라앉은 태평의 음성에 서준은 심장이 철렁했다.

진…… 거야? 에이, 설마. 아니지, 설마가 사람 잡는댔는데. 아니, 아니야. 내가 여자한테 졌을 리가 없잖아?

"최 실장. 어제 말이야."

서준은 불안한 마음을 잠재우려 최선을 다했다. 그는 제발 태평에게서 대표님이 졌다는 말을 듣게 하지 말아달라고 신께 기도했다.

[대표님.]

"어?"

두근두근. 두근 두근 두근.

심장이 금방이라도 터져 버릴 것처럼 뛰어댔다. 단언하건대 머리털 나고 이렇게 심장이 빠르게 뛴 건 처음이었다.

[해장하시고 출근하십시오.]

뚝. 전화가 끊겼다. 어제 어떻게 됐는지, 누가 이겼는지, 왜 목소리가 그렇게 안 좋은지. 궁금한 것들은 단 하나도 알려주지 않은 채 태평이 전화를 끊어버렸다.

"내가 이 자식…… 윽!"

목청을 높이던 서준의 미간이 한껏 좁아졌다. 얄밉고 화도 나지만 태평의 말이 맞다. 해장을 하든 약을 사먹든 우선은 이 젠장맞을 두통부터 없애야 했다.

같은 시간, 장미도 서서히 잠에서 깨어나고 있었다. 서준과 다른 점이 있다면 두통 대신 지독한 속 쓰림이 찾아왔다는 것 정도다.

"아우, 나 죽어어."

침대 시트를 손끝으로 박박 긁어대던 장미가 기운을 차려 방에서 벗어났다. 그녀는 계단을 내려가며 제 방을 2층으로 정한 스스로에게 욕설을 퍼부었다.

"어? 일어났네?"

주방에서 나오던 에릭과 마주친 장미의 시선이 그가 들고 있는 쟁반으로 옮겨졌다. 그리고 냅다 쟁반 위의 컵을 집어 벌컥벌컥 마셨다.

숨도 안 쉬고 컵을 비워낸 장미가 손등으로 입가를 닦았다.

"후우, 살겠다."

적당히 따끈한 우유 한 컵을 원샷하니 곧 죽을 것같이 고통스럽던 속 쓰림이 살짝 가라앉았다.

"한 잔 더 마실래?"

"우욱!"

잔, 마시다. 그 말에 반응한 장미의 위가 뒤틀렸다. 얼른 손으로 입을 틀어막은 그녀가 손사래를 쳤다.

"약 사다 줄까?"

느릿하게 고개를 저은 장미는 푹신한 소파에 몸을 묻었다.

"정말 괜찮아?"

걱정스럽게 묻는 에릭에게 휘휘 손을 저어 보인 그녀가 눈을 감고서 다 죽어가는 목소리로 물었다.

"내가, 이겼지?"

당연히 그녀가 이겼다는 대답이 들려와야 하는데 에릭은 한참이나 말이 없었다. 혹시 못 들었나 싶어서 다시 물어봤지만 돌아오는 건 침묵이었다.

"오빠?"

눈을 뜨고 그를 쳐다보는데 어쩐지 표정이 불길하다. 애써 그녀의 시선을 피하며 머뭇거리는 모양새가……

"몰라?"

"흠, 흐흠."

"아니지?"

"그게, 로즈."

본인 입장이 불리할 때만 살살 쳐대는 어색한 눈웃음을 보면서 장미는 깨달았다. 전혀 믿음직스럽지 않은 오빠라는 인간이 내기

결과에 대해 눈곱만큼도 모르고 있다는 사실을.

슬금슬금 뒷걸음질 치는 에릭을 노려보던 장미가 벌떡 몸을 일으켰다.

"에리이이이이이이익!"

분노가 고통을 삼키는 순간이었다.

4

하늘에 먹구름이 잔뜩 끼어 있었다. 당장 비가 내려도 이상하지 않을 날씨였다. 스산한 바람이 나뭇잎을 스치고 지나가는 가운데, 장미가 있었다.

평상 위에 대자로 누운 그녀는 눈을 감은 채였다. 일광욕을 즐기기엔 적절하지 않은 날씨였지만 자못 찬 기운을 실은 바람이 갑갑함을 덜어주었다.

예상했던 것처럼 에릭은 내기의 결과를 알지 못했다. 그녀도 마지막이 어땠는지 기억이 안 난다. 이길 수 있다는 자신감에 시작한 게임이었는데 뭔가 개운치가 않았다. 싸한 기운이 온몸을 휘감았다.

불길했다. 이긴 것 같지가 않다. 파인 대표나 최태평 실장에게 전화를 걸어 물어보면 확실하게 알 수 있겠지만 먼저 연락을 하는 건 찝찝했다.

이상해. 저쪽이 이겼으면 아침 댓바람부터 쳐들어와서 계약서를 들이밀었을 텐데.

점심 식사도 건너뛴 그녀가 평상에 누운 지 한참이 지났지만 파인으로부터 전화가 걸려왔다는 소리도 없고 찾아오는 사람도 없었다.

답답했다. 죽자고 매달리는 사람들한테 치사하게 굴어서 벌을 받는 기분이었다. 그녀도 어쩔 수 없었을 뿐인데. 곡이 써지기만 했다면 이렇게까지 하지도 않았다.

장미는 머릿속에 오선지를 그려 넣었다. 그 안에서 음표들이 뛰어놀았다. 문제는 중구난방으로 뛰고 날고 난리를 친다는 것이다. 당최 정리가 되질 않았다. 굳이 빠른 비트가 아니더라도 뭔가 떠오르기만 한다면, 감이라도 잡혀준다면 소원이 없겠다.

그녀는 날씨와 감정의 영향을 받는 사람이었다. 이런 날은 어딘가 우울하면서도 구슬픈 멜로디와 글귀가 떠올라야 마땅했다. 이제껏 그러는 게 당연했다.

밥 먹다가도 악상이 떠오르면 곧바로 지하에 있는 작업실로 뛰어 내려갔던 때가 그리웠다. 에릭과 처절하게 싸워가며 곡을 만들고 완성된 곡에 만족하며 맥주를 들이켰던 시간이 미치게 그립다.

"짜증나."

혼잣말을 중얼거린 장미가 몸을 뒤틀었다.

"대체 누가 이긴 거냐고오."

몸부림을 멈춘 그녀는 평상이 무너져라 한숨을 내쉬었다. 궁금하고 답답해서 견딜 수가 없다. 긴장을 늦출 수가 없어서 평소보다 머리가 더 안 돌아갔다. 곧이라도 초인종이 울릴 것 같아서 초조했다.

"안 되겠어."

평상에서 내려온 그녀는 빠르게 집 안으로 들어갔다.

"바우야!"

에릭과 함께 지하 작업실에 있던 바우가 계단을 뛰어 올라왔다. 언제나 느끼는 거지만 바우는 놀라울 만큼 귀가 밝다.

"그, 짜증나는 사람들 명함 어디 있지?"

그녀의 말에 바우가 눈을 깜박였다. 귀가 밝은 만큼 말귀도 척하면 척하고 알아들으면 좋겠건만.

"파인 엔터테인먼트 대…… 아니, 최태평 실장 명함."

구체적으로 말해주자 그제야 바우가 민첩하게 몸을 움직여 명함첩을 가져왔다. 이러니저러니 해도 단점보다는 장점이 많은 아이다. 데리고 있어 보니 듣는 귀도, 감각도 나쁘지 않았다. 그래서 내버려 두고 있는 거기도 하고.

바우가 꺼내준 명함을 받아 든 장미가 망설임 없이 태평에게 전화를 걸었다. 순식간에 약속을 잡고 전화를 끊은 장미 때문에 바우의 눈이 휘둥그레졌다.

"외출하시게요?"

"어."

장미는 쌩하니 2층으로 올라갔고 남겨진 바우는 얼떨떨한 표정으로 서 있었다.

파인 대표와는 비교할 수도 없이 막무가내로 쫓아다녀 자칭 수제자가 된 지 꽤 되었다. 그동안 에릭이 외출하는 모습은 종종 봐

왔지만 장미의 외출은 손에 꼽을 수 있을 만큼이었다.

"뭐 해?"

툭, 어깨를 치는 손길에 바우가 정신을 차렸다.

"선생님 외출하신대요."

"로즈가?"

바우가 고개를 끄덕이자 에릭이 2층을 올려다보았다.

"슈퍼 간대?"

"아니요."

"그럼 찜질방?"

"아니요."

"영화 보러 가나?"

바우가 계속 고개를 젓자 에릭의 미간이 좁아졌다.

"그럼 어디 가는데?"

"파인 엔터테인먼트로 가실 것 같던데요."

조금 전의 바우처럼 에릭의 눈이 휘둥그레졌다.

"로즈가, 장미가 거길 간대?"

"네."

"내 동생이?"

"선생님 동생분이요."

에릭의 입이 떡 벌어졌다. 바우는 그런 에릭의 심정을 충분히 공감했다. 장미가 자의로 집 밖을 나서는 경우는 거의 없다시피 했으니까.

"로즈! 로즈으!"

쿵쾅쿵쾅, 에릭이 요란스럽게 2층 계단을 뛰어오르는 모습에 바우는 절레절레 고개를 저었다. 울상을 지은 채 힘없이 계단을 내려올 에릭의 얼굴이 눈에 선했다.

에릭이 같이 나가겠다며 장미의 바짓가랑이를 붙잡고 늘어질 무렵, 서준은 두통약을 찾고 있었다.

해장하고 오라던 최 실장의 말은 빈말이 아니었다. 단골 해장국집에서 시원하게 한 그릇 뚝딱 해치우고 출근한 그를 보기가 무섭게 태평은 일거리를 떠안겼다.

연거푸 두 번의 회의를 마치고 나니 데스크 위에 결재 서류가 산더미처럼 쌓여 있었다. 그게 끝이 아니었다. 악플러 고소 건으로 기자단의 인터뷰 요청이 쇄도하고 있었고 영화감독과 트러블이 있다며 징징거리는 어린 여배우를 혼쭐낸 후에 달래서 내보내야 했다.

데스크 서랍에서 찾은 두통약을 한 움큼 삼킨 서준이 무너지듯 의자에 주저앉았다. 딱 한 시간만이라도 사우나에 갔다 올 수 있다면 슈퍼맨 쫄쫄이를 입고 일하래도 고개를 끄덕일 것만 같다.

똑똑.

사우나는커녕 앉아서 쉬는 꼴도 봐주기 싫은 건지 또다시 노크 소리가 들려왔다.

"들어와요."

"대표님, R&E 한장미 씨 오셨습니다."

비서의 말에 서준이 비장한 표정으로 고개를 끄덕였다.

"안으로 모시고 최 실장한테 연락해서 들어오라고 해요."

"네."

비서가 문을 열자 기다리고 있던 장미가 대표실로 들어섰다. 서준은 자리에서 일어서 인사를 건넸다.

"오시느라 고생하셨습니다. 아이스커피, 괜찮으십니까?"

"괜찮아요."

비서에게 아이스커피 두 잔을 부탁한 서준이 장미에게 자리를 안내했다.

"제가 오늘 일이 많아서 먼저 연락을 못 드렸습니다."

살짝 고개를 끄덕이는 장미의 안색이 좋지 못했다. 원래 하얗던 얼굴은 창백해 보일 지경이었고 입술은 부르터 있었다. 하긴 체력 좋은 남자인 그도 하루 종일 두통에 쩔쩔맸으니 여자인 그녀는 더 힘들었을 것이다. 비록 그와 대등하게 술잔을 나눴던 여자긴 해도.

다시 비서가 들어오기 전까지 서준과 장미는 멀뚱멀뚱 서로를 쳐다만 보았다. 승패의 결과를 알고 있는 태평이 오지 않았으니 딱히 할 말이 없었다.

밖에서 보니 확실히 다르군.

서준은 버릇처럼 여자를 훑어보았다. 검은색 점프 슈트를 입은 그녀는 속살이 비칠 만큼 얇은 카디건을 걸치고 있었다. 어제처럼 머리카락을 틀어 올려서 선이 예쁜 목덜미와 쇄골이 한눈에 들어왔다.

화장기 없는 얼굴에 작은 귀걸이 하나 하지 않은 여자의 모습이 낯설었다. 한장미는 그가 매일같이 보고 만나는 여자들과 달랐다. 익숙지 않은 낯섦에 서준은 시선을 거둬 버렸다. 닫혀 있는 공간에 단둘이 있으니 어쩐지 어색하고 서먹했다.

"식사는……."

흠흠, 헛기침을 하고 던진 질문을 끝맺기도 전에 노크 소리가 들려왔다. 태평과 그의 뒤에 서 있던 비서를 일별한 서준이 고갯짓으로 소파를 가리켰다.

"최 실장도 앉지. 커피?"

"전 됐습니다."

테이블 위에 유리컵 두 개가 놓였고 비서는 조용히 문을 닫았다.

장미는 컵을 들어 커피를 한 모금 마셨다. 그런데도 자꾸 입안이 말랐다. 뻔질나게 집으로 찾아오던 파인 대표를 만나는 것과 그가 일하는 곳에서 만나는 건 상당히 다른 느낌이었다.

파인 엔터테인먼트는 건물 외관부터 번쩍번쩍했다. 미래에 와 있는 것 같은 최첨단 시스템과 이름만 대면 알 만한 대한민국 대표 배우, 가수들의 사진이 걸려 있는 벽면을 보니 스타 양성소, 대한민국 최고의 엔터테인먼트 기업이라는 수식을 달 만하다는 생각이 들었다. 그래서 대표실은 더 대단할 것이라 예상했는데 그렇지가 않았다.

넓지도, 좁지도 않은 대표실은 단출했다. 딱 있어야 할 것들만 있는 느낌이랄까. 전 대표 이강진과 현 대표 이서준이 소속 연예인들과 함께 찍은 사진들이 곳곳에 자리 잡고 있을 뿐, 별다른 꾸밈이 없는 공간이었다.

언젠가 인터넷 기사로 본 적이 있었다. 파인 엔터테인먼트는 소속 연예인들에게 최적의 환경을 제공하기 위해 건물 내에 식당과 카페를 입점시키고 영양사까지 직원으로 채용한다고. 피트니스

센터와 샤워 시설을 완벽하게 갖춰놓은 건 말할 것도 없단다. 필요하다고 여겨지는 소속 연예인에 한해선 회사 근처에 숙소도 마련해 준다고 했다. 당연히 최고급으로.

그래서 막연히 예상한 건지도 모르겠다. 대표실은 정말 어마어마할 거라고. 하지만 예상이 비껴가서 실망한 건 아니었다. 그저 이서준 대표가 조금 달라 보일 뿐이었다.

"컨디션은 괜찮으십니까?"

정적을 깬 서준의 음성에 장미가 고개를 끄덕였다.

"말씀드렸다시피 제가 오늘 바빴던 터라 아직 결과에 대해 듣지 못한 상탭니다. 에릭 씨가 가장 먼저 잠드셨다는 것 외에는 알고 있는 게 없어요."

서준이 진실을 말하자 장미의 눈빛이 애처롭게 흔들렸다. 에릭이 먼저 잠들었다는 사실을 알고 있다면 그녀의 불길한 예감이 맞아떨어질 확률이 컸다. 결과에 대해 알려줄 수 있는 유일한 사람이 최태평 실장이라는 예감.

"여기까지 오셨으니 함께 듣도록 하죠. 최 실장?"

서준과 장미가 태평을 쳐다보았다. 이제껏 가만히 입을 다물고 있던 태평이 큰 숨을 들이마셨다.

"어제 승부에서 이기신 분은."

극도의 긴장감이 두 사람의 어깨를 짓눌렀다. 서준과 장미는 힘주어 주먹을 쥐곤 태평의 입술을 응시했다. 오디션 프로그램에서 1, 2위를 다투는 사람들마냥.

억겁처럼 느껴지는 시간이 지나고 태평이 느릿하게 입술을 움직였다.

"……대표님이십니다."

서준과 장미의 반응이 극명하게 갈렸다. 기쁨을 주체하지 못하는 서준의 몸이 부르르 떨렸다. 반면 장미는 세상을 잃은 표정으로 어깨를 추욱 늘어뜨렸다.

내가, 졌다고? 러시아 사람도 이긴 내가?

허망한 얼굴로 태평을 쳐다보던 장미는 심기일전하는 마음으로 호흡을 가다듬었다. 이내 그녀의 눈꼬리가 사납게 치켜 올라갔다.

"최 실장님은 파인 엔터테인먼트의 직원이시죠."

"그렇습니다."

"에릭이 잠들었으니 끝까지 남아계셨던 최 실장님 말씀만 믿어야 하는 상황인데, 최 실장님이 제 입장이라면 그냥 그렇구나 하시겠어요?"

"물론 그렇지 않을 겁니다."

"제가 최 실장님을 믿을 이유가 없다는 것에도 동의하시겠네요."

담담하기만 했던 태평의 입술이 호선을 그렸다. 날카로운 빛을 띠고 있는 그의 눈매도 얄밉게 휘어졌다.

"당연히 동의합니다."

"그럼 어제 있었던 일은 없는……."

"증거."

태평의 미소에 장미는 숨이 턱 막혔다.

"증거가 있습니다."

여유작작한 태평 덕분에 서준은 승리가 가져다준 환희에 취했다. 두통약을 먹고 또 먹어도 사라지지 않던 고통이 깨끗하게 씻겨 내려갔다.

얼굴이 파랗게 질려 떨고 있는 여자를 지켜보는 게 썩 유쾌하지는 않았지만 결국엔 자신이 해냈다는 승리감과 성취감이 훨씬 컸다.

"증거, 라고 하셨나요?"

장미는 침착하려 애썼다. 아직은 증거라는 게 조작되었을 가능성을 무시할 수 없었다.

"보여 드리죠."

태평이 태블릿 PC를 들어 화면을 보여주었다. 입술을 앙다물고 노트 한 권 크기의 PC 화면을 확인한 장미는 잠시간 아무 생각도 할 수가 없었다.

사진 속 익숙한 배경이 먼저 눈에 들어왔다. 그녀의 집이라는 걸 부정할 수가 없었다. 사진 속의 등장하는 인물은 단 두 명. 하지만 장미의 눈에는 딱 한 명만 보였다.

O.M.G! 오, 마이, 갓!

소리 없는 비명이 장미의 머리를 울렸다. 사진 속에서 널브러져 있는 여자는 분명히 한장미, 그녀 자신이었다.

저건 내가 아니야! 내가 아니라고오!

장미는 절망했다. 사진 속의 그녀는 티셔츠를 살짝 들어 올린 채 배를 긁어대고 있었다. 동영상이 아니라 사진이라서 벅벅 긁었는지, 살포시 긁어내렸는지는 알 수 없으나 어쨌든 긁고 있는 게 확실했다. 다리 한쪽을 굽혀 올린 자세도 가관이고 헤벌쭉 웃고 있는 얼굴은 도저히 봐줄 수가 없었다. 사진 속 여자는 동네 바보 언니, 그 이상이었다.

나인 듯 나 같지 않은 나의 모습에 패닉에 빠진 장미는 심연의 늪에서 허우적거렸다.

넣어둬, 넣어둬! 그런 사진은 넣어두라고!

"그, 그거 이리……!"

온몸을 붉게 물들인 장미가 태평의 손에서 태블릿 PC를 빼앗으려 했다. 하지만 생글생글 웃고 있는 태평은 그녀에게 PC를 빼앗길 생각이 전혀 없어 보였다.

"여기서 삭제하셔도 소용없습니다. 만약의 사태에 대비해서 이미 외장 하드에 저장해 놨습니다."

"그런 게! 그런 게 어디 있어요!"

"계약을 놓고 술내기를 하는 것도 옳은 방법은 아니었지 않습니까?"

재가 되어 사라져 버리고 싶을 만큼 창피하고 그만큼 화가 났다. 그런데 뭐라 할 말이 없는 것도 사실이었다. 태평의 말이 틀리지 않다는 걸 알기 때문에.

"계약이 완료되는 즉시 사진은 지워 드리겠습니다. 외장 하드에도 남지 않을 겁니다."

장미는 신음을 삼켰다. 제 무덤을 팠다. 스스로 친 덫에 걸려들었다. 당연히 이겨야 했던 내기에서 져버린 것도 어이가 없는데 경악을 금치 못할 증거물까지 만들어 버렸다.

"결과에 승복하기로 했었죠."

넌지시 던져지는 서준의 말에도 장미는 입을 꾹 다물고만 있었다. 할 말이 떠오르질 않았다. 그가 이기면 두말없이 계약서에 사인을 하겠다고 약속했으니 이제 와서 발뺌할 수도 없는 노릇이었다.

이렇게 된 이상 방법은 두 가지였다. 패배를 겸허히 받아들이고 얌전히 계약서에 사인을 하든가 내빼든가.

비서를 불러들여 스케줄을 확인하고 있는 서준을 보면서 장미는 입술을 잘근잘근 씹어댔다.

어떡하지? 어떡해야 되지?

약속도 했고 증거도 있다. 게다가 그녀는 양심 있는 사람이었다. 한다고 한 건 해야 한다. 그러니 머리를 이렇게 굴리고 저렇게 굴려도 선택할 수 있는 건 하나였다. 곡을 주는 것.

"이틀 뒤, 점심 때쯤 뵙고 싶은데 시간 괜찮으십니까?"

안 괜찮다고 하면 2주 뒤쯤으로 미뤄줄까? 2주 뒤에도 시간이 안 난다고 하면 두 달 뒤, 그렇게 계속 미루다 보면…….

안다. 시답잖은 생각이라는 걸. 이틀 뒤가 안 되면 그다음 날, 그다음 날도 안 되면 또 다음날로 약속을 잡겠지. 계약을 2년 뒤로 미뤄주는 일 같은 건 꿈에서도 일어나지 않을 것이다.

장미는 뻣뻣해진 목을 억지로 움직여 고개를 끄덕였다. 이틀 뒤 점심에 만나 계약서를 쓸 걸 알지만 지금은 아무 생각도 나지 않았다. 얼른 이 자리에서 벗어나고 싶을 뿐이었다.

"가볼게요."

몸과 마음이 너덜너덜해져 넝마가 된 장미가 일어섰다. 배웅을 하겠다고 나선 태평을 만류한 서준이 그녀의 옆에 섰다.

엘리베이터를 기다리면서 서준은 멍하니 서 있는 여자의 옆모습을 살폈다. 안 그래도 가는 목이 더 가늘어 보이고 오늘따라 수척해 보이기까지 했다. 내기에서 이기기만 하면 마음껏 비웃어주리라 다짐했었는데 마음이 조금, 그렇다.

"차, 가져오셨습니까?"

좀비처럼 흐느적거리면서 엘리베이터에 탄 장미는 서준의 말을 듣지 못했다. 그녀의 머릿속은 코앞에 닥친 난관을 헤쳐 나갈 방법을 강구하는 것만으로도 과부하에 걸려 있었다.

정신을 놓은 것처럼 보이는 여자를 보면서 서준은 혀를 찼다. 이렇게 충격 받을 만큼 파인과 일하기 싫은가 싶어 자존심이 상하고 억지로 계약을 하는 것 같아 찜찜하기도 했다. 뭐, 아주 조금 안된 마음이 들기도 하고.

정말 다른 사정이 있는 건가?

R&E의 곡을 받는 일에 혈안이 되어 있어서 깊게 생각해 보지 못한 부분이었다. 본인의 입으로 아이돌 그룹이라서, 휴식기라서 곡을 못 준다고 했지만 되짚어보니 상당히 부실한 변명이었다.

술내기를 제안할 정도니 건강이 안 좋은 건 아닐 거고, 휴식기라고 했으니 곡 의뢰가 밀려서도 아닐 것이다.

땡! 서준이 생각에 마침표를 찍기 전에 엘리베이터의 문이 열렸다. 그래도 귀소 본능은 남아 있는지 터덜터덜 출입구로 향하는 여자의 뒤를 그가 조용히 따랐다.

"잠깐."

장미와 함께 밖으로 나선 서준이 그녀의 팔을 붙잡았다.

"비 옵니다."

세찬 빗줄기가 세상을 적시고 있었다. 먹구름이 하늘을 덮었을 때부터 예견된 일이었다.

"잠깐만 기다려요."

장미의 팔을 놓은 서준은 건물 안으로 들어가려다 잠시 멈춰 섰다.

"어디 가지 말고 기다려요. 여기 택시도 잘 안 잡히니까."

"……알았어요."

기운 없이 대답하는 여자가 영 못 미더워서 슬쩍 쳐다보곤 빠르게 걸음을 옮겼다. 안내데스크에 들렀다가 경비실에서 남은 우산을 획득한 그가 서둘러 건물 밖으로 향했다.

유리문 밖에 그녀가 서 있었다. 숙여진 고개와 늘어진 어깨에 서준이 얼굴이 굳어졌다. 희한한 일이었다. 성질 사납게 손톱을 세울 때는 그게 그렇게 싫더니 기운 없는 모습은 훨씬 더 보기 싫었다.

됐어. 나는 곡만 받으면 돼.

장미를 향한 안쓰러움을 애써 걷어낸 서준이 유리문을 힘껏 밀어젖혔다. 그리고 그때, 웬 오토바이 한 대가 그녀를 칠 듯 빠르게 내달리고 있는 걸 발견했다.

"조심……!"

말보다 행동이 빨랐다. 번개처럼 튀어나간 서준이 장미의 허리를 팔로 휘어감아 잡아당겼다.

본능적으로 제 허리에 감긴 서준의 팔을 양손으로 붙잡은 장미와 의도치 않게 여린 몸을 제 단단한 몸에 밀착시킨 서준의 시간이 멈췄다.

진한 장미향이 서준의 코끝을 간질였다. 장미꽃처럼 가시를 세운다고 여겼었는데 실제로 그녀에게서 장미향이 맡아졌다. 독한 향을 좋아하지 않는 그인데 이상하게 역하지가 않다. 오히려 매혹

적이었다. 어떤 여자한테도 이런 향을 맡은 적은 없었다.

향에 취한 사람처럼 서준의 얼굴이 장미의 목덜미에 가까워졌다. 하지만 이내 정신을 차린 그녀가 서준을 밀어냈다.

"고, 고마워요."

적잖이 놀랐는지 그녀의 속눈썹이 파르르 떨리고 있었다. 에릭의 속눈썹만 숱이 많고 긴 줄 알았는데 이 여자도 만만치 않았다. 자세히 보니 새까만 눈동자가 더할 수 없이 맑다.

뭐야, 이거.

쭉 봐왔던 같은 여자인데 갑자기 다른 여자처럼 느껴졌다. 그런 감정이 당황스러워 서준이 얼른 우산을 내밀었다.

"쓰고 가세요. 모셔다 드려야 하는데 남은 일이 많아서."

우산을 받은 장미가 서둘러 고개를 저었다.

"우산은 이틀 뒤에 돌려 드릴게요."

"그래요. 조심해서 가십시오."

꾸벅 인사한 장미가 몸을 돌려 걷기 시작했지만 서준은 한동안 그 자리에서 움직이지 못했다. 위태로워 보이는 걸음걸이가, 어쩐지 붉어 보이는 목덜미가 눈에 박혔다.

장미가 현관문을 열고 들어서자 에릭은 말없이 욕실로 달려갔다. 쫄딱 젖어 있는 동생의 머리 위에 두툼한 수건을 덮어씌우고 잘게 떨리는 어깨에 목욕 가운을 둘러주었다.

"우산도 있는데 왜 이렇게 젖었어?"

걱정 가득한 에릭의 말에 장미가 작게 중얼거렸다.

"넘어졌어."

"다친 데는."

"없어."

"그러게 같이 가자니까!"

속상한 마음에 타박하는 에릭에게 손을 휘휘 흔든 그녀가 계단을 올랐다. 에릭은 장미보다 먼저 2층 욕실에 들어가 욕조에 뜨거운 물을 받았다.

"일단 씻어. 오빠가 감기약 찾아올게."

욕실에 밀어 넣어진 장미가 옷을 벗었다. 몸에 찰싹 달라붙은 옷들이 그녀를 힘들게 만들었다.

욕조에 몸을 담근 장미는 크게 숨을 내쉬곤 피식 웃어버렸다.

"진짜 추하게 넘어졌는데."

파인 대표가 못 본 게 다행이라는 생각이 들 만큼 볼썽사납게 넘어져 버렸다. 구두를 신고 나간 것도 아니고 누가 친 것도 아닌데 정신을 빼놓고 걷다가 제 발에 걸려 넘어진 것이다.

상처가 난 곳은 없지만 무릎이 빨갛게 부어 있었다. 비 맞은 생쥐 꼴을 하고 있던 그녀를 태우려는 택시가 없어서 한참을 서 있던 탓에 몸이 으슬으슬 떨렸다.

나가는 게 아니었다. 괜히 못 볼 꼴만 보고, 보였다. 매는 일찍 맞는 게 낫다지만 너무 아프게 맞았다. 엉켜 버린 실타래처럼 복잡하게 꼬여 있던 머릿속이 펑! 하고 터져 버렸다.

해야…… 되겠지?

눈을 깜박이자 속눈썹에 매달려 있던 물방울이 톡, 수면 위로 떨어졌다.

에릭과 얘기를 해봐야겠지만 달라지는 건 없을 것이다. 장미의 도움을 받아 에릭이 곡을 쓰든가 아니면 기적처럼 슬럼프에서 벗어나든가, 두 가지 중에서 선택해야 했다. 기적도 선택의 범주에 넣어야 하는지 헷갈리긴 하지만.

빼도 박도 못하게 남아버린 증거물과 이틀 뒤의 약속이 떠올라 절로 한숨이 나왔다.

"아, 몰라."

크게 숨을 들이마신 장미가 얼굴을 물속에 담갔다. 그럼에도 비 냄새에 섞였던 애프터쉐이브의 향이, 새파란 바다를 연상케 하던 남자의 체향이 코끝에 머물러 있었다.

[죄송하지만 다음으로 미뤄야겠는데요.]

전화를 끊은 서준은 검지와 중지를 세워 관자놀이를 눌렀다.

아프다고?

약속한 시간이 가까워져서 예약한 식당의 위치를 알려주기 위해 전화를 걸었는데 한장미가 아프단다. 많이 아파서 약속을 지킬 수가 없게 되었다는데 그러는 법이 어디 있느냐고 따져 물을 수가 없었다.

마지막으로 봤던 모습을 떠올려 보면 아프다는 게 진짜인 것 같고, 이틀의 시간을 주었더니 다른 생각을 하는 건 아닌가 의심이 들기도 하고.

단순하게 보면 고작 술내기였기 때문에 저쪽이 연락을 끊고 사라져 버리면 이쪽은 할 수 있는 일이 없었다. 예의상, 도의상 그러면 안 되는 거긴 하지만 술내기가 법적인 효력을 발휘하는 것도 아닌데 별수 있겠는가.

"우산도 줬구만."

쯧쯧 혀를 차던 그가 담배를 입에 물었다. 금연에 실패한 이후로 대표실 데스크에는 담배와 재떨이가 상시 구비되어 있었다.

담배 연기를 내뿜는 서준의 표정이 좋지 않았다. 어쩐지 위태로워 보이던 여자를 집까지 데려다줬어야 했는데 잘못했다는 생각과 약속이 깨져 불쾌한 감정이 부딪쳤다.

"대표님."

데스크에 기대어 서서 담배를 태우던 서준이 비서의 음성에 고개를 돌렸다.

"정이현 씨 오셨습니다."

고개를 끄덕이자 훤칠한 상남자가 대표실로 들어왔다.

"형, 바빠요?"

"괜찮아. 앉아."

서준은 소파에 앉은 이현을 쳐다보았다. 완벽하게 남자 냄새를 풍기게 된 그를 볼 때마다 흐뭇하고 신기했다.

이현을 처음 본 게 벌써 12년 전이다. 그는 파인에 오기 전까지 수많은 소속사 오디션에서 떨어졌었다고 했다. 간신히 붙은 곳에서 데뷔 준비를 하다가 무산되고 가수를 포기하려던 이현이 마지막으로 선택한 곳이 파인이었다.

순수한 시골 소년이었던 이현은 무슨 일이든 열심이었다. 그래서 강진의 애정을 듬뿍 받았고 숙소가 정해질 때까지 서준의 방에서 함께 지내기도 했었다. 이현은 파인 엔터테인먼트 대표 이서준을 형이라고 부를 수 있는 몇 안 되는 사람 중에 한 명이었다.

열아홉에 'pine'의 리더 자리를 맡은 이현은 풋풋했지만 서른한 살이 된 그는 섹시했다. 맑은 소년에서 건실하고 모범적인 청년이 되었다가 이제는 짐승남으로 불리고 있는 정이현은 그룹의 중심축이었다.

"무슨 일이야?"

이현이 어깨를 으쓱였다.

"오늘 계약하러 가신다고 해서."

담담한 척했지만 붉어진 광대는 그의 설렘을 감춰주지 못했다.

대중에게는 짐승남인 이현의 귀여운 모습에 서준이 핏, 웃음을 흘렸다. R&E, R&E 노래를 부르던 이현이니 어지간히 설레었을 것이다.

"기대를 무너뜨려서 미안한데 오늘 계약 안 해."

"네? 왜요?"

"작곡가님이 아프시단다."

"아아."

실망한 티가 역력했다. 오랜 시간 기다렸으니 기대만큼 실망도 클 것이다.

"걱정 마. 오늘 아니더라도 계약은 할 거니까."

"믿어요. 형이잖아요."

절대적 신뢰였다. 어렸을 때 어머니를 여읜 이현은 데뷔 후 첫 1위를 했던 다음날 아버지까지 하늘나라로 떠나보냈다. 그런 그에게 이강진은 아버지, 이서준은 친형이나 다름없는 존재였다.

"갈게요."

자리를 털고 일어서는 이현에게 서준이 카드 한 장을 건넸다.

"애들 데리고 맛있는 거 사 먹어."

"저희도 돈 있어요."

청바지 주머니에 양손을 찔러 넣은 이현이었지만 서준이 한 수 위였다. 뒷주머니에 카드를 넣어준 서준이 이현의 머리를 헝클어 트렸다.

"비싼 걸로 먹어. 엄한 데 가서 쓰지 말고."

"돈 있는데."

"나보다 많아? 얼른 가."

서준이 이현의 등을 떠밀었다.

"참!"

못 이기는 척 문을 열고 나가려던 이현이 걸음을 멈췄다.

"어떤 분들이에요?"

이현의 눈이 반짝반짝 빛났다. 4집 때부터 작사, 작곡에 참여했고 지금도 꾸준히 그쪽 공부를 하고 있는 이현에게 R&E는 롤모델이었다. 그래서 최 실장이 그들을 찾아갈 때마다 동행했었다. 한 번이라도 볼 수 있을까 해서. 하지만 안타깝게도 굳게 닫힌 문은 이현에겐 열리지 않았었다.

"흠."

데스크에 걸터앉은 서준이 턱을 쓸었다. 마땅한 표현이 떠오르지 않았다. 과하게 독특하진 않지만 평범하지도 않고 외국인과 한국인의 조합이라고 설명하기엔 많이 부족한 느낌이었다.

"뭐, 매력 있어."

고민 끝에 내린 정의건만 이현은 뭘 그렇게 당연한 소리를 하냐는 듯한 표정을 지었다. 그리고 급하게 한마디 덧붙였다.

"내가 팬이라고 꼭 전해줘요. 딱 한 번이라도 만나뵙고 싶다고. 아셨죠?"

서준은 선뜻 대답하지 못했다. 고개를 갸웃하던 이현이 나간 후에도 그는 미간을 좁힌 채 턱을 매만졌다.

"이상하단 말이지."

R&E가 어떤 사람들이냐는 질문을 받았을 때 왜 한장미의 얼굴만 떠오른 것인지 모를 일이었다.

한장미와 이현. 어울리지 않는 조합이었다. 둘 다 이미지가 너무 강했다. 그들이 뭘 하겠다고 나선 것도 아닌데 괜히 기분이 나빠졌다.

난 대표니까.

데스크를 돌아 의자에 앉은 서준이 고개를 주억거렸다. 아이돌 그룹의 리더와 작곡가 사이에 묘한 루머가 돌아서 좋을 게 없다. 어쩌면 두 사람이 연인 사이이기 때문에 곡을 받을 수 있었다는 억측이 난무할 수도 있었다. 소 잃고 외양간 고치기는 싫으니 한장미와 이현이 만나는 일은 절대 만들지 말아야겠다는 결심이 섰다.

대표로서 옳은 생각을 한 거라고 스스로를 칭찬한 서준이 비서를 호출했다.

"네, 대표님."

"R&E 한장미 씨한테 꽃하고 과일바구니를 보내야겠는데. 업체에 맡기지 말고 송 비서가 직접 가서 골랐으면 좋겠어요."

"알겠습니다."

"그리고……."

서준은 할 말이 남은 것처럼 말을 끌었다.

"건강이 안 좋으시다니 간단한 메시지도 넣어요."

"네."

"나가봐요."

비서가 나가자 서준은 뒷목을 주물렀다. 메시지 내용까지 말해줄까 했는데 뭐라고 말을 해야 하는지도 모르겠고 비서가 이상하게 생각할 것 같기도 했다.

한장미에 관한 일들은 전부 다 이상했다. 그 여자가 관련된 일들엔 머리가 복잡해지고 최선의 대응이 무엇일지 감이 잡히질 않는다.

별의별 여자를 다 만나봤다고 자부했었는데 역시 세상은 넓고 여자는 많았다. 한 가지 단언할 수 있는 건 지금도 그리고 앞으로도 서준에겐 한장미가 가장 어렵고 이상한 여자일 거라는 사실이었다.

서준은 제2의 집처럼 느껴지는 2층집 앞에 섰다. 계약서를 쓰기로 한 날로부터 일주일이 넘게 기다렸던 탓에 그의 얼굴이 딱딱하게 굳어 있었다.

아프다고 해서, 계속 컨디션이 안 좋은 상태라고 해서 참을성 있게 기다렸다. 상전 모시는 기분이었지만 계약서에 사인을 받기 전까지는 참을 수밖에 없었다. 그러다 도저히 못 참을 지경이 되어 찾아온 것이다. 이러다가는 'pine' 멤버들이 꼬부랑 할아버지가 되고 나서야 곡을 받을 수 있을 것 같아서.

초인종을 누르는 서준에게서 비장함이 감돌았다. 오늘은 어떻게든 계약을 완료하려고 인주까지 챙겨왔다. 팔을 못 쓴다면 손가락만 빌려서라도 계약을 하고 말 것이다.

이렇게 지극정성으로 공을 들이는데 말만 바꿔봐.

오늘 계약서에 사인을 받지 못하면 무슨 짓을 해서라도 복수해주리라 다짐을 곱씹던 그가 한 번 더 초인종을 눌렀다.

마치 이곳에 처음 왔던 날처럼 아무 반응이 없다. 께름칙한 기분에 재빠르게 주위를 살핀 서준이 펄쩍! 제자리에서 뛰었다.

보인다, 평상 위에 모여 앉은 사람들이. 안정감 있게 착지한 서준이 다시 뛰어올랐다.

펄쩍! 평상 위에 앉은 사람은 세 명.

펄쩍! 뭐지?

펄쩍! 고…… 기?

땅에 발을 디딘 서준의 얼굴이 일그러졌다. 아프다는 사람을 위해서 사들고 온 영양제가 부끄럽다. 그걸 부끄럽게 만든 사람들에게 화가 났다.

팔자 좋게 고기를 구워 드시고 계신다 이거지?

흐름이 첫날과 똑같이 흘러가고 있었다. 그래서 서준은 단전에 힘을 모았다.

"계.십.니.까!"

잠시 후, 다다다 달려나온 바우가 문을 열어주었다.

성큼성큼 평상으로 걸어가 영양제가 들어 있는 쇼핑백을 거칠게 내려놓은 서준의 입술이 비틀렸다.

그들은 한 상 거하게 차려 먹고 있었다. 불판 위에서 자글자글

익고 있는 오겹살에 갖가지 야채와 소주까지. 서준은 꿈에도 몰랐다. 자신이 파절이에 분노하는 날이 올 거라고는.

"아프시다고, 들었습니다만."

입안에 들어 있던 쌈을 삼킨 장미가 태연스럽게 고개를 끄덕였다.

"먹고 기운 차려야죠."

"연락을 주셨으면……."

"앉아요, 앉아."

에릭이 서준의 팔을 잡아끌었다. 말귀 알아먹는 속도는 느려도 눈치는 귀신같이 빠른 바우가 잽싸게 집 안으로 들어가 수저와 소주잔을 챙겨 나왔다.

얼떨결에 남의 집 식사 자리에 끼게 된 서준은 당황스러웠다. 제멋대로 움직이는 얼굴 근육이 제어가 되지 않았다.

"한 쌈 해요."

에릭이 서준을 당황의 끝으로 몰고 갔다. 큼지막한 상추쌈을 내민 에릭은 해맑게 웃고 있었다. 도저히 거부할 수 없게끔.

눈을 질끈 감은 서준이 에릭에게서 받아 든 쌈을 입안에 집어넣었을 때였다.

"족발이요! 여기요!"

철문 밖에서 애타는 외침이 들려왔다. 이번에는 장미가 자리에서 일어서 총총거리며 뛰어갔다가 커다란 봉지를 들고 돌아왔다.

봉지에는 족발계의 대모 윤 할머니의 캐리커처가 그려져 있었다. 장미는 고민 없이 봉지의 매듭을 풀어 족발을 꺼냈다.

"이건…… 뭡니까?"

"뭐긴요. 저건 애피타이저, 이건 메인 디시."

그녀가 애피타이저라며 턱짓으로 가리킨 건 4인분은 족히 넘을 오겹살이었고 메인 디시는 보쌈+족발이었다. 그럼 쟁반국수 대(大)자는 뭘까? 디저트?

진심, 무섭다.

아무렇지도 않게 오겹살과 족발을 먹어치우는 사람들 때문에 서준은 한여름에 한기를 느꼈다.

5

제정신들이 아니야.

서준은 김이 모락모락 피어오르는 뜨거운 커피 잔을 들고 에릭
과 장미를 쳐다보았다. 그도 정상적이라는 말은 몇 번 들어보지
못했지만 이 인간들은 심하게 비정상이다.

영영 끝나지 않을 것 같던 식사 시간이 지나가고 디저트 타임이
도래했다. 쟁반국수는 디저트가 아니었던 것이다. 그렇게 먹고도
또 들어갈 자리가 남았는지 수박 반 통을 해치우는 사람들 덕분에
서준의 입이 떡 벌어졌다.

"항상 이렇게 드십니까?"

한참을 지켜보다 묻자 에릭이 푸하하! 웃음을 터뜨렸다.

"항상 이렇게 못 먹죠. 기운 없을 때만 이렇게 먹지."

서준으로서는 이해할 수 없는 말이었다. 자고로 사람이란 기운

이 없으면 입맛도 없는 게 당연한 거 아니었던가?

"여기서 먹으니까 더 맛있죠? 그렇죠?"

에릭이 방긋방긋 웃으며 동의를 구했다.

"네, 뭐."

떨떠름하게 대답했지만 에릭의 말이 맞긴 했다.

한여름이었어도 해가 저문 시간대라 더운 기운이 없었다. 기름 냄새로 꽉 차 있는 고기 집과는 다르게 나무 향과 풀 향이 어우러져 있는 자연 속에서 구워 먹은 고기는 꿀맛이었다.

주상복합 아파트에 살고 있는 서준이 좀처럼 겪어볼 수 없는 일이었다. 야외에서 고기를 구워 먹는 일은 아버지 댁에 내려갔을 때, 직원들과 계곡 같은 곳으로 워크샵을 갔을 때뿐이니까.

"우리 집에 이게 있는 이유예요."

에릭이 손바닥으로 평상을 탕탕 두드렸다. 그는 소풍 나온 어린아이마냥 신나 있었다. 그렇게 느낀 게 서준만은 아니었는지 한장미도 은은한 미소를 입가에 걸고서 에릭을 바라보고 있었다.

디저트 타임이 시작되기 전, 바우가 내일 뵙겠다는 말을 남기고 집으로 돌아갔으니 평상 위에는 R&E와 파인 대표 이서준이 남아 있었다.

그랬다. 서준은 친구네 집에 놀러 온 게 아니었다. 엄연히 파인 엔터테인먼트 대표로서 계약서에 사인을 받기 위해 찾아왔다.

서준은 조용히 계약서를 내밀었다. 그것이 내 아들과 헤어지라며 내미는 돈 봉투라도 되는 양 에릭과 장미의 얼굴에서 미소가 지워졌다.

씁쓸했다. 서준이라고 그들의 따뜻하고 유쾌한 저녁 시간을 망

치고 싶은 건 아니었다. 그렇다고 저녁만 먹고 빈손으로 돌아갈
수는 없지 않은가.

"한 번 더, 파인과 계약을 해주시길 부탁드립니다."

일부러 마지막이라는 단어는 쓰지 않았다. 그동안 들인 공도 아
깝고 내기에서도 이겼으니 계약서를 내미는 지금, 서준은 당당할
수 있었다.

허리를 쭉 편 채 가부좌를 틀고 앉아 있는 남자를 장미가 빤히
쳐다보았다.

어차피 계약해야 되는 건데 부탁은. 쳇.

미소 한자락 보이지 않는 이서준 대표는 바늘 끝도 들어가지 않
을 만큼 단단해 보였다. 빳빳하게 다려진 하얀 슬림 셔츠를 입고
있어서인지 다부진 체격이 고스란히 드러났다.

"혹시 마음이 변하신 겁니까?"

눈치를 보는 에릭과 말없이 앉아만 있는 장미 때문에 불안해졌
던지 서준의 말투가 날카로웠다.

"아니에요."

아니라는데도 굳은 표정을 풀지 못하는 서준에게 뭔가 얘기하
려던 장미는 그냥 입을 다물었다.

실상 오늘 아침에서야 기운을 차린 그녀였다. 태평이 내놓은 증
거물에 기함하고 길바닥에서 넘어진데다가 비까지 쫄딱 맞았던
그다음 날, 열이 펄펄 끓어 응급실 신세까지 졌었다. 끙끙 앓느라
밥도 제대로 못 먹었고 서준이 보냈다던 꽃과 과일바구니도 어제
봤다.

도망갈 마음은 없었다. 정말 많이 아파서 다른 생각을 할 겨를

이 없었다. 안 그래도 내일쯤 계약서를 쓰자고 연락하려던 참이었다.

결코 쉽지 않은 결정이었지만 곁에 에릭이 있기에 괜찮을 거라고 위안할 수 있었다. 평상시에는 도움의 손길을 바랄 수 없는 이상한 미국 오빠일 뿐이지만 작곡가로서의 '에릭 한'은 전혀 다른 사람이었으니까.

내뺄 수 없으니 받아들일 수밖에. 최선이 안 되면 차선이라도 선택해서 해결하면 된다. 세상에 죽으라는 법은 없다고 했으니 이 또한 지나갈 것이다.

"읽어봐도 되죠?"

"당연히 읽어보셔야죠."

서류 봉투를 눈짓한 장미가 포옥 한숨을 쉬고서 계약서를 에릭에게로 밀었다.

아무튼 뭐 하나 정상적인 게 없어.

한국인이 외국인에게 한국어로 쓰인 계약서를 읽어보라고 하는 모습에 서준은 슬쩍 고개를 저었다.

어린아이에서 어른으로 돌아온 에릭이 진지하게 계약서를 살펴보기 시작했다. 그리고 장미는 먹빛으로 물들어가는 하늘을 올려다보았다.

서준은 나지막하게 들려오는 허밍 소리에 귀를 기울였다. 어느새 눈을 감은 여자가 그에게도 익숙한 팝송을 흥얼거리고 있었다.

아프긴 아팠나 보네.

서준이 장미의 얼굴을 응시했다. 오겹살을 애피타이저로, 족발을 메인 디시로 먹은 여자로는 보이지 않았다. 얼마나 지났다고 원래 작은 얼굴이 반쪽이 되어 있었다.

띄엄띄엄 서 있는 가로등 불빛이 사나운 붉은 여우를 가련한 여인으로 둔갑시켰다. 하얀 얼굴에 길고 풍성한 속눈썹이 드리워졌다. 살짝 벌어져 있는 도톰한 입술이 시선을 빼앗았다.

이러지 말자. 저 여우는 여자…… 아니, 저 여자는 여우야.

의도하지 않았는데도 자꾸만, 스스로도 황당하게 여길 만큼 여자에게서 눈을 떼지 못하고 있었다.

과감하게 술내기를 제안했을 정도로 당찼던 여자가 청순가련 코스프레를 하고 있기 때문일 것이다. 고즈넉한 분위기도 한몫 단단히 하고 있을 테고. 여우가 여자로 보이는 건 순간의 착각이다.

서준은 여자를 향해 뛰어대려는 심장을 엄하게 타일렀다.

"기한이……."

꼼꼼하게 계약서를 읽어본 에릭이 눈살을 찌푸렸다. 그가 말을 늘이며 서준을 쳐다보았다.

"최태평 실장을 통해서도 들으셨겠지만 저희가 무한정 기다려드릴 수 있는 상황이 아닙니다."

계약서를 작성할 때 태평과 이야기하며 가장 걸려했던 부분이 에릭이 지적한 기한에 대한 것이었다.

애초에 'pine'의 컴백 스케줄을 초가을로 잡아놨었다. 정해놓은 기간에 컴백을 한다고 해도 2년을 꽉 채우는 거라 R&E를 배려해 줄 시간적 여유가 없었다.

"저희도 쉬고 있었기 때문에 금방 곡이 나올 수는 없어요."

"익숙하지 않은 장르라는 것도 문제죠."

에릭과 장미가 한입으로 기한에 클레임을 걸었다.

"기한에 맞춰서 곡을 주셨으면 합니다만, 플러스 일주일까지는 기다릴 수 있습니다."

한참 후, 에릭과 장미가 눈빛을 교환하곤 고개를 끄덕였다.

"사인하죠."

에릭의 말 한마디에 안도한 서준의 눈가가 잘게 떨렸다. 기나긴 사투 끝에 R&E와 파인 엔테테인먼트의 계약이 체결되었다.

"가까운 시일 내에 제대로 식사 대접 하겠습니다."

화장실이 급하다며 집 안으로 뛰어 들어간 에릭을 대신해서 장미가 서준을 배웅하고 있었다.

"신경 쓰지 마세요."

몸과 마음이 지쳐 있어서 괜찮다는 말이 뾰족하게 나가 버렸다. 말해놓고 나서야 민망해진 그녀지만 정작 파인 대표는 개의치 않는 듯 보였다.

"어떻게 신경을 안 쓰읍니까. 감사한 분들이신데."

입술을 삐죽이던 장미는 서준의 차 앞에 다다라서야 손뼉을 쳤다.

"아!"

서준이 몸을 돌려 왜 그러냐는 얼굴로 쳐다보았다. 장미는 척하니 팔짱을 끼고서 불량한 자세로 그와 마주했다.

"사진이요."

"사진?"

"모르는 척하지 마시구요. 술 마셨던 날……."

"아아."

기억났다는 듯 피식 웃는 서준 때문에 장미의 볼이 발갛게 물들었다. 서준은 무의식적으로 생각했다. 이 여자는 하얗기만 한 얼굴보단 붉게 물든 편이 보기 좋은 것 같다고.

"계약했으니까 지워주세요."

목덜미까지 붉어지고 있는데도 당당하게 요구하는 폼이 제법 귀엽다. 그래서 서준은 계획에도 없던 말을 뱉어내고 말았다.

"믿으실 겁니까?"

장미의 눈썹이 활처럼 휘었다.

"지웠다고 말씀드리면 믿으시겠냐고 묻는 겁니다."

"지웠어요?"

"아직."

"그런데 믿고 말고 할 게 뭐……."

짜증을 내던 장미가 말을 멈췄다. 눈동자를 굴리던 그녀의 표정이 점점 안 좋아졌다.

"지우는 걸 직접 확인하라는 거예요?"

"뭐, 원하신다면."

"그전에는 안 지우겠다는 얘기죠, 지금?"

"약속을 했으니 지우긴 할 겁니다."

언제 지울지는 모르겠지만.

재미있다는 감정을 숨기지 못하는 서준을 보면서 장미는 입술을 깨물었다. 이 남자, 보면 볼수록 밉상이었다. 하여튼 과하게 잘난 놈들치고 뼛속까지 성격 좋고 매너 있는 놈을 보질 못했다. 신이 공평해도 너어무 지나치게 공평하다.

"그럼 당장 약속을 잡……."

"그런데."

한시라도 빨리 치욕스러운 사진을 세상에서 없애 버리고 싶었던 장미가 서둘러 약속을 잡으려 했다. 하지만 서준이 그녀의 말을 끊어냈다. 얼굴 만면에 한 대 때려주고 싶을 만큼 얄미운 미소를 띠운 채로.

"제가 요즘 굉장히 바쁩니다. 전화 주시면 스케줄을 조정해 보도록 하죠."

복수라도 하겠다는 거야, 뭐야!

바쁘시단다. 그녀가 바쁘다는 핑계로 그를 내쫓았던 것과 다를 게 없었다. 기가 막혀서 어버버거리는 장미를 향해 환하게 웃어 보인 서준이 살짝 고개를 숙였다.

"그럼 가보겠습니다."

누가 붙잡을세라 재빠르게 차에 오른 그가 순식간에 시야에서 사라졌다.

"……바빠? 바쁘셔? 하!"

얼어붙어 있던 장미가 바쁘다던 서준의 말을 곱씹었다. 가해자일 때는 몰랐는데 피해자가 되어보니 미치고 팔짝 뛰게 짜증나는 핑계였다.

"진짜 싫어! 진짜, 진짜 싫어어!"

그녀는 쾅쾅 발을 굴렀다.

내가 어떻게든 쓰고 만다!

다부지게 주먹을 말아 쥔 장미의 눈에서 시퍼런 불길이 일었다.

쓰고 싶었지만 써지지 않았다. 노력을 안 한 건 아니었다. 같은 패턴이 반복되다 보니 지쳐서 저도 모르게 손을 놓게 되었다. 짜증난다고, 우울하다고 평상에 드러누워 뒹굴거렸다. 그런 그녀에게 목표와 목적이 생겼다.

이서준의 삐딱한 미소가 눈앞에 그려졌다. 그 얄미운 얼굴을 안보려면 곡을 주고 계약을 끝내 버릴 수밖에.

"아좌!"

주먹 쥔 손을 허공으로 쭉 뻗고 기합을 내지른 그녀가 개선장군마냥 위풍당당하게 집 안으로 들어갔다.

—슬럼프 극복기 제1단계. TV, 케이블 드라마 및 예능 프로그램 몰아보기.

"로즈, 밥 안 먹어?"

이어폰을 꽂고 노트북에 시선을 고정하고 있는 장미에겐 에릭의 말이 들리지 않았다.

서준이 사인 받은 계약서를 들고 사라진 밤부터 그녀는 자신의 방에 틀어박혀 드라마를 시청하기 시작했다. 꼼짝 않고 노트북만 쳐다보고 있는 게 장장 4일째였다.

에릭과 바우가 주먹밥이나 비빔밥을 만들어서 방으로 가져다주었지만 그것도 먹는 둥 마는 둥이었다. 아팠을 때보다 조금 더 수척해졌지만 눈빛만은 형형한 장미를 보면서 에릭이 한숨을 뱉어냈다.

하나에 꽂히면 본인이 만족할 때까지 헤어 나오지 못하는 동생의 성격을 익히 알고 있기에 그만하라는 말도 할 수가 없었다. 그저 지켜볼 수밖에.

장미를 걱정스럽게 바라보다 방문을 닫은 에릭은 계단을 올라오던 바우와 마주쳤다.

"선생님 또 식사 안 하신대요?"

"응."

"저러다 건강 해치시는데."

두 남자는 한마음이 되어 한숨을 쉬며 1층으로 내려갔다.

"저게 말이 돼?"

에릭이 들어왔다가 나간 것도 모르고 핏발 선 눈으로 노트북 화면을 노려보던 장미가 콧방귀를 뀌었다. 30%를 뛰어넘는 시청률을 보유하고 있다기에 보기 시작한 드라마는 막장의 끝을 보여주고 있었다.

"자극적이면 다 되는 거야?"

중얼중얼, 끊임없이 혼잣말을 중얼거리던 장미가 못마땅한 얼굴로 영상을 껐다. 그리고 요즈음 가장 인기 있다는 종편 예능 프로그램 '여왕벌 사냥'을 재생시켰다.

"괜찮네."

1화를 본 후 장미의 감상평이었다.

"어라, 이것 봐라?"

3화까지 보고 나자 호기심을 넘어서 흥미가 생겼다.

"깔깔깔깔!"

8화를 보고 있던 장미가 폭소를 터뜨렸다. 눈물까지 찔끔거려가며 배를 붙잡고 웃어댔다. 이렇게 웃어본 게 얼마 만인지 기억이 나지 않았다.

완벽하게 자리를 잡은 프로그램은 다음 방영 시간까지 얼마나 남았는지 계산해 보게 만들 만큼 재미있었다.

자극적인데 솔직하다. 야하지만 순수하다. 별다른 꾸밈없이도 두근거린다.

딱 이 느낌인데 말이지.

'pine'의 타이틀곡 이미지가 머릿속에 그려졌다. 어떤 분위기의 곡을 만들어내야 할지는 알겠다. 그림은 그려졌으니 써지기만 하면 된다.

아침부터 새벽까지 현세대의 트렌드를 파악하기 위해 고군분투했던 장미는 다음날 아침이 되어서야 깊은 잠에 빠져들었다.

—슬럼프 극복기 제2단계. 낮말은 장미가 듣고 밤말도 장미가 듣는다.

1단계를 클리어한 후 꼬박 24시간을 자고 일어난 장미가 에릭을 끌고 유흥가로 나섰다.

"로즈?"

에릭이 몸을 좌우로 비틀며 인상을 썼다. 낮부터 해 떨어질 때까지 카페를 돌며 앉아만 있으니 좀이 쑤셨다. 더군다나 그를 끌고 나온 장미는 말 한마디 섞어주질 않았다.

"쉿!"

검지를 입술에 붙인 장미의 귀가 펄럭이고 있었다.

"나 허리도 아프고 등도 아프고, 막 다 아프다고."

에릭이 칭얼댔지만 장미는 들은 척도 하지 않았다. 결국 참다못한 에릭이 한 바퀴 돌고 오겠다며 자리에서 일어섰다.

에릭이 나가든 말든 관심 없던 장미는 등 뒤에 앉아 있는 남자들의 대화에 귀를 기울였다.

"그래서 번호는 땄냐?"

"번호는 뭐 하러 따? 나 그날 홈런 날렸다. 킬킬!"

"호텔 갔냐?"

"미쳤냐? 한 번 자고 말 여잔데 호텔은 무슨."

저속한 대화에 신경이 거슬렸지만 귀를 닫진 않았다. 그녀는 현재 시장 조사 중이었으니까.

TV 프로그램으로 트렌드를 읽는 것도 중요하지만 현실에서 일어나는 일들을 귀담아듣는 것과는 차원이 달랐다. 물론 지금처럼 양아치과를 만나게 되면 짜증도 나고 불쾌하기도 했지만 이게 현실이었다. 좋은 놈이 있으면 나쁜 놈도 있는 거다. 그 중간이 이상한 놈이고.

남자들의 대화는 길게 이어졌다. 요즘엔 어디가 수질이 좋고, 어떤 말이나 행동에 여자들이 뻑 가는지에 대해서. 퍽이나 심도 깊은 대화였다.

에릭이 돌아오자 장미는 작은 수첩과 펜을 가방에 넣고 일어섰다.

"가려고?"

들을 만큼 들었다. 게다가 그 남자들을 피하고 싶었던지 주변 자리엔 여자들이 앉질 않았다. 여기서는 더 들을 게 없다.

카페에서 나가기 전에 장미는 여자 꼬시는 스킬의 대가님들을 쳐다보았다.

우웩. 씹다 뱉은 시금치같이 생겨가지고서는.

"다른 동네로 가자."

못 볼 걸 봐버려서 놀란 가슴을 주먹으로 콩콩 쳐댄 장미가 에릭을 택시에 태웠다.

"가로수 길로 가주세요."

에릭이 체념한 듯 창밖을 바라보았다. 그리고 검지를 세워 창문에 슥슥 글자를 적었다.

너무했어.

—슬럼프 극복기 제3단계. 듣고 보고 느끼기.

카페와 술집 투어를 마친 장미는 다시 집순이가 되었다. 그녀는 장르 구별 없이 닥치는 대로 음악을 듣고 유튜브에 올라와 있는 국내외 뮤직비디오와 동영상들을 보았다. 그리고 느낀 점을 빠짐 없이 수첩에 적어 넣었다.

사람마다 다르겠지만 장미에겐 멍하니 뒹굴 때보다 뭐라도 하고 있는 지금이 슬럼프 극복에 도움이 되고 있었다. 슬럼프에서 벗어나 곡을 쓰고 있는 건 아니었지만 머리가 돌아가 주고 있었다. 티도 안 날 만큼 조금씩, 서서히.

그녀는 무엇을 보고 듣건 일단 'pine'을 염두에 두었다. 아무리 좋은 옷을 걸쳐도 입은 사람에게 어울리지 않으면 소용없는 거니까.

세계 각국 뮤지션들의 뮤직비디오를 보던 장미가 기지개를 켜며 침대에서 일어났다. 에릭의 동태를 살피려 방에서 나가려던 그녀가 돌연 왼쪽 발바닥을 움켜쥐었다.

"이…… 뭐…… 흑……!"

발바닥을 타고 온몸을 휘감은 찌릿찌릿한 전율. 얼굴이 시뻘겋게 달아오른 장미가 한 발로 깡충깡충 뛰었다.

언젠가 에릭이 전철에서 득템했다며 사들고 온 지압 판이 방 중앙에 놓여 있었다. 필요 없다고 돌려주었던 그것이 어떻게 방에 놓여 있는지는 중요하지 않았다. 그녀가 말도 못하게 화가 났다는 게 중요했다.

"에리이이이익!"

에릭은 장미의 슬럼프가 아니라 득음을 돕고 있었다.

에릭의 얼굴에 웃음꽃이 피었다. 콧노래를 흥얼거리며 외출 준비를 하고 있는 그에게서 행복의 오라가 넘실거렸다.

한국에 와서 불금, 불토라는 말의 의미를 알게 된 에릭은 금요일, 토요일만 되면 밖에 나가고 싶어 안달했다.

"로즈, 로즈! 이것 좀 봐줘!"

에릭이 2층을 향해 고래고래 소리를 질렀다.

"시끄러."

며칠이 지났는데도 지압 판의 고통을 잊지 못하고 있는 장미가 눈살을 찌푸리며 계단을 내려왔다.

"휘익!"

한 걸음씩 가까워지는 장미를 보면서 에릭이 휘파람을 불었다.

자연스럽게 머리를 틀어 올려 고정시킨 그녀는 타이트한 블랙 미니 원피스를 입고 있었다. 아이 라인을 길게 빼서 그린 탓에 고양이를 닮은 눈매가 돋보였고 매트한 립스틱을 바른 입술은 섹시했다.

에릭은 한국의 오빠들처럼 보수적인 사람이 아니었다. 그는 하나밖에 없는 여동생이 예뻐 보이는 게 좋았다. 그녀가 미국에서 고등학교를 다닐 때, 프롬 파티에 같이 갈 남자를 함께 물색해 준 사람도 에릭이었다.

"우리 로즈, 예쁘다."

에릭이 장미의 이마에 흘러내린 머리카락을 손끝으로 걷어주었다.

"뭘 보라는 건데?"

부끄러운지 에릭의 손을 치워낸 장미가 고개를 틀었다.

"이거. 이게 나아, 저게 나아?"

장미는 오빠가 입고 있는 셔츠와 그가 손에 들고 있는 셔츠를 번갈아 쳐다보았다.

"똑같은 블랙셔츠잖아."

"세상에, 로즈. 이게 어떻게 똑같아? 봐. 단추도 다르고 여기 포인트 준 부분도 다르잖아."

에릭의 말에 유심히, 정말 열심히 다른 점을 찾아보려고 노력한 끝에 그가 말한 것들이 보이기는 했다. 하지만 그래 봐야 비슷한 블랙셔츠라는 점은 달라지지 않았다.

"이게 나아."

장미가 에릭이 입고 있는 셔츠를 턱짓했다.

"그래? 정말?"

갈등하고 있는 에릭을 가만히 쳐다보던 장미가 입술을 늘였다.

"난 지금 나갈 건데 오빠 바쁘면 혼자 갈게."

망설임 없이 현관으로 향하자 어느새 장미의 옆에 선 에릭이 스니커즈를 신으며 배시시 웃었다.

"신발은 안 골라도 돼."

못 말리겠다는 듯 고개를 저으며 킬 힐을 신은 장미의 입술이 고운 선을 그렸다.

에릭과 장미는 미리 불러놓은 콜택시에 몸을 실었다.

"로즈, 나 신나."

어깨를 들썩이는 에릭 때문에 그와 함께 가는 게 잘못된 결정이 아니었을까, 살짝 후회가 됐지만 이젠 어쩔 수 없었다.

이론에서 벗어나 실전을 체험하러 가는 날. 장미는 2차 시장 조사 장소로 최근 핫하다는 클럽을 선택했다. 그래서 에릭과 함께 가는 것이다. 그녀는 놀러 나가는 것도 아니요, 남자를 꼬시러 가는 것도 아니요, 오롯이 일 때문에 가는 거니까.

"가서 사고 치지 마."

경고하는 장미였지만 에릭은 귀를 막은 지 오래였다.

쿵쾅쿵쾅! 꺄아아악!

마치 놀이동산에 와 있는 것 같았다. 심장을 진동하게 만드는 음악과 수많은 클러버들의 웃음소리가 한데 뒤섞여 정신이 하나도 없었다.

핫플레이스로 떠오르고 있다는 클럽답게 분위기나 인테리어가 나쁘지 않았다. 조명도 적절했고 음악 선곡도 썩 훌륭했다.

"에릭!"

클럽에 들어서기 무섭게 리듬을 타기 시작한 에릭의 팔을 붙잡은 장미가 크게 소리쳤다.

"사라지지 마!"

"Don't worry!"

에릭을 노려보던 장미가 한숨을 내쉬었다. 이상한 미국 오빠는 클럽에만 오면 미국 오빠 티를 냈다. 한국에서는 외국 사람이 말을 걸어도 버릇처럼 한국말로 대답하는 사람이 도대체 왜 클럽에서는 영어를 쓰는 걸까. 설마 영어로 말하면 섹시해 보일 것 같아서?

그러거나 말거나 사라지지만 않으면 된다. 에릭을 데려온 이유가 달라붙는 남자들을 떼어내기 위함이었으므로.

장미는 매의 눈으로 웃음을 흘리며 몸을 흔드는 사람들을 관찰했다. 그들이 입고 있는 옷부터 표정, 들려오는 말소리까지 머릿속에 집어넣기 위해 안간힘을 썼다.

시간이 얼마나 지났는지 가늠이 되지 않았다. 후끈후끈한 열기로 가득한 곳에서 토요일 밤을 불태우려는 사람들 속에 섞여 있으니 정신이 혼미해졌다.

"앗!"

누군가 어깨를 강하게 치고 가는 바람에 들고 있던 클러치백을 떨어뜨린 장미가 허리를 숙였다. 그리고 다시 허리를 폈을 때 그녀는 절망했다.

어째서 불길한 예감은 비껴가질 않는 걸까.

에릭이, 사라졌다.

겨우 룸에서 빠져나온 서준은 안도의 숨을 내쉬었다.

"다른 회사 직원들은 사장이 회식 자리에 끼면 안 좋아한다던데. 암튼 특이해."

피곤한 얼굴로 중얼거리던 그가 사람들을 피해 느릿하게 걸음을 옮겼다.

사고 수습하느라, R&E 때문에 야근을 밥 먹듯이 하고 지인들에게 아쉬운 소리를 하느라 진이 빠진 직원들을 위해 날을 잡았다. 진정 오랜만의 회식이었다.

원래 뱃속 두둑해지게 소고기를 먹이고 슬그머니 빠져나올 계획이었다. 재밌게들 놀라고 말하려던 차에 누군가 2차로 클럽을 가자고 외쳤고 클럽 문화를 싫어하는 극소수의 직원들만이 집으로 돌아갔다. 서준 역시 집에 돌아가려 했다. 그런데 잡혔다. 그가 잡혀서 태평까지 잡혔고 인기 많은 최태평 실장은 여전히 붙잡혀 있었다.

서른다섯에 클럽은 무리수였다. 한때는 정열적으로 클럽 문화를 즐기기도 했지만 서른을 찍고 나서부터는 걸음하지 않았다. 나이가 들었는지 골을 울리는 시끄러운 곳보다는 정취 있는 자연 친화적인 공간이 좋았다. 예를 들자면…….

붉은 여우의 정원처럼.

주먹만 한 얼굴에 붉은 머리카락을 가진 여자가 떠오르자 서준이 멈칫했다.

사진이 있어서 그래. 사진 때문이야.

문뜩문뜩 그 여자가 떠오르는 이유를 사진 때문이라고 치부한 서준이 다시 다리를 움직였다.

큭큭, 그에게서 작은 웃음소리가 흘러나왔다. 굳이 사진을 보고 있지 않아도 사진 속 여자의 모습이 또렷하게 그려졌다. 참 대단한 증거물이었다. 볼 때마다, 기억날 때마다 유쾌해진다.

'다시는! 그런 짓 하지 마십시오.'

외장 하드에 있는 사진을 지우라고 했을 때 태평이 했던 말이 귓가를 두드렸다. 아드득, 빠드득 이를 갈던 최 실장의 음산했던 눈빛이 떠오르자 서준이 쩝! 입맛을 다셨다.

'제가 대표님 앉아 있게 만들려고 얼마나 진땀을 뺐는지 아십니까? 무슨 동영상 캡처하는 것도 아니고 완전 순간 포착이었단 말입니다! 그 와중에 에릭 씨가 깨면 어쩌나 불안에 떠느라 제 수명이 20년은 줄었습니다. 어떻게 여자한테 집니까? 참, 대에단하십니다!'

그 일로 태평은 연봉 인상에 성공했다. 어차피 내년에 연봉을 올려줄 계획이었는데 예상했던 것보다 더 올려줘 버렸다. 뭐, 그 일을 무덤까지 가져가기로 했으니 올려준 연봉이 아까운 건 아니지만.

장미를 속인 게 아무렇지도 않으냐? 그건 아니었다. 서준도 사람이라 양심이 아팠다. 하지만 이제 와서 뭘 어쩌겠는가. 다 된 밥에 코 빠뜨릴 수 없으니 조용히 묻을 수밖에. 그리고 소심하게 변명을 해보자면 서준도 계약을 하고 나서야 알게 된 일이다. 지능적인 최 실장이 계약서에 사인을 받을 때까지 대표인 그에게조차 입을 다물고 있었으니까.

깔끔한 버튼다운 셔츠에 슬림한 데님 진을 입고 있는 서준에게 여자들의 시선이 머물렀다. 하지만 그는 자신에게 쏟아지는 유혹이 담긴 눈빛들을 알아차리지 못했다.

왜 안 오지?

미간을 좁힌 서준은 또다시 한장미를 떠올리고 있었다. 바짝 약이 올라 있었으니 날이 밝자마자 쳐들어올 줄 알았다. 보기 좋게 달아오른 얼굴로 당장 사진을 지우라고 소리칠 줄 알았는데 아니었다.

바쁘겠지.

사진을 삭제하는 일보다는 곡을 쓰는 게 먼저일 것이다. 어쩌면 빨리 곡을 주고 계약을 털어버리고 싶어서 잠잠한 걸 수도 있었다.

쿵쾅거리는 음악 소리 때문에 정신이 사나웠다. 잠깐 한눈을 판 사이 서준은 얼결에 넓고 넓은 스테이지까지 밀려났다.

좀처럼 길이 뚫리지 않아 짜증이 밀려들었다. 쯧 혀를 차며 빈 공간을 찾아 움직이던 그가 우뚝 멈춰 섰다.

……어라?

그의 눈이 가늘어졌다. 팔만 뻗으면 닿을 거리에 한 여자가 등을 보이고 서 있었다. 기생오라비처럼 생긴 어린 남자들 사이에 끼어서 이러지도 저러지도 못하고 있는 여자의 머리카락이 붉디 붉었다.

어디서 많이 본 헤어스타일이다. 어두운 장소임에도 붉은 머리카락과 대비되는 하얀 피부가 눈에 들어왔다.

굳은 표정으로 서 있던 서준이 움직였다. 빈 공간을 찾던 그가 억지로 공간을 만들어가며 여자의 뒤로 다가갔다.

빼빼 마른 오징어들을 떼어내고 여자의 팔뚝을 잡아챈 서준의 귀에 익숙한 음성이 들려왔다.

"Shit!"

서준은 지금 누가 화를 내야 하는 건지 모르고 있는 것 같은 여자의 귓가에 속삭였다.

"욕할 때가 아닐 텐데요."

그에게서 빠져나가려 몸부림치던 여자가 흠칫했다.

"곡은 쓰고 계신 겁니까?"

강한 힘으로 서준의 팔을 떼어낸 여자가 천천히 몸을 돌렸다.

누가 여우 아니랄까 봐.

장미의 도전적인 눈빛을 받은 서준이 가볍게 웃음을 흘렸다. 집, 대표실, 클럽. 여자는 장소마다 다른 분위기를 풍겼다. 오늘은 남자 홀리는 여우로 변신한 모양이다.

"⋯⋯어요!"

얼굴을 구긴 그녀의 말이 들리지 않아 서준이 고개를 숙여주었다. 그러자 장미가 그의 귓가에 크게 소리를 질렀다.

"일하고! 있었다구요!"

"디제잉도 합니까?"

슬그머니 일그러지는 그의 얼굴에 그걸 변명이라고 하냐고 쓰인 것 같았다. 입술을 잘근잘근 씹어대던 장미가 그의 팔을 붙잡고 손가락으로 출구를 가리켰다.

밖으로 나가자는 제스처에 서준이 고개를 끄덕였다. 그는 자신의 팔을 잡고 있는 장미의 손을 떼어내고 그녀의 어깨를 감싸 안았다.

부러 길을 만들려 노력하지 않았었던 그가 사람들을 헤쳐 나가기 시작했다.

딱 달라붙어 밖으로 나가려는 두 사람에게 여러 가지 감정이 섞인 눈빛들이 뒤따랐다. 여자들이 부러움 가득한 시선으로 장미를 노려보았고 남자들은 패배감과 시기심이 뒤섞인 눈빛으로 서준을 쳐다보았다.

겨우겨우 밖으로 나오는 데 성공한 서준이 큰 숨을 내쉬고 있는 장미를 쳐다보았다.

허벅지를 반 이상 드러낸 짧은 길이, 몸의 굴곡을 적나라하게 보여주는 타이트한 미니 드레스에 서준이 인상을 구겼다. 왜인지는 모르겠는데 짜증이 치민다.

"클럽 좋아합니까?"

"진짜 일하러 왔다니까요."

서준의 입가에 걸린 비웃음 때문에 그에게로 향하는 장미의 눈빛도 곱지 않았다.

"대체 클럽에서 무슨 일을 합니까?"

"그것까지 말해야 해요?"

"궁금해서 그럽니다."

"댄스곡 써달라면서요."

"클럽에서 노는 거하고 댄스곡이 무슨 상관이라고."

들으라는 듯 내뱉어진 혼잣말에 장미의 심사가 뒤틀렸다.

"놀러 온 거 아니라니까요!"

빽 소리를 지르자 서준의 이마가 구겨졌다.

"그냥 일하다가 기분 풀러 나온 거라고 하면 뭐라고 합니까?"

"이봐요, 내가 놀러 나온 거면 오빠하고 같이 왔겠어요?"

답답하다는 듯 장미가 한숨을 쉬었다.

"오빠?"

"에릭이요, 에릭 한. 아는 오빠도 아니고 가족하고 클럽에 오는 여자가 어디 있어요?"

서준은 당황했다. R&E가 남매로 이루어진 팀이었다니. 그냥 미국에서부터 함께 곡 작업을 했던 팀으로만 여겼다. 장미가 에릭을 오빠라고 부르는 걸 들은 적이 한 번도 없었으니까. 게다가 에릭은 미국인이고 장미는 한국인인데 친남매일 거라고 생각하는 사람이 더 이상한 거 아닌가?

"에릭 씨가 친오빠?"

"그럼 아빠겠어요?"

말이 되는 소리를 하란 표정으로 서준을 쳐다보던 장미가 휴대폰으로 시선을 옮겼다.

정말 놀러 나온 거 아닌가?

의심을 거두지 못한 서준이 짜증으로 일그러진 장미의 얼굴을 응시했다. 메이크업과 옷차림, 발목 부러질 것 같은 킬 힐까지 표면상으로 보자면 딱 놀러 나온 여자였다. 토요일 밤을 새하얗게 불태워 보려는 그런 여자.

"이 인간은 어디 있는 거야?"

휴대폰을 귀에 대고 있는 장미가 입술을 짓이겼다. 사고뭉치 오빠 때문에 되는 일이 없었다. 사라지지 말라고 입에 침이 마르게 당부했는데도 눈 깜짝할 사이에 없어진 그는 전화조차 받지 않고 있었다.

에릭이 휴대폰을 진동으로 해놨을 거란 희망은 품지 않았다. 그는 당연하게 휴대폰을 벨소리로 해놓고 뒷주머니에 넣은 채 클럽 안을 확보하고 있을 것이다.

「집에 들어오기만 해봐. 가만두지 않겠어.」

장미는 현재의 분노를 담아 카톡을 보냈다. 하지만 그것만으로 는 성에 차지 않아 한 문장을 보탰다.

휴대폰을 클러치 백에 넣은 그녀는 그때까지도 제 옆에 서 있는 남자를 곁눈질했다. 클럽 안에 있던 대다수의 남자들과는 달리 그 는 흐트러짐 없는 모습이었다. 술에 취한 것 같지도 않고 땀에 젖 어 있지도 않았다.

이 남자는 클럽에 왜 온 거야? 그것도 하필이면 여기에.

혹시 이제껏 감시당한 건 아닐까, 상상의 나래를 펼치던 장미가 고개를 저었다. 오버다. 파인 대표가 할 일 없어 빈둥거리는 백수 도 아니고 뭐 하러 그런 짓까지 하겠는가.

"계속 있을 겁니까?"

언제 꺼냈는지 입에 담배를 물고 있는 서준의 말에 장미의 입술 이 뾰족해졌다.

"알아서 해요. 신경 쓰지 마세요."

이 여자 보게?

앙칼지게 톡 쏘아붙이고서 클럽 안으로 들어가려는 장미를 보 며 서준이 담배 필터를 씹었다.

누군 신경 쓰고 싶어서 쓰는 줄 알아?

그녀에게 신경 쓰는 이유는 R&E이기 때문이었다. 단지 빠른 시일 내에 곡을 받아야 하는 입장이라, 그 입장을 곤란하게 만들 수 있는 여자이기 때문에 신경을 쓰는 것이다.

"잠깐!"

담배를 던져 버리고 긴 다리로 장미를 따라잡은 서준이 그녀의 손목을 붙잡았다. 가는 손목에서 뜨끈한 체온이 전해져 왔다.

"놔요."

뭐 하는 짓이냐는 눈빛이 서준의 얼굴을 찔러댔다. 홱 치켜 올라간 눈꼬리가 심상치 않았다. 설마 그럴 리야 없겠지만 계속 붙잡고 있다가는 따귀 한 대 맞을 것 같은 분위기였다.

"곡, 안 쓸 겁니까?"

서준은 말을 꺼내놓고 혀를 깨물었다. 이 상황에 곡 안 쓸 거냐고 묻다니. 붙잡은 이유치고 궁색하기 짝이 없다.

"하! 지금 장난해요?"

손목을 비틀어 빼낸 장미가 팔짱을 끼고서 그를 노려보았다.

세상에는 멀쩡하게 생겼지만 멀쩡하지 않은 사람이 너무 많았다. 잘 몰랐었는데 이서준 대표도 그런 사람 중 한 명인 것 같았다.

"계속 그럴 거예요?"

"뭘 말입니까?"

"내 개인 생활까지 간섭하면서 곡 달라고 할 거냐구요."

파르르 떠는 장미 때문에 서준은 입안이 썼다. 그러려고 그런 건 아닌데 어쩌다 보니 간섭하는 사람이 되어버렸다.

서준도 알고 있었다. 기한 안에 곡을 주기만 한다면 그녀가 클럽 죽순이가 되든 디제이가 되든 문제 삼지 않아야 한다는 걸.

"나, 위약금 낼 돈 정도는 있어요."

서준의 얼굴 근육이 팽팽하게 당겨졌다. 양손을 바지 주머니에 찔러 넣은 그의 어깨에 힘이 들어갔다.

"지금 계약 파기를 얘기하는 겁니까?"

"못할 거 없죠."

"경솔하군요."

"그쪽은 성급하구요."

파바박! 마주 선 두 사람에게서 불꽃이 튀었다. 하지만 토요일 밤, 클럽 앞에서 튀겨야 하는 종류의 불꽃과는 영 거리가 멀었다.

장미와 눈싸움을 하는 사이 서준의 머리가 계산기를 꺼내 들었다. R&E는 무시해도 되는 팀이 아니었다. 이번 한 곡으로 두 번 다시 안 볼 사람들이 아니라는 것이다. 또다시 R&E의 곡이 필요한 순간이 오게 될 수도 있었다. 그렇게 되길 바라기도 하고. 그러려면 이렇게 견원지간으로 지내서는 안 된다.

"술 한잔합시다."

사업가로서 결심을 내린 서준의 말에 장미의 머릿속도 회전하기 시작했다.

홧김에 계약 파기를 운운하긴 했지만 파인 엔터테인먼트는 거대 기획사였고 이서준 대표에게 밉보여서 좋을 건 없었다. 언제까지 그가 좋게 웃으면서 넘어가 줄지 예상하기 어려웠다.

한국에서 활동할 기간이 얼마나 늘어날지는 알 수 없었다. 하지만 일단 한국에 머무는 이상 서준과 좋은 관계는 아닐지언정 나쁜 관계로 발전하는 건 그녀 역시 바라지 않았다.

"좋아요."

제법 원만하게 합의한 두 사람은 장소를 옮겼다. 들뜨고 설레어하는 젊은 영혼들이 가득한 거리에 무표정한 남녀가 나란히 걸음을 옮겼다.

그 후로 한참의 시간이 지나고, 정신없이 놀고 나온 에릭은 장미가 보낸 마지막 카톡을 확인했다.

「I will kill you.」

에릭의 하얀 얼굴이 새파랗게 질려갔다.

6

서준을 따라 조용한 이자카야에 들어선 장미는 내심 안도했다. 클럽 음악 때문에 귀가 웅웅 울리고 있던 터라 그가 시끄러운 곳에 가자고 하면 어쩌나, 걱정했었기 때문이다.

각 자리마다 미닫이문이 설치되어 있어 독립적인 공간인 것도 마음에 들었다. 괜히 힐끗거리는 사람들을 신경 쓸 필요가 없으니까. 그녀는 얼굴이 알려진 사람이 아니지만 이서준 대표는 인터넷 기사에도 몇 번 사진이 올라왔었던 인물이었다. 유명세 때문이 아니더라도 워낙 여자들 눈길을 사로잡는 남자기도 하고.

"여기 괜찮으십니까?"

자리를 잡고 앉은 서준이 묻자 장미는 고개를 살짝 끄덕였다.

두 사람은 직원이 가져다준 시원한 우롱차를 마시면서 안주를 골랐다. 서로 기피하는 음식을 골라내다 보니 메뉴 선택에는 꽤

애를 먹었지만 술을 고를 때는 완벽한 의견 일치를 보였다.

"독한 술을 좋아하시나 봅니다."

직원을 불러 술과 안주를 주문한 서준의 말에 장미가 어깨를 으쓱했다.

"술과 음료는 다른 거니까요."

약한 건 술이 아니라는 뜻이 담긴 말에 서준이 피식 웃음을 흘렸다.

장미는 셔츠의 소매를 걷어 올리는 남자를 쳐다보았다. 땀 한 방울 흘리지 않은 듯한 그는 반듯한 자세로 앉아 있었다.

잘나긴 잘났네.

연예기획사 대표가 아니라 그 기획사의 소속 연예인이라고 해도 믿을 만큼 잘생긴 얼굴이었다. 시원시원한 이목구비에 웃을 때면 아래로 처지는 눈꼬리가 상당히 매력적이었다. 거기다 완벽한 역삼각형을 이루고 있는 바디 라인은 남성미까지 과시하고 있었다.

그녀가 잘생긴 남자를 좋아했다면 처음부터 호감을 가졌을 것이다. 어쩌면 슬럼프고 뭐고 아무 생각 없이 덜컥 계약을 해버렸을지도 모르겠다. 그와의 인연을 이어나가기 위해서.

잘난 남자를 싫어해서 다행인 건가? 웃프네.

장미는 튀어나오려는 실소를 삼켰다. 한국 사람들이 만들어낸 신조어는 무릎을 치게 만드는 공감을 가능케 했다.

잘난 남자를 싫어하게 된 것이 웃기면서도 슬펐다. 너무 잘나서 세계 정상에 우뚝 선 한 남자가 머릿속을 비집고 들어왔다.

『내 옆에 있으면 너도 힘들잖아?』

남자가 남긴 말이 아직도 심장을 아프게 찌른다. 위해주는 척 비웃던 남자는 그 순간에도 빛나고 있었다. 하지만 이제는 안다. 그는 자신을 위해 빛나던 사람이 아니었음을.

"한장미 씨."

똑똑. 파인 대표가 주먹을 말아 테이블을 두드리고 있었다. 정신을 차려보니 테이블 위에 안주와 술이 올라와 있었다.

"피곤한데 억지로 온 거면……."

"아니요."

단호하게 대답한 장미가 서준에게 술을 받았다. 피곤해서 쓰러지는 한이 있더라도 지금 그녀에겐 술이 필요했다.

입을 다문 두 사람은 몇 차례 술잔을 주고받았다. 술맛이야 익숙한 것이었고 안주로 주문한 모둠 꼬치와 해산물이 잔뜩 들어간 나베도 썩 나쁘지 않았다.

"나 별로 안 좋아하는 거 압니다."

장미의 빈 잔에 술을 따르던 서준이 나지막하게 말문을 열었다. 받은 술을 홀짝인 장미가 말없이 그를 쳐다보았다. 그렇지 않다는, 눈에 보이는 거짓말은 할 수가 없어서.

"나 같아도 마음먹고 쉬는데 누가 자꾸 와서 건드리면 싫었을 겁니다."

마음먹지 않았는데 불가피하게 쉴 수밖에 없었던 상황이라 더욱 짜증이 났던 거였다. 하지만 슬럼프 때문에 그랬다는 말을 할 수가 없어 장미는 입술을 오므렸다.

"그만큼 R&E의 곡이 절실했던 거라고 생각해 주면 고맙겠는데."

옅은 미소를 지은 그가 장미의 앞 접시에 나베를 덜어주었다.

"지금은 그렇게 생각하고 있어요. 그래서 늦지 않게 곡을 완성시키려고 노력하고 있는 중이에요."

조용했던 장미가 성의 있게 대꾸하자 서준의 미소가 살짝 짙어졌다. 그가 잔을 들어 올렸고 두 사람의 술잔이 허공에서 부딪쳤다.

장미는 내려놓은 잔의 테두리를 손끝으로 쓸었다. 그리고 직원을 호출해 얼음물을 부탁하는 서준을 쳐다보았다.

클럽에서 나온 이후 파인 대표는 정말 그곳에 일하러 갔던 건지 되묻지 않았다. 그녀가 설명해 주기 전까지는 클럽에 놀러 간 거라고 여길 테지만 구구절절 설명하는 게 우습게 느껴졌다.

클럽에 갔던 건 그녀가 해야 하는 노력 중 하나였다. 장미는 분위기에 민감한 스타일이었고 꽤 오랜 시간 발라드와 R&B에 주력했었기 때문에 곡을 만들 때면 자연히 리듬이 느려졌다. 빠른 비트의 음악이 익숙해져야 곡을 쓸 때 템포가 빨라질 수 있었다. 가사도 마찬가지였다. 현란한 박자에 축축 늘어지는 가사를 쓸 수는 없지 않은가.

그녀는 파인 대표와 그룹 'pine'이 원하는 걸 알고 있었다. 익숙한 이미지에서 벗어나 완벽하게 새로운 모습을 보여주는 것. 9년간 장수했던 그룹인만큼 그들이 가지고 있는 색은 분명했다. 그래서인지 독특하고 개성 있는, 색다른 변화를 원했다. 그리고 그걸 가능하게 만들어야 하는 사람이 에릭과 장미였다.

"기한은 제가 부탁드린 부분이긴 하지만 부담 가지지 않으셨으면 합니다. 아, 이렇게 말하는 게 더 부담인가요?"

부담 가지라는 뜻이 아니었다는 듯 서준이 난감한 표정을 지었다.

"부담은 제가 감당해야죠."

애써 담담하게 대꾸한 장미가 한숨을 삼켰다. 계약을 한 이상 기한에 맞춰 곡을 주는 건 당연한 일이었다. R&E도 외국 작곡가의 전형적인 단점을 가지고 있다고 생각할까 봐 이제껏 기한을 넘긴 적이 없었다.

K—POP이 한류 열풍을 이끌기 시작하면서 외국 작곡가에 대한 관심도도 높아졌다. 이제 한국 대중가요는 세계를 겨냥해야 했고 그들의 입맛도 맞춰야 하는 입장이 되었기 때문이다. 그래서 외국 작곡가, 가수와의 콜라보레이션을 진행하거나 아예 외국 작곡가에게 곡을 맡기는 일들이 생겼다. 성공 확률은 반반이었다. 단점도 많았다. 그 단점 중 하나가 이따금씩 배 째라는 식으로 마감 기한을 훌쩍 넘겨 버리는 일이었다. 그럼에도 외국 작곡가를 향한 러브콜은 끊이지 않았다.

술잔을 만지작거리던 장미가 서준을 쳐다보았다. 그가 자신도 알고 있는 단점을 모를 리 없었다. 게다가 안 하겠다고 고집부리면서 내쫓은 게 한두 번이 아니다.

"왜 그랬어요?"

한번쯤 물어본 적이 있었던 것 같은데 대답을 들은 기억은 없었다. 대체 왜 그렇게까지 해야 했는지에 대해서.

"뭘 말입니까?"

"다른 작곡가도 많잖아요."

"아아."

서준이 팔짱을 끼곤 고개를 한쪽으로 기울였다.

"다른 작곡가들은 R&E가 아니니까."

진심일지는 모르겠으나 그의 대답은 장미를 오글거리게 만들었다. 저렇게 웃는 얼굴로 '다른 여자는 네가 아니니까.' 그런 말을 했다간 어지간한 여자들은 홀라당 넘어가고도 남겠다.

장미는 고개를 저었다. 드라마뿐 아니라 나쁜 남자들이 등장하는 달달한 로맨스 소설까지 읽었더니 해석이 이상한 방향으로 흐른다.

"나도 묻고 싶은 게 있는데."

그러라는 듯 고개를 끄덕인 그녀가 물 컵을 집었다.

"왜 그렇게까지 안 하겠다고 한 겁니까?"

장미에게서 참고 있던 한숨이 새어 나왔다.

"계속 말했었는데요. 아이돌 그룹…….."

"하고는 일 안 하고 휴식기다."

제 말을 댕강 자른 서준이 대신 대답하자 장미의 눈썹이 꿈틀댔다.

"그런데 말입니다. 보통은 그 정도 조건에 그렇게까지 정성을 보이면 못 이기는 척 넘어갑니다."

"우린 보통이 아닌가 보죠."

자칫 거만하게 느껴질 수도 있는 말이었지만 서준은 그냥 웃어 버렸다. 그녀의 말이 옳았기 때문에.

"그래서 기대가 큽니다."

서준의 솔직한 마음이 튀어나왔다. 부담 가지지 말라고 해놓고 엄청난 부담을 떠안길 수 있는 말을 뱉어놓은 그는 연신 웃는 얼굴이었다.

"곡이 엉망으로 나올 수도 있어요."

장미는 솔직함에 정직함으로 대응했다. 에릭은 말짱하니까 아무리 엉망이어도 듣지 못할 만한 수준의 곡이 나오겠냐 싶지만 서준의 기대치를 깎아내리기 위함이었다. 그녀도 지금으로선 어떤 곡이 나올지 알 수 없었기에.

"어쩔 수 없죠."

담담한 서준의 반응에 장미가 눈을 깜박였다.

"곡이 엉망이어도 상관없다는 말이에요?"

"선택한 일에 후회해 본 적이 없어서."

"한 번도?"

"한 번도."

장미의 표정이 애매해졌다. 후회해 본 적 없다는 서준의 말이 그만큼 R&E를 믿는다는 뜻인지, 곡이 엉망으로 나와도 후회하지 않을 거라는 말인지 분간이 가질 않았다.

"지나간 일은 잊고 앞으로 잘해봅시다."

화해를 청하듯 내밀어진 술잔에 장미의 잔이 닿았다가 떨어졌다.

"그게 아니라고 몇 번 말합니까?"

"아니긴 뭐가 아니에요? 내가 몇 번이나 봤는데."

"거 참 답답하네! 밥만 먹은 거라니까?"

"밥만 먹었는데 열애 기사가 나요?"

이자카야의 영업 마감이 한 시간 정도 남겨졌을 무렵. 안주 추가 없이 술만 2병을 더 시킨 남녀의 공간에선 고성이 난무했다.

화해한 것처럼 보였던 두 사람은 가요계부터 시작해서 연예계 전반에 걸친 대화를 나눴었다. 그러다 아니 땐 굴뚝에 연기 난다는 말이 나왔고 어쩌다 보니 서준의 열애 기사로 초점이 맞춰져 버렸다.

"연예계가 원래 그런 거 모릅니까? 밥만 먹어도 사귄다는 소문이 납니다."

"대표님이 연예인인 것도 아닌데 연예계 얘기가 왜 나와요?"

"내가 그 바닥에서 일하고 있는 사람이니까!"

답답해서 미치겠다는 얼굴로 서준이 벌컥벌컥, 술을 물처럼 들이켰다.

서준은 억울했다. 장미의 말마따나 그가 연예인인 것도 아닌데 이서준을 향한 기자들의 관심은 지대했다. 소속 배우와 단둘이 밥을 먹으면 열애 기사가 터지고 술을 마시면 결혼설이 나돌았다. 그래서 꼭 태평을 끼워 넣지만 항상 사진에 찍히는 건 그와 소속 연예인, 둘뿐이었다. 서준과 관련된 기사들은 연예인들 때문에 나는 것이었다. 그가 연예인들하고 일하는 사람이니까. 우습게도 정작 진짜 연애는 일반인하고만 하는데도 말이다.

탁! 강하게 잔을 내려놓은 그가 조금 상기된 얼굴로 따져 물었다.

"내가 열애를 하든 결혼을 하든 무슨 관심이 그렇게 많습니까?"

"어머, 어머머! 관심이라니요? 나 코딱지만큼도 관심 없거든요?"

장미도 얼굴이 불그레하게 익어 있었다. 토닉 워터와 섞어 마셔야 하는 독한 술을 생으로 마신 후유증이었다.

"정말 코딱지만큼도 관심 없습니까?"

"그렇다니까요."

"왜?"

지지 않고 받아치던 장미가 붕어마냥 입술을 뻐끔거렸다.

"왜 관심이 없습니까?"

장미는 벌어진 입을 다물지 못했다. 너무 기가 막히면 말이 안 나온다더니 지금이 딱 그 짝이었다. 이건 뭐, 관심을 가져달라는 건가 아니면 저처럼 잘난 남자한테 왜 관심이 없냐고 따지는 건가. 뭐가 됐든 둘 다…… 재수 없다.

"나는 한장미 씨한테 관심 있는데 왜 나한테 관심이 없습니까?"

……뭐래니?

장미의 어깨에서 힘이 빠졌다. 얼굴색이 약간 붉어진 것 말고는 눈도 풀리지 않았고 발음에도 이상이 없는 그였지만 아무리 봐도 만취한 게 틀림없었다. 그렇지 않고서야 제정신으로 저런 말을 할 수는 없는 일이다.

"그 관심, 넣어두세요."

어떤 종류의 관심이든 그녀에겐 필요 없었다. 관심에 대한 얘기는 더 이상 하고 싶지 않았다. 하지만 서준의 생각은 달랐던 모양이다.

"왜?"

미운 일곱 살도 아니고 자꾸만 왜? 왜? 거리는 서준 때문에 장미가 얼굴을 구겼다.

"왜긴 왜예요? 대표님하고 내가 서로 관심 가져서 좋을 일이 있어요?"

"나쁠 일은 있습니까?"

"있죠. 엄청 많죠."

"뭐가 또 엄청 많습니까?"

잔에 반쯤 남아 있는 술을 비운 장미가 손등으로 입가를 닦고서 서준을 응시했다. 저번에는 그녀도 취해서 몰랐는데 이 남자, 희한한 주사가 있는 모양이었다.

"그 나쁠 일들, 들어나 봅시다."

척하니 팔짱을 끼고 상체를 세운 서준의 눈이 호전적으로 빛나고 있었다.

한장미한테 관심 있다는 말까지 하려던 건 아니었다. 단지 그에게 눈곱도 아니고 코딱지만큼도 관심 없다는 말에 엄청, 무지하게, 굉장히 자존심이 상했다.

서준은 여자가 궁하지 않은 남자였다. 가만히 있어도 여자들이 알아서 접근했다. 일하는 곳이 연예계인만큼 배우, 가수, 아나운서 등등 이서준을 향해 웃음을 뿌리는 여자들이 너무 많아서 탈이었다. 물론 그들이 전부 이서준이라는 사람 자체가 좋아서 그런 건 아니겠지만 뭐 어떤가. 권력과 재력도 그가 가진 능력인데.

"첫째."

침묵을 깨는 장미의 음성에 서준의 얼굴 근육이 실룩거렸다.

진짜 나쁠 일들을 얘기하겠다는 거야? 이 여자 지금 진심인 거지?

점점 더 자존심이 뭉개지는 서준의 마음을 무시한 장미가 말을 이었다.

"곡을 주고받는 걸로 계약한 사람들이 그렇고 그런 사이더라, 그런 소문나서 좋을 게 없고."

그와 비슷한 생각을 했던 적이 있는 서준이 입을 꾹 다물었다.

"둘째. 서로 관심 가졌다가 한쪽이 마음 상하면 그것보다 나쁠 일은 없죠."

마치 마음 상할 사람은 너다, 라고 얘기하는 것 같아서 서준의 이마가 구겨졌다.

"셋째."

셋째도 있어? 허!

서준은 장미와 독대하고 있는 지금을 다행으로 여겼다. 오늘이 남자 이서준의 생애 첫 굴욕의 날이 될 것 같으니까.

"서로 관심을 가지게 됐다 쳐요. 내가 평생 한국에서 활동할 것도 아닌데 미국으로 돌아가 버리면 어쩔 건데요?"

세 번째 나쁠 일이 나오고 나서야 서준의 입가가 비스듬해졌다.

"장거리 연애라고, 들어본 적 없습니까?"

"이서준 대표님. 지금 저한테 연애하자고 하시는 거예요?"

또, 또. 또 눈꼬리가 눈썹에 붙게 생겼다. 서준은 소리 없이 혀를 차며 잔뜩 털을 세운 고양이가 되어버린 장미를 쳐다보았다.

"나쁠 일들에 대한 해결 방안을 제시하는 겁니다."

"그걸 왜 해결해요? 그럴 일이 안 생길 건데."

"사람 일은 모르는 겁니다. 최악의 상황에 대비를 해놔야 하지 않겠습니까?"

"사람 일은 모를 수 있겠지만 대표님과 아무 일도 없을 거라는 건 알아요."

"내가 왜 싫은 겁니까?"

돌고 돌아 다시 원점이었다. 장미는 이해할 수가 없었다. 왜 이서준과 이런 얘기를 해야 하는지. 파인 대표가 어째서 이렇게 집요하게 구는지.

"싫지 않아요."

원하는 말이 그건 것 같아서 미운 아이 떡 하나 주는 심정으로 말했건만 서준은 만족하지 않았다.

"좋지도 않은 거 아닙니까."

장미의 인내가 한계에 다다르고 있었다.

"내가 대표님을 왜 좋아해야 하는데요?"

"좋아해서 나쁠 거 없으니까?"

"나쁠 일을 세 개나 얘기했잖아요."

"나쁠 일을 안 만들면 되죠."

서준은 끈질겼고 그럴수록 장미는 가슴이 답답해졌다. 그녀의 정신세계를 혼란에 빠트릴 수 있는 사람은 에릭이 유일했었는데 한 명 더 나타났다. 에릭만으로도 넘치게 충분했는데.

"내 어디가 그렇게 싫은 겁니까?"

"안 싫다니까요!"

결국 장미의 인내심이 산산조각 났다. 호흡을 가다듬은 그녀는 길게 숨을 뱉어내고 나서야 말을 꺼냈다.

"내가 좋다고 하면 대표님도 곤란하잖아요? 대표님이 나 좋다고 하면 내가 곤란하고. 그러니까 좋아하지 말아요, 서로."

뿌듯해질 만큼 현명한 답안을 내놨다고 여겼는데 서준이 고개를 갸웃거렸다.

"난 안 곤란한데?"

"……."

"내가 좋다고 하면 곤란합니까? 왜?"

기운이 쭉 빠져 버린 장미가 술병을 들었다. 그런데 엎친 데 덮친 격으로 술도 똑 떨어져 있었다.

장미가 벨을 눌러 직원을 호출했다.

"저희 이거 한 병 더 주세요."

정말 곤란해진 건 직원이었다. 예쁘장하게 생긴 여직원이 어색한 미소를 지었다.

"죄송합니다. 저희가 마감 시간이라서."

빨리 나가달라는 말은 하지 않았지만 직원의 얼굴에 쓰여 있었다. 제발 좀 가라고. 너님들이 가야 내가 갈 수 있다고.

직원을 돌려보낸 장미가 클러치백과 계산서를 챙겼다. 하지만 금세 서준에게 계산서를 빼앗겨 버렸다.

"왜 한장미 씨가 돈을 냅니까?"

왜, 라는 말을 한 번만 더 들었다간 길바닥에서 토하게 생겼다. 체념한 장미가 네 마음대로 하라는 듯 그 자리에서 벗어났다.

계산하는 사람을 지켜보고 있는 건 예의가 아니기에 화장실에 들른 그녀는 제 얼굴을 보고 깜짝 놀랐다.

평소보다 조금 더 마신 것뿐인데 얼굴이 터질 것처럼 빨갛다. 한국 화장품의 위엄으로 눈 화장은 번지지 않았지만 공들여 발랐던 립스틱은 깨끗하게 지워졌다. 머리카락은 삐죽삐죽 보기 싫게

삐져나와 있었고 다크 서클까지 제 존재감을 드러내고 있었다.

머리핀을 빼낸 장미가 손가락으로 대충 빗어 넘긴 머리카락을 다시 올려 묶었다. 찬물로 손을 닦았더니 드러난 어깨가 부르르 떨렸다.

"에취!"

콧등을 찡그리며 재채기를 한 장미는 물기를 닦아낸 손으로 어깨부터 팔까지 슥슥 문질렀다.

걸칠 옷을 들고 나왔어야 하는 건데.

귀찮기도 하고 더울 것 같기도 해서 그냥 나왔더니 한기가 몰려왔다. 클럽에서는 에릭을 찾아다니느라 땀을 흘리고 고객 배려가 넘쳐 나는 이자카야에서는 에어컨을 빵빵하게 틀어준 덕분이었다. 오랜 시간 밖에 있을 거라는 계산도 못했고.

밖으로 나가니 서준이 기다리고 있었다. 그의 옆에 서자 빤히 쳐다보는 시선이 느껴진다.

"왜요?"

"추워 보여서."

무의식적으로 팔을 쓸어내리고 있었던지 서준이 쯧, 혀를 차는 소리가 들려왔다.

"그러게 옷을 왜 그렇게 입고 다닙니까?"

"무슨 상관인데요?"

"오들오들 떠는 게 보기 싫어서 그럽니다."

내가 또 언제 오들오들 떨었다고. 작게 중얼거린 장미의 입술이 톡 튀어나왔다.

서준은 눈살을 찌푸렸다. 가게 안에서도 추운지 손바닥으로 팔을 문지르던 장미였다. 헐벗은 것이나 마찬가지인 그녀의 옷차림에 계속 신경이 쓰였다. 뭐라도 벗어줄 수 있으면 좋겠건만 그의 재킷은 차 안에 있었고 차는 회사 주차장에 세워져 있었다.

장미의 입술이 보랏빛으로 물들어가고 있었다. 마음 같아서는 겨울 코트라도 사서 입히고 싶은 심정이었다. 지금 그녀에게 해줄 수 있는 게 아무것도 없다는 사실이 도대체 왜 이렇게 짜증이 나는지 모를 일이었다.

"갑시다."

서준이 앞장섰다. 이자카야는 골목 안쪽에 위치해 있어서 도로로 나가려면 조금 걸어야 했다.

살짝 어색한 기운이 감도는 두 사람이 거리를 두고 걷기 시작했다. 그렇게 얼마쯤 걸었을까, 툭 하고 서준의 어깨 위로 물방울이 떨어졌다.

"어?"

장미도 이마에 부딪쳐 떨어지는 물방울을 닦아냈다. 두 사람은 동시에 고개를 들어 하늘을 올려다보았다.

투둑, 투두둑! 쏴아아아아!

순식간이었다. 세찬 빗줄기가 땅을 뚫을 기세로 내리쳤다.

서준은 일말의 고민 없이 장미의 손목을 붙잡고 뛰기 시작했다. 가느다란 손목에서 전해지는 냉기에 잇새로 욕설이 새어 나왔다.

사람 한 명이 겨우 들어갈 수 있을 만큼 좁은 틈을 발견한 서준이 장미를 안으로 밀어 넣었다.

어처구니없는 상황에 놀란 마음을 진정시키는 것만도 벅찼던 장미의 눈동자가 서준을 찾았다.

그는 내리는 비를 고스란히 맞고 서 있었다. 도로 쪽을 바라보며 젖은 머리카락을 거칠게 쓸어 올리는 서준은 비가 들이치지 않게 장미의 앞을 막아선 채였다.

두근.

심장의 작은 울림에 소스라치게 놀란 장미가 눈을 질끈 감았다.

아니야. 이러지 마. 드라마를 너무 많이 봤어. 드라마 때문에 그런 거야.

그때, 서준이 몸을 돌렸다. 장미는 자신의 시야를 완벽하게 차단한 그를 보면서 숨을 멈췄다.

새까만 머리카락에서 흘러내린 물줄기가 그의 얼굴을 적시고 있었다. 짙은 눈썹과 날렵한 콧대를 미끄러져 내려간 빗물이 강인한 턱 끝에 매달렸다.

"한장미 씨."

물기를 머금어 촉촉한 입술이 느릿하게 움직였다.

"오해하지 말고 들어요."

장미는 마른침을 삼켰다. 어쩐지 그가 무슨 말을 하던 오해할 것 같았다.

"여기서 내 집까지 뛰어서 10분입니다."

검게 가라앉은 눈빛으로 바라보는 서준 때문에 장미의 손끝이 떨렸다.

"지금……."

그쪽 집에 가자는 거예요?

입안이 말라 끝맺지 못한 말을 서준이 대신했다.

"맞아요. 우리 집에 가자는 겁니다."

주춤, 장미가 뒷걸음질을 쳤다. 하지만 발바닥이 바닥에 온전히 닿기도 전에 등이 차가운 철창에 부딪쳤다.

경계와 두려움이 섞인 눈빛을 받은 서준은 입안이 썼다. 이럴 줄 알았으면 그녀에게 관심 있다는 말 같은 건 안 했을 것이다. 이런 급박한 상황에서 머뭇거리게 만들 줄 알았다면 말이다.

"아무 짓도 안 합니다. 머리카락 한 올 안 건드릴 테니 걱정 말아요."

한껏 진심을 담아 말했지만 장미의 표정은 불신을 담고 있었다.

젠장!

서준이 이를 악물었다. 자신을 믿지 않는 그녀 때문에 화난 게 아니었다. 믿지 못하게끔 만든 저 때문에 화가 났다.

머리카락 한 올 안 건드릴 자신은 있었다. 하지만 건드리고 싶은 마음으로 쳐다보게 되는 것까지는 막을 도리가 없었다.

한장미는 빌어먹게 유혹적이었다. 핏기를 잃어 더욱 창백해진 얼굴과 새하얀 피부, 거세게 흔들리는 까만 눈동자와 고른 치아로 짓이겨 붉어진 입술이 서준의 눈에 박혔다.

비바람을 동반한 새벽 공기는 소름이 돋고도 남을 만큼 차가웠다. 하지만 서준의 몸에서는 열기가 피어올랐다. 저 싫다는 여자한테, 경계심으로 털을 바짝 세운 고양이처럼 구는 여자한테 반응하는 몸이 기가 막혔다.

정신 차려라, 이서준.

이성을 배반하고 그녀의 얼굴로 뻗어지려는 팔에 힘을 주었다. 두려움과 추위로 파르르 떨리고 있는 입술에 키스하고 싶은 욕망은 접어둬야 할 때였다.

"딱 10분만 뜁시다."

서준이 손을 내밀었다. 그리고 기다렸다.

그녀가 거부하면 어깨에 들쳐 메고서라도 뛸 생각이었다. 비가 멈출 때까지 기다려 보겠다고, 빗줄기가 가늘어지면 택시를 잡아 보겠다고 고집부릴 가능성이 컸다. 하지만 서준은 그녀가 제 손을 잡길 바랐다. 믿어주지는 않아도 좋으니 이 추위에서 벗어날 유일한 방법을 선택해 주었으면, 간절히 바랐다.

장미는 저에게로 내밀어진 손을 가만히 쳐다보았다. 제 손목을 움켜쥐었던 뜨겁고 큰 손이 빨리 잡으라고 소리치는 것 같았다.

시선을 들어 올린 장미의 눈에 서준의 각진 어깨와 탄탄한 가슴이 보였다. 비에 젖어 달라붙은 옷 덕분에 여실하게 드러난 그의 몸이 위압적으로 다가왔다.

손가락을 꼼지락거리던 장미가 천천히 손을 움직였다. 그의 손에 제 손가락 끝이 닿을 때까지도 망설임은 멈추지 않았다. 하지만 결국 그녀는 서준의 손 위에 자신의 손을 올렸다.

"조심해서 뛰어요."

피가 통하지 않을 정도로 잡은 손에 힘을 준 서준의 눈시울이 보기 좋게 휘었다.

장미는 달리는 내내 몇 번이나 뒤를 돌아보며 저를 살피는 서준 때문에 정신이 하나도 없었다. 그가 돌아볼 때마다 덜컹, 심장이 내려앉았다.

푸른 기운을 띠고 있던 장미의 볼이 은근하게 붉어졌다.

장미는 숨을 몰아쉬었다. 전속력으로 달리지도 않았는데 폐가 터질 것처럼 숨이 찼다.

운동 부족을 실감하며 헉헉거리던 그녀의 시야에 서준의 너른 등이 들어왔다. 건물 내부로 들어가기 위해 비밀번호를 누른 그가 잠금이 해제된 유리문을 밀어젖히자 단단한 등 근육이 꿈틀거리는 게 보였다.

꿀꺽, 마른침을 삼킨 장미의 입매가 틀어졌다. 심장이 날씨에 전염된 게 틀림없다. 미친 날씨처럼 심장이 갈 길을 잃고 마냥 헤매고 있었다.

빗속에서 자신을 이끌던 그는 파인 엔터테인먼트의 대표실에서 맞닥뜨렸을 때보다 훨씬 믿음직스럽고 멋있어 보이기는 했다. 하지만 아무리 그렇다고 해도 이래서야 잘난 남자가 더 잘나 보여서 반한 것밖에 더 되나.

반해? 내가? 말도 안 되는 소리.

절대 그럴 리 없다고 고개를 젓던 장미는 1층에 서 있던 엘리베이터에 올랐다. 그리고 최상층의 버튼을 누른 서준을 보면서 입술을 오물거렸다.

"저기, 손……."

서준의 시선이 그녀의 얼굴로 향했다가 손으로 내려갔다. 잠시 손을 쳐다보던 그는 도리어 잡고 있던 손에 더욱 힘을 주었다. 마치 그녀가 도망가기라도 할 것처럼.

장미는 작게 한숨을 내쉬었다. 비를 뒤집어쓴 덕분에 머리끝부터 발끝까지 냉기가 휘몰아치고 있었다. 이것저것 따지고 들기엔 너무 지치고 피곤했다. 그나마 따뜻함이 감도는 곳은 그가 잡고 있는 손밖에 없다는 점도 그녀의 입을 다물게 만들었다.

그가 미련 없이 손을 놨다면 어땠을까. 조금쯤 서운했을지도 모르겠다는 생각을 할 때쯤 엘리베이터가 멈췄다.

현관문을 열고 들어간 서준이 신발을 벗고 장미에게로 몸을 돌렸다.

"잠깐 기다려요."

그가 꽉 잡고 있던 손을 놨다. 현관에 남겨진 장미는 무언가 설명할 수 없는 아쉬움에 손끝을 말았다.

뚝, 뚝. 은은한 빛깔의 대리석 위로 물방울이 떨어졌다. 서준에게 귀찮은 일을 하게 만든 것 같아서 짜증스럽게 입술을 물던 장미가 그가 벗어놓은 신발을 쳐다보았다.

키가 커서 발도 큰가.

에릭도 키나 발이 작은 편은 아닌데 이상하게 서준이 월등하게 커 보였다. 찰나의 순간, 먼 곳에서 잘 먹고 잘살고 있는 남자가 떠올랐지만 장미는 희미하게 나타났던 잔상을 지워 버렸다. 그 남자와 서준을 비교하는 것 자체가 실례다.

잠시 사라졌던 서준이 나타나 장미의 몸에 커다란 수건을 걸쳐주었다. 폭신하고 보들보들한 촉감에 굳게 다물려 있던 그녀의 입술이 슬쩍 허물어졌다.

"방에 있는 욕실을 써요."

장미의 품에 두툼한 샤워 가운을 안긴 서준이 그녀의 등을 밀었다. 손가락으로 방의 위치를 가리키면서.

어떻게 이서준 씨 방에 있는 욕실을 쓰냐고 항의할 수 없었다. 샤워를 안 하겠다고 고집을 부리는 일은 더더욱 할 수 없었다. 그녀가 서 있던 자리에 빗물이 고여 작은 웅덩이가 생겼기 때문이었다.

떠밀리듯 서준의 방에 들어간 장미는 지체 없이 욕실로 향했다. 물이 떨어져도 상관없는 곳에 서 있으니 그제야 안도의 숨이 새어 나왔다.

장미는 축축해진 원피스를 벗어 던지고 곧장 샤워기 아래에 섰다. 뜨끈한 물줄기에 절로 앓는 소리가 나온다.

서둘러 씻고 샤워 가운을 입은 장미가 코를 찡긋거렸다. 자신의 몸과 샤워 가운에서 지독하게 남성적인 향이 맡아졌다. 언젠가 맡아본 적 있는, 푸른 느낌의 시원한 향이었다. 그녀는 자신의 몸에 배어버린 낯선 향이 어색해서 손가락으로 코끝을 문질렀다.

수건으로 머리카락의 물기를 짜내고 벗어놨던 옷가지를 들고 나온 장미가 뒤늦게 서준의 방을 둘러보았다.

피식 숨죽인 웃음소리가 새어 나왔다.

이 남자, 일관성 있네.

대표실처럼 군더더기 없는 방이었다. 인테리어라고 할 만한 것도 없었다. 햇빛 차단용으로 보이는, 어두운 색감의 블라인드가 창문을 가리고 있는 방엔 퀸 사이즈의 침대가 덩그러니 놓여 있었다. 드레스 룸이 따로 있는지 붙박이장도 보이지 않았다. 그래서인지 침대 옆 탁자에 세워져 있는 액자가 한눈에 들어왔다.

실례인 줄 알면서도 장미는 액자 속의 사진을 들여다보았다. 졸업식 날 찍은 사진인지 미소 짓고 있는 서준의 어깨에 팔을 두른 중년의 남자가 학사모를 쓰고 있었다.

안 닮았다.

아버지로 보이는 남자는 서준과 닮은 곳이 하나도 없었다. 미술

관에 전시되어 있는 조각상 같은 서준에 비해 그는……

되게 무섭게 생기셨네.

최대한 예의 차린 표현이 무섭다는 거였다. 서준도 가끔 무서운 표정을 지을 때가 있었지만 그의 아버지에 비하면 아무것도 아니었다.

장미는 사진 속 서준을 바라보았다. 청년 이서준은 지금과 다르게 없었다. 그때나 지금이나 무서울 만큼 잘생겼다. 그러고 보니 부자간에 공통점이 있었다. 의미는 달라도 두 사람 모두 무섭다는 것.

그런데 어머니 사진은 없네?

여자 사진은 고사하고 어머니 사진도 없다는 게 약간 의아했지만 깊게 생각하지 않았다. 더는 시간을 끌 수 없어 방에서 나간 장미는 달그락거리는 소음을 쫓아 걸음을 옮겼다.

"저기."

주방에서 커피 머신을 작동시키고 있던 서준이 몸을 틀었다. 촉촉하게 젖어 구불거리는 붉은 머리카락과 짙은 남빛의 샤워 가운 덕분에 그녀의 하얀 피부가 도드라졌다. 가운이 헐렁해서인지 하얀 부분이 너무 많이 보인다.

젠장!

서준은 겁도 없이 그에게 다가와 고개를 들이미는 여자 때문에 죽을 맛이었다. 그녀에게서 자신과 같은 향이 뿜어지고 있었다. 욕구를 자제하지 못하는 짐승마냥 고작 향기 하나로 그의 하반신이 반응했다.

"커피예요?"

허벅지에 쥐가 날 정도로 힘을 주고 서 있는 서준이 고개를 끄덕였다.

"저, 세탁기 좀……."

말을 늘이는 장미에게 서준이 턱짓으로 주방 밖에 있는 베란다를 가리켰다. 그녀가 베란다로 나가자 그는 참고 있던 숨을 내뱉었다.

머리카락 한 올 안 건드린다고 약속했으니 지켜야 했다. 약속하지 않았더라도 그녀가 자신의 집에, 자신과 같은 향을 풍기며, 자신의 가운만 입고 있다고 해서 뭘 어떻게 할 수는 없는 일이었다.

미친놈.

서준은 스스로에게 욕설을 퍼부었다. 그녀는 파인과 계약한 작곡가고 붉은 여우일 뿐이라고, 그러니 깊게 엮여서 좋을 게 없다고 수없이 되뇌어도 소용없었다. 보이지 않는 벌레가 기어다니는 것처럼 손끝이 간지럽다. 뽀얀 살결을, 도톰한 입술을 만져 보고 싶어서 식은땀이 흘렀다.

세탁기가 돌아가는 소리가 들려왔다. 곧 그녀가 자신과 가까운 곳에 서게 될 거란 경고였다. 서준은 눈을 감고 세뇌를 시작했다.

넌 짐승이 아니다. 넌 이서준이다. 넌 짐승이…….

"뭐 해요?"

장미의 목소리에 번쩍 눈을 뜬 그가 신음을 삼켰다. 세탁기에 옷을 집어넣느라 허리를 숙였었는지 가운의 앞섶이 심하게 벌어져 있었다.

"뭘 믿고 이렇게 무방비합니까?"

성큼성큼 그녀에게 다가간 서준이 가운을 단단히 여며주었다.

본능이 시켰던 것과 정반대의 행동이었다.

서준의 손길에 덜컥 겁을 집어먹었던 장미의 볼이 달아올랐다. 그에게서 자신과 똑같은 향이 맡아졌다. 그와의 거리가 너무, 가까웠다.

"머리카락 한 올도 안 건드린다면서요."

입술을 삐죽거리던 장미가 눈을 내리떴다. 거미줄에 걸린 나비의 날갯짓마냥 그녀의 속눈썹이 파르르 떨리고 있었다.

……예쁘네.

서준은 그제야 자신에게 한장미는 그저 매력 있는 사람이 아닌 예쁜 여자였다는 사실을 인지했다.

발갛게 달아오른 얼굴이 예뻤다. 긴 속눈썹이 가리고 있는 까만 눈동자도 예쁘고 도톰하게 부풀어 오른 입술도 예쁘다. 가냘픈 목선과 쇄골은 예쁜 걸 넘어서 치명적인 유혹으로 다가왔다.

"그 말을, 믿어요?"

장미가 고개를 들어 그와 마주했다.

"관심 있다고 했을 텐데."

어두운 눈빛과 딱딱하게 굳어 있는 입매에서 장난기는 찾아볼 수 없었다. 장미의 눈빛이 정처 없이 흔들렸다.

"장난이…… 심하네요."

서준을 외면한 장미가 몸을 뒤로 물렸다.

"장난 아닙니다."

장미는 한 발자국 더 물러서 서준과의 거리를 넓혔다. 그렇게 하지 않으면 심장이 제 속도를 잃고 미친 듯이 뛰어대는 소리를 그가 들을 것 같았다.

잘난 남자는 싫지만 잘난 남자한테 듣는 고백은 싫지 않다니. 관심 있다는 그의 말에 두근거리는 제 마음이 당황스러워 장미는 애꿎은 입술만 물어뜯었다.

"앉아요."

많이 놀랐는지 우두커니 서 있는 장미를 위해 서준이 식탁 의자를 빼주었다. 그녀는 그가 내민 손을 잡았을 때처럼 한참을 망설이다가 의자에 앉았다.

서준은 자신이 급했음을 인정했다. 그도 이제야 한장미에 대한 관심이 단순한 호기심이 아니었다는 것을 깨달은 참이다. 그러니 그녀가 놀랄 만했다. 서준도 자신의 감정에 놀랐으니까.

그는 뜨거운 커피가 담긴 머그컵을 장미의 앞에 내려놓았다. 그리고 손가락을 꼼지락거리다가 양손으로 컵을 감싸 쥐는 그녀의 모습을 흔들림 없이 지켜보았다.

처음에는 오기와 호기심이었다. 그렇게 한 번, 두 번 만날수록 관심이 생겼다. 그를 집 앞에서 내쫓고 곡 의뢰를 대차게 거절하고 술내기를 제안하며 입술을 말아 올리던 모습이 생생하게 그려졌다. 그녀는 의도하지 않았겠지만 자연스럽게 서준의 눈길을 끌었다. 흐드러지게 피어 있는 장미꽃처럼 그녀를 바라보고 또 바라보게 만들었다.

하루에도 열두 번씩 그녀를 떠올렸던 이유를, 그녀에게 남다른 관심을 보이거나 들러붙는 남자들을 봤을 때 짜증이 치밀었던 이유를 알았다.

서준은 가지고 싶었다. 한장미라는 여자를.

"정말 내가 싫습니까?"

무거운 침묵을 깨고 들려온 서준의 음성에 화들짝 놀란 장미가 정신없이 눈을 깜박였다.

　"진심이면 곤란한데."

　씨익 미소를 그리는 서준 때문에 장미는 컵을 놓고 주먹을 말아 쥐었다. 왜인지 모르겠는데 손가락이 저릿저릿했다.

　"나는 한장미 씨가 좋거든."

　강하게 날아온 직구에 장미의 입술이 벌어졌다.

　"그러니까 오늘부터 좋아해 봅시다."

　장미는 서준이 무슨 말을 하는지 하나도 알아들을 수가 없었다. 그런데 심장은 쿵쾅쿵쾅 난리가 났다. 아무래도 머리가 못 알아들은 말을 심장은 알아들은 것 같았다.

7

　택시 한 대가 한적한 동네 어귀로 들어섰다. 금액을 지불하고 택시에서 내린 장미를 집 앞에서 서성이던 에릭이 끌어안았다.

　언제부터 나와 있었던 건지 에릭의 몸이 차가웠다. 그의 옷깃에 새벽 공기가 진하게 묻어 있었다.

　장미는 숨이 쉬어지지 않을 만큼 강하게 제 몸을 옥죄어오는 에릭의 등을 토닥였다. 사라지지 말라고 했는데 기어코 사라져 버린 것에 대한 분노는 제쳐 두었다. 지금은 동생 걱정에 밤이 새도록 집 앞에서 서성였을 오빠를 안심시키는 게 먼저였다.

　"괜찮아."

　조금 전까지는 괜찮지 않았는데 에릭에게 안겨 있으니 정말 모든 게 괜찮아진 것 같은 기분이었다.

　장미가 에릭의 등을 껴안았다. 미안하다는 말은 들리지 않았지만 굳이 말하지 않아도 알 수 있는 것들이 있었다.

"옷이라도 갈아입지."

잠시 후, 가슴을 밀어내며 하는 말에도 에릭의 얼굴은 딱딱하게 굳어 있었다. 장미의 얼굴과 몸 구석구석을 살피는 그의 눈이 빨갛게 충혈되어 있었다.

"괜찮다니까."

느리게 눈을 깜박이던 에릭이 손바닥으로 얼굴을 쓸어내렸다. 벌어진 입술 틈으로 흘러나온 한숨이 묵직했다.

에릭은 말없이 장미의 어깨를 끌어안고 무거워진 다리를 움직였다. 현관문을 열고 집 안으로 들어설 때까지 그의 시선은 동생에게서 떨어지지 않았다.

다크 서클이 진해진 것 말고는 상한 곳이 없어 보이는 동생 덕분에 커져만 가던 불안감이 차츰 가라앉았다.

당연히 자신보다 먼저 집에 와 있을 줄 알았다. 클럽 문화를 썩 즐기지 않는 동생을 알기에 집에서 이를 갈고 있을 줄 알았다.

그가 집에 도착한 건 이른 시간이 아니었다. 그런데 집에 있어야 할 동생이 없었다. 여려 보이지 않는 인상 때문에 종종 오해를 받는 동생이지만 에릭은 알고 있었다. 그의 동생은 낯선 남자와 눈이 맞아 밤을 지새우는 여자가 아니었다. 프롬 파티에서 퀸 자리를 차지하고서도 그에게 전화를 걸어 데리러 오라고 말했던 동생이었다.

장미의 전화는 꺼져 있었고 기다리는 사이 날이 밝았다. 딱 한 시간만 더 기다려 보고 경찰서로 갈 생각이었다. 동생을 기다리는 사이 그가 얼마나 초조하고 죽고 싶었는지, 말로는 설명이 불가능했다.

장미를 소파에 앉힌 에릭이 더 자세히 그녀를 살펴보기 시작했다. 입술은 부풀어 오르지 않았고 보이는 곳 어디에도 강압적인 힘의 흔적은 없었다. 그런데도 완벽하게 안심이 되지 않는다. 미국의 밤은 말이 필요 없을 만큼 위험하지만 한국의 밤도 만만치 않다. 혹시 동생에게 무슨 일이 있었던 건 아닐까, 대체 왜 혼자 놔둬도 괜찮다고 생각했을까, 후회가 또 다른 후회를 불러왔다.

"에릭."

에릭이 자그맣게 욕설을 내뱉는 소리에 장미가 오빠의 얼굴을 감쌌다.

"오빠."

그제야 에릭이 장미와 눈을 맞췄다.

"나 진짜 괜찮아. 아무 일도 없었어."

장미의 새까만 눈동자를 한참이나 바라본 뒤에야 에릭이 소파에 몸을 묻고 눈을 감았다. 안도감이 밀려오자 온몸에 힘이 빠졌다.

"휴대폰은."

눈을 감고서 힘없이 중얼거리는 에릭의 말에 장미가 클러치백을 열어 휴대폰을 꺼냈다.

"꺼졌네. 헤헤."

귀염성 있게 웃어봤지만 에릭의 표정은 여전히 굳어 있었다.

"많이 걱정했겠다, 우리 오빠."

장미가 에릭의 팔짱을 끼고 그의 어깨에 기대어 애교를 부렸다. 1년에 한 번 볼까 말까 한 동생의 애교에도 에릭은 감은 눈을 뜨지 않았다.

"오빠, 자?"

슬그머니 고개를 들어 에릭을 쳐다보자 그가 눈을 부릅떴다.

"잘못했어."

바로 고개를 숙이는 장미의 정수리를 쳐다보던 에릭이 한숨을 뱉었다.

"어디 있었어?"

"어?"

에릭의 눈매가 가늘어졌다. 동생은 기본적인 질문에 눈에 띄게 당황하고 있었다.

"대답하기 어려워?"

"어, 아니. 아니야."

장미가 고개를 저었고 에릭의 눈빛은 날카로워졌다. 다 큰 동생의 사생활에 참견할 마음은 없지만 아침이 되도록 누구와 뭘 했는지 정도는 알아야 될 것 같았다. 오빠 된 입장으로서.

"전화도 안 받고 뭐 했는데."

"그게……. 클럽 앞에서 아는 사람을 만났어."

"누구?"

"음, 파인 대표."

"이서준 대표?"

"어."

에릭이 믿기지 않는다는 얼굴로 장미를 쳐다보았다. 발그레해진 동생의 얼굴 때문에 무척 당황스러웠다.

이서준 대표와 동생은 사이가 좋지 않았다. 장미는 이서준 대표가 싫다는 내색을 감추지 않았고 겉으로는 예의를 차리던 이서준 대표도 동생을 썩 좋아하는 것 같지는 않았다.

곡 의뢰를 받아놓고서 클럽에 갔다가 마주쳤으니 반갑다며 하이파이브를 할 일도 없었을 텐데. 대체 어떤 이유로 두 사람이 아침까지 함께 있게 된 것인지 에릭의 머리로는 도저히 이해가 되지 않았다.

사이가 좋지 않은 남녀가 우연히 마주쳐서 할 일이 뭐가 있을까. 혹시 계약을 없던 일로 만들고 온 건 아닐까?

"뭐 했어?"

욱하는 성격의 동생이 사고라도 친 건 아닐까 걱정스러운 마음에 물었지만 장미는 심상하게 대꾸했다.

"뭐 하긴. 술 마셨지."

"밤새?"

"그렇지, 뭐."

"그런데 안 취했네?"

"어? 어."

뭔가 이상했다. 자꾸 고개를 틀어 눈을 피하는 동생의 얼굴이 점점 붉어지고 있었다. 술에 취하지도 않았는데 왜 얼굴이 붉어질까?

이럴 때 뭐라고 한다고 했었지? 수, 수…… 수…… 상? 맞다, 수상!

장미는 수상하게 굴고 있었다. 학교에서 가장 인기 많던 럭비부 남자애를 남자친구를 만들어놓고 남자한테 관심 없다고 거짓말했을 때처럼.

"술만 마셨어?"

꼬치꼬치 캐물어도 넘어오지 않을 동생을 안다. 하지만 에릭은 묻지 않을 수 없었다. 재차 말하지만 오빠 된 입장으로서.

"어떻게 술만 마시냐? 안주도 먹었지."

"로즈."

장난치지 말라는 뜻이 담긴 부름에 장미가 머리를 긁적였다.

"얘기했어, 얘기. 화해…… 도 했고."

"화해?"

"아, 진짜! 뭐가 그렇게 궁금한데?"

버럭 한 장미가 소파에서 벌떡 일어섰다.

"잘 거야. 오빠도 자."

빠르게 2층으로 사라지는 동생의 뒷모습을 쳐다보던 에릭은 생각에 잠겼다.

동생의 반응으로 보건데 이서준 대표와 싸운 것 같지는 않았다. 오히려 요즘 말로 썸타는 관계로 발전했을 가능성이 훨씬 컸다. 그런데 생각을 하고 또 해봐도 이서준 대표와 썸타는 동생의 모습은 말이 되지 않았다.

에릭은 이서준 대표와 비슷한 남자를 알고 있었다. 고집 세고 리더십도 있고 카리스마가 넘치는, 너무 잘나서 본인이 잘났다는 걸 아는 남자.

서준은 장미가 싫어할 점들을 완벽하게 갖추고 있었다. 일단 연예인들 기죽일 정도로 잘생겼고 키가 컸으며 몸도 좋았다. 본인이 몸담고 있는 분야에서 최고로 인정받고 있으며 고집과 집착은 에릭이 아는 그 누구보다 강했다. 제주도까지 가서 닭발을 구해온 것만 봐도 알 수 있는 일이었다.

"이서준 대표라."

에릭은 머릿속에 장미와 서준을 나란히 세워보았다. 물과 기름처럼 보이는 두 사람이지만 안 어울린다고 말하기는 어려웠다.

그럴 리가 없는데.

서로를 보며 미소 짓는 두 사람의 모습을 그리던 에릭의 미간이 좁아졌다.

장미가 또다시 누군가를 좋아하게 되는 건 두 팔 벌려 환영할 일이었다. 하지만 그 대상이 이서준 대표라는 게 찝찝했다.

2층을 향하고 있는 에릭의 눈빛이 어두워졌다. 그는 두 번 다시 동생이 상처받는 모습을 보고 싶지 않았다. 철저하게 배신당하고 아픈 마음을 추스를 새도 없이 잔인하게 짓밟혀 무너지는 모습을 보는 건 한 번으로 충분했다.

죽였어야 했어.

절대 잊히지 않을 그때를 떠올리던 에릭의 턱이 단단해졌다. 죽이고 싶었던, 죽였어도 분이 풀리지 않았을 그 남자를 가만히 내버려 두었던 이유는 하나였다. 세상 무엇보다 소중한, 사랑하는 동생이 조용하게 마무리되는 걸 원했기 때문이었다.

단단하게 주먹을 말아 쥔 에릭이 그새 거칠어진 숨을 골랐다. 동생의 행복을 위해서라면 무엇이든 할 수 있었다. 아직까지도 그놈만 생각하면 피가 끓어올라 신경 세포들이 가닥가닥 끊어질 것처럼 화가 나지만 동생이 괜찮다면, 동생이 웃을 수 있다면 그는 참을 수 있었다.

편안한 옷으로 갈아입고 침대에 누운 장미는 계속 뒤척였다. 다시 샤워를 할까 말까, 고민하는 사이 후각을 자극하던 냄새는 서서히 옅어지고 있었다.

'나는 한장미 씨가 좋거든.'

기억이 불러온 소리를 막을 수 없다는 걸 알면서도 장미는 양손으로 귀를 막았다.

'오늘부터 좋아해 봅시다.'

침대에서 튕겨나갈 듯 몸을 일으킨 장미가 머리카락을 헤집었다.

"미쳤어. 미치지 않고서야."

오만상을 구긴 그녀는 침대에서 벗어나 어질러놓은 방을 치우기 시작했다. 다른 사람이 보기엔 어디서부터 치워야 할지 감당이 안 되는 방이었지만 장미의 움직임엔 군더더기가 없었다.

아무렇게나 벗어놓은 옷들을 차곡차곡 개어 서랍 안에 넣었다. 쓰레기는 쓰레기통으로, 책들은 책장으로 옮겨졌다.

'한장미 씨가 좋거든.'

장미가 의자에 아슬아슬하게 걸려 있던 수건을 빨래바구니에 집어 던졌다.

"에이씨!"

방바닥에 털썩 주저앉으려다 엉거주춤한 자세로 주변을 살핀 그녀는 큰 숨을 쉬었다. 다행히 지압판은 없었다.

안방다리를 하고 앉은 장미는 지끈거리는 머리를 손으로 감쌌다. 남자한테 고백을 처음 받아본 것도 아니고 연애를 안 해본 것도 아니다. 그런데 별거 아닌 좋다는 말이 왜 이렇게 신경이 쓰이는지 알 수가 없었다.

별거…… 아니지? 그렇지?

그렇다고 고개를 주억거려 보지만 여전히 신경 쓰였다. 그저 신경이 쓰이는 건지, 신경에 거슬리는 건지, 짜증이 나는 건지, 그것조차 구별이 안 된다.

'마셔요. 콜택시 불러줄 테니까.'

장미를 패닉에 빠뜨린 서준은 커피 한 잔 내어주고 유유히 주방에서 벗어나 콜택시를 불렀었다. 차가 회사에 있는 건 문제가 아닌데 술을 마셔서 데려다주긴 어렵다며.

차라리 싫다, 좋다 대답하라고 했으면 쉬웠을 것이다. 단박에 싫다고 했을 테니까. 그게 옳은 거였다. 공적으로 만난 사람하고 엮여서 좋을 게 하나도 없었다.

사적으로 만나 공적인 관계가 된 사람과도 끝이 좋지 않았다. 좋지 않았을 뿐인가? 매우, 굉장히 나빴다. 그래서 그녀만의 규칙이 생겼다. 사적인 관계는 철저하게 사적인 관계로, 공적인 관계는 끝까지 공적인 관계로 지속해야 한다는.

"이게 뭐야."

스스로 세운 규칙을 곱씹던 장미가 손바닥으로 눈을 덮었다. 괜찮다고 손사래를 쳤는데도 배웅하겠다고 나선 서준이 자신을 택시에 태우고 지켜보고 서 있던 모습이 눈앞에 아른거렸다.

특이할 것 없는 검은색 트레이닝 바지와 하얀색 면 티셔츠가 그토록 잘 어울리는 남자는 처음 봤다. 다리가 길어서인지, 어깨가 넓어서인지, 뭘 입어도 옷태가 제대로 살았다. 슈트를 입은 모습도 멋있었지만 아무것도 아닌 평상복마저도 멋지게 소화해 내는 남자의 고백이 어마어마하게 부담스러웠다.

"아니지. 아니잖아. 멋있어서 부담스러운 게 아니라구우."

끙끙, 앓는 소리를 내던 장미가 비련의 여주인공처럼 방바닥에
털퍼덕 엎어졌다.

"이건 아니야. 정말 아니야."

기운 없이 혼잣말을 중얼거리는 그녀의 얼굴에 지친 기색이 역
력했다.

남자를 만나려고 한국에 온 게 아니었다. 굳이 따지자면 도망
왔다는 게 맞는 말이었다. 길거리를 지나다가 아는 얼굴을 마주치
지 않기 위해서. 빤한 위로의 말과 동정 어린 시선을 피하기 위해
서.

한국을 선택한 건 장미가 아니었다. 도망쳤을 당시의 심정으로
는 사람도 없고 신문이나 TV도 없는 오지 같은 곳으로 가려고 했
었다. 말도 안 통하고 어떤 소식도 들을 수 없는 그런 곳. 그런데
부모님과 에릭이 만류했다. 혼자 떠나려던 그녀의 곁을 에릭이 지
켰다. 그래서 이만큼이라도 좋아질 수 있었다는 걸 인정해야 했
다. 지금은 웃을 수 있으니까. 더는 울지 않으니까.

"이런 걸 원한 게 아니었어."

가슴 뛰는 두근거림을 원하지 않았다. 언제까지라고 기한을 정
해둔 건 아니지만 당분간은 누군가를 사랑할 계획이 없었다.

서준을 피할 수는 있었다. 곧 의뢰를 받았으니 마주쳐야 할 일
이 생기겠지만 에릭을 앞에 내세우면 문제될 건 없었다.

'한장미 씨가 좋거든.'

……왜 떨리는 거야.

문제는 쿵쾅거리는 심장에, 두근거리는 가슴에 있었다.

Rrrr. Rrrr. Rrrr.

이불을 몸에 둘둘 말고 잠들어 있던 장미가 꿈틀거렸다.

Rrrr. Rrrr. Rrrr.

끊기지 않는 휴대폰 벨소리에 그녀의 미간이 한껏 좁아졌다. 하지만 잠에서 깨어나려는 의지는 없었다. 3일 내리 작업실에 콕 박혀 지내다가 침대로 파고든 지 세 시간밖에 안 됐다. 지금 그녀를 깨울 수 있는 건 천지개벽 정도였다.

벨소리가 끊기고 장미의 얼굴에 만족스러움이 퍼졌다. 그녀는 눈꼬리에 미소를 달고 다시 잠 속으로 빠져들었다.

『로즈, 로즈!』

학교 근처에 위치한 펍에서 맥주를 마시고 있던 장미가 몸을 틀었다. 복잡하게 얽혀 있는 사람들을 헤치며 팔을 흔들고 있는 남자를 발견한 장미의 얼굴이 환해졌다. 시끄러운 음악이 울려댔지만 그의 목소리만 들리고 수많은 사람들 틈에 섞여 있는데도 그만 보인다.

『로즈, 보고 싶었어.』

힘겹게 그녀의 곁에 선 남자가 동그란 이마에 입술을 눌렀다. 감겨 있는 눈에, 미소 짓고 있는 입술에 진하게 키스한 남자의 눈이 반짝거렸다.

『오디션은?』

베이비키스를 퍼붓는 남자를 웃는 얼굴로 밀어낸 장미가 묻자 그가 고개를 저었다.

『중요한 건 그게 아니야, 로즈.』

『그럼?』

『지금 중요한 건, 우리가 함께 있다는 거야.』

장미가 푸훗, 웃음을 터뜨렸다. 그 모습이 사랑스러워 미치겠다는 듯 남자는 또다시 그녀의 얼굴과 어깨에 입을 맞췄다.

이제 막 20대가 된 연인은 누가 봐도 예쁜 커플이었다. 같은 고등학교를 다니다가 대학교도 같은 곳으로 가게 된 덕분에 두 사람은 떨어져 지낼 일이 없었다. 남자가 오디션을 보러 다른 주(州)에 가 있던 시간이 며칠 되지 않지만 서로를 바라보는 연인의 눈빛은 무척이나 애틋했다.

『그래서, 오디션은?』

남자의 입매가 보기 좋게 늘어났다. 햇볕에 그을린 구릿빛 피부에 장난기 넘치는 파란 눈동자가 더없이 매력적이었다.

『누가 써준 곡인데. 당연히 잘됐지!』

『정말? 정말 잘된 거야?』

장미의 얼굴에 미소가 가득했다. 제 일도 아닌데 마치 자신의 일인 것마냥 신나서 어쩔 줄을 몰랐다.

『다 네 덕분이야. 고마워.』

『내가 고맙지. 버리려던 곡을 멋지게 불러줘서. 네가 썼다고 한 거지?』

『그럴 리가. 사랑하는 애인이 써줬다고 했지.』

『왜 그랬어! 네가 쓴 곡으로 하자고 했잖아.』

『로즈, 네 재능을 무시하지 마. 네 첫 작품은 훌륭했어. 심사위원들이 곡은 누가 쓴 거냐고 계속 물어봤다고.』

오디션에서 있었던 일을 꺼내놓는 남자는 반짝반짝 빛나고 있었다. 한장미, 로즈 한이 사랑하는 남자. 첫사랑이자 마지막 사랑이라 믿어 의심치 않는 남자는 언제, 어디서나 빛이 났다.

고등학교 때부터 남자를 노리는 여자들은 셀 수 없이 많았다. 고만고만한 남자애들 사이에서 별처럼 반짝이던 남자가 눈에 띄지 않을 리 없었다. 잘생긴 건 물론이고 성격도 좋고 리더십도 있는 남자는 노래까지 잘 불렀다. 그가 기타를 치며 노래를 부를 때면 주위에 있던 모든 여자들의 눈이 하트로 변할 정도였다.

그런 남자가 사랑하는 여자가 로즈 한이었다. 동양인 같지 않은 새하얀 피부에 까만 눈동자와 까만 머리카락을 가진 평범한 여자애. 하지만 남자는 항상 말했다. 세상에서 그녀가 가장 아름답다고. 그녀를 바라볼 때면 눈이 부시다고.

『로즈. 오디션이 끝나면 우리 약혼하자.』

두 사람의 손가락이 얽혔다. 놀라고 기뻐서 눈물이 그렁그렁해진 장미의 눈가에 키스한 남자가 나지막하게 고백했다.

『사랑해. 사랑해, 로즈.』

그렇게 영원히 행복할 것만 같았던 날들이 지나갔다. 그리고 고작 5년 후, 장미의 별이었던 남자는 차가운 눈빛으로 비아냥거렸다.

『내 옆에 있으면 너도 힘들잖아? 이제 연락하지 마. 내 여자한테 실례야.』

Rrrr. Rrrr. Rrrr.

요란하게 울려대는 휴대폰 벨소리에 장미가 느리게 눈을 떴다. 손끝으로 눈가를 더듬은 그녀는 안심한 듯 편안하게 숨을 내쉬었다.

"됐어. 안 울었어."

작게 중얼거리곤 손바닥으로 얼굴을 비볐다.

오랜만에 꾸는 꿈이었다. 하루가 멀다 하고 꾸었던 꿈의 끝부분은 매번 똑같았다. 냉기 서린 눈빛으로 쳐다보며 내 여자한테 실례라고 말하던 남자는 그녀를 비웃었다. 그래서 그 꿈을 꾼 날에는 집 밖으로 나갈 수가 없었다. 마주치는 사람들 모두가 자신을 비웃을 것 같아서.

Rrrr. Rrr. Rrrr.

고개를 털어 정신을 차린 장미는 휴대폰을 찾아 들었다. 모르는 번호에 잠시 망설인 그녀는 휴대폰 액정을 터치했다.

"여보세……."

[잤습니까?]

말을 끝내기도 전에 치고 들어오는 낯선 음성에 장미가 짜증스럽게 눈살을 찌푸렸다.

"누구세요?"

[……내 번호, 저장 안 해놨어요?]

"전화 잘못 거신 것."

[이서준입니다.]

불퉁거리는 말투에 장미가 인상을 그었다. 번호 저장 안 해놓은 게 뭐 그리 대단한 일이라고. 이쪽이 연락할 일 있으면 명함 찾아 전화하면 되는 거고, 그쪽이 할 말 있으면 집 전화로 하면 될 일 아닌가. 집 전화를 폼으로 놔둔 것도 아닌데.

그런데 내 번호를 어떻게 알았지? 계약서에 적었었나?

장미가 고개를 갸웃거렸다. 계약서에 휴대폰 번호를 적었던 것도 같고, 아닌 것도 같고. 기억이 가물가물했다.

"무슨 일이세요?"

중요한 일이 있어 전화를 한 거겠지 싶어 짜증을 숨기려는데 전혀 예상 밖의 대답이 들려왔다.

[그냥 했습니다.]

장미는 입을 벌리고 눈을 깜박였다. 무슨 말을 해야 하는 건지, 무슨 말을 원하는 건지 모르겠어서.

그냥 해? 왜? 그냥 전화할 만큼 친한 사이, 아니잖아?

또로록. 장미의 눈동자가 바쁘게 굴렀다. 이서준이라는 사람의 행동을 이해할 수가 없어서 머리가 아파왔다.

[식사는 했어요?]

"아직……."

[그럼 식사하고 한 시간 뒤에 봅시다.]

"네?"

[한 시간, 모자랍니까?]

"아니, 그게."

[한 시간 뒤에 집 앞에서 봅시다.]

"저기요?"

휴대폰이 서준이라도 되는 양 꽉 붙잡고 말을 거는데 저쪽에서

'대표님!' 부르는 소리가 들려왔다.

[바빠서 먼저 끊습니다.]

뚝. 전화가 끊겼다. 멍해진 장미는 휴대폰을 말없이 들여다보았다. 마른하늘에 날벼락이 친대도 이보다 당황스럽지는 않을 것 같았다.

그냥 전화했다고 하더니 밥 먹었냐고 묻고, 안 먹었다고 하니까 친절하게도 밥 먹을 시간을 내어주었다. 눈뜨자마자 당한 일이 황당하고 어이가 없어서 헛웃음이 새어 나왔다.

"이 남자 뭐지?"

기가 막혀 피식피식 바람 빠진 웃음을 뱉어내던 장미가 웃음기를 거둬들였다. 정색한 그녀는 휴대폰의 통화 목록에서 제일 위에 있는 번호를 노려보았다.

내가 누구 때문에 악몽을 꿨는데! 괜히 좋다는 말 같은 걸 해가지고!

잠에서 덜 깬 얼굴이 파삭 구겨졌다. 서준을 보면 무의식적으로 그 남자가 떠오르고 그 남자가 떠오르면 당연하게 기분이 나빠졌다.

서준과 그 남자는 미국인과 동양인이라는 엄청난 차이가 있었다. 덕분에 외모가 비슷한 건 아니었다. 하지만 풍기는 분위기가 닮았다. 그래서 서준을 피하고 싶었다. 비교할 대상이 아닌데 저도 모르게 비교하게 되는 게 싫었다.

서준에게 전화를 걸어 일방적인 약속을 취소하려던 장미가 멈칫했다. 그를 피하고 싶은 마음이 미국에서 도망쳤을 때의 마음과 다를 게 없었다.

언제까지 이럴 건데?

감당하기 힘든 일에 부딪치면 외면하고 도망치려는 제 모습이 끔찍하게 한심스러웠다.

과거에 붙잡혀 살고 싶지 않았다. 아직도 악몽을 꾸고 그 남자의 소식에 뿌리째 흔들리는 어리석음을 버리고 싶었다.

겨우 3일 만에 도로 엉망이 되어버린 방에서 벗어난 장미가 욕실로 향했다. 옷을 훌훌 벗고 샤워기 아래에 선 그녀는 야무지게 머리를 감았다.

도망가지 않는다. 더 이상 눈 감고, 귀 막고 도망치는 한장미는 없다. 서준을 만나서 그의 고백을 없던 일로 만들고 평온한 일상으로 돌아가리라, 그녀는 다짐을 곱씹었다.

늦은 시간까지 회사에 남아 일하고 있던 태평은 대표실에서 나오는 서준을 보곤 눈을 가늘게 떴다. 한걸음에 서준의 곁으로 다가가 킁킁거리며 향수 냄새를 맡은 태평이 입꼬리를 말아 올렸다.

"데이트 가십니까?"

스윽 옆으로 움직여 태평과 거리를 만든 서준이 미간을 좁혔다.

"아니."

"그럼 좋은 데 가시나 봅니다."

쯧! 혀를 찬 서준이 빠르게 걸음을 옮겼다. 하지만 태평은 강아지마냥 서준의 뒤를 졸졸 쫓았다.

팔짱을 끼고 엘리베이터를 기다리는 서준은 완벽했다. 한눈에 봐도 신경 써서 입은 게 분명한 고급 슈트에 은은하게 풍기는 향수 냄새, 입가에 걸린 나른한 미소까지. 가만히 있어도 완벽한 남잔데 오늘따라 유독 더 완벽해 보였다.

데이트 가는 게 확실한데 아니라고 오리발을 내미시는 이유가 뭘까요.

태평은 입 밖으로 꺼내고 싶은 물음을 조용히 집어삼켰다. 다년간의 경험상 직접적으로 물으면 제대로 된 대답을 들을 수 없다는 걸 익히 알고 있기 때문이다.

"향수 뿌리고 댁으로 가십니까?"

서준은 태평에게 눈길조차 주지 않았다.

"갈 데 없으시면……."

"약속 있어."

"데이트 가는 거 아니라고 하지 않으셨습니까?"

"데이트 간다고 안 했는데."

"그럼 무슨 약속이십니까? 제가 알기로 오늘 대표님 스케줄은 끝나셨는데 말입니다."

고개만 돌린 서준이 굉장히 못마땅하다는 표정으로 태평을 쳐다보았다.

"최 실장, 내 사생팬이야?"

"무슨 그런 무서운 말씀을."

말만 들어도 소름이 돋는다는 듯 태평이 양팔을 힘주어 문질러 댔다.

"그런데 뭐가 그렇게 궁금해?"

"대표님 일정을 꿰고 있어야 하는 것도 제 일입니다."

"일정은 일정이고 사생활 침해는 용납 못해."

"또 스캔들 날까 봐 그럽니다."

서준의 얼굴이 무시무시하게 구겨졌다. 마음 같아선 그의 스캔들 기사를 휘갈긴 기자들을 명예훼손으로 고소라도 하고 싶은 심정이었다.

그가 여자 연예인들을 사석에서 만나는 건 비즈니스거나 소속 연예인 케어, 두 가지 경우뿐이었다. 방송국 PD나 작가도 어지간하면 단둘이 만나지 않았다. 파인 대표가 주(週) 단위로 여자를 바꾼다는 소문이 돌아서 아버지 혈압이 위험수치를 찍은 이후로 딱히 길게 만난 여자도 없었다.

그래, 여자를 만날 때가 됐지.

마지막으로 만났던 여자를 정리한 게 언제적 일인지 기억도 나지 않았다. 샤워 가운을 입고 있던 장미의 모습에 미친 듯이 날뛰던 하체가 충분히 이해가 가고도 남았다.

한장미를 곱게 보내준 건 이서준다운 행동이었다. 서준은 함부로 행동하는 남자가 아닐뿐더러 그걸 뻔히 알면서 스캔들 운운하는 태평의 고약함을 고이 넘겨줄 남자도 아니었다.

"스캔들 터지면 최 실장이 막으면 되잖아."

빙글빙글 웃던 태평의 눈이 휘둥그레졌다.

"이제 연예인까지 만나려고 그러십니까? 안 됩니다. 예전처럼 연예계 쪽하고는 관련 없는 여자들을 만나시면 되잖습니까."

"누가 들으면 내가 이 여자, 저 여자 건드리고 다니는 사람인 줄 알겠다?"

"그러셨지 않습……."

퍽! 서준의 구둣발에 정강이를 차인 태평이 비명도 지르지 못하고 펄쩍펄쩍 뛰었다.

"어디서 말도 안 되는 소리를 하고 있어."

목덜미까지 시뻘게진 태평을 보고 있자니 십 년 묵은 체증이 내려가는 기분이었다.

기본적으로 서준은 평화주의자, 비폭력 주의자였다. 불의를 보고 참는 스타일은 아니지만 마음에 들지 않는다고 폭력으로 대응하지는 않았다. 하지만 태평에게만큼은 아주 가끔 폭력주의자가 되어도 좋을 것 같다는 생각이 들었다.

엘리베이터에 오른 서준은 정강이를 감싸 쥐고 주저앉은 태평을 향해 의미심장한 질문을 던졌다.

"연예인만 아니면 되는 거지?"

"연예계 종사자도 안 됩니다! 안 됩니다아!"

절절하게 애원하는 태평의 말을 한 귀로 흘린 서준은 콧노래를 흥얼거리며 주차장으로 내려갔다.

차에 올라 시동을 건 서준이 라디오를 틀었다. 짧은 광고가 지나가고 이내 이현의 목소리가 들려왔다.

─거리를 걷다 보니 가을 옷이 눈에 띄더군요. 며칠 전까지만 해도 덥다는 말을 입에 달고 살았는데 말이에요. 늘 하는 말이지만 시간이 참 빠릅니다. 오늘도 어김없이 찾아온 아름다운 밤, 저는 정이현입니다.

매력적인 중저음의 음성에 서준의 눈매가 부드러워졌다. 질리지 않는 목소리를 가진 이현은 꽤 오랜 시간 라디오 DJ를 맡고 있었다. 해외 스케줄 때문에 라디오 방송이 부담스럽지 않을까 걱정했었는데 방송국 측에서는 이현을 대신할 사람을 찾지 않았고 이현 또한 라디오 방송에 큰 애착을 보였다. 지독하게 성실해서 아무엇도 안 하고 노는 걸 못 참는 이현에게는 여러모로 좋은 일이었다.

이현의 멘트가 끝나고 이내 노래가 흘러나오기 시작했다. 끈적끈적한 멜로디와 서정적인 가사에 서준이 웃음을 흘렸다.

자식, 누가 R&E 광팬 아니랄까 봐.

이현의 목소리만큼이나 아름다운 밤에 어울리는 노래는 R&E의 곡들 중 처음으로 빌보드 차트 1위에 오른 곡이었다.

"흠, 이상하네."

리듬에 맞춰 손가락으로 핸들을 툭툭 두드리던 서준이 미간을 모았다. R&E의 곡은 흠잡을 데 없이 훌륭했다. 그들의 곡이 빌보드 차트에 오르는 걸 보면 미국 사람들 취향에도 들어맞는다는 거였다. 그런데 희한하게도 미국 쪽에서의 이력은 에릭만이 소유하고 있었다. 현재 라디오 방송에서 흘러나오고 있는, 빌보드 차트 1위를 차지한 곡은 한장미 혼자 쓴 것인데도 불구하고.

R&E에 대한 조사를 철저하게 한다고 했지만 미국에서 있었던 일들까지 샅샅이 캐내기엔 어려움이 따랐다. 한장미가 어느 학교를 나왔고 에릭 한이 어떤 곡을 썼는지에 대한 기본적인 것들만 알아낼 수 있었다.

"천천히 알아가면 되는 거지."

서준의 입술이 미소를 그렸다. 그의 관심은 장미의 사적인 부분이었다. 작곡가로서의 그녀의 능력은 이미 잘 알고 있었으니까.

이현의 목소리가 희미해졌다. 실제로 들려오는 이현의 음성보다 기억 속에 머물고 있던 장미의 음성이 더 또렷했다.

'이서준 대표님. 지금 저한테 연애하자고 하시는 거예요?'

기가 막힌다는 얼굴로 비스듬한 미소를 짓던 얼굴이 떠올라 웃음이 나왔다.

사실 서준은 그녀의 입에서 연애라는 말이 나올 때까지 한장미와 연애를 하고 싶었던 건지, 그냥 신경이 쓰일 뿐이었던 건지 확신하지 못했다.

서준에게는 연애라는 개념이 없었다. 이제껏 그의 곁에 있었던여자들조차 단순하게 '만난다.'는 개념이었다. 그에겐 처음이었다. 연애하고 싶다는 욕심이 생긴 여자는.

시간적 여유가 생겨야 만날 생각이 드는 여자들과는 달랐다. 바쁜 와중에도 그녀가 떠오르고 밥은 먹었는지, 작업은 잘되어가고있는지 궁금했다. 상대방의 사정은 고려하지 않은 채 연락하고 싶을 때 연락하고 만나고 싶을 때 만나왔던 서준이지만 이번엔 그녀의 입장이 더 중요하게 느껴졌다.

"나이가 들었나."

어느덧 서른다섯 살이 되어버린 건 썩 유쾌하지 않은 일이었다. 하지만 난생처음 연애하고 싶어진 여자의 입장을 배려하는 제 모습이 나쁘지 않았다. 태평이 안다면 퍽이나 배려했다고 비웃었겠지만.

빙긋이 미소를 지은 서준이 장미에게 전화를 걸었다. 그녀를 만나는 곳 100m 전. 그 노래를 만든 사람도 이런 마음이었을까, 실없는 웃음이 새어 나왔다.

[네.]

짧고 담담한 말투에도 서준의 미소는 짙어지기만 했다.

"나와요."

전화를 끊은 서준이 차에서 내렸다. 조수석에 기대어 서서 그녀를 기다리는 시간이 나쁘지 않다.

그는 고개를 들어 하늘을 쳐다보았다. 짙푸른 밤하늘에 점점이 박혀 있는 별들이 꼭 그녀의 눈동자 같았다.

지잉. 철문이 열리고 나타난 장미의 모습에 서준의 입술이 호선을 그렸다.

이현의 말마따나 아름다운 밤이었다.

8

"식사했어요?"

장미는 팔짱을 낀 채로 서준을 쳐다보았다. 한눈에 보기에도 고급스러워 보이는 슈트를 입고 있는 그는 지금 당장 런웨이에 세워놔도 문제될 게 없어 보였다. 기분 좋은 일이 있었는지 하늘에 떠 있는 달처럼 환한 얼굴에 매서운 눈매는 부드럽게 휘어 있다.

"했어요."

이서준 대표님은 식사하셨어요? 하고 묻는 게 예의 바른 거였지만 장미는 예의 따위 집어던졌다. 어차피 처음부터 예의 있게 군 것도 아닌데 이제 와서 뭘.

"그럼 커피나 한 잔 마십시다."

잘했다는 듯 고개를 끄덕인 서준의 말에 장미가 미간을 모았다.

"제가 이 시간에 대표님하고 커피를 마셔야 할 이유가 있나요?

하실 말씀이 있으시면 여기서 하세요."

얼굴을 굳힌 장미가 눈에 힘을 주고 버텼다.

희한하단 말이지.

말 많고 사나운 여자는 절대 그가 추구하는 이상형이 아니었다. 그런데 한장미는 사납게 굴어도 귀여워 보인다. 가시로 제 몸을 보호하려는 장미꽃처럼 보여 안쓰럽기도 하고.

부스럭거리는 미약한 소음을 놓치지 않은 서준이 흘깃 철문을 쳐다보았다. 그가 재미있다는 듯 입꼬리를 말아 올렸다.

"이유, 만들어줘요? 여기서 하라면 할 수는 있지만 듣는 귀가 하나는 아닌 것 같은데."

서준이 눈짓으로 철문을 가리켰다. 장미가 홱 문 쪽으로 고개를 돌리자 제 발 저린 도둑 한 명이 헛기침하는 소리가 들려왔다.

"아이구, 공기 조오타!"

문 안쪽에서 들려오는 에릭의 음성에 장미는 신음을 삼켰다. 엿들으려면 들키지를 말던가, 들켰으면 조용히 사라질 일이지 꼭 저렇게 티를 낸다.

"갑시다."

입술을 짓이기는 것으로 짜증과 분노를 표출하는 장미에게서 서준이 몸을 돌렸다. 웃음을 참으려 꾸욱 다문 입술이 씰룩거렸다.

콧등에 빗금이 그려진 장미가 서준의 등을 노려보았다. 말없이 집으로 들어가 버릴 수도 없고, 그의 등에다 대고서 나는 너 싫다고 소리를 지를 수도 없고. 짜증이 치밀어 오르는데 해소할 길이 없다.

결국 장미는 발을 질질 끌며 서준의 뒤를 따라 걷기 시작했다. 그러다 보니 어느새 그녀를 위해 조금씩 걷는 속도를 늦춰가던 서준과 나란히 걷고 있었다.

장미는 퉁한 얼굴로 후드 집업 주머니에 양손을 찔러 넣었다. 눈치 없는 에릭의 말처럼 밤공기가 나쁘지 않다. 걷기 좋은 날씨라는 건 인정해야겠다. 단지 같이 걷고 있는 사람이 이서준이라는 게 못마땅할 뿐.

"그런데."

다리 길이에 비해서 느리게 걷고 있던 서준이 입을 열었다.

"카페가 어디쯤에 있습니까?"

예상치 못했던 질문에 장미가 걸음을 멈췄다.

"어디 있는지도 모르면서 무작정 걸었던 거예요?"

"요즘 카페 없는 동네가 어디 있습니까. 걷다 보면 하나는 나오겠지."

심상하게 대꾸하는 서준을 쳐다보던 장미의 입술이 살짝 벌어졌다. 오늘 이서준이라는 사람에 대해 적어도 한 가지는 정확하게 알아낸 것 같았다. 알고 보니 대책 없는 남자라는 거.

"뭐, 카페가 없으면 편의점도 괜찮고."

"이렇게 융통성 있는 분이신지 몰랐네요."

장미가 빈정대자 서준이 어깨를 으쓱해 보였다.

"없는 것보다는 있는 게 많죠."

서준은 아무렇지도 않은 얼굴로 제 자랑을 하는데 얼굴은 장미가 붉어진다.

"난 가진 게 많은 사람이에요. 그래서 지켜야 할 것도 많고."

고개를 돌린 서준과 눈이 마주친 장미가 숨을 멈췄다.

두근.

마치 그들을 에워싸고 있는 밤바람처럼 맑은 눈빛. 자신감 넘치는 서준의 미소에 심장이 먼저 반응해 버렸다.

누가 어떻게 들어도 잘난 척하는 게 맞는데 미워 보이지가 않는다. 재수 없기는커녕 듬직하게 느껴진다. 이 남자는 정말 자기가 가지고 있는 것들을 목숨 걸고 지키겠구나, 출처가 불분명한 신뢰감까지 밀려들었다.

정신 차려! 신뢰는 무슨!

서준에게서 휙 고개를 돌린 장미가 입술을 씹었다.

이서준에게 반하기 위해 그와 걷고 있는 게 아니다. 그를 만난 목적 자체가 앞으로도 쭈욱 두 사람이 갑을 관계에서 벗어나지 않을 거라는 사실을 못 박기 위해서였다. 그래서 서준에겐 밥을 먹었다고 했지만 장미는 주방 근처에도 가지 못했었다. 어떻게 말하면 더는 '왜' 소리를 듣지 않고 그를 한 방에 설득시킬 수 있을까 고심하느라 밥 먹을 정신이 없었다.

"한국에는 언제까지 있을 예정입니까?"

카페를 지척에 두고 서준의 걸음이 더더욱 느려졌다. 거북이가 하얀 수건을 흔들 판이었다.

"생각해 본 적 없어요."

장미가 더 묻지 말라는 듯 불퉁하게 대꾸했지만 서준은 개의치 않았다.

"부모님은 미국에 계시는 거 아닙니까?"

"맞아요."

"그럼 언젠가는 돌아가겠군요."

"그렇죠."

그 후로 카페에 들어설 때까지 서준은 말이 없었다.

장미는 그가 갑자기 침묵하는 이유를 알 것 같았다. 클럽에서 우연히 마주쳐 단둘이 술자리를 가졌던 날, 장미는 분명히 말했었다. 서로 관심을 가지게 됐다고 해도 그녀가 미국으로 돌아가 버리면 어떡할 거냐고. 그리고 서준이 어떤 대답을 했는지도 기억하고 있었다.

'장거리 연애라고, 들어본 적 없습니까?'

말은 쉽다. 하지만 미국과 한국은 서울과 부산을 오가는 거리가 아니었다. 보고 싶다고 달려갈 수 있을 만큼 가깝지 않고, 비용도 만만치 않다. 오랜 시간 떨어져 있다가 만나면 애틋하긴 하겠지만 그게 얼마나 갈까. 달려갈 수 있는 거리에 있어도 순식간에 바뀌는 게 사람 마음인데.

"커피?"

멍하니 메뉴판을 쳐다보고 있던 장미가 정신을 차렸다.

"아이스 아메리카노요."

그가 뚫어지게 쳐다보는 게 느껴져 장미가 이마를 접었다.

"정말 아메리카노?"

왜 확인하는 건지 이유를 모르겠다. 하지만 굳이 묻고 싶은 마음도 없어서 장미는 고개만 끄덕거렸다.

아이스 아메리카노 두 잔을 주문한 두 사람은 부저를 받아 들고 야외에 마련된 테이블에 자리를 잡았다. 늦은 밤인데도 카페는 사람들로 북적거렸고 실내는 에어컨 바람이 너무 강했다.

"아메리카노 안 좋아하는 줄 알았는데."

부저를 손끝으로 톡톡 두드리던 서준의 말에 장미는 고개를 갸
웃거렸다. 언제 아메리카노가 싫다고 했었나? 물론 쓰게 느껴지는
커피를 자주 마시는 건 아니었다. 그녀는 달콤한 아이스크림을 좋
아했고 우유도 딸기, 바나나, 초코 맛만 마셨다. 하지만 가끔 시럽
을 넣지 않은 아메리카노가 당길 때가 있었다. 바로 오늘처럼 달
달함이 필요하지 않은 날.

금세 부저가 울리고 서준이 커피를 받으러 일어섰다.

"끝내준다."

멀지 않은 곳에서 들려오는 낯선 여자들의 탄성에 장미가 귀를
세웠다.

"저런 남자는 어디서 만나는 걸까?"

"여자도 나쁘지 않은데 뭐."

"야, 남자가 훨씬 괜찮잖아."

다 들리거든?

장미의 표정이 심술궂어졌다. 요즘 어린 여자들은 예의가 없다.
얼굴도 예의 없게 생겨가지고.

"아아, 부럽다. 저 여자는 전생에 나라를 구했을 거야."

나도 꾸미면 봐줄 만해! 왜 이래?

서준을 향한 찬양이 너무 과하다. 그가 멋있고 매력적인 건 알
지만 그렇다고 전생에 나라를 구해야 얻을 수 있는 남자는 아닌
것 같은데.

"무슨 일 있어요?"

한장미보다 훨씬 괜찮은 서준이 플라스틱 커피 컵을 들고 돌아

와 맞은편에 앉았다. 절도 있게 고개를 저은 장미는 컵에 꽂힌 빨대를 쭈욱 빨았다. 쓴맛만 나는 커피에 저절로 눈살이 찌푸려진다.

"시럽, 필요할 것 같은데."

장난스럽게 눈웃음을 짓는 서준 때문에 장미의 기분은 더 안 좋아졌다. 인상을 써도 여자들이 침을 흘리는 외모에 미소까지 더해지니 여기저기서 한숨 소리가 들려왔다.

장미는 서준을 객관적인 시선으로 관찰하기 시작했다.

슈트를 입고 있지만 회사원 같은 느낌은 나지 않는다. 전체적으로 여유로운 분위기를 풍기는데도 나이보다 몇 살은 어려 보였다.

잘생긴 얼굴이라는 건 처음부터 알고 있었고 비에 젖어 드러났었던 근육들도 선명하게 기억한다. 그걸 기억하고 있다는 게 스스로를 한심하게 만들긴 해도 어쩌겠는가. 머릿속에 박혀 버린 걸.

확실히 이서준은 흔남이 아니었다. 잘생긴 남자들이 많이 돌아다닌다는 동네에 가도 흔하게 볼 수 없는 페이스와 바디의 소유자인 걸 부정할 수는 없다.

자신감 넘치는 호기로운 성격이 행동과 표정에서 드러난다. 옷만 번지르르하게 입고 다니는 허세만 가득한 남자들과는 차원이 달랐다.

"평가는?"

의자 등받이에 몸을 기댄 서준이 긴 다리를 꼬고 앉아 입매를 늘였다. 장미가 무슨 말이냐는 듯 눈썹을 치켜 올리자 그가 어깨를 으쓱해 보였다.

"그만큼 꼼꼼히 뜯어봤으면 뭐라도 해줄 말이 있을 것 같아서."

안 봤다고 거짓말을 할 수가 없어서 입술을 모았더니 서준이 말을 이었다.

"예를 들면 한장미 씨는 주근깨가 귀여워요, 라던가."

하마터면 손을 올려 얼굴을 만질 뻔했다. 장미가 말아 쥔 주먹을 후드 집업 주머니에 쑤셔 넣었다.

오글거린다는 표현이 정확했다. 그런데 기분이 나쁘지 않은 게 이상했다. 장미는 예쁘고 귀엽다는 말이 싫지 않은 게 여자로서의 본능인지, 아니면 서준에게 들어서 그런 것인지에 대해서는 깊게 생각하지 않기로 했다.

사람들이 흘깃거리는 시선에 자꾸만 입고 나온 옷을 훑어보게 된다. 예의 있게 굴 마음 같은 건 없지만 이서준에 비해 훨씬 못난 여자로 보이는 것 같아서.

한국에서는 맨 얼굴로 밖에 나가면 민폐라고 하던데 그녀는 완전 민낯이었다. CC크림이라도 두드리고 나올 걸 그랬나, 뒤늦게 후회가 찾아왔다.

잘 보여서 뭐 하게? 이 남자랑 연애라도 하려고?

장미는 바람이 빠지고 있는 풍선 같은 제 마음에 단단히 경고했다. 저 남자가 아무리 잘났어도 연애 상대로 평가하고 채점해서는 안 된다고.

"하실 말씀 있으면 빨리 하세요."

무뎌져 가던 감정에 날을 세운 장미의 말투가 뾰족했다.

"뭐가 그렇게 급해요?"

서준은 절대 미소를 지우지 않았다. 그럴수록 장미는 마음을 철저하게 단속했다.

"작업해야 해요."

"주로 밤에 작업합니까?"

"네."

"오후 늦게 일어나겠고."

당연한 말이었다. 그녀의 동료들 중 더러 아침형 인간 흉내를 내는 사람도 있긴 했지만 대부분 해가 떨어져야 작업을 시작하곤 했다.

부모님의 걱정 때문에 장미와 에릭도 한때 아침형 인간이 되어 보려 노력했었다. 하지만 몇 시간을 자고 일어나든 아침에 일어나면 하루 종일 피곤에서 벗어나질 못했다. 결국 그녀의 노력은 한 달 만에 수포로 돌아갔다.

"그럼 한장미 씨를 만나려면 밤이 되길 기다려야겠군요."

서준이 진지한 얼굴로 알겠다는 듯 고개를 주억거렸다.

"부담 주지 않으려고 했는데 최대한 빨리 작업을 끝내달라고 재촉할 수밖에 없겠어요."

느닷없이 마감 기한을 상기시키는 서준 때문에 장미의 눈매가 가늘어졌다.

"언제 미국으로 돌아갈지 모르는데 그전에 많이 만나둬야지."

그들이 남자 대 여자로 만나게 될 거라고 결정 지어버린 서준의 말에 장미는 할 말을 잃었다.

언젠가는 미국으로 돌아갈 거라고 했을 때 별다른 반응을 보이지 않기에 포기한 줄 알았다. 그러는 게 당연했다. 내일 당장 돌아갈 수도 있는 거니까.

작업은 미국에서도 할 수 있었다. 부모님 집에서 가까운 곳에 작업실을 따로 마련해 두었으니 전혀 문제될 게 없다. 그저 하루가 멀다 하고 세계 각국의 기자들을 흥분시키는 '그 남자'와 어떤 방식으로든 엮이게 될까 봐, 그것 때문에 돌아갈 날을 미루고 있을 뿐이었다. 하지만 언제 돌아가든 서준과는 상관없는 일이다.

"앞으로는 개인적인 만남, 없었으면 좋겠어요."

장미는 단호하게 선을 그었다. 주책없이 흔들리려는 마음을 다잡았다. 서준에 대해 더 알고 싶은 생각이 눈곱만큼도 없다고는 말 못하지만 아직은…… 아직은 누군가를 마음속에 들여놓을 용기가 나지 않았다.

예전에 친한 동료가 말했던 적이 있었다. 이성 간의 적절한 긴장감과 연애할 때 생기는 여러 가지 감정들이 작업을 수월하게 만들기도 하고 영감을 주기도 한다고. 사랑은 창작 활동을 하는 사람들에게 필수불가결한 것이라고. 안타깝게도 현재 장미에겐 그러한 감정놀음이 불필요했다. 자칫 잘못했다간 느린 걸음으로 돌아오고 있는 감(感)을 놓칠 수도 있었다.

"이유는?"

기분 나쁜 말이었을 텐데도 서준은 이유나 들어보자는 표정이었다. 장미는 애써 담담하게 대답했다.

"저번에도 말했지만 좋을 게 없으니까요."

"한장미 씨는 미래가 보입니까?"

서준이 한 손으로 턱을 받친 채 무심하게 물었다.

"내가 선택한 일에 후회하지 않는다고 했던 말, 기억해요?"

장미는 말없이 서준을 쳐다보았다.

"실패한 적이 없기 때문에 후회하지 않는 것 같아요?"

"무슨 말을 하고 싶은 거예요?"

"아무리 잘났어도 손대는 일마다 성공할 수는 없다는 겁니다."

"짧게 하죠. 한국말 못 알아듣는 거 아니니까."

뾰족한 가시로 찔러대는 장미를 보며 서준이 가볍게 웃음을 흘렸다.

"어떤 일이든 일단 시작해 보고 성공하기 위해 노력하는 거라는 말을 하고 싶은 거예요. 사람도 다르지 않습니다. 만나서 그 사람을 겪어보기 전에는 어떤 사람인지 알 길이 없죠. 어떤 관계로 이어질지도 모르는 거고. 안 그래요?"

"사람에 따라 다르지만 끝이 보이는 관계도 있어요."

"그래서 묻는 겁니다. 미래가 보이냐고."

용한 점쟁이도 아니고 미래가 보일 리가 있나. 장미는 우습게도 자신이 미래를 볼 수 없다는 것이 화가 났다.

"한장미 씨가 주장하는 것처럼 끝이 나쁠 수도 있어요."

절대 그렇지 않을 거라고 말할 것 같았던 사람이 의외로 쉽게 수긍을 하자 의심부터 들었다. 또 무슨 수를 쓰려고 저러나 싶다.

"하지만 끝이 나쁘다고 과정까지 나쁘라는 법은 없죠."

말로는 그를 이기는 게 불가능해 보였다. 한국인보다 더 한국인 같은 엄마와 오빠 덕분에 어디 가서도 말로는 지지 않을 자신이 있었는데 무모한 자신감이었다. 하긴 대형 기획사의 대표가 그녀를 이기지 못할 수 있다는 가정부터가 말이 안 되는 것이었을 수도.

"그러니까 내가 끔찍하게 싫지 않은 거라면 만나봅시다."

서준이 테이블에서 들어 올린 커피 컵으로 느릿하게 원을 그리며 얼음을 녹였다. 여유작작, 자신만만. 마치 이서준을 위해 만들어진 것 같은 말들이 장미의 머릿속에서 맴돌았다.

"나는 한장미 씨가 마음에 들어요. 만나보고 싶고 알아가고 싶어요."

'네가 마음에 들어.'

오래전, 누군가에게 들었던 말이 귓가에서 윙윙거렸다. 물 한 모금 빨아들이지 못해서 바스라질 것만 같은 가슴이 서걱거린다. 미련하고 한심하게.

서준을 응시하는 장미의 눈빛이 먹구름이 뒤덮은 하늘마냥 어두워졌다.

"싫어요."

한참이 지나서야 장미가 내어놓은 건 그때와는 다른 대답이었다. 지금의 그녀는 철없고 순수했던 로즈 한이 아니었다.

장미는 자신의 얼굴을 뚫어지게 쳐다보는 서준의 시선을 피했다. 차마 그와 시선을 마주할 수가 없었다. 흔들리는 마음을, 겁이나서 두려워하는 바보 같은 모습을 들킬까 봐.

"뭐가 그렇게 무서워요?"

추를 매달아놓은 것마냥 무거워진 마음에도 장미는 피식 웃어버렸다. 이서준은 돌아가는 방법을 모르는 사람 같았다. 항상 정면으로 부딪쳐 오는 그는 피할 길마저 막아버린다.

서준은 탐색하듯 장미의 얼굴을 살폈다. 그늘이 져 있는 작은 얼굴이 안쓰럽다. 할 수만 있다면 그녀의 머릿속으로 들어가 무슨 생각을 하고 있는지 알아내고 싶었다.

고작 만나보자는 거였다. 만나서 잠만 자자는 허접한 추파를 던진 것도 아니고 결혼하자고 매달린 것도 아니다. 그런데 장미는 그런 말이라도 들은 사람마냥 하얗게 질린 얼굴이었다.

거절당했다고 자존심이 상한 건 아니었다. 끔찍하게 싫어서 거부하는 건 아닌 것 같으니까. 그러니 여기서 멈출 수는 없었다. 그는 아직 시작도 하지 않았다.

서준은 무거워진 분위기를 전환시키려 부러 장난스럽게 물었다,

"안 만나주면 죽어버리겠다고 협박하는 것도 아닌데 왜 그런 얼굴을 해요? 사람 무안해지게."

핵심을 찌르는 질문을 던져 사람 식겁하게 만든 사람이 던지는 가벼운 말투에 장미는 고개를 절레절레 저었다.

"무안하기는 해요?"

"당연히. 원래 잘난 사람이 거부당하면 보통 사람보다 충격을 크게 받는 겁니다."

"본인이 상당히 잘났다고 믿으시나 봐요."

"말했잖아요. 나는 가진 게 많다고. 가진 게 많은 사람 중에 못난 사람 봤습니까?"

존경스러워질 만큼 대단한 자신감이었다. 저 잘났다고 자랑하면서 부끄러워하지도 않고 오히려 무심한 얼굴이다. 당연한 걸 당연하게 말했을 뿐이라는 듯.

서준이 너무 당당해서 장미는 당황했다. 거절당해서 충격받았다는데 그렇게 보이질 않는다. 애초에 거절을 받아들인 것 같지도 않았다.

"이서준 대표님께서는 저도 가지고 싶은 건가요?"

감정의 교류를 원하는 게 아니라 그저 소유욕일 뿐인 거냐는 말에 서준이 무구한 얼굴로 되물었다.

"그게 나쁩니까?"

질문이 되돌아올 것이라 예상하지 못한 장미는 눈을 깜박였다.

"마음이 가지고 싶다거나 사랑을 얻고 싶다는 말을 듣고 싶은 건가?"

혼잣말인지 들으라고 하는 말인지 구별이 되지 않았다. 그래서 장미는 잠자코 이어질 뒷말을 기다렸다.

"말장난에 취미 없고, 짧게 하자고 했으니 짧게 갑시다. 나는 한장미 씨가 가지고 싶어요. 한장미 씨의 마음, 사랑 전부 다."

얇은 천에 물감이 스미듯 장미의 얼굴에 홍조가 번졌다. 저를 가지고 싶다는 자극적인 표현에 말릴 새도 없이 그녀의 감정이 붉게 물들었다.

"······왜죠?"

마른침을 삼킨 장미가 힘겹게 물었다. 도대체 왜 날 가지고 싶은 거냐고. 왜 나냐고.

장미는 그에게 여자로서의 매력을 과시한 적이 없었다. 공적으로 묶인 여자에게 함부로 작업을 걸 만큼 서준이 가벼워 보이지도 않았다.

일과 상관없이 서준을 만난 건 오늘이 처음이었다. 자주 만나왔던 것도 아니고 만날 때마다 좋은 상황이었던 것도 아니었다. 그녀는 곡을 달라고 찾아온 서준을 귀찮은 방문객처럼 내쫓았고 치졸한 방법으로 떼어내려 했었다. 계약이 성사되긴 했지만 서준의 입장에서 보면 한장미는 그를 불쾌하고 자존심 상하게 만든 사람임에 틀림없었다.

고민하는 척이라도 할 법한 질문이었지만 서준은 망설이지 않았다.

"한장미 씨가 내 눈에 들어왔어요. 머릿속에서 한장미 씨 생각이 떠나질 않아요. 지금 내가 만나고 싶고 안고 싶은 여자는 한장미 씨가 유일해요. 답이 됩니까?"

걸러지지 않은 직설적인 화법에 장미는 반박할 만한 말을 찾을 수가 없었다. 아니, 생각하는 것 자체가 불가능했다.

"그리고 대표라는 말은 뺍시다. 공적으로 만나러 온 것도 아닌데 대표 소리 듣기 거북해요."

"대표님이니까 대표……."

"한장미 씨."

말을 끊어낸 서준 때문에 장미는 바보처럼 입을 다물었다.

"그렇게까지 얘기했는데 아직도 내가 파인 대표로 한장미 씨를 만나러 온 것 같아요?"

머리가 빙글빙글 돌았다. 서준이 무슨 말을 하고 있는 건지 하나도 이해가 되지 않았다.

"나는 한장미 씨를 남자로 만나러 온 거예요. 그러니까 대표님 말고 이름으로 불러요."

남자, 서준이 장미의 눈을 바라보며 씨익 미소 지었다.

심장이 쿵! 어디가 끝인지도 모를 곳으로 한없이 추락하고 있었다. 진심으로 밀어붙이는 남자 때문에 집에서 나오기 전에 다졌던 다짐과 각오가 점차 희미해져 갔다.

카페에 빈자리가 많아지기 시작할 즈음, 다른 사람들과 마찬가지로 자리에서 일어선 두 사람은 선선한 바람이 부는 거리로 나섰다.

집으로 가는 길목에는 사람이 없었다. 띄엄띄엄 세워져 있는 가로등과 순식간에 나타났다가 사라지는 길고양이 몇 마리, 그리고 서준과 장미가 넓은 골목을 차지했다.

서준과 멀찍이 떨어져 걷고 있던 장미는 입술을 깨물었다. 어쩌다 보니 싫다고, 만나지 않겠다고 말할 타이밍을 놓쳐 버렸다. 아, 하기는 했었다. 안 한 것 같은 느낌이 강할 뿐이지.

그가 뱉어낸 자극적인 말들 때문에 말려 버린 기분이었다. 곡 의뢰를 거절했을 때처럼 분명하고 확실하게 선을 그으려고 만난 건데 실패했다. 하긴 곡 의뢰도 결국엔 서준의 뜻대로 되었으니 할 말이 없다.

"내일은 식사 같이 합시다."

묵묵하게 걸음을 옮기던 서준의 말에 장미는 큰 숨을 들이마셨다. 드디어 타이밍을 잡았다.

"이 대표님, 아까도 말씀드렸지만."

"가리는 음식 있어요?"

"제 말 좀."

"난 없어요."

자신의 말을 귓등으로도 듣지 않는 서준 때문에 장미의 오기가 화르륵 불타올랐다.

"나도 없어요! 대표님을 만날 생각이!"

"난 있어요. 아주 많이."

"싫다는 사람한테 왜 자꾸 이러세요? 저 아니어도 대표님 좋다는 여자들이."

"넘쳐 나죠."

"그런데 왜……!"

"한장미 씨만 눈에 들어온다니까?"

걸음을 멈춘 두 사람이 시선을 마주했다. 휘이잉, 찬바람 한줄기가 싸우지 말라고 말리듯 그들 사이를 비집고 지나갔다.

서준은 웃는 얼굴로 장미를 쳐다보았다. 보고 또 봐도 생긴 것과 다르게 귀여운 여자였다. 진심으로 싫어 죽겠으면 여기서 이런 대화를 나누고 있을 필요도 없었다. 그냥 모르는 척 무시하면 될 일이었다. 그런데 건드리는 대로 반응을 보여주니 그만둘 수가 있나.

"그 눈으로 다른 여자 보시면 되겠네요."

이를 갈던 장미의 말에 서준의 고개가 한쪽으로 기울었다.

"그게 내 마음대로 되는 게 아니라서."

"지금 대표님 마음대로 하고 계시는 거잖아요."

"그래서 싫어요?"

"싫어요."

"그럼 좋아해 봐요."

장미의 어깨가 축 늘어졌다. 말이 통하질 않는다. 이제 싫다는 말이 어렵지 않게 나오지만 상대방에게 먹히지 않으니 하나 마나 한 말이었다.

"당분간 남자 만날 계획이 없어요."

어렵게 찾아낸 변명을 꺼내놓는데 서준이 피식, 바람 빠진 웃음소리를 흘렸다.

"사람을 계획 세워놓고 만납니까?"

"나는 그래요."

거짓말이 들통나지 않기를 바라며 장미는 내심 당당하게 우겼다. 내가 그렇다는데 확인할 수 있는 것도 아니고 어쩔 건가.

"그렇게 계획 세워가며 만나다가 좋은 사람 다 떠납니다."

서준의 말이 장미의 귀에는 늙는 건 한순간이라는 말로 들렸다. 느낌 탓일 거라고 치부하면서도 기분이 유쾌하지는 않았다.

"좋습니다. 계획 세우는 게 중요하면 그렇게 해요."

어째 또 쉽게 수긍을 한다. 장미는 눈살을 찌푸리고 의심 가득한 눈빛으로 서준을 쳐다보았다.

"내일은 나하고 밥 먹을 계획을 세우고, 그다음 날은 영화 볼 계획을 세우면 되겠네."

문제될 거 없다는 식으로 말한 서준이 다시 걸음을 옮기자 장미가 오만상을 구겼다.

이 뻔뻔하고 제멋대로에 이기적인 나쁜……!

놈, 까지 가지 않고 멈춘 그녀는 숨을 골랐다. 그가 싫은 건지 아닌 건지는 잘 모르겠어도 나쁜 놈이 아닌 건 알겠어서.

서준에게는 짧게, 장미에게는 미치도록 길게만 느껴졌던 집으로 오는 길. 장미의 집 앞에 도착한 서준이 다시 한 번 내일 약속을 상기시켰다.

"일어나면 연락해요. 안 하면 오늘하고 비슷한 시간대에 올 테니까."

"싫다고 분명히……."

"먹고 싶은 것도 생각해 두면 좋고."

고른 치아를 자랑하려는 사람처럼 밝게 웃어 보인 그가 세워두었던 차에 올랐다. 그리고 들어가라는 말도 없이 휑하니 가버렸다.

서준의 차 뒤꽁무니를 멍하니 쳐다보고 있던 장미의 어깨에 잔뜩 힘이 들어갔다.

"싫다고! 싫다니까!"

"무슨 일이야!"

서준이 가고 나서야 바락바락 악을 쓰던 장미의 눈에 힘이 빡 들어갔다. 철문 안에서 튀어나온 에릭은 그가 또 엿듣고 있었다는 걸 알려주었기 때문이다.

"오빠도 싫어!"

빽 소리를 지른 장미가 씩씩대면서 집으로 들어갔다. 이 남자나 저 남자나 전부 다 꼴 보기 싫었다.

태평은 힐끗 서준의 표정을 살폈다. 조금 전, 'pine'보다 먼저 컴백 무대를 가지게 될 또 다른 보이 그룹의 마지막 테스트가 있었다. 하지만 서준이 내린 결정은 보류. 영 마음에 들지 않는다는 눈빛과 표정에 멤버들은 물론이고 매니저까지 한껏 긴장한 상태였다.

"대표님."

파인에서 꽤 오랜 시간 함께 일해온 매니저가 어렵게 말문을 열었다.

"일주일 정도만 더 시간을 주시면 완벽⋯⋯."

걸음을 멈추고 스윽 고개를 돌린 서준과 눈이 마주친 매니저는 입을 다물었다. 금방이라도 독설이 쏟아져 나올 것 같은 냉기 서린 눈빛에 기가 질린다.

"계약 기간 끝날 때까지 얼마나 남았지?"

서준이 시선은 매니저에게로 질문은 태평에게로 던졌다.

"2년 정도 남았습니다."

"전부?"

"네, 대표님."

"그럼 제정신 돌아올 때까지 보류. 2년 후에도 돌아오지 않으면 재계약은 없는 걸로."

멤버들에게 그대로 전하라는 서준의 의중을 알아챈 매니저가 하얗게 굳었다. 오디션에서 발탁되어 팀을 이룬 이후로 제 자식처럼 키운 멤버들인데 컴백은 무한정 보류, 그런데 재계약까지 하지 않겠다니. 하지만 태평은 그럴 줄 알았다는 듯 체념한 얼굴로 한숨을 삼켰다.

서준을 따라오려는 매니저를 저지한 태평이 말없이 고개를 저어 보였다. 굳이 말하지 않더라도 매니저라면 지금부터 해야 할 일을 알고 있을 것이라 믿기 때문이다.

황망하게 서 있는 매니저를 뒤로한 서준이 엘리베이터에 올랐다. 눈을 감은 그는 고개를 뒤로 젖히고 길게 숨을 흘렸다.

열정과 패기로 똘똘 뭉쳐 있던 아이들을 봤던 게 고작 5년 전이었다. 3년 전 데뷔했을 때부터 큰 인기를 얻은 그룹은 그해에 가장 주목받는 핫한 그룹으로 우뚝 섰고 마땅히 그럴 만하다고 여겼다. 2년의 연습 기간이 군복무보다 더 지독하다 할 만했으니까. 'pine'과 비교하기는 어렵지만 서준이 직접 오디션에서 합격시켰을 만큼 실력은 떨어지지 않았다. 하지만 스타가 된 지 3년 만에 완벽하게 컴백 무대를 준비하기는커녕 정말이지 완벽하게 초심을 잃어버렸다. 대표 앞에서 설렁설렁 하는 애들이 무대라고 심혈을 기울일까. 말도 안 되는 소리다.

"어려서 그런 겁니다."

대표실로 들어간 서준의 뒤에서 태평이 나지막하게 운을 떼었다.

"한 번에 너무 큰 인기를 얻다 보니까, 잘 아시지 않습니까."

중략된 말들이 어떤 내용일지도 잘 안다. 하지만 서준의 표정은 풀어지지 않았다.

"그래서 이해해 줘야 한다?"

"그럼 이대로 내치실 겁니까?"

"보류라고 했어."

애초에 내칠 마음은 없었다. 어려서 그런 것도 알고 다시 초심을 찾을 가능성이 있다는 것도 알고 있었다. 노련한 매니저는 앞으로 어떻게 해야 할지 길을 제시할 것이고 멤버들은 순순히 따르기만 하면 된다. 그저 괘씸했던 것이다. 대표직을 맡게 된 이후 오롯이 이서준의 의지로 만들어낸 그룹이 그를 실망시켰다는 것이.

"악플러들은."

자리에 앉은 서준의 말에 대답하는 태평은 주저함이 없었다.

"예상했던 대로 난항을 겪고 있지만 1차적으로 검거된 이들을 상대로 재판을 준비 중입니다."

"최 변이 고생하겠네."

"그렇지 않아도 댁으로 한우 세트 보냈습니다."

"동준이 크랭크인은 언제지?"

"일주일 뒤에 들어갑니다."

"문제는?"

"전혀 없습니다."

서준이 고개를 끄덕였다. 태평의 문제없다는 말은 정말 티끌만큼의 문제도 없다는 것을 의미했다.

태평이 나가고 대표실에 남은 서준은 모니터링을 시작했다. 최근 드라마와 예능 프로그램에 출연중인 배우들은 초심을 잃은 그룹 멤버들과는 달리 그를 실망시키지 않았다. 데뷔한 지 얼마 되지 않아 작은 역할을 맡은 배우도 나름 선전하고 있었고 예능에 첫발을 내민 배우는 자신의 단점까지 최대한 활용하고 있었다.

한참이나 모니터를 주시하던 서준은 뻑뻑해진 눈을 힘껏 감았다가 떴다. 시계를 쳐다보니 어느새 저녁 식사를 할 만한 시간이 되어 있었다.

서준이 휴대폰을 꺼냈다. 받을 필요 없는 부재중 전화 몇 통, 스팸 문자와 지인들이 보낸 카톡 몇 건이 전부다. 크게 기대하지는 않았지만 역시 장미의 연락은 없었다.

피식 웃은 서준이 장미에게 전화를 걸었다. 하지만 길게 이어지는 신호음에도 그녀는 전화를 받지 않았다. 고객이 전화를 받지 않는다는 클래식한 기계음을 듣고 난 후에야 전화를 끊은 서준의 입술이 틀어졌다.

"이렇게 나오시겠다."

서준은 손끝으로 데스크를 두드렸다. 타다닥, 타다닥 울리는 소리에 맞춰 그의 뇌가 바쁘게 회전했다.

손가락을 말아 주먹을 쥔 서준은 휴대폰으로 간단하게 스케줄을 확인하고 자리에서 일어섰다.

"나 저녁 먹으러 갑니다. 식사해요."

비서를 향해 싱긋 웃어 보인 서준이 엘리베이터로 향하는데 늘 그랬듯 태평이 졸졸 쫓아와 옆에 섰다.

"또 어디 가십니까?"

"밥 먹으러."

"혼자 가십니까?"

"최 실장, 안 바빠?"

"미치게 바쁩니다."

"그럼 일해."

"하고 있지 않습니까."

능글맞게 웃어대는 태평을 보면서 서준이 입꼬리를 말아 올렸다.

"정강이, 멍 안 들었어?"

순식간에 태평의 미소가 어색해졌다. 만족스럽게 눈웃음을 지은 서준이 엘리베이터 버튼을 누르는데 태평이 그를 붙잡았다.

"연말에 제이크 브라운이 내한 공연을 한답니다."

"그래서?"

"가고 싶다는 애들이 많은데, 어떡할까요?"

"뭘 어떡해? 당연히 가야지."

"비용이 만만치 않을……."

"양손에 떡을 쥘 수 있는 기회를 비용 때문에 날려?"

미간을 찌푸리는 서준을 보면서 태평이 눈을 껌벅거렸다. 서준은 답답하다는 듯 쯧쯧 혀를 차곤 태평이 못 알아들은 말을 차분하게 설명해 주었다.

"제이크 브라운이 내한 공연을 오면 기자들이 몰리겠지?"

"그렇죠."

"기자들이 우리 애들을 못 볼 확률은 얼마나 되나?"

"없다고 봐야죠."

"그럼 제이크 브라운과 우리 애들을 묶겠지?"

"그렇…… 겠죠?"

태평의 떨떠름한 반응에도 서준의 미소는 짙어져 갔다.

"티켓 값이 홍보비가 될 거야. 게다가 관계를 잘 만들어두면 나중에 합동 공연까지는 아니더라도 게스트로 설 수 있는 기회가 생길 수 있잖아? 뭐, 제이크 브라운이 피처링을 해줄 것 같지는 않지만 사람 일은 모르는 거고."

"……그럴까요?"

"그러니까 최 실장도 가. 최 실장, 영어 좀 되잖아. 그쪽하고 미리 연락해 두는 거 잊지 말고. 수고해."

서준이 태평의 어깨를 힘 있게 두드리고서 엘리베이터에 올랐다. 괜히 서준을 쫓아왔다가 또 다른 일거리, 그것도 꽤나 큰 건을 맡게 된 태평의 얼굴이 못나게 구겨졌다.

"제이크 브라운이 누군지는 알고 저러는 거야?"

태평이 닫힌 엘리베이터 문에다 대고 투덜거렸다. 진심으로 서준이 제이크 브라운을 모른다고 생각하지는 않지만 그를 너무 쉽게 보는 것 아닌가 싶어서였다.

제이크 브라운이 누군가. 음반만 냈다 하면 떼돈을 벌어들이고 그의 무대를 본 여자들을 실신하게 만드는 헐리우드의 최고 스타가 아니던가. 듣기로는 이번 내한 공연도 어렵게 성사된 것이라 했었다. 무슨 이유인지는 몰라도 제이크 브라운이 마음을 바꿔준 덕분에 진행되는 것이라고.

어마어마한 티켓 파워를 가진 제이크 브라운은 헐리우드에서도 내어놓은 인물이었다. 약물 복용, 알콜 중독, 결혼과 이혼에 이르기까지 조용한 적이 없었다. 하지만 그럼에도 그의 인기는 수그러들지 않았다. 빛나는 실력과 그보다 더 빛나는 외모 때문이었다.

"전화를 받아줄지 안 받아줄지도 모르는데. 젠장."

자신의 자리로 돌아가는 태평의 걸음이 빨라졌다. 서준이 일을 맡겼으니 어떻게든, 무슨 수를 써서든 처리해 내는 게 그의 몫이었다. 실패는 R&E 건 하나만으로도 충분했다.

9

침대에 양반다리로 앉은 장미는 휴대폰을 노려보고 있었다. 정확하게는 카톡 메시지 창을.

「지금 출발합니다. 30분이면 도착해요.」

서준이 보낸 카톡에 돌아버릴 것 같았다. 막무가내로 밀어붙이는데 당할 재간이 없다.

일부러 자는 척하느라 전화도 받지 않았다. 연락하지 않으면 어제와 비슷한 시간대에 찾아오겠다고 선전포고까지 날린 서준이었지만 설마 그렇게까지 할까 싶었다. 연락이 닿지도 않았는데 섣불리 움직이지는 않을 것이다, 하고 이서준을 상대로 미련한 생각을 했던 게 실수였다.

장미는 잘근잘근 손톱을 물어뜯었다. 오랜만에 출연한 나쁜 버릇 때문에 안 그래도 짧은 손톱이 삐죽삐죽 못생겨졌지만 거기까지 신경 쓸 여력이 없었다.

한참 동안 고민에 고민을 거듭하던 장미는 서준에게 전화를 걸었다. 운전하느라 메시지를 못 봤다는 변명을 차단하기 위함이었다.

[일어났어요?]

웃음기가 묻어나는 음성에 골이 지끈지끈 울렸다. 파인 엔터테인먼트 대표쯤 되면 자존심이 셀 법도 한데. 이 남자는 계속되는 거부에도 거부당하지 않은 사람처럼 굴었다.

"이 대표님, 저는 분명히."

[대표로 부르지 말라고 했던 것 같은데.]

"말 좀 잘라내지 마세요. 그거 진짜 기분 나쁜 건데, 모르세요?"

성질이 나서 쿡! 찔렀지만 저쪽은 재미있다는 듯 큭큭 웃음소리를 보내온다.

[듣고 싶은 말만 듣는 버릇이 있어서. 기분 상했으면 미안해요.]

어디에 기분이 나빠야 할지 모르겠다. 말이 잘려진 걸 기분 나빠해야 하는지, 자신이 그에게 하는 말의 대부분이 듣기 싫은 말로 분류된 걸 기분 나빠해야 하는 건지.

[조금 있으면 도착인데, 준비 다 했어요?]

카톡 보낸 지 얼마나 됐다고 벌써 도착이야?

눈을 동그랗게 뜨고 있던 장미가 떠듬거리며 물었다.

"근, 처에 계셨어요?"

[그럴 리가. 회사에서 열심히 일하다가 시간 낸 건데?]

"그럼 어떻게 이렇게 빨리……."

빠앙―!

말을 끝내기도 전에 귀를 찢는 경적 소리가 들려왔다. 순간 장미의 눈앞에 그림이 그려졌다. 이리저리 차선을 변경해 가며 쌩쌩 달리고 있을 서준의 차와 그에게 분노하며 경적을 울려대고 있을 운전자들의 모습이 선명했다.

[거의 다 왔어요. 전화 끊고 나와요.]

하고 싶은 말은 산더미인데 전화가 뚝 끊겨 버렸다. 장미는 망연자실한 표정으로 휴대폰을 쳐다보았다.

"이 남자가 진짜!"

새빨간 머리카락처럼 그녀의 몸이 붉게 달아올랐다. 짜증과 분노가 한꺼번에 밀려온다.

몸을 부르르 떨던 장미는 빠르게 외출 준비를 시작했다. 준비라고 해봐야 별거 없었다. 샤워하고 옷만 입으면 끝이니까.

수건으로 젖은 머리카락을 말리며 화장대 앞에 앉은 장미는 CC크림을 바를까, 말까 갈등했다. 오늘따라 유독 주근깨가 눈에 걸린다. 잠을 제대로 못 자서 그런지 피부도 칙칙한 것 같고 다크서클은 또 왜 이리 진한지. 컨실러로 떡칠을 해도 가려지지 않을 것 같았다.

피부 톤을 화사하게 만들어주는 CC크림이 장미를 유혹했다. 날 조금만 발라도 한층 예뻐질 수 있다면서.

"예의야, 예의."

결국 CC크림을 얼굴에 펴 바르면서 장미는 스스로를 위안했다. 이건 못나 보일까 봐 바르는 게 아니라 그저 예의일 뿐이라고 곱씹었다.

옷까지 챙겨 입고 마지막으로 거울 앞에 서는데 휴대폰 벨소리가 울렸다. 서준의 이름이 떠 있는 휴대폰을 슬쩍 쳐다본 그녀는 전화를 받지 않고 방에서 나갔다.

장미는 1층의 동태를 살폈다. 에릭의 방문은 굳게 닫혀 있었고 거실은 고요했다. 오늘 아침까지 그녀가 써둔 곡에 살을 붙여보겠다며 끙끙대더니 단잠에 빠져 있는 게 분명했다.

발소리를 죽여가며 계단을 내려온 장미가 현관에 다다른 순간.

"선생님."

"꺅!"

새된 비명을 지르던 장미가 양손으로 제 입을 막았다. 그리고 부리부리한 눈으로 자신을 기겁하게 만든 사람을 쳐다보았다.

"놀라셨어요? 죄송⋯⋯."

"쉿!"

검지를 입술에 딱 붙인 장미를 보고 바우가 순식간에 입을 다물었다.

"나 저녁 먹고 들어올 거니까 에릭 깨우지 마."

에릭의 방 쪽으로 눈짓하며 하는 말에 바우는 착하게도 고개를 아래위로 끄덕였다.

"저녁 먹고 가. 에릭이 너무 늦게 일어나면 그냥 가고."

"네."

에릭이 일어날 때까지 밥을 안 먹고 기다릴 바우를 알지만 지금은 그를 말릴 여유가 없었다. 조심스럽게 운동화를 꿰어 신고 밖으로 나온 장미는 참았던 숨을 뱉어냈다.

"내가 뭐 하는 짓인지 모르겠네."

짧게 한숨을 흘린 장미는 터덜터덜 대문으로 걸음을 옮겼다.

청소년기에도 친구들과 놀기 위해 에릭 몰래 집에서 나온 적은 있었다. 동생을 사랑하는 마음이 지나쳤던 에릭은 그녀가 나쁜 친구들과 어울릴까 봐 걱정했고 밤이면 위험한 일을 당하지는 않을까 불안해했다. 본인은 스스로가 어마어마하게 쿨한 오빠라며 생색을 내지만 아는 사람은 다 안다. 에릭 한이 시스터 콤플렉스 소유자라는 사실을. 그리고 지금은 그나마 많이 나아진 거라는 것도.

예전에 에릭 몰래 외출했을 때는 목적이 있고 명분이 있었지만 이번에는 달랐다. 그저 에릭에게 서준과의 만남을 설명하는 게 귀찮아서 그런 거니까.

대문을 열자 어젯밤처럼 조수석에 기대어 서 있는 서준이 보였다. 휴대폰으로 통화를 하고 있던 그는 장미를 발견하곤 씨익 입매를 늘였다.

장미는 어제와 같은 자세, 어제와 다른 분위기의 서준을 쳐다보았다.

어제의 이서준이 잘나가는 대표님이었다면 오늘은 남성미가 강하게 풍기는 자유로운 영혼이었다. 새하얀 셔츠에 청바지, 그 단순한 조합이 서준의 매력을 드높여 주고 있었다.

잘난 남잔 거 몰랐던 것도 아니고 뭐.

장미는 감탄하려는 마음을 꾸짖었다. 이서준이 오늘 갑자기 기적처럼 잘나진 것도 아닌데 뭘 자꾸 놀라고 그러냐면서.

"중요한 전화라."

전화를 끊은 서준이 휴대폰을 주머니에 넣고서 장미와 마주 보고 섰다.

"먹고 싶은 건, 생각해 봤어요?"

장미는 양껏 눈썹을 추켜세우고 서준을 응시했다.

"대표님하고는 먹고 싶은 게 없어요."

"듣고 싶은 말이 아닌데."

"저도 이제 이런 말 그만하고 싶어요."

"그럼 그만하면 되겠네."

"그러니까 그렇게……. 그런데 왜 반말하세요?"

미간과 콧등에 보기 싫은 주름을 잔뜩 만든 장미에 비해 서준은 무표정한 얼굴이었다.

"반말이라도 안 하면 계속 대표님이라고 부를 것 같아서?"

대체 어떻게 불러주길 원하냐고 물으려던 장미는 입술에 힘을 주었다. 말을 보태봐야 기운 빠지는 건 이쪽, 시간이 갈수록 기세가 등등해지는 건 저쪽이다. 게다가 무슨 말을 하든 저 좋을 대로 듣고 해석할 게 확실하다.

"갑시다."

조수석 문을 열어준 서준의 말에도 장미는 움직이지 않았다.

"타요. 이렇게 될 줄 알고 식당 예약해 놨으니까."

장미는 자신이 차에 타기만을 기다리고 있는 서준을 빤히 쳐다보았다. 그녀의 양심은 일하다가 시간 내서 왔다는 사람을 이대로 돌려보내면 제대로 밥이나 먹을 수 있을까 하는 걱정을 하고 있었다. 하지만 이성은 서준이 어떻게 되든 돌려보내야 한다고 주장했다. 더는 말리면 안 된다고. 저 차에 탔다가는 분명히 또 낚일 거라고. 흔들리는 미끼를 보고 덤비는 물고기 신세가 될 거라고 경고했다.

"대표님하고 식사할 생각이 없다고 몇 번을."

"밥 먹자는 겁니다. 혼인 신고 하러 가자는 게 아니라."

의도치 않게 또다시 장미의 말을 잘라낸 서준이 옅은 한숨을 내쉬었다. 이 여자와는 커피 마시고 밥 먹는, 너무나 일상적인 행위한 번 하기가 참 어렵다. 그런데도 불구하고 피곤하거나 짜증스럽지가 않아서 한숨과 웃음이 세트로 따라붙었다.

"부담스럽고 격식 차리는 그런 데 아닙니다. 일단 타요."

서준이 약한 힘으로 장미의 등을 밀었다. 하지만 반걸음도 떼기전에 다시 그녀의 몸이 굳어진다.

"나하고는 밥도 먹기 싫은가? 그건 좀 심한데."

"그게 아니라……!"

항의하려 서둘러 몸을 돌린 장미가 비틀거렸다. 서준은 본능적으로 그녀의 허리를 휘감아 중심을 잡아주었고 두 사람의 시선이맞닿았다.

"그게 아니라?"

빙긋이 미소 지은 서준이 장미의 말을 따라 했다. 점차 붉어지는 볼을 살며시 쓸어보고 싶다. 아프지 않게 꼬집어보고도 싶고얼마나 부드러울지 입술로 느껴보고도 싶었다. 하지만 밥 먹는 것도 거부부터 하고 보는 여자를 섣불리 건드렸다간 죽도 밥도 안될 것을 안다.

서준은 미련이 뚝뚝 떨어지는 눈빛으로 장미를 놔주었다. 만지고 느끼는 건 조금 더 시간이 지난 후에.

한장미는 여자라는 존재의 몸이 아닌 마음을 탐내게 만든 사람이었다. 서준은 괜히 조급하게 굴어 그녀를 놓치는 실수 같은 건

할 생각이 없었다.

"······밥만, 먹는 거예요."

한 걸음 물러선 장미가 휙 차에 올라탔다. 뭐가 그렇게 불만인지 미간을 잔뜩 좁힌 채 앉아 있는 장미를 슬쩍 쳐다본 서준은 웃음을 삼켰다.

"이런 게 R&E 스타일인 것 같아서."

맞지? 하고 묻는 듯한 서준의 표정에 장미는 말을 잃었다. 아니, 그의 정확한 판단에 뭐라 할 말이 없었다.

서준이 밥을 먹자며 데려간 곳은 곱창을 파는 곳이었다. 레스토랑처럼 꾸며진 고급스러운 음식점이 아니라 허름해서 정겨운, 오래된 식당이었다. 에릭과 장미가 발품을 팔며 찾아다니는 그런 장소.

우리 집에 올 때는 이상한 것만 사오더니.

이제 막 오픈을 했는지 한산한 식당 안으로 들어간 장미는 메뉴판을 보고 있는 서준을 가늘어진 눈으로 흘겼다.

식당을 예약해 놨다는 말은 거짓말이었던 게 확실했다. 쭉 한국에서 살아온 건 아니지만 이제 그녀도 이런 식당이 예약제로 운영되지 않는다는 것쯤은 알고 있었다.

"양념된 거 좋아하나? 여긴 볶음도 맛있는데."

서준이 벽면에 붙어 있는 낡은 메뉴판에 시선을 고정한 채 물었다. 그의 반말이 거슬리지만 길게 말 섞고 싶은 생각이 없는 장미는 짧게 대꾸했다.

"전 대창 먹을게요."

고개를 돌려 장미를 쳐다본 서준이 졌다는 듯 고개를 저었다.

"그런 음식을 좋아하면서 마른 게 신기하네."

"먹을 때는 그런 거 신경 안 써요."

바람직한 현상이라며 눈웃음을 지은 서준이 주문을 넣었다. 곱창과 대창을 골고루 섞어서. 하지만 대창을 더 많이 달라는 말을 빼놓지 않았다.

"맛은 보장합니다. 우리 식구들도 좋아하더라고."

컵에 물을 따라주며 흘리는 말에 장미는 무의식적으로 질문을 던졌다.

"식구가 많은가 봐요?"

물통을 내려놓은 서준은 잠깐 표정 없는 얼굴로 그녀를 쳐다보다가 이내 입매를 늘였다.

"식구들은 우리 소속사 사람들. 가족은 아버지하고 나, 단둘."

"어머니는요?"

생각 없이 말을 뱉어버린 장미는 실수를 깨닫고 입을 다물었다. 너무 개인적인, 더군다나 실례되는 질문이었다. 뒤늦게 서준의 방에서 아버지 사진밖에 못 봤다는 게 기억나 버렸다.

"미안해요. 대답 안 해도……."

"모릅니다, 어머니는."

서준의 시선이 어디를 향하고 있는지 알 수 없었다. 허공을 향한 것 같기도 하고 식당 입구 쪽을 바라보고 있는 것 같기도 했다.

전혀 예상하지 못했던 대답과 장난기가 싹 사라진 서준의 눈빛에 당황한 장미는 혀를 깨물었다. 나는 절대 관심 없다고 우기는 상태에서 뭐 하러 개인사를 알려 했는지, 할 수만 있다면 시간을 되돌리고 싶었다.

"소문은 무성한데 소문은 소문일 뿐이니까. 아버지께도 들은 적 없으니 모르는 거지. 알고 싶지도 않고."

서준은 어쩔 줄 몰라 하는 장미를 보곤 흐리게 미소를 지었다. 아직 제대로 관계 정립이 되어 있지 않은 여자한테 굳이 이런 말을 꺼낸 이유를 그 자신도 알지 못했다.

그녀의 마음을 얻기 위해 동정심을 유발하고 싶은 계획 같은 건 없었다. 외국인 오빠가 있는 사람이라 무조건 당연히 이해해 줄 거라 믿고 있는 것도 아니었다. 그냥 어머니 얘기를 묻기에 사실대로 말해주었을 뿐이다.

"나 불쌍하게 봐달라고 말한 거 아니니까 신경 쓰지 말아요."

어머니와 관련된 대화를 조금 더 이어갔다가는 장미가 재가 되어 사라질 것 같았다. 서준은 미소를 지으며 대화 주제를 바꿨다.

"대충 식성은 알겠고, 영화는 뭘 좋아할까? 로맨스? 액션?"

장미는 마른 입술을 물로 축였다. 이 당황스럽고 난처하면서 미안하기까지 한 상황을 어떻게 수습해야 할지 난감했었는데 분위기를 바꾸려 노력해 주는 서준이 무척 고마웠다.

신경 쓰지 말랬다고 신경을 끊어버릴 수 있는 건 아니었다. 그녀에게 가족이란 굉장히 커다란 의미였고 아직까지도 가장 큰 영향을 끼치는 단어니까. 하지만 서준의 노력을 무시하고 싶지 않았다. 자신이 그를 불쌍하게 여기지 않는다는 것도 알아주었으면 싶었고.

"영화는 액션이나 스릴러를 좋아해요."

"다행히 취향이 같네. 귀신 나오는 것도 잘 보나?"

"귀신 나오는 영화는 안 봐요."

장미가 굳은 표정으로 고개를 젓자 재미있다는 듯 서준의 눈이 반짝거렸다.

"어차피 현실에 존재하지 않는 건데?"

"그거야 모르는 거죠."

"흠. 우리 귀신 나오는 영화 한 편 봅시다."

"아니, 왜 싫다는데 싫은 걸 보자고 해요?"

"그래야 장미 씨가 먼저 나한테 안기지."

"설마요. 그럴 일 없거든요?"

서준이 이끄는 대로 끌려가고 있는 장미는 알아채지 못했다. 그가 두 사람을 '우리'로 묶었다는 것을. 그리고 자신이 서준과 말장난을 하며 웃음을 터뜨리고 있다는 사실도.

장미는 서준과 편안한 시간을 보내고 있었다. 의식하지도 않았고 의도하지도 않았는데 자연스럽게 대화가 이어지고 웃음이 터졌다.

고소한 곱창이 노릇노릇하게 익어가는 만큼 장미의 마음도 나긋나긋해지고 있었다.

배부르게 밥을 먹고 난 후, 장미는 순순히 서준의 차에 올랐다. 난폭 운전을 걱정했던 게 무색하게 그의 운전 실력은 뛰어났다. 솔솔 잠이 올 정도로 안전하고 편안했다.

차라리 호랑이 굴에서 잠들지, 왜?

무거워진 눈꺼풀에 바짝 힘을 준 장미는 조심스럽게 서준의 옆모습을 훔쳐보았다. 식사할 때 둘둘 말아 올렸던 소매 단을 내리지 않아 단단해 보이는 팔뚝이 무방비하게 드러나 있다. 날렵한 턱 선과 살짝 올라가 있는 입꼬리, 예리해 보이는 눈매까지 더듬어 올라가는데 돌연 그가 고개를 돌렸다.

"또 감상하네."

화들짝 놀란 장미가 창문 쪽으로 시선을 돌리자 서준이 쿡쿡 웃음을 터뜨렸다.

"볼수록 잘난 남자다, 뭐 그런 생각 하나?"

창문 밖으로 휙휙 지나가는 풍경을 의미 없이 보고 있던 장미가 입술을 삐죽였다. 볼수록 잘난 남자인 건 모르겠지만 볼수록 잘난 척 쩌는 남자인 건 알겠다.

신호에 걸려 차를 세운 서준이 몸을 틀어 장미를 바라보았다.

"나 진짜 잘났는데 왜 싫다고 하지?"

진심이라는 걸 모를 수 없는 말투와 눈빛이었다. 저도 모르게 서준에게로 고개를 돌렸던 장미는 입을 헤에 벌리고 신기하다는 듯 그를 응시했다.

"그런 말 하면 사람들이 안 싫어해요?"

"싫어도 싫다는 말 못하지."

무슨 말인지 모르겠어서 눈을 깜박이자 서준이 친절하게 설명을 덧붙였다.

"내가 잘난 게 싫다는 건 그쪽이 못났다는 걸 인정하는 거니까."

장미는 눈도 깜박이지 못하고 서준의 잘난 면상을 뚫어지게 쳐다보았다.

자존감, 자존심, 자부심, 뭐 그런 게 낮은 것보다는 높은 게 낫기는 하다. 애니와 에릭의 말에 따르자면 남자는 약간의 허세도 있어야 멋있어 보이는 거라고 했었다. 하지만 이서준은 허세가 아니라 진짜 잘나서 그런 건지 멋있게 보이기보다는 그저 놀랍기만 했다. 사람이 자기가 잘났다는 사실을 아는 걸 넘어서 그걸 만천하에 드러내고 다닐 수도 있는 거구나, 하는 깨달음을 얻게 되었달까.

"아직도 싫은가?"

불시에 공격당한 장미는 조개처럼 입을 딱 다물고 시선을 정면으로 옮겼다.

"커피도 마시고 밥도 먹고 고백도 질리게 했는데."

"보통 그런 식으로 하면 여자들이 넘어가요?"

"이런 식으로 해본 게 처음이라 모르겠는데."

"여자 꼬실 때 이렇게 하는 거 아니었어요?"

"꼬신 적이 없어서."

장미가 입가에 비웃음을 매달았다. 여자를 꼬신 적이 없다는 말이 기가 막혔다. 한국 여자들이 바람둥이를 정의 내린 단어 '선수'의 표본인 사람이.

"안 믿네?"

서준의 눈꼬리가 아래로 추욱 처졌다. 그녀의 비웃음에 상처받은 사람처럼. 마치 비 맞은 강아지 흉내라도 낸 것 같은 모양새였다.

그의 가식적인 표정이 재수 없어야 하는 게 당연하건만 웬걸? 심장에 이어 눈까지 미쳐 버렸는지 그 모습이 귀여워 보인다. 30대 중반의 남자가 귀여워 보인다니. 미친 게 틀림없었다.

수면 부족인가, 신경과민인가. 급 피곤해진 장미는 손바닥으로 눈두덩을 눌렀다.

"뭐가 됐든 반말이나 쓰지 마세요."

"흐음."

대답을 미루는 폼새가 영 불안했다. 또 무슨 말을 꺼내서 사람 기함하게 만들려고 저러는지.

앞에서 달려가는 차와 적당한 거리를 둔 채로 핸들을 움직이던 서준이 길게 입매를 늘였다.

"오빠라고 부르면 반말 안 쓸 수."

"반말하세요. 쭈욱."

서준이 그래 왔던 것처럼 그의 말을 뚝 자른 장미의 어깨가 바르르 떨렸다. 쿡쿡, 크크큭! 서준의 웃음소리가 진동했지만 절대로 그를 쳐다보지 않았다.

이서준에게 함부로 말을 꺼내면 안 된다는 교훈을 힘겹게 얻어낸 장미는 집에 도착할 때까지 한마디도 입에 담지 않았다.

다음날도 그다음 날도, 그리고 그다음 날까지. 서준의 밀어붙이기 작전은 계속되었다. 특별한 걸 하는 건 아니었다. 가볍게 커피 한 잔 마시고 가거나 같이 식사하는 게 전부였다. 달라진 게 있다면 미리 연락해서 시간을 정한다는, 아니, 알려준다는 것 정도였다.

서준이 장미와 합의하에 약속을 잡는 일은 없었다. 장미가 여전히 까칠한 태도를 고수하고 있었기 때문에 서준은 그녀가 거절할 퇴로를 막아버린 것이다.

오랜 시간 작업실에 앉아 있던 장미가 팔을 들어 올리며 기지개를 켰다. 끄응, 신음 소리를 흘리는 그녀의 시선이 데스크 위에 올려둔 휴대폰으로 향했다.

느낌상 저녁 식사 시간이 가까워 오는 것 같은데 서준에게서 아무런 연락이 없었다. 며칠간 반복되었던 패턴으로 봐서는 연락이 왔어도 벌써 왔어야 했다. 그러면 그녀는 입술을 삐죽이고 투덜대면서 항상 제멋대로라고 심술을 부려야 하는데 뭔가 틀어진 기분이었다.

한참을 휴대폰을 쳐다보던 장미는 고개를 털었다. 이제야 머릿속에서 날뛰던 음표들이 제자리를 찾은 참이다. 괜한 데 신경 썼다가는 리듬이 끊어질 수 있었다.

기타도 쳐보고 피아노 건반도 눌러보며 작업을 이어가던 장미가 헤드폰을 썼다. 눈을 감고 진지하게 절반쯤 완성된 곡을 듣는 그녀의 표정이 더 할 수 없이 진지했다.

"심심한데."

헤드폰을 벗은 장미가 손톱을 물어뜯었다. 기껏 만들어놓은 곡은 라면에 스프가 빠진 것처럼 심심하고 밍밍했다. 주로 가을, 겨울에 어울리는 서정적인 음악을 해왔던 그녀로서는 아이돌 그룹에 어울리는 빠른 비트의 곡을 만든다는 것이 여간 어려운 게 아니었다.

장미는 에릭에게 전화를 걸어 작업실로 내려와 달라고 부탁했다.

"다 했어?"

빵 하나를 입에 물고 하나는 손에 들고 내려온 에릭이 빵을 건넸다. 하지만 고개를 저은 장미는 조금 전 틀을 잡아놓은 곡부터 들려주었다.

"어때?"

휴지로 입가를 닦은 에릭은 말을 고르고 있는 것 같은 표정이었다.

"심심하지?"

잠시 고민하던 에릭이 고개를 끄덕였다. 장미의 얼굴이 굳어지자 에릭이 동생의 머리를 다정한 손길로 흩트렸다.

"완성하면 지금보다 좋을 것 같아."

"완벽한 게 아니라 좋을 것 같은 거잖아. 그게 문제라구."

"아직 컨디션 좋아진 거 아니잖아. 서두르지 마."

"마감이 얼마 안 남았어."

초조한지 장미가 다시 손톱을 물어뜯었다. 에릭은 동생의 손목을 잡아 끌어 내리는 순간까지 위로와 응원을 멈추지 않았다.

"지금도 충분히 좋아. 버리지 말고 다른 가수 줘도 괜찮을 것 같은데?"

"파인한테 어울리지 않는다는 말이구나."

"이 대표가 곡 빨리 달라고 해?"

장미가 고개를 저었다. 서준은 그가 말했던 대로 파인 엔터테인먼트 대표로서 그녀를 만나러 오지 않았다. 장미를 만나러 오는 사람은 그냥 남자 이서준일 뿐이었다.

작업 중인지, 바쁜지 물어온 적은 있었다. 하지만 만났을 때는 의아할 만큼 곡에 대한 얘기를 일절 꺼내지 않았다. 그래서 서준을 만나면 안심이 되면서도 불안한 이중적인 감정을 느껴야 했다. 재촉하지 않아 주어서 고맙지만 믿어주는 만큼 기한 안에 좋은 곡을 주어야 한다는 책임감은 시간이 지날수록 커져만 갔다.

"오늘은 안 나가?"

악보를 수정하고 있던 장미의 눈길이 자연스레 휴대폰으로 향한다.

"만나서 뭐 해? 매일, 밤에 만나잖아."

"밥 먹어. 커피 마시고."

휴대폰에서 관심을 끄기로 결심한 장미는 악보 수정에 몰두했다. 하지만 에릭은 방해하기로 작정했는지 끊임없이 질문을 던졌다.

"다른 건 안 해?"

"뭐."

"아니, 뭐. 남자랑 여자랑 만나면 하는 것들 있잖아."

에릭의 말을 한 귀로 흘리고 있는 장미의 손이 바쁘게 움직였다. 작업실에는 에릭의 숨소리와 말소리만 울리고 있었지만 장미의 귓가에서는 자리를 바꾼 음표들이 노래를 불렀다.

"그냥 밥 먹고 커피만 마셔?"

음표들 사이로 에릭이 비집고 들어온다. 장미의 짜증에 작은 불씨가 붙었다.

"다른 데 가자고 안 해?"

눈치 없이 이상한 질문들을 퍼붓는 에릭을 향해 장미가 눈을 부릅떴다. 동생의 무서워진 눈을 본 에릭이 고개를 돌리며 딴청을 부린다.

"대체 뭐가 궁금한 건데?"

"궁금한 건 아니고."

"밥 먹고 커피 마신다고. 그것밖에 안 했다고. 뭐 다른 걸 했어야 해?"

가시를 세운 장미의 말투가 뾰족했다. 일할 때는 서로 건드리지 않는 것이 그들이 정해놓은 규칙인데 에릭이 방해를 해대니 성질이 안 날 수가 없었다. 더군다나 완벽하게 슬럼프를 극복하지 못한 동생이 어떻게든 해보겠다고 노력하고 있는 중인데 말이다.

"프라이버시야."

장미가 경고했다. 더는 건드리지 말라고. 한마디만 더 했다가는 폭발해 버릴 거라고.

"알지, 프라이버시. 잘 알지."

고개를 주억거리던 에릭이 은근슬쩍 장미의 눈치를 봤다. 자리에서 일어난 그는 작업실 문을 열어둔 채로 몸을 돌렸다.

"막 만지려고 들면……."

"나가!"

장미가 손에 쥐고 있던 연필을 던졌다. 잘못하면 흉기가 될 수 있는 물건이었지만 눈치는 몰라도 발은 기막히게 빠른 에릭이 얼른 작업실 밖으로 나가 문을 닫아버렸다.

"후우."

닫힌 문을 쳐다보던 장미가 깊은 한숨을 내쉬었다. 그녀는 이제껏 오빠의 사생활에 간섭한 적이 없었는데 왜 저러는지 이해할 수가 없었다. 여동생을 걱정하는 오빠의 마음인 거라고, 부모님께서 여러 번 말씀해 주시긴 했지만 가끔씩 짜증나서 돌아버릴 것 같은 때가 있었다.

"왜 저러는지 모르겠……."

짜증을 감추지 못하고 얼굴을 구기던 장미가 말을 멈췄다. 말을 꺼내놓고 보니 에릭이 왜 그러는지 알 것 같아서. 모르면 안 되는 거여서.

예전 같았으면 베개를 들고 쫓아다니며 난투극을 펼치고 며칠이 지나도록 말 한마디 나누지 않는 것으로 침묵시위를 했을 것이다.

내 사생활에 신경 쓰지 말라고, 나는 오빠한테 보호받아야 하는 어린애가 아니라고 바락바락 소리를 질렀겠지. 그럼 오빠는 오빠대로 화를 냈을 거고.

에릭과 싸우는 것으로 하루를 보냈던 때를 회상하던 장미가 쓴 웃음을 머금었다. 그때는 에릭과 똑같은 주제로 싸우는 게 지긋지긋했었는데 이제 와 그 순간이 그립다.

장미는 씁쓸한 표정으로 바닥에 떨어져 있던 연필을 쳐다보았다. 그녀가 연필을 주우려 일어서는 순간 휴대폰이 지잉, 제 몸을 떨었다.

「바쁜가?」

서준이 보낸 카톡을 확인한 장미의 입술이 살짝 미소를 그렸다.

「바빠요.」

바닥에서 뒹구는 연필은 알 바 아니었다. 서준의 카톡을 기다리는 장미의 가슴이 두근, 두근 이상 신호를 보내왔다.

「언제까지 바쁠 예정?」

장미의 눈시울이 부드럽게 휘었다. 어느 순간부터 서준의 말투가 애매해졌다. 반말도 아니고 존대도 아니다. 존대는 하기 싫은 건지 말끝을 댕강 잘라버리지만 그렇다고 확실하게 반말을 하는 것도 아니었다.

「모르죠.」

바로바로 답장을 보내면 기다리고 있었다는 걸 들킬 것 같았다. 장미는 시간을 확인하고 답장을 보내는 수고를 아끼지 않았다.

「난 오늘 늦을 예정. 맥주 마시고 싶은데.」

보통 늦는다고 해도 저녁 먹을 시간에는 찾아왔던 서준이었다. 식사 후에는 회사에 일이 남았다며 집에 데려다주고 곧장 돌아가곤 했다. 그래서 에릭의 예상처럼 남자와 여자가 할 만한 그렇고 그런 일들은 일어나지 않았다. 저번에 비틀거렸을 때 잡아준 것 말고는 스킨십이라고 할 만한 게 없었다. 손 한 번 잡지 않았으니까.

맥주가 마시고 싶다는 게 같이 술을 마시자는 의미라는 걸 모를 정도로 순박하지 않았다. 장미는 죄 없는 입술을 씹었다.

……괜찮을까?

이미 그와 술자리를 가진 적이 있지만 의도한 것은 아니었다. 그리고 그때를 기점으로 서준과의 관계가 달라졌다. 그러니 그가 던진 미끼를 덥석 물어버릴 수는 없는 노릇이었다.

「10시는 넘을 것 같은데. 늦게까지 작업할 거 아닌가?」

답장을 보내지 않자 서준이 다시 카톡을 보내왔다. 망설이던 장미는 느릿하게 손가락을 움직였다.

「맞아요.」

「출발할 때 연락하겠음.」

"풋!"

서준의 마지막 카톡을 확인한 장미는 결국 웃음을 터뜨렸다. 정말 어지간히 존댓말이 쓰기 싫은 모양이었다. 어차피 이쪽은 그를 오빠라고 부를 마음이 전혀 없는데도.

휴대폰을 제자리로 돌려놓은 장미의 몸에서 힘이 빠져나갔다. 이상하게 서준과 관련된 일에는 늘 긴장을 하게 된다.

"한국 사람들은 참 이상해."

장미는 의자에 추욱 늘어져 혼잣말을 중얼거렸다. 그녀도 한국 사람이기는 했지만 사고방식이나 사상은 미국 사람에 가까웠다. 그래서 한국 남자들이 오빠라는 단어에 약하고 그걸 아는 여자들이 코맹맹이 소리를 내며 오빠, 오빠앙 하는 게 이해하기 어려웠다. 에릭을 오빠라고 부르긴 하지만 그건 가족이니까 가능한 거고.

"오빠라니. 으윽!"

서준을 오빠라고 부르는 제 모습을 상상해 버린 장미가 몸을 배배 꼬았다. 생각만으로도 손발이 오그라들었다.

피식, 피식 웃음을 흘리며 고개를 젓던 그녀는 다시 작곡가로 돌아갔다. 하지만 작업을 하는 내내 그녀의 머릿속 한구석에는 서준이 당당하게 자리를 지키고 있었다.

밤 10시가 훌쩍 넘은 시간. 에릭은 진한 장미향을 풍기며 1층에 나타난 동생을 쳐다보았다.

에릭은 요즘 그가 작업하는 모습을 보고 싶다며 늦게까지 집에 돌아가지 않는 바우와 함께 TV를 보고 있었다. 그런데 오늘은 안 나가겠지, 싶었던 동생이 화장까지 하고 2층에서 내려온 것이다.

"나가?"

안 나갈 거면 집에서 외출복을 입고 화장을 하고 있을 필요가 없다는 걸 안다. 하지만 에릭은 물을 수밖에 없었다. 그는 장미의 오빠니까.

"어. 금방 들어올 거야."

"이 대……."

서준을 만나러 가는 거냐고 물으려던 에릭이 바우의 존재를 눈치 채고 소파에서 일어섰다. 현관 밖까지 장미를 따라나선 그가 조용히 물었다.

"이 대표 만나?"

"어."

장미의 대답은 담백했다. 동생의 얼굴과 눈빛에서 짜증이 보이지 않는다. 오히려 양 볼이 발갛게 변한 게 설레어하는 것 같았다.

"안 들어가?"

말없이 장미의 옆에서 걷던 에릭이 동생을 빤히 쳐다보았다. 누구 동생인지 무지하게 예쁘다. 물기를 잔뜩 머금은 장미꽃처럼 화려하고 화사하다. 뽀얀 얼굴에 까만 눈동자가 에릭의 눈에는 인형처럼 보였다. 누가 뭐래도 그에게는 동생 장미가 세상에서 두 번째로 예쁜 여자였다. 첫 번째는 당연히 엄마, 애니고.

에릭은 손가락으로 집게를 만들어 장미의 양 볼을 잡고 가볍게 흔들었다. 장미가 뭐 하는 짓이냐는 듯 인상을 찌푸렸지만 에릭은 쉽사리 동생의 볼을 놔줄 수가 없었다.

이서준이든 다른 남자든, 동생을 행복하게 만들어줄 수만 있다면 대환영이었다. 시기가 좋지 않다고 생각했었지만 어쩌면 잘된 일일 수도 있었다. 아직까지는 아무 일도 일어나지 않았으니까.

"너무 늦지 마."

동생의 얼굴을 놔준 에릭이 바지 주머니에 손을 찔러 넣었다. 아랫입술을 씰룩이던 장미가 대문을 열고 나갈 때까지도 에릭은 그 자리에 그대로 서 있었다.

밤바람을 맞고 있던 에릭이 길게 숨을 뱉었다. 바람이 유난히 스산하다. 그의 마음을 알기라도 하는 것처럼.

에릭은 주머니에서 휴대폰을 꺼내어 주소록을 뒤적였다.

micky.

혹시 몰라서 지우지 않고 있었던 이름과 번호에 에릭의 눈빛이 어두워졌다. 굳어버린 얼굴로 눈도 깜박이지 않고 환한 휴대폰 액정을 쳐다보고 있던 그가 통화 버튼을 눌렀다.

[에릭?]

참을성을 시험하듯 길게 이어지던 신호음 끝에 놀란 음성이 들려왔다. 2년 만이던가, 3년 만이던가. 에릭은 번호가 바뀌지 않았다는 것이 훨씬 더 놀라웠다.

『말해봐. 한국에 왜 오는 건지.』

[아……. 그게 말이야. 어떻게 된 거냐면.]

상대방은 에릭을 설득하려 하고 있었다. 세상 모든 사람들을 설득하고 다니는 게 일인 사람이니 이해해 줄만도 하지만 에릭은 굳이 이해하려 하지 않았다. 그에게는 그럴 필요도, 이유도 없으니까.

느릿하게 입술을 움직이는 에릭의 눈매가 사나웠다. 장미가 화를 낼 때와 똑같은 표정이었다.

『길게 설명하지 마. 내가 알고 싶은 건 간단해. 그 개새끼가 한국에 오는 이유가 뭐지?』

[에릭, 진정하고.]

『미키.』

땅에 닿을 듯 무거운 음성에 상대방은 침묵했다.

『그 새끼한테 전해. 만약 내 동생 앞에 나타난다면 이번에는 확실하게 죽여 버리겠다고.』

[……에릭.]

『무슨 일이 있어도 내 동생 눈에 띄게 만들지 마라. 날 마지막으로 만났을 때를 잊지 않았다면.』

전화를 끊은 에릭은 마른 입술을 혀로 핥았다. 인터넷 기사로 놈의 얼굴을 봤을 때부터 끓기 시작한 분노가 전신을 휘감았다. 입술이 마르고 흰자위에는 핏발이 섰다.

놈은 제 곁에 있는 사람들까지 망가뜨린다. 자신을 사랑한다는 약점을 잡아 제 맘대로 휘두르고 이용했다. 장미는, 그의 동생 로즈는 그런 놈을 사랑한 죄로 가슴에 커다란 구멍이 뚫렸었다. 절대 치유될 수 없을 것 같았던 상처가 조금씩 아물고 있는 걸 확인하고 있었지만 에릭은 불안했다. 겉모습은 강하게 보이지만 속은 한없이 여린 동생이 다시 상처받는 일이 생길까 봐.

『도와주세요.』

고개를 젖혀 하늘을 올려다본 에릭이 간절하게 기도했다. 내 기도를 듣고 있는 분이 계시다면 제발 도와달라고. 내 동생이 상처받지 않고 웃으면서 살아갈 수 있게 보호해 달라고.

싸늘한 바람에 몸이 차갑게 식어갔지만 에릭은 기도를 멈추지 않았다.

10

맥주가 마시고 싶다던 서준이 장미를 데려간 곳은 포장마차였다. 그것도 그녀의 집에서 멀리 떨어져 있는 동네, 정확하게 말하자면 서준의 동네 근처까지 데려갔다.

포장마차 특유의 주황색 천막 안으로 들어서니 동그란 은색 테이블이 눈에 들어왔다. 부부처럼 보이는 포장마차 주인의 인상은 푸근했고 젊은 손님 두 팀이 주거니 받거니 술잔을 돌리고 있었다.

인심 좋은 아주머니는 아가씨가 추워 보인다며 무릎 담요까지 가져다주었다. 재차 사양했는데도 아주머니는 기어코 장미의 허벅지 위에 담요를 던져 놓았다.

나름대로 신경 써서 옷을 입었고 화장도 곱게 했지만 서준이 선택한 장소가 포장마차인 것이 싫지는 않았다. 고급스러운 이자카야나 음악 소리가 시끄러운 펍보다 편안하고 부담 없어서 좋았다. 하지만 장미는 자못 못마땅하다는 표정을 지어 보였다.

"지금 뭐 하자는 거예요?"

척하니 팔짱을 낀 장미가 눈을 새초롬하게 뜨고서 서준을 쳐다보았다. 하지만 메뉴판에 코를 박은 그는 말이 없었다.

"대표님이 원하는 기한 안에 곡을 쓰려면."

"대표님 하지 말랬는데."

장미에게 시선을 주지 않은 서준이 얇은 종이를 코팅해서 만든 메뉴판을 뒤집었다.

"말 자르지 말라고 했어요."

"듣기 싫은 말 안 듣는다고도 했는데."

"곡 얘기잖아요. 곡, 안 받을 거예요? 안 줘도 되는 거였어요?"

"그건 계약 위반이고."

"그러니까 곡을 주려면 작업을 해야 하는데 여기까지 데려오면 어쩌라는 거냐구요."

그제야 장미와 눈을 맞춘 서준이 씨익 미소를 지었다.

"당신 실력을 믿으니까."

익숙지 않은 단어에 거짓말처럼 가슴이 두근거린다. 당신이라니. 미국에서 '너'를 지칭할 때 사용하는 단순한 단어에 두근거릴 수 있을 거라고는 생각지 못했었는데.

붉어지려는 얼굴을 수습하려 장미는 차가운 물을 들이켰다. 서준이 말이 통하지 않는 사람인 건 익히 알고 있었지만 그렇다고 답답하지 않은 건 아니다. 한 번씩 이런 식으로 말문이 막힐 때면 한숨 같은 긴 숨이 새어 나왔다. 그사이 서준은 두 사람이 먹기엔 지나치게 많은 양의 안주를 주문했다.

포장마차의 기본 메뉴인 우동부터 시작해서 계란말이, 닭똥집, 고갈비까지. 한입거리를 내어주는 것도 아닐 텐데 뭘 그리 많이 시키는지. 게다가 술도 맥주가 아니라 소주를 시켰다. 뭐 마실 거냐고 묻지도 않고.

"맥주 마신다면서요."

반 박자 빠르게 뛰어대던 심장을 다독인 장미가 대놓고 빈정거렸다. 하지만 그는 아무렇지도 않게 포장마차 아주머니가 주신 오이를 입안에 넣고 씹었다.

"포장마차는 소주지."

"저번에도 그렇고 사람이 왜 그래요?"

"무슨 말인지?"

"자꾸 거짓말하잖아요."

"내가?"

억울하다는 듯 눈을 크게 뜬 서준을 보면서 장미가 코웃음을 쳤다.

"저번에 식당 예약해 놨다고 하더니 거짓말이었잖아요."

"예약했는데."

아닌 줄 아는데 뻔뻔하게 거짓말을 이어가는 서준 때문에 장미는 한쪽 입꼬리를 말아 올렸다.

"내가 미국에서만 살았었다고 아무것도 모를 것 같아요?"

"예약한 거 맞는데. 우리 식구들하고 갈 때도 항상 예약하고 가는 곳이라."

"그래서 문 여는 시간에 맞춰서 도착한 식당에 예약을 했다구요? 손님 하나도 없었는데?"

"그러니까. 예약했으니까 손님이 없지."

서준의 말을 해석하는 게 불가능했다. 장미가 정신없이 눈만 깜박이고 있을 때 아주머니가 커다란 쟁반에 들고 왔다.

뭐가 좋은지 빙글빙글 웃고 있던 서준이 아주머니를 도와 음식이 담긴 그릇들을 테이블 위에 올려놓았다.

장미는 우동 국물을 떠 마시고 만족스럽게 미소를 짓는 서준의 얼굴을 뚫어지게 쳐다보았다.

분명히 예약제로 운영되는 식당이 아닌 것 같았는데 예약을 했었단다. 예약을 했으니 손님이 없었던 거란다. 그래서 그녀는 자신의 기억을 꼼꼼하게 들여다보았다.

식당에 도착했을 때 손님이 없었던 건 영업 준비를 하고 있었던 시간이라 그런 거라고 생각했었다. 일단 그건 맞는 것 같고. 그런데 식사를 마치고 식당에서 나올 때까지도 손님이 단 한 명도 없었던 게 이상하긴 했다.

굉장히 맛있는 집인데 별일이라고 생각했었지. 아마 평일이어서 그런 것 같…… 은 게 아니었나?

"설마."

너무 놀란 나머지 속엣말이 입 밖으로 튀어나와 버렸다. 그때까지도 서준은 여유 있게 고갈비 살을 발라내고 있었다.

"아니겠지만, 정말 아니겠지만 말이에요."

마른침을 삼켜대던 장미가 물 컵에 남아 있던 물을 깨끗하게 비웠다.

"설마, 식당 전체를 예약한 건 아니죠?"

"맞는데."

단번에 튀어나온 대답에 장미가 입을 쩍 벌렸다. 하지만 서준은 어깨를 으쓱해 보일 뿐이었다.

"대체 왜 그런 거예요? 돈 자랑이라도 하고 싶……."

"방해받고 싶지 않았으니까."

똑바로 부딪쳐 오는 그의 진지한 눈빛에 장미는 아무 말도 할 수가 없었다. 사람 할 말 없게 만드는 걸로 기네스북에 오를 수 있다면 당장에라도 내보내 보고 싶을 정도였다.

"별일도 아닌데."

단체 손님 몇 팀을 받아도 무리가 없을 만큼 큰 식당을 빌려놓고 별일 아니란다. 그래서 장미도 입을 다물어 버렸다. 그가 자기 돈 쓰겠다는데 절약하라며 잔소리를 할 수는 없는 것 아닌가. 더군다나 그녀와 단둘이 있고 싶어서 그랬다는데 그런 사람한테 잘못한 거라는 소리가 나올 수 있을 리 없다.

"먹지."

서준이 정성스럽게 발라놓은 고갈비 살을 장미의 앞 접시에 옮겨주었다. 장미는 접시에서 그녀의 손길을 기다리는 생선살을 가만히 바라보았다.

"그것도 감상 중?"

그가 장난스럽게 눈웃음을 지으며 초록색 소주병을 들었다. 장미는 그에게 술을 받으며 조금은 수척해진 것 같은 서준의 얼굴을 응시했다. 밥만 먹고 바로 돌아갔어야 했을 만큼 일이 많다더니 그것까지 거짓말은 아니었나 보다. 아니, 생각해 보니 그가 거짓말을 한 적이 없었던 것 같다.

서준은 입술을 오물거리며 안주를 집어먹는 장미를 물끄러미 바라보았다. 그녀는 술을 마시는 것만큼이나 음식도 맛있게 먹었다. 이제까지 만나왔던 여자들과는 다르게 가리는 것 없어 좋고, 분위기만 찾아대지 않는 것도 예쁘다.

서준은 여자들의 취향에 맞춰 주로 분위기 있고 고급스러운 레스토랑만 찾았었다. 하지만 실은 이런 포장마차나 저번 곱창 집 같은 식당을 선호했다. 음식이 맛만 있으면 됐지, 분위기는 좋은데 음식이 맛없으면 무슨 소용인가. 게다가 비싸다고 다 맛있는 것도 아니었다. 휘황찬란한 그릇에 애기 주먹만 한 음식을 주는 것도 기막힌데 맛까지 별로인 식당에 갈 때면 이게 뭐 하는 짓인가 싶을 때가 있었다.

서준은 흐뭇하게 아빠 미소를 지으며 장미를 지켜보았다. 하루 종일 제대로 먹은 게 없어서 배가 등가죽에 달라붙을 지경이었다. 그래서 두 사람이 먹기에 많은 양의 음식을 욕심껏 주문한 것이다. 그런데 장미가 맛있게 먹고 있는 모습을 보니 안 먹어도 배가 부르다. 레스토랑에서 식사를 한 후에 카페에서 디저트를 먹어도 허했었던 때와는 확실히 달랐다.

"왜 안 먹어요?"

두툼한 계란말이를 먹고 있던 장미를 쳐다본 서준이 가볍게 웃음을 흘렸다. 그는 자연스럽게 장미의 입가에 묻은 케첩을 손끝으로 닦아냈다.

곧장 붉어지는 얼굴이 사랑스럽다. 장난기가 돋은 서준이 엄지 끝에 묻어 있던 케첩을 쪽 빨아먹었다.

"뭐, 뭐 하는 거예요!"

화르륵, 더는 붉어질 수 없을 만큼 새빨개진 얼굴로 장미가 소리를 질렀다.

"안 먹냐고 하기에."

"그건, 그걸 먹으라고 한 게……!"

애꿎은 입술을 짓씹던 장미가 숨차게 물을 들이켰다. 저 남자를 만날 때마다 수명이 10년씩 단축되는 것 같았다. 심장은 곧이라도 멈출 것처럼 뛰어대고 아무리 물을 마셔도 입안이 바짝바짝 마른다.

열기가 가시질 않는지 물 반통을 비우고 손부채질까지 해대는 장미를 보면서 서준이 입매를 늘였다.

"물 말고 술을 마셔야 하는데."

그건 또 무슨 말이냐는 듯 장미가 눈꼬리를 끌어 올렸다.

"하긴 술을 마셔도 취하질 않으니."

아쉽다는 감정이 서준의 눈빛에서 진하게 흘러나왔다. 장미는 시뻘게진 얼굴로 콧방귀를 뀌었다.

"나 술 취하면 뭐 하려고요?"

"뭐, 이것저것?"

"술 취한 여자한테 이것저것을 하고 싶어요?"

"이것저것이 뭔지 알고?"

서준이 한 손으로 턱을 괴고 살살 눈웃음을 친다. 장미는 짧게 숨을 내뱉고서 고개를 설레설레 저었다. 말장난은 이서준이 갑이다. 애초에 이길 생각조차 안 하는 게 정신 건강에 이로웠다.

잔을 비운 서준이 아주머니가 틀어놓은 라디오에서 새어 나오는 노래에 귀를 기울였다.

"혹시 이 노래 알고 있나?"

"나, 한국에서 돈 버는 작곡가예요."

자존심이 상한 장미가 턱을 추켜올렸다. 은근하게 이어지고 있는 노래는 취중진담. 그녀가 좋아하는 노래 중 하나였다. 취중진담은 멜로디도 그렇지만 가사가 정말 좋았다. 전혀 유치하지 않은 진심 어린 가사는 단어 하나, 하나가 마음을 두드렸다. 술 한 잔마시며 듣고 있노라면 마치 내가 고백을 듣고 있는 것 같은 착각에 나도 모르게 뭉클해지는 노래였다.

장미는 늦은 밤, 한적한 포장마차가 가져다준 느긋함에 잠시 모든 긴장을 내려놓았다.

포장마차 주인아주머니가 끓이고 있는 찌개에서는 보글보글 맛있는 소리가 났다. 선선한 바람이 불었지만 무릎 담요는 포근했고 끝을 향해 달려가는 노래는 감상에 젖게 만들었다. 그리고 그때, 마주 보고 앉아 있는 남자가 그녀의 눈에 들어왔다.

포장마차와는 거리가 멀 것처럼 생겨놓고서 자기 집인 양 편안하게 앉아 술잔을 기울이는 남자. 자기 멋대로 행동하지만 눈이 마주칠 때면 다정하게 눈웃음을 짓는 남자. 어느샌가 그녀의 곁에 훌쩍 다가와 버린 남자는 장미를 혼란스럽게 했다.

서준에게서 연락이 오면 눈에 힘을 주며 휴대폰을 노려봤었는데 이제는 언제 연락이 올지 기다리게 된다. 집 앞이라는 말에 귀찮아 죽겠다고 투덜거렸던 게 엊그제 같은데 오늘은 옷과 화장이 왜 그리 신경 쓰였는지.

대체 언제부터였을까. 파인 엔터테인먼트 이서준 대표가 남자이서준이 되어버린 게.

당분간 남자를 만날 계획 같은 건 없었다. 만나게 되더라도 아주 먼 훗날이 될 거라 예상했었다. 그런데 누군가 마음속에 들어오는 일은 계획과는 무관했다. 자꾸만 밀어붙이니 밀려진다. 흔들어대니까 흔들린다. 굳게 다졌던 다짐이 무색하게 서준에게로 시선이, 신경이 쏠렸다.

"취중진담이라니."

노래가 끝나자 잔을 내려놓은 서준이 쯧, 혀를 찼다. 마뜩찮다는 그의 표정에 장미는 의아해졌다. 음악이 흐르는 내내 말 한마디 없기에 서준도 좋아하는 노랜 줄 알았다. 그런데 찌푸려진 미간을 보니 잘못 생각한 것 같다.

"좋은 노래잖아요."

"용기 없는 비겁한 남자들한테는 좋은 노래겠지."

"이 노래가요?"

"술에 취해야만 할 수 있는 말이 진담이라고 생각하나?"

"그건……."

반박하려던 장미는 이내 말을 멈췄다. 한동안 술에 취했을 때만 전화 하고 찾아오던 사람이 떠올라 버려서.

'미안해. 잘못했어. 내가 사랑하는 여자는 너밖에 없어. 한 번만 용서해 줘.'

처음에는 그 말들이 진심이라고 믿었다. 그래서 수십 번을 용서했고 그 배로 상처받았다. 얼마나 어리석고 한심했었는지. 똑같은 실수를 반복하는 건 바보나 할 짓이라고 여겼었는데 알고 보니 그녀 자신이 천하의 바보였다. 세상에 둘도 없을 바보 천치.

지독하게 끈질긴 과거라는 놈은 시시때때로 그녀를 찾아와 괴

롭혔다. 잊었다고 생각할 때쯤 잊히지 않았다며 비웃었다. 이렇게
나 소심하고 겁이 많은 네가 감히 또 다른 사랑을 꿈꿀 수나 있겠
냐며 빈정거린다.

"관심 있다, 좋아한다, 만나자고 했을 때 한 번도 취한 적 없었
어."

과거의 손아귀에 잡히려던 순간 서준이 그녀를 현실로 불러들
였다. 술기운이 묻어나지 않은 맑은 눈동자로 장미의 시선을 사로
잡았다.

"알겠지만 소주 몇 잔에 취하는 사람 아니고."

서준이 눈짓으로 소주병을 가리켰다. 초록색 병에 담긴 투명한
액체는 반 이상 남아 있었다. 두 번의 술자리에서와는 다르게 술
이 비워지는 속도가 무척이나 느리다. 마치 무언가를 기다리는 것
처럼.

"확실하게 해두고 싶어서."

취하지 않았다는 것을 증명이라도 하려는 것인지 서준의 얼굴
에서 미소 한 자락 찾아볼 수가 없었다.

이래서 혼란스러운 거였다. 그는 가벼운 사람처럼 짓궂게 장난
치고 놀리다가 예고도 없이 단박에 얼굴을 바꿔 버린다. 어디에
장단을 맞춰야 할지 알 수가 없었다. 이러니 이리저리 흔드는 대
로 흔들릴 수밖에.

"기다리는 게 힘들다고 느끼는 거, 처음이야."

이제 스스럼없이 말을 놓는 서준의 눈빛이 서늘했다.

"더 힘들어야 하나?"

아닐 거라고 생각하지만, 잘은 몰라도 자신이 아는 이서준이 포

기가 빠른 사람이 아닌 줄은 알지만 장미는 순간적으로 두려워졌다. 앞으로도 힘들 거라고 말한다면 서준이 두 팔을 들어 올리며 항복이라고 외칠 것 같았다.

……두려워? 왜? 뭐가?

장미는 떨리는 손끝을 말아 주먹을 쥐었다. 지금의 두려움이 어디에서 기인한 것인지 모르겠어서 무섭다.

처음에는 분명히 싫은 사람이었다. 나와는 맞지 않는 사람이었다. 그래서 계속 싫다고 했었는데 어느새 말로만 싫다, 싫다 하고 있었다.

서준의 연락을 기다리는 제 모습이 싫지 않았다. 서준과 어울리는 여자로 보이기 위해 옷을 고르고 화장하는 자신이 나쁘지 않았다. 순간순간의 설렘에 가슴이 벅차오른다. 서준으로 인해 무의식적으로 웃음을 터뜨리고 그를 떠올리며 미소를 짓는다. 이 모든 것이, 여자로서 느낄 수 있는 두근거림과 행복이 사라진다면…….

싫어.

서준의 시선을 피하지 않은 채로 장미는 숨을 멈췄다.

긴 시간이 지난 후에야 어렵게 찾아온 설렘과 두근거림을 놓치고 싶지 않았다. 이제야 알겠다. 이 남자가 아니면 안 된다는 것을.

상처 받은 그녀에게 다가왔던 남자가 서준이 처음인 건 아니었다. 하지만 장미는 그들을 밀어냈다. 거부했다. 그녀의 거부에 고개를 끄덕이며 등 돌린 남자들 따위, 믿을 수 없었다. 그런 남자들에게 상처받는 꼴을 부모님과 오빠에게 보일 수 없었다. 바보 같은 모습은 이미 넘치게 보여주었다.

하지만 이 남자라면. 이서준이라면 믿어도 되지 않을까. 줄기차게 밀어내고 거부해도 우직한 나무처럼 버티고 서 있던 이 남자라면.

누가 또 서준처럼 흔들어줄 수 있을까? 네가 뭐라고 하던 나는 너를 좋아하겠다며 제멋대로 굴 수 있는 남자가 또 나타날까? 서준이 아닌 다른 남자여도 심장이 움직여 줄까?

아니, 아니다. 이 남자여야 했다. 겁 많고 소심한 한장미에게는 서준이어야 했다. 상처투성이라 미안하지만, 뭐 하나 부족한 것 없이 잘나기만 한 그에게 너무 부족한 여자지만 장미는 그의 사랑을 받으며 행복해지고 싶었다.

"거리가 문제라면 걱정 마. 내가 가진 많은 것들 중에는 돈도 포함되어 있으니까."

서준의 자신만만하고 잘난 미소에 때에 어울리지 않는 웃음이 터져 나와 버렸다.

"성질내도 예쁘고, 웃으면 더 예쁘고. 돌겠군."

서준은 골치 아픈 문젯거리를 안아 든 사람처럼 검지와 중지로 관자놀이를 눌러댔다.

"난 확실한 게 좋은데. 무슨 짓을 해도 예쁜 당신은 언제 내 여자가 될 거지?"

장미가 졌다는 듯 고개를 절레절레 흔들었다. 실성한 사람처럼 자꾸만 웃음이 나온다. 서준이 미간을 좁히고서 뭐가 웃기냐고, 같이 웃자고 물었지만 장미는 대답하지 못했다.

당신이어야 하는 걸 깨달아서 그렇다고. 내 마음에 들어온 남자가 당신이라는 게 다행스러워 그런다고. 행복이라는 감정이 어떤 건지 다시 알게 되어 기뻐서 웃는 거라고 말하기엔 아직은 수줍은 감정이 조심스러웠다.

❖

포장마차에서 나온 후 두 사람은 고요에 잠긴 거리를 걸었다.

'좀, 걷고 싶은데.'

서준은 자신의 옆에서 느리게 걷고 있는 장미를 쳐다보았다. 그녀가 술내기를 제안했던 날만큼이나 놀라운 요구였다. 당연히 집에 가겠다고 할 줄 알았고, 대리를 불러 데려다줄 생각을 하고 있던 그로서는.

밤바람이 차가울 것을 예상이라도 했는지 그녀는 따스해 보이는 카디건을 입고 있었다. 붉은 머리카락에 아이보리 색 카디건이 어찌나 잘 어울리는지. 바람결에 달아오른 얼굴에서 눈을 뗄 수가 없었다. 예쁘다는 말로는 감히 표현이 되지 않는다.

피식, 서준에게서 헛웃음이 흘러나왔다. 언제 이렇게까지 빠져버렸는지 모르겠다. 중독이라는 걸 모르고 살아왔던, 그래서 모든 걸 컨트롤할 수 있다 자신했던 스스로가 우습다.

흔들의자처럼 느릿하게 흔들리는 장미의 손에 서준의 시선이 닿았다. 얼굴만큼이나 하얀 손에 입술이 마른다.

길고 가느다란 손가락에 제 손가락을 얽고 싶은 마음은 욕심인가, 본능인가. 그녀가 놀랄까 봐 참고 있는 마음은 배려인가, 더 많은 것을 얻기 위한 인내인가.

무엇을 욕심내고 가지든 주저함이 없었던 그였다. 고민이나 망설임은 필요치 않았다. 늘 가질 수 있는 것들을 탐냈고 가질 만한 자격이 있다고 믿었으니까. 그런데 그녀를 만나며 생각하게 되었다. 과연 자신이 한장미라는 여자를 탐내도 되는 것인지. 그럴 만한 자격이 있는지에 대해서.

"나는, 쉽지가 않아요."

살며시 건너오는 목소리에 서준이 오묘한 미소를 지었다. 그 역시 쉽지가 않았다. 한장미라는 여자에게 다가가는 것이. 그에게 장미는 난제(難題)였다. 밤을 꼬박 새며 붙잡고 있어도 풀리지 않는 단 하나의 수학 문제 같은 여자. 그럼에도 어떻게든 풀어내고야 말겠다며 의지를 다지게 만드는, 그런 여자였다.

"사람을 만나고 믿…… 는 게 세상에서 가장 어려워요."

떨리는 말끝에서 아릿한 슬픔이 전해져 온다. 서준은 미소를 지운 채 장미를 지그시 바라보았다.

흔들리는 눈동자와 아프게 짓이기고 있는 입술에 심장이 조여들었다. 서준은 걸음을 멈추고 장미의 손목을 붙잡았다.

서준에 의해 멈춰진 장미가 고개를 들어 그와 시선을 맞췄다.

"차라리 성질을 내."

장미는 눈 한 번 깜박이지 않고 서준을 쳐다보았다. 모자라고 부족한 모습을 보여야 해서 씁쓸한 사람은 저인데 아파 보이는 사람은 그였다.

"여기가, 이상해. 당신이 그런 얼굴을 하고 있으면."

눈살을 찌푸린 서준이 검지를 세워 제 심장이 자리 잡고 있는 가슴을 쿡 찔렀다.

그런 얼굴. 얼마나 한심해 보이는 얼굴이기에 저렇게 말할까 싶어 장미가 포옥 한숨을 흘렸다.

"나는 이런 얼굴을 가진 사람이에요."

장미는 차마 서준을 바라보지 못하고 시선을 떨궜다. 그녀의 뒷걸음질에 어디에서 떨어져 나왔는지 모를 얇은 비닐이 밟혀 바스락, 마음과 비슷한 소리를 낸다.

"더 이상한 얼굴도 많아요, 나는."

그런데도, 괜찮겠어요? 당신이 알고 있는 내가 전부는 아닌데. 형편없는 여자일 수도 있는데. 그래도…… 변하지 않을 수 있나요?

묻고 싶은 말을 꺼내지 못한 장미가 입술을 달싹였다.

"내 여기가 이상하다고 했지, 당신이 이상하다고는 안 했어."

서준이 장미의 손을 잡아다가 자신의 가슴 위에 턱 올려놓았다. 놀란 그녀가 고개를 들자 서준은 깊은 한숨을 억지로 삼켰다.

"계속 이상하다고, 여기가. 한장미라는 여자 때문에 여기가 미친 것 같아."

서준의 심장이 빠르게 뛰고 있었다. 그의 가슴에 닿은 손바닥이 저릿저릿했다.

"걱정할 거 없어. 무서워할 것도 없고. 사람 감정으로 장난치는 거 질색이고, 당신한테 장난치기엔 내 마음이 여유가 없거든."

서준이 장미의 턱을 부드럽게 잡아 올렸다. 드디어 그녀의 까만 눈동자와 마주할 수 있게 된 서준의 눈시울이 휘었다.

"시작은 당신이 정해."

그는 끝이라는 말을 입에 담지 않았다. 시작도 하지 않았는데 끝이 언제일지 알게 뭔가. 혹은 끝이라는 게 없을 수도 있었다.

사람에게, 여자에게 한 톨의 숨김도 없이 진심을 내보이는 건 그에게도 낯설고 어색한 일이었다. 발가벗겨진 것처럼 민망하고 부끄럽다. 그렇다고 도망쳐 버리고 싶은 건 아니었다. 머리털 나고 처음으로 가지고 싶어 미쳐 버릴 것 같은 여자를 만났는데 도망이라니.

"나한테 와. 실망시키지 않을 테니까."

서준은 장미의 손에 선택권을 쥐어주었다. 그녀가 동의하지 않는다면 시작은 없다. 그녀가 움직이지 않는다면 그도 더는 나아갈 수 없었다. 그래서 기다렸다. 이서준의 추진력에 혀를 내두르던 사람들이 마냥 기다리고만 있는 그를 본다면 뒤로 넘어갈 일이 일어나고 있었지만 상관없었다. 기다림의 끝이 그녀가 내미는 시작이라면, 다른 사람들 따위는 그가 알 바 아니다.

"믿어, 이서준이라는 남자를. 그래도 돼."

서준의 단단한 눈빛에 장미의 흔들림이 서서히 잦아들었다. 어지러워 멀미가 날 것만 같았는데 거짓말처럼 마음이 편안해진다.

세상에 변하지 않는 사람은 없다. 좋은 사람이 나쁘게 변할 수도 있지만 좋은 사람이 더 좋게 변할 수도 있었다. 변하는 게, 변화라는 게 항상 나쁜 것만은 아니다.

그래. 그래도 돼. 변해도 돼.

장미는 저부터 변하기로 결심했다. 언제까지 과거에 묶여 겁을 내며 살아갈 수는 없었다. 그건 너무 불행하니까. 한 번밖에 없는 자신의 인생에 끔찍한 형벌을 내리는 거니까.

살짝 벌어진 입술 틈으로 밤공기를 들이마신 장미의 얼굴이 서준의 말처럼 예쁘게 붉어졌다.

"나중에 내가 매달려도⋯⋯."

후회하지 말라는 말은 할 수가 없었다. 조금은 서늘한 장미의 입술에 서준의 뜨거운 입술이 겹쳐졌다.

장미의 머릿속은 복잡했다. 조금 전에 길거리에서 뜨거운 키스를 퍼붓던 사람은 어디로 갔는지 서준의 얼굴이 내내 굳어 있었기 때문이다.

장미는 슬쩍 손끝으로 제 입술을 더듬어보았다. 서준이 남긴 뜨거운 흔적 덕분에 홧홧한 입술이 짜르르 울렸다.

미간을 한껏 모은 서준은 걷는 건지 멈춘 건지 알 수 없을 만큼 느리게 걷고 있었다. 장미의 손을 꽉 잡은 채로.

뭐가 문제인지 감도 잡히지 않았다. 그는 진즉 출발했는데 너무 늦게 시작해서 그런가? 키스가 마음에 안 들었나? 아니면 길어지려는 키스를 멈추게 만들어서? 누가 볼까 부끄러워서 그런 것뿐인데. 싫어서 그런 게 아니었는데.

싫기는커녕 너무 좋아서 문제였다. 그 상태 그대로 밀폐된 공간으로 순간이동 하고 싶어졌을 정도였다. 그런데 그는 아니었나 보다. 말 한마디 없이 언짢은 기색을 내비치는 걸 보면.

"저기⋯⋯."

익숙지 않은 배려 없는 모습에 말 한마디 떼기가 어려웠다. 장미가 걸음을 멈추자 덩달아 제자리에 서버린 서준이 그녀를 바라보았다.

"나, 택시 타고 갈게요."

잘못한 것도 없는데 목소리가 작아진다. 그런 자신이 마뜩찮아

인상을 쓰려는데 서준이 닫혀 있던 입술을 움직였다.

"택시는 무슨."

어림없다는 듯 한쪽 눈썹을 끌어 올린 서준이 다시 걸음을 옮기려 했다. 하지만 꼼짝 않는 장미 때문에 그는 다시 몸을 돌려 세웠다.

"왜 그래요?"

서준에게 손을 잡히고 마음까지 잡혀 버린 장미의 목소리가 갈라졌다.

"왜 화가 난 건데요?"

장미는 서러웠다. 왜 화가 난 건지 말해주지 않는 것뿐인데 그게 그렇게 서러울 수가 없었다. 조울증에 걸린 사람마냥 조금 전에는 심장이 터질 것처럼 두근거렸었는데 이제는 금방이라도 눈물이 쏟아질 것처럼 서럽기만 했다.

"화난 거 아니야."

한숨을 내쉰 서준의 큰 손이 서러움에 어두워진 장미의 얼굴을 감쌌다.

"싸우고 있었어, 나하고."

볼을 쓰다듬는 따스한 손길에 삐뚤어지려던 마음이 둥글둥글해졌다. 시작부터 이렇게 흐느적거리면 안 되는 건데. 마치 내 마음속에 다른 사람이 들어와 있는 것 같은 기분이었다.

손길 한 번에 서러움이 날아가 버린 게 당황스럽지만 장미는 받아들이기로 했다. 좋아져 버린 걸 어쩌겠는가. 웃는 이서준도, 굳은 얼굴로 서운하게 만드는 이서준도 좋아져 버렸는걸.

"지킬 박사예요, 하이드예요?"

"뭐?"

"싸우고 있었다면서요. 지금은 누구냐구요."

푸스스, 입매를 허물어뜨린 서준에게서 포근한 웃음소리가 흘러나왔다. 그를 따라 웃어버릴 뻔했던 장미는 입술을 단단하게 여몄다.

"싸우고 있다고 했잖아. 그러니까 누구도 아니지."

서준은 못 알아듣겠는지 눈살을 찌푸리는 장미의 얼굴을 두 손으로 감쌌다.

그는 밤하늘보다 까만 눈동자를 들여다보았다. 그녀의 눈동자에 비친 제 모습은 지킬이었다. 하이드로 변할 수 있는 약이 눈앞에 있다면 한 움큼 집어 입안에 털어 넣고 싶을 만큼 서준의 갈등은 극심했다.

"지금 당장 내 집으로 데려갈까, 참을까."

서준의 그윽한 속삭임에 장미의 속눈썹이 파르르 떨렸다.

"당신이 내 속도를 따라올 수 있을까?"

입술을 달싹이는 장미를 지켜보던 서준이 그녀의 동그란 이마에 입술을 가져다 대었다. 지금은 이 정도로 만족해야 할 것 같았다. 이제 막 걸음마를 뗀 그녀에게 나와 함께 뛰자고 재촉할 수는 없으니.

용기를 내어 시작만 해줘도 날아갈 듯 기쁠 줄 알았는데 욕심이란 놈은 끝이 없었다. 손잡으니 키스하고 싶고 키스하니 안고 싶어졌다.

잘 익은 복숭아를 크게 한 입 베어 문 것처럼 달콤하기만 했던 장미의 입술에 이성이 제어가 되지 않았다. 그래서 더 많은 것을 탐내는 속마음과 치열하게 싸웠다. 결국 승자는 지킬이 될 모양이지만. 그래도 한 가지 교훈은 얻었다. 함부로 그녀를 맛보지 말 것. 조만간 고삐 풀린 망아지처럼 날뛰게 될 게 분명하니까.

접착제로 붙여놓은 것처럼 장미의 이마에서 떨어질 줄 모르던 서준의 입술을 찬 공기가 훑었다. 아쉬워서 입맛이라도 다실 지경이었다.

"오래는 못 참겠다."

시야를 가득 메운 장미의 입술을 애써 외면한 서준이 다시 그녀의 손에 깍지를 끼고 걷기 시작했다.

"덥네."

서준과 나란히 서서 걷던 장미는 입안 연한 속살을 깨물었다. 자칫 좋아 죽을 것 같은 감정이 입 밖으로 튀어나갈 뻔했다.

인내하는 서준에겐 미안한 일이지만 장미는 달콤한 행복을 맛보는 중이었다. 참아주는 것도 좋고, 기다려 주는 건 더할 수 없이 좋다. 제 속도에 맞춰주려는 그에게 한없이 고마웠다.

장미는 깍지가 끼워진 손을 힘주어 잡았다. 그가 보여준 진심에 비하자면 보잘것없을 만큼 작고 단순한 행동이었지만 서준은 그녀의 마음을 알아주었다.

"위험한 여자네. 기껏 참고 있는데 유혹이나 하고."

한결 열기가 덜어진 음성에 장미의 눈꼬리에 웃음이 매달렸다.

"아무것도 안 했어요."

"거짓말은 나쁜 거지만 예쁘니까 봐준다."

찬바람이 불어대는 더운 밤, 두 사람의 웃음소리가 사이좋게 얽혀들었다.

❖

거실 소파에 앉아 있던 에릭과 바우는 귀를 쫑긋 세웠다.

"오늘 바쁘다고 하지 않았어요?"

주방에서 들려오는 장미의 목소리에서는 달달함이 뚝뚝 떨어졌다.

"……선생님, 혹시."

"쉿."

검지를 세워 바우의 말을 막은 에릭의 시선이 주방으로 건너갔다. 커피라도 타는지 달그락거리는 소리와 나직하게 흐르는 웃음소리에 어떤 마음을 가져야 할지 헷갈렸다.

좋아해야 하는 거, 맞지?

장미는 아직 어떤 말도 해주지 않았다. 하지만 며칠 전부터 얼굴을 핑크빛으로 물들인 채로 돌아다니는 동생이니 모를 수 없었다. 끔찍하게 사랑하는 자신의 동생이 한 남자를 마음에 들여놓았음을. 그 남자가 이서준 대표냐고 물어보는 건 멍청한 짓일 거고.

에릭은 동생이 행복해지기만을 바랐다. 그러니 사랑을 시작한 장미를 응원해야 하는데, 그래야 하는 건데, 이 설명할 수 없는 감정은 뭐란 말인지.

술이라도 한잔하자고 해야 하는 건가?

뒤늦게 후회가 몰려왔다. 장미와 이서준 대표가 술내기를 했을 때 먼저 뻗지 말아야 했다는. 그랬다면 동생과 연애를 시작한 남자의 술버릇이 어떤지 알 수 있었을 텐데.

"오빠."

전화를 끊었는지 한 손엔 머그컵을, 나머지 한 손에는 휴대폰을 든 장미가 에릭을 불렀다.

"왜에?"

동생의 부름에 얼굴이 활짝 핀 에릭이 자리에서 벌떡 일어섰다. 오빠 소리는 언제 들어도 기분이 좋아진다. 에릭에게 있어서 오빠라는 단어는 마법이었다. 무슨 말이든 들어주고 싶게 만드는.

"작업실로 내려와."

크게 고개를 끄덕인 에릭이 바우의 머리를 장난스럽게 흩트리고선 장미를 따라 지하 작업실로 내려갔다.

"오빠한테 할 말 있어?"

이제야 연애를 시작했다고 말해주려나. 에릭의 눈빛에 커다란 기대감과 작은 상실감이 담겼다.

푹신한 의자에 앉아 얌전히 동생의 말을 기다렸지만 그에게 건네진 건 말이 아닌 헤드셋이었다.

"들어봐."

적지 않은 실망감이 밀려들었지만 에릭은 내색하지 않았다.

기다리면 말해주겠지. 난 **오빠**잖아?

장미가 바라는 대로 헤드셋을 쓴 에릭은 음악에 집중했다. 손가락으로 허벅지를 두드리며 리듬을 타던 그가 감았던 눈을 뜬 건 음악이 끝나고서도 조금 지난 후였다.

헤드셋을 벗어 데스크 위에 올려놓자 장미의 곧은 시선이 그를 기다리고 있었다.

"어때?"

장미는 저번처럼 초조하거나 불안해 보이지 않았다. 들려준 곡도 저번과는 상당히 다른 느낌이었다.

"스윗해."

"응? 아닌데. 스윗하게 만든 거 아니란 말이야."

울상을 한 채 헤드셋을 쓰고 제가 만든 음악에 귀를 기울이는 동생을 보면서 에릭이 미소를 지었다.

장미는 원래 감정에 솔직했다. 자신의 감정이 그대로 곡에 드러나서 그녀가 만든 곡을 들으면 그날 기분이 어땠는지 알 수 있을 정도였다. 그래서 슬럼프에 빠질 수밖에 없었던 것이기도 했다. 제 감정을 겉으로 드러내길 거부했었으니까. 그런데 달라졌다. 음악을 듣는 내내 느껴졌다. 사랑에 빠진 여자의 마음이.

"그렇게 좋아?"

뭐가 잘못된 거지? 혼잣말을 중얼거리던 장미가 에릭을 쳐다보았다.

"무슨 말이야?"

"파인 대표. 이런 곡을 만들 만큼 좋은 거냐고."

장미의 얼굴이 순식간에 확 달아올랐다. 정신없이 눈을 깜박이던 그녀가 흠흠, 헛기침을 하더니 오리발을 내밀었다.

"좋기는 뭐가 좋아."

"내 동생은 거짓말을 못해."

뜨끔했는지 헛기침에 손부채질이 더해졌다. 오랜만에 보는 동생의 귀여운 모습을 오랫동안 감상하고 싶었지만 에릭은 욕심을 접었다.

"곡도 거짓말을 못하지. 그래서 스윗해. 타이틀곡으로는 약하고."

장미가 완성한 곡은 나쁘지 않았다. 아니, 상당히 좋았다. 사랑을 고백하는 가사를 넣으면 누구에게든 큐피트가 찾아갈 것 같은 곡이었다. 하지만 컴백을 앞둔 'pine'의 타이틀곡으로는 어울리지 않았다. 굳이 어울리는 가수를 찾자면, 첫사랑을 시작할 것 같은 풋풋함이 느껴지는 그런 가수여야 할 것 같았다.

"곡은 좋아. 슬럼프, 끝난 것 같은데?"

환하게 웃어 보이는 에릭을 보며 장미도 미소를 머금었다. 그녀도 알고 있었다. 드디어 슬럼프에서 벗어났음을.

서준에 의해 오기와 의지를 다지며 슬럼프에서 벗어나려 발버둥 쳤지만 쉽지는 않았다. 그간 만들다가 버린 곡들이 셀 수도 없었다. 방금 에릭에게 들려준 곡은 슬럼프 이후 처음으로 끝까지 완성한 곡이었다. 비록 'pine'의 타이틀곡으로는 못 쓰겠다는 결론이 나긴 했지만.

"계속 해봐야지, 뭐."

짜증내거나 우울해하지 않고 다시 힘을 내는 장미를 에릭이 흐뭇한 표정으로 바라보았다.

"오늘은 안 나가?"

부러 능글맞게 물어봤는데 장미는 동요하지 않았다. 그저 단호하게 고개를 저으며 작업할 거라는 대답만 해왔다.

"흐음. 그런데 정말 오빠한테 할 말⋯⋯."

지이잉. 지이잉.

동생과의 오붓한 시간을 방해하는 휴대폰을 주머니에서 꺼낸 에릭의 눈가가 잘게 떨렸다.

micky.

발신자를 확인하자마자 휴대폰을 쥔 손에 바짝 힘이 들어갔다. 손마디가 하얗게 질린 에릭은 서둘러 자리에서 일어섰다.

"어디 가?"

"커피, 가져다줄게."

"어? 나 커피 있는데?"

장미가 머그컵을 들고 몸을 돌렸을 때는 이미 에릭이 작업실 문을 닫고 나간 후였다.

"왜 저러지?"

급한 볼일이라도 생긴 사람처럼 후다닥 나가 버린 에릭 때문에 장미의 미간에 금이 그어졌다. 하지만 고개를 털어낸 그녀는 이내 작업에 몰두했다.

하루 종일 작업실에 콕 박혀 있던 장미는 서준의 연락은 물론 미국의 친구들에게서 걸려온 전화를 받지 못했다. 샤워를 하고 나와 휴대폰에 찍힌 부재중 전화 목록을 살핀 장미가 고개를 갸웃했다.

"일어나서 전화해 봐야겠네."

단순한 안부 전화려니 생각한 그녀는 서준이 마지막으로 남긴 카톡 메시지를 읽었다.

「보고 싶다.」

짧디짧은 문장 하나에 심장이 간질거렸다. 주책없이 자꾸만 웃음이 나온다. 연애 처음 해보는 사람마냥.

시간을 확인한 장미는 크게 숨을 들이마시고 손가락을 움직였다. 그가 자고 있을 시간이라는 건 알지만 자신이 받은 행복을 나누고 싶은 마음을 참을 수가 없었다.

서준에게 메시지를 보내고 부끄러움에 몸을 떨던 장미는 행복에 겨운 얼굴로 잠이 들었다.

「me too.」

11

　파인 엔터테인먼트 앞. 회의가 길어진다며 회사로 와달라던 서준 때문에 다시 찾은 곳은 새로 지은 건물처럼 빛나고 있었다. 기억과 다르지 않은 건물 앞에 선 장미는 고개를 뒤로 젖혀 최상층을 올려다보았다.

　제대로 얼굴을 보는 게 얼마 만인지 모른다. 서준은 늘 바빴고 장미도 곡 마무리 작업 중이라 잠잘 시간도 모자랐다. 며칠 전, 쉬라는데도 기어이 집 앞으로 찾아왔던 그는 30분도 안 되어 돌아갔었다. 얼굴만 보고 돌아가야 할 만큼 시간적 여유가 없었던 것이다.

　서준을 남자로만 보아서일까? 최근에는 깊게 생각해 보지 않았던 그의 위치가 회사 건물 앞에 서 있으니 새삼 크게 다가온다.

　멍하니 파인 엔터테인먼트의 심플한 로고를 바라보던 장미의 미간이 바싹 좁아졌다. 그간 서준의 밀어붙임과 작업, 그리고 용기를 내어 시작한 연애 때문에 잊고 있었던 중요한 일이 떠오른 탓이었다.

……사진!

그녀는 스스로를 향해 혀를 차며 고개를 저었다. 지구상에서 없애 버려야 할 사진을 까맣게 잊고 있었던 게 어이가 없다.

그날 이후 적지 않은 시간이 흘렀지만 그녀나 서준이나 사진에 대해서는 대화를 한 적이 없었다. 그래서 장미는 확신했다. 그가 사진을 지웠을 리 없다고.

놀라울 만큼 젠틀한 서준이었지만 그렇다고 짓궂지 않다는 뜻은 아니었다. 종종 자신이 당황하거나 놀라는 모습을 보는 게 인생의 낙인 사람처럼 보일 때가 있었으니까.

삭제해 달라고 요청하지 않았으니 삭제하지 않았을 것이다. 장난치는 걸 좋아하는 서준이니까 그러고도 남았다.

오늘은 무슨 일이 있어도 지우고야 말겠어.

민망한 사진이 머릿속을 채우자 얼굴이 화끈거렸다. 하지만 다부지게 주먹을 말아 쥔 장미는 은빛의 인터폰 화면에 얼굴을 가져다 댔다.

건물 주변에 삼삼오오 모여 있는 여학생들이 넌 뭐냐고 묻는 듯한 매서운 눈빛을 쏘아댔다. 하지만 학생들에게는 절대 열리지 않던 문은 그들을 비웃기라도 하는 듯 장미가 입술을 떼기도 전에 스르륵 열렸다.

"안녕하세요. R&E 한장미님, 맞으시죠?"

인포메이션 직원의 미소를 마주한 장미가 고개를 끄덕였다. 예쓰장하게 생긴 직원은 친절하게도 엘리베이터가 있는 곳까지 그녀와 동행해 주었다.

"12층으로 올라가시면 됩니다."

고맙다는 말을 하곤 곧장 엘리베이터에 오른 장미는 숨을 골랐다. 처음 온 곳도 아닌데 괜히 어색하고 이유 없이 손바닥이 축축해졌다.

엘리베이터가 멈추는 것과 동시에 도착을 알리는 소리에 화들짝 놀랐던 장미는 피식 웃어버렸다. 어디 잡아먹히러 온 것도 아닌데 왜 이리 소심하게 굴게 되는 건지.

대표실이 위치한 공간. 반투명한 유리문을 밀어젖히자 서준의 비서가 그녀를 맞이했다.

"대표님께 말씀 들었어요. 회의가 끝날 때까지 안에서 편하게 기다려 주시면 됩니다."

"아, 네."

"음료는 어떤 걸로 드릴까요?"

"따뜻한 커피로 주세요."

"알겠습니다."

비서는 안에 들어가 있으라는 듯 팔을 뻗어 대표실 문을 가리켰다. 어색한 미소를 지으며 쭈뼛거리던 장미는 청바지에 손바닥을 문질러 땀을 닦아냈다. 주인 없는 방에 들어가려니 묘한 긴장감이 밀려왔다. 어쩐지 어렸을 적, 친구와 싸우고 교장실에 불려갔을 때와 비슷한 기분이었다.

비서가 테이블 위에 커피 잔을 내려놓고 나갈 때까지 장미는 긴장을 풀지 못했다. 그녀는 문이 닫히는 소리가 들렸을 때에야 한숨을 내쉬고 푹신한 소파에 몸을 묻었다.

장미는 따뜻한 커피를 입안에 머금었다. 서준이 커피에 신경을 쓰는 모양인지 향이 그윽한 커피는 맛도 고소했다.

향을 즐기며 커피를 마시고 있는데 트렌치코트 주머니에서 휴대폰이 진동했다. 휴대폰을 꺼내어 본 장미는 눈을 가늘게 떴다.

부르르 진동하는 휴대폰을 빤히 쳐다보던 장미는 전화를 받지 않고 도로 주머니에 집어넣었다.

얼마 전부터 께름칙할 만큼 미국에서 전화가 걸려오고 있었다. 동료들과 친구들이 번갈아가며 전화를 해대는데 반가웠지만 말로 설명할 수 없는 찝찝함을 떨쳐 낼 수가 없었다. 몇 번인가 전화를 받았을 때 그들은 장미의 안부만 묻고 통화를 끝냈다. 뭔가 할 말이 남은 것 같은데 말하지 못하고 끊는 듯한 느낌이 들었지만 굳이 캐묻지 않았다. 들어서 기분 좋을 말이 아닐 것 같아서.

부모님도 잘 지내고 있냐며 전화를 걸어왔고 언제부턴가 에릭의 표정과 행동에도 미세한 변화가 생겼다.

발끝을 타고 올라오는 불안. 조금씩 심장이 뛰는 속도가 빨라지고 속눈썹이 파르르 떨린다. 그녀의 휴대폰은 그때까지도 주머니 속에서 제 몸을 떨고 있었다. 대학 시절부터 함께 같은 길을 걸어온 친구이자 동료의 전화. 들어서 좋을 게 없는 소식을 전할 것 같은 전화를 받을까, 말까 망설이는 사이 진동이 멈췄다.

"후우."

장미는 참았던 숨을 길게 내뱉었다. 외면하고 모른 척한다고 해서 해결될 문제가 아니라는 것 정도는 알고 있었다. 다만.

……조금만 더.

앙다물고 있는 입술에 자잘한 떨림이 머물렀다. 언젠가는 직면해야 할 문제지만 지금은 마냥 행복하고 싶었다. 그렇게 '그 사람'에 대한 소식을 듣고도 담담해질 수 있는 힘을 키우고 싶었다. 그 사람에게 남아 있는 감정은 없었다. 단지 그녀의 영혼에 새겨진 수많은 생채기가 전부 아물지 않았기 때문에 약간의 시간이 필요할 뿐이었다.

분명히 무슨 일이 일어나고 있었다. 걸려오는 전화를 받지 않더라도 알 수 있는 방법은 많았다. 워낙 유명한 사람이니까. 하지만 장미는 때를 기다리기로 했다. 휘몰아치는 강풍에도 흔들리지 않을 때를.

"손님이 계셔서 안 돼요."

힘겹게 마음을 가라앉히고 있는데 문밖에서 다급한 음성이 들려왔다.

"그럼 인사라도 하죠, 뭐."

웃음기 가득한 남자의 음성과 안 된다고 만류하는 비서의 말다툼에 장미는 본능적으로 몸을 틀었다. 이내 확 문이 열리고 낯익은 얼굴의 남자가 그녀의 시야에 들어왔다.

"어……. 모르는 분이네."

장미를 보곤 민망한지 이마를 긁적이는 남자의 뒤에서 비서는 울상을 하고 있었다. 제가 안 된다고 했잖아요, 하고 남자를 책망하는 말도 들렸다.

예의 있는 사람으로 봤는데. 아닌 모양이네.

남자를 알고 있는 장미는 몸을 일으켜 비서를 쳐다보았다.

"괜찮아요. 어차피 만났어야 할 분이니까."

장미의 말에 수긍하는 비서와 달리 남자는 어리둥절한 표정이었다. 장미에게 죄송하다며 허리를 숙인 비서가 문을 닫자 남자는 눈을 끔벅이며 그녀를 쳐다보았다. 그녀가 누구일지 도통 감이 안 잡히는 눈치였다. 당연한 일이었다. 장미는 얼굴이 팔린 사람이 아니었으니.

"죄송하지만, 처음 뵙네요."

공기 중에 떠도는 어색함이 싫었던지 남자가 빙긋이 미소를 지었다. 그 미소를 코앞에서 보게 된 장미는 저도 모르게 살포시 웃고 말았다. 이 남자가 웃으면 여자들이 뒤로 넘어가는 이유를 알 것 같아서.

왜 웃냐는 듯 고개를 비스듬하게 기울이는 남자 때문에 장미는 헛기침으로 웃음을 잠재웠다. 그리고 남자에게로 손을 내밀어 악수를 청했다.

"R&E의 한장미, 로즈 한이에요."

남자, 이현의 눈이 더 이상 커질 수 없을 만큼 커다래졌다.

회의를 마치고 나온 서준의 걸음이 더할 수 없이 빨랐다. 직원들이 돌아다니는 곳이라 뛸 수가 없다는 것이 통탄스러울 지경이었다.

"뭐가 그렇게 급하십니까?"

장미가 대표실에 와 있다는 사실을 모르는 태평이 눈치 없이 서준의 심기를 툭툭 건드렸다. 조금 전까지만 해도 회의실에서 독설을 날리던 대표님의 모습 같은 건 기억나지 않는다는 듯.

태평의 말을 무시한 서준은 초조하게 엘리베이터를 기다렸다.

예상과는 다르게 회의가 짜증이 폭발할 정도로 길어져 버렸다. 1분 1초가 아쉬워서 돌아가시기 직전이건만.

서준은 손목에 찬 시계로 시간을 확인했다. 오랜만의 데이트를 위해 예약해 놓은 레스토랑에 가는 건 진즉 불가능해졌다. 예매해 놓은 영화를 보는 건 가능하겠지만 영화 보자고 그녀를 굶길 수는 없는 일이고. 팝콘이나 햄버거로 배를 채우는 것도 방법이 있었지만 그런 걸 먹이기는 싫다.

기쁘게 준비했던 데이트 계획이 완벽하게 어긋나 버린 바람에 서준의 표정은 정말이지 무시무시했다.

"카페에서 샌드위치라도 사다……."

"됐고, 나 퇴근한다."

단박에 말이 잘린 태평의 눈이 휘둥그레졌다. 회의는 끝났다지만 아직 처리해야 할 일들이 산더민데 퇴근이라니!

"안 됩니다! 일하셔야죠!"

"할 만큼 했어."

"이건 직무유깁니다. 아십니까?"

"직무유기는 최 실장이 했지."

당당했던 태평은 서준의 서늘한 음성과 눈빛에 어깨를 움츠렸다.

"무슨 말씀이신지 모르……."

"몰라? 모른다? 모르는 거 확실해?"

슬그머니 서준의 시선을 피한 태평은 입을 꾹 다물었다. 서준이 화를 내고 윽박질러도 할 말이 없기 때문이었다.

급하게 잡힌 회의는 엉망진창이었다. 있어야 할 자료가 없어서 찾으러 다니질 않나, 누구는 중요한 파일이 들어 있는 USB를 못 찾겠다고 하질 않나. 더군다나 제이크 브라운과 접촉하라는 임무를 맡았던 태평은 아직까지 얻어낸 성과가 없었다.

막장이라고 부를 만한 회의 진행에 태평도 당황스러운 표정을 감추지 못했었다. 필요하다 여겨 회의를 잡은 사람이 그였으니까. 그러니 늘 당당하게 깐족거리던 태평이라도 이번만큼은 합죽이가 될 수밖에.

"최 실장이 일을 제대로 안 한 덕분에 내가 시간을 버렸어. 이거, 업무 능력 상실 아닌가?"

"……죄송합니다."

허리를 숙인 태평에게로 향한 서준의 눈빛은 차가웠다. 아버지가 아끼고 서준도 아끼는 태평이지만 공은 공이고 사는 사다.

요즘 태평은 나사 하나가 빠진 사람처럼 굴고 있었다. 눈곱만큼 작은 나사라 다른 사람들 눈에는 보이지 않겠지만 서준의 눈에는 보였다.

예전처럼 빠릿빠릿하게 일 잘하던 최 실장이었다면 조금 전에 끝난, 기가 막히고 코가 막히는 회의 같은 건 있을 수 없는 일이었다.

태평의 나사가 헐거워진 이유를 알고 있었다. 그렇게 될 정도로 많은 일을 안겼으니까. 태평에게 휴식을 주어야 된다는 것도 알지만 아직은 그가 해주어야 할 일들이 많았다. 그래서 서준은 풀어진 나사를 조였다.

"정신 사나우면 자리 차지하고 있지 말고 집에나 가."

고저 없는 음성으로 퍼부어지는 질책에 태평은 단호하게 고개를 저었다.

"아닙니다. 죄송합니다."

태평을 뒤에 남겨둔 서준은 그대로 걸음을 옮겼다. 애초부터 오늘 할 일은 곧 죽어도 오늘 안에 해내고야 마는 그였지만 상황이 변했다. 오늘 할 일을 내일로 미룬다고 지구가 멸망하지는 않는다. 하지만 장미가 기다림에 지쳐 집에 가버렸을지도 모른다는 생각만으로도 그의 세상은 멸망하고 있었다.

1초라도 빨리 보고 싶어서, 1분이라도 더 같이 있고 싶어서 회사로 와달라고 부탁까지 했는데 이런 변수가 생길 줄이야.

무섭게 얼굴을 구긴 채로 뛰다시피 걷던 서준은 온갖 역경을 딛고 최상층에 다다랐다. 그가 유리문을 밀자 발딱 일어난 비서가 입술을 달싹거렸다.

"안에……."

서준은 비서의 말을 끝까지 듣지 못했다. 아니, 들을 시간이 없었다. 그래서 자신의 공간, 대표실의 문을 성급하게 열어젖혔다. 그리고 그는 보았다. 짐승남 이현이 덩치만 커다란 강아지로 변해 있는 현장을.

"맞아요! 그 부분이요! 제가 제일 좋아하는 부분이에요."

"그래요?"

"R&E의 곡은 한 곡도 빼놓지 않고 전부 좋아하지만 특히 그 노래의 전주 부분이 좋아요. 어떻게 설명해야 되지? 곡이 시작하자마자 녹아내린다고 해야 하나?"

"녹아내려요? 호호!"

두 사람은 서준의 등장에도 대화를 끊지 않았다. 그의 존재 따위 관심 없다는 듯. 더군다나 장미는 까르르 웃음까지 터뜨리고 있었다. 이현은 그녀가 웃을 때마다 좋아서 미치겠다는 표정으로 얼굴을 붉게 물들였고.

이게, 대체, 무슨.

멋스러운 빈티지 진 주머니에 손을 넣은 서준이 문가에 기대어 섰다. 불량하고 삐딱한 자세처럼 그의 마음도 빠른 속도로 비뚤어지기 시작했다.

정답게 이야기를 나누고 있는 장미와 이현을 보면서 밀려드는 감정을 어떻게 표현해야 좋을까. 자신의 여자를 향해 무한한 애정을 표출하고 있는 이현과 그와 마주 보고 예쁘게 웃고 있는 제 여자 때문에 서준은 급격하게 불쾌해지고 있었다.

아무리 친동생처럼 여기는 이현이라 해도, 한장미가 무슨 짓을 하든 사랑스러워 보인다고 해도 이건 아니지 않나? 어떻게 대표, 애인이 나타났는데 아는 척도 안 할 수가 있단 말인가.

두 사람을 지켜보고 있던 서준의 눈매가 매서워졌다. 초반, 저한테는 냉정하기 그지없었던 장미가 일면식도 없었던 이현에게는 봄바람마냥 굴고 있었다. 이해할 수 없는 일은 아니었다. 이현을 만나는 사람들의 대부분이 비슷한 반응을 보였으니.

누구에게나 사근사근하고 친밀감 있게 행동하는 이현의 성격이 오늘만큼 언짢게 느껴졌던 적이 없었다. 솔직히 말하면 낯가리고 숫기 없는 다른 멤버들의 부족한 부분을 채워주었던 이현에게 고마웠다. 하지만 오늘, 지금 이 순간은 아니다.

"여기."

참다, 참다 폭발한 서준이 입술을 떼자 이현과 장미의 웃음소리가 멈췄다.

"오셨어요?"

……왔지. 한참 전에.

서준은 불쾌한 기색을 비치지 않으려 애를 썼다. 그의 노력이
빛을 발했던지 이현이 다급하게 말을 이었다.

"그런데 형, 아니, 대표님! 작곡가님하고 친한 사이라는 거 왜
말 안 해줬어요?"

말했어야 하나? 왜?

서준은 서운하다는 듯 눈꼬리를 내리는 이현을 일별하고 장미
에게로 시선을 옮겼다. 그녀는 의뭉스러운 표정으로 알 수 없는
미소만 짓고 있었다.

"내가 팬이라는 말도 안 전해줬다면서요?"

"음."

서준은 말을 아꼈다. 잘못 입을 열었다간 우스운 꼴을 자처하게
될 것 같아서.

"괜찮아요. 이제 아셨으니까."

이현의 얼굴에 웃음꽃이 만발해 있었다. 장미 역시 이현을 보며
내내 웃는 얼굴이었다. 그럴수록 서준의 불쾌함은 무게를 더해갔
다.

"식사하러 가신다면서요? 저도 같이 가도 돼요?"

순진무구한 얼굴로 방글방글 웃어대는 이현에게 서준과 장미가
동시에 대답해 주었다.

"그래요."

"안 돼."

느릿하게 눈을 깜박인 이현이 서준을 쳐다보았다. 작곡가님이 그러라는데 왜 형이 반대를 하느냐고 묻는 눈빛에 서준은 쯧! 혀를 찼다.

"데이트야. 어딜 껴."

서준의 말 한마디에 세 사람 사이에 정적이 내려앉았다. 장미도 놀랐지만 가장 놀란 사람은 이현이었다.

서준과 장미를 쳐다보느라 이현의 고개와 눈동자가 바쁘게 움직였다. 조금은 어벙해 보이는 이현의 모습에 장미의 눈시울이 크게 휘었다.

"풋!"

유쾌하게 웃음을 터뜨리는 장미와는 달리 눈썹을 세운 서준이 이현에게 다가갔다.

"가라."

정신을 차리지 못한 이현은 어버버거리다가 결국 서준에게 뒤통수를 맞고 나서야 비틀거리며 일어섰다.

이현은 느리게 눈을 감았다 뜨며 서준의 얼굴을 찬찬히 뜯어보았다. 혹시 이서준을 기가 막히게 닮은 다른 사람인가 싶어서. 하지만 보고 또 봐도 서준, 그가 형이라 부르는 사람이 맞다.

그럼, 꿈인가?

이현의 눈썹이 꿈틀거렸다. 꿈에서도 이런 장면은 나오지 않을 줄 알았다. 대표님, 서준 형은 이런 사람이 아니었다.

서준은 대표로서 완벽하고 남자로서는 설명이 불필요할 만큼 매력적이었다. 하지만 만나는 여자들에게 예의는 갖추되 넘치게 다정하지는 않았고 집착이나 소유욕 같은 건 그에게 존재하지 않는 감정이었다.

더군다나 질투? 서준은 질투의 대상이 되어왔던 사람이다. 모르긴 몰라도 질투 같은 건 해본 적이 없을 것이다. 그런 이서준이 지금 질투라는 걸 하고 있는 것처럼 보였다. 다른 사람도 아닌 그를 형으로 부르는 자신, 정이현에게.

내가 오래 산 것도 아닌데 뭐 이런 일이.

복잡한 감정들이 휘몰아치는데 자신을 쳐다보는 서준의 시선은 점점 더 험악해지기만 했다. 질투, 확실하다.

"가."

마뜩찮다는 눈빛으로 이현을 노려본 서준이 그의 등을 툭, 힘을 주어 밀었다.

"이현 씨, 다음에 봐요."

장미가 소파에 앉은 채로 가볍게 손을 들어 흔들어 보였다. 할 말도 많고 물어볼 것도 많지만 더 버틸 용기가 없는 이현이 장미를 향해 고개를 꾸벅 숙였다. 그리고 굳은 얼굴로 서준을 쳐다보았다. 하지만 그에게 돌아온 건 귀찮다는 듯 휘휘 저어지는 손짓뿐이었다.

이현이 미련이 뚝뚝 떨어지는 걸음으로 대표실에서 나가자 서준은 눈 한 번 깜박이지 않고 장미를 응시했다.

순진무구한 눈망울로 자신을 올려다보는 장미를 보면서 서준은 혼란에 빠졌다. 도대체 그 수많았던 날카로운 가시들은 어디로 사라졌단 말인가. 그의 눈앞에 앉아 있는 사람은 확실히 한장미였는데 그녀의 트레이드 마크였던 가시들이 보이질 않았다.

물론 가시가 없다고 해서 그녀에 대한 마음이 변하는 건 아니었다.

아니지. 변했지. 그것도 아주 많이.

서준은 신음을 삼켰다. 시간이 지날수록 주체할 수 없을 만큼 커져 가는 감정이 무서울 정도였다. 그녀의 앞에 무릎을 꿇고서 사랑 고백을 하게 된다고 해도 이상할 것 같지가 않았다.

"왜 그렇게 봐요?"

어떻게 된 게 볼 때마다 더 예뻐지는 여자는 그의 마음을 모른다. 얼마나 깊은지, 얼마나 애가 타는지.

고개를 갸웃하던 장미가 일어서서 서준의 앞에 섰다. 그녀에게서 불어오는 장미향에 서준의 미간이 잔뜩 좁아졌다.

"아까부터 왜……."

서준의 입술이 장미의 말을 가로챘다. 순식간에 그의 품으로 잡아당겨진 장미가 미약하게 반항을 해보지만 오래가지 못했다. 그녀에게는 자신의 입술을 뜨겁게 누르는 서준을 거부할 힘이 없었다.

어차피 그녀가 자초한 일이었다. 서준이 보고 있다는 걸 빤히 알면서도 부러 더 이현에게 다정하게 굴었으니까.

사랑받고 있는지 확인하고픈 마음에 어린아이처럼 굴었다. 서준의 키스는 자신의 행동에 대한 달콤한 대가. 서준의 가슴을 밀어내던 장미는 그의 허리에 살며시 팔을 감았다.

장미의 얼굴을 감싼 서준은 그녀의 보드라운 입술을 욕심껏 머금었다. 그저 그것뿐이었는데도 눈앞이 하얘지고 머리가 울린다.

촉촉하고 따스한 공간으로 침입한 서준의 혀가 거침없이 움직였다. 수줍은 듯 주춤거리는 그녀의 혀를 잡아 제게로 끌어오고 입안 연한 속살을 훑으며 맛보았다.

도톰한 아랫입술을 깨물자 장미가 흠칫하며 몸을 뒤로 뺐다. 하지만 서준은 그녀의 허리를 끌어당겨 제 몸에 바싹 붙였다.

제어가 되질 않는다. 뜨거워진 몸이 그녀를 원하고 있었다. 그녀의 입술을 탐하기 시작했을 때부터 힘이 들어간 하체가 뻐근했다.

서준이 장미의 하얀 목덜미에 입술을 묻었다. 온몸의 혈관으로 스며드는 그녀의 체취에 정신이 몽롱해진다.

"서…… 준 씨."

가느다랗게 떨리는 음성에 서준은 여린 몸을 힘껏 끌어안았다. 멈추어야 하는 것을 알기에.

"5분만."

서준은 장미를 안고 숨을 가다듬었다. 그러자 슬그머니 돌아온 이성이 그를 비웃는다. 사춘기 소년도 아니고 회사에서 뭐 하는 짓이냐고.

맹세컨대 사적으로 만나던 여자를 회사로 들인 적이 없었다. 충동을 조절하지 못했던 적? 절대로 없다. 혈기 왕성한 20대 초반에도 무모하게 행동하지 않았다. 그런데 지금은 제 몸 하나 컨트롤하는 것도 어렵다. 모든 것이 한장미, 그녀로 인해 일어난 변화였다.

5분이 훌쩍 넘어서야 서준은 제 품에서 장미를 살짝 떼어놓았다. 상기된 얼굴로 자신을 바라보고 있는 여자는 끔찍하게 사랑스러웠지만 그는 짐짓 엄한 표정을 지어 보였다.

"근육 있는 남자가 좋은가?"

황당한 질문에 장미가 눈을 깜박이자 서준이 눈살을 찌푸렸다.

"아니면, 당신도 잘생긴 남자가 좋은 건가?"

근육 있는 잘생긴 남자가 누구를 뜻하는지 알아챈 장미는 웃음을 숨겼다.

"좋죠. 근육 있고 잘생긴 남자가 싫으면 이상한 거죠."

"그래서 그렇게 웃어준 거야?"

"나도 모르게 그만."

"뭐?"

기가 막힌 지 서준의 이마에 실금이 그어졌다. 쿡쿡, 웃음을 터뜨린 장미는 서준의 넓은 가슴에 이마를 대었다.

"팬들이 애인인 사람한테는 관심 없어요."

장미의 나긋한 어투에 서준의 이마에 그려졌던 실금이 감쪽같이 사라져 버렸다.

"보고, 싶었어요."

떨리는 음성으로 건네는 고백에 서준은 그만 히죽 웃어버리고 말았다. 여자의 마음이 갈대라는데 남자의 마음도 썩 다를 게 없었다. 그녀의 말 한마디에 감정이 수백 번도 더 변하는 걸 보면.

장미를 안은 채로 손목시계를 쳐다봤던 서준이 소리 없이 혀를 찼다. 저녁을 먹었어도 몇 번은 먹었을 시간이었다.

"맛있는 거 먹자."

서둘러 휴대폰과 재킷을 챙긴 서준을 보며 장미가 입꼬리를 끌어 올렸다.

"나 먹고 싶은 거 있는데."

"내 애인께서 뭐가 드시고 싶을까?"

다정하게 장미의 손을 잡은 서준은 그녀의 대답에 차마 웃을 수가 없었다.

"우리 장어 먹으러 가요."

이건 힘 쓸 일을 만들라는 뜻인가, 단순히 장어가 먹고 싶다는 뜻인가. 서준은 또다시 혼란에 빠졌다.

"그런데요."

알맞게 익은 장어에 잘게 썰린 생강을 올리던 서준이 장미를 쳐다보았다.

"사진 지웠어요?"

"사진?"

고개를 비스듬하게 기울이는 서준은 조금도 기억이 안 나는 듯한 표정이었다. 기억도 안 나는 사진을 지웠을 리가 없다는 판단 아래 장미는 입술을 뾰로통하게 내밀었다.

"내기 때 찍힌 거요."

"아아, 그거."

피식 실소를 흘리는 서준 때문에 장미의 얼굴이 불그스름해졌다. 정말이지 떠올릴 때마다 민망한 사진이었다. 아직도 동네 바보 언니마냥 배를 긁고 있던 제 모습이 눈에 선하다. 만취 상태였다지만 낯선 남자가 두 명이나 있었는데 어떻게 그럴 수 있었는지. 지금까지도 이해 불가능한 일이었다.

"지웠어요?"

재차 묻는 장미에게 서준은 고개를 저어 보였다.

"약속했잖아요. 계약하면 지워준다고."

"최 실장은 지웠어."

최 실장은 지웠다니. 서준에겐 사진이 남아 있다는 말과 다를 게 없었다. 안 지웠을 거라고 예상은 했었지만 진짜 사진이 남아 있다는 사실을 확인하자 묘한 배신감이 밀려왔다. 그 사진을 가지고 있어서 좋을 게 뭐냔 말이다. 자기 애인이 그런 험한 꼴로 사진이 찍혔으면 알아서 먼저 지워주지는 못할망정.

"지워요."

눈을 세모꼴로 만든 장미는 당당하게 요구했다. 원래 지켜야 하는 약속이니 부탁할 이유가 없었다.

"안 돼."

거부하는 서준 역시 당당했다. 싫다는 것도 아니고 안 된단다. 장미는 말문이 턱 막혀 버렸다.

"안 돼요? 왜? 뭐가?"

물로 입술을 축인 서준은 장미를 물끄러미 바라보았다. 그것도 모르냐는 눈빛으로. 그러다 절대 기분 나쁠 수 없는 이유를 가져다 댔다.

"우리 추억이니까."

장미의 눈에서 힘이 풀렸다. 저런 말을 하는데 계속 화를 낼 수 있을 리가.

서준의 말에 기분이 조금 나아지긴 했지만 그런 추억은 싫었다. 세상 어떤 여자가 자기가 엉망으로 찍힌 사진을 보며 예쁜 추억이라고 좋아하겠는가.

"그래도……."

"당신은 싫겠지만 나한테는 소중한 추억이야."

추억에 소중함까지 더해졌다. 더는 말도 못 붙이게 해버린 것이다. 말로는 그를 이길 수 없다는 걸 잘 알고 있음에도 불구하고 매번 덤비게 되니 스스로를 되돌아보게 된다.

내가 좀, 모자란가?

서준은 입술을 붙였다가, 또 한참 뒤에 열었다가, 그러다 다시 입을 다물고 마는 장미를 보며 터져 나오려는 웃음을 참았다.

사진이 추억이라 지우지 못한다는 주장은 진심이었다. 다만 일이 너무 힘들거나 컨디션이 좋지 않을 때 그 사진을 보며 즐거워한다는 걸 말하지 않았을 뿐이다.

장미를 바라보는 서준의 눈에 애정이 그득했다. 그녀는 항의할 생각을 버렸는지 장어를 오물오물 예쁘게도 먹고 있었다.

닭발에 눈이 돌아가던 에릭이 신기했었는데 어떤 음식이든 가리지 않고 잘 먹는 그녀도 독특하긴 마찬가지였다. 그나마 장미는 한국인이라 에릭보다는 수긍이 쉽다는 게 다른 점이랄까.

급하게 먹다가 체할까 싶어 장미의 컵에 물을 따라주던 서준의 얼굴이 순식간에 굳어졌다.

"이서준이."

어디서 많이 듣던, 이 자리에서는 절대 듣고 싶지 않은 음성. 그는 뻣뻣해진 고개를 힘겹게 돌려 제 옆에 서 있는 인물을 바라보았다.

"괘씸한 자식. 내가 장어 먹고 싶다고 노래를 부를 때는 들은 척도 안 하더니만."

서준을 향해 얼굴을 구기고 있는 남자는 무지막지하게 험상궂어 보였다. 흰머리가 희끗희끗한 노년의 신사였지만 분위기와 풍채가 남달라 식당 손님들의 시선을 끌었다.

남자의 출연에 서준은 괜히 여기에 왔다고 후회를 곱씹는 게 다였지만 장미는 달랐다. 그녀는 완벽하게 얼어 있었다. 이유인즉슨.

"아버지."

그렇다. 갑자기 나타난 인물이 서준의 아버지, 이강진이기 때문이었다.

"요즘 만나는 아가씨냐?"

"아버지!"

자리에서 벌떡 일어난 서준이 강진의 팔뚝을 세게 붙잡았다. 요즘이라니. 시도 때도 없이 여자를 갈아치우는 남자로 오해하기에 딱 적당한 발언 아닌가.

"처음 뵙겠습니다."

서준을 따라 급하게 일어선 장미가 꾸벅 허리를 숙였다. 너무 놀라고 당황해서 등허리에 땀이 고일 지경이었다. 하지만 어찌어찌 미소 비슷한 것을 만들어내는 데는 성공했다.

"아가씨는 이름이 어떻게 되나?"

서준에게서 확 몸을 틀어버린 강진이 장미를 보며 씨익 미소를 지었다. 하지만 장미의 눈에는 그저 무서운 아버님으로만 비춰졌다. 애석하게도 강진은 웃는 얼굴조차 썩 온화해 보이지 않았다.

"한장미라고 합니다."

"뭐 하는 사람인고?"

"작곡가로 일하고 있습니다."

"오호, 작곡을 하신다."

뒷짐을 지고 서 있던 강진의 시선이 서준에게로 향했다. 아들을 노려보는 아버지의 눈빛은 '이젠 하다 하다 업계 사람까지 건드리냐.'고 묻고 있었다.

"아버지, 식사 다 하신 거 아닙니까?"

서준이 불퉁거리자 강진의 미소가 진해졌다. 장미에게는 참으로 섬뜩하게 보이는 미소였다.

"다 했지."

"저희는 아직 하는 중입니다."

"그래서?"

"일행이 있으신 것 같던데요."

"먼저 나가 있으라고 했다."

"기다리고 있을 텐데요."

"내가 제일 위다."

부자간의 신경전에 장미는 입안이 바싹바싹 말랐다. 얼른 가시라고 등 떠미는 서준을 보고 있는 것도 불편했고 안 가겠다고 버티는 강진을 어떻게 대해야 할지도 알 수가 없었다.

"식사하는 데 불편합……."

"그래, 우리 이 대표하고 만난 지는 얼마나 되셨는가?"

서준의 말을 깨끗하게 무시한 강진이 장미에게 질문을 던졌다.

장미는 이 상황이 마음에 들지 않는다는 심정을 표정으로 보여주고 있는 서준을 힐끗 쳐다보았다. 그리고 현재 자신이 할 수 있는 최선을 택했다.

"아버님, 우선 앉으세요."

서준의 옆자리를 가리키며 미소를 짓는 장미의 입가가 미세하게 떨리고 있었다.

"가까운 시일 내에 또 만납시다."

강진이 크게 팔을 흔들어 장미에게 인사를 건넸다. 장미가 어색한 미소로 화답한 것도 잠시, 서준은 강진이 차 뒷좌석에 몸을 싣자마자 서둘러 문을 닫아버렸다. 하지만 창문까지 열어 열심히 손을 흔드는 강진 때문에 장미의 인사도 끝날 줄을 몰랐다.

강진을 태운 차가 멀어지자 그제야 장미는 막혀 있던 숨을 크게 내쉬었다.

"힘들었지?"

서준이 미안함이 얼룩진 얼굴로 장미의 어깨를 끌어안았다. 강진과 술까지 마셔야 했던 그녀가 곧 쓰러질 것처럼 보여서. 그리고 충분히 쓰러질 만했다. 그녀가 술을 잘 마시는 사람이 아니었다면 뻗어도 진즉 뻗었을 것이다.

강진은 소문난 주당이었다. 억지로 술을 마시게 하지는 않았지만 술을 잘하는 사람을 좋아했다. 그게 표가 났는지 장미는 강진이 건네는 술을 넙죽넙죽 잘 받아마셨다. 못 마시는 척 거부했어도 잘못했다고 할 사람은 아무도 없는데.

주는 대로 받아 마신 그녀가 답답했지만 화를 낼 수는 없는 노릇이었다. 그가 장미의 부모님을 만났대도 똑같이 행동했을 테니까.

주차 요원이 차를 가지고 나오길 기다리는데 장미가 비틀거렸다. 긴장이 풀리니 뒤늦게 술이 오르는 모양이었다.

"괜찮아?"

서준이 장미의 허리를 팔로 감아 부축했다. 그녀는 괜찮다며 고개를 끄덕였지만 영 못 미더웠다. 맥주나 소주도 아니고 중식당에서 도수가 높은 술을 연거푸 받아 마셨는데 괜찮을 리가 있나. 더군다나 강진의 앞이었으니 온몸에 힘을 준 채로 술을 마셨을 것이다.

멀쩡한 게 이상한 거지. 쯧!

"쉬었다 갈까?"

곧바로 차에 태우면 안 좋을 것 같아서 물었을 뿐인데 장미에게서 피식, 웃음소리가 새어 나왔다.

"왜."

술기운에 목덜미까지 벌겋게 물든 장미가 고개를 살짝 틀어 서준을 쳐다보았다.

"그거, 너무 쌍팔년도 멘트 아니에요?"

"허! 대체 그런 말은 어디서 배운 거야?"

"헤헤."

곱게 눈을 접은 장미는 연신 웃음을 흘렸다. 그녀가 술에 취한 모습을 제대로 본 적이 없는 서준으로서는 그저 함께 웃을 수밖에 없었다. 그래도 울지 않는 게 다행이었다. 우는 모습도 예뻤겠지만.

다리에 힘이 풀리는지 자꾸만 비틀대는 장미를 차에 태운 서준이 운전석에 올랐다. 강진이 장미를 데려다주라며 그에게 금주를 명한 덕분에 대리기사를 기다릴 이유가 없었다.

시동이 켜진 차 안에서 서준은 망설였다. 그녀의 집으로 갈 것인지, 자신의 집으로 데리고 갈 것인지.

장미는 서준이 채워준 안전벨트를 끌어당기며 계속 몸을 비틀어댔다. 눈살을 찌푸린 채로 숨을 몰아쉬는 것을 보니 속이 불편한 게 분명했다. 차에다 실수를 하는 건 상관없지만 그녀의 집까지 가는 시간이 마음에 걸렸다.

"으음."

인상을 긋는 장미를 빤히 쳐다보던 서준이 액셀을 밟았다. 장미가 최선의 선택을 했듯 이번에는 그의 차례였다.

12

　자신의 침대에 장미를 눕힌 서준은 트렌치코트와 플랫 슈즈를
벗겨주었다. 이불을 덮어주자 뒤척이던 그녀는 편한 자세를 찾았
는지 이내 잠에 빠져들었다.

　장미의 신발을 현관에 가져다 놓고 방으로 돌아간 서준은 그녀
의 얼굴 가까이 귀를 가져다 대었다. 숨소리가 조금 거칠긴 해도
차에 태웠을 때보다는 낫다.

　안심한 서준은 진동으로 돌려놓은 휴대폰과 트레이닝복을 챙겨
거실에 있는 욕실로 들어갔다. 빠른 속도로 샤워를 시작한 그의
단단한 몸으로 따뜻한 물줄기가 쏟아져 내렸다.

　밥 먹을 시간도 없이 바쁜 일상 속에서도 운동은 빼놓지 않았
다. 수영을 하거나 헬스클럽에 갈 만한 여유가 없을 때에는 조깅
으로 대신했다. 그래야 살인적인 스케줄을 감당할 수 있었다.

운동은 체력을 유지하기 위해 하는 것이지 겉모습을 위한 게 아니었다. 하지만 서준의 의도와는 상관없이 보기 좋게 다져진 잔근육들은 그의 몸 구석구석을 차지하고 있었다.

샤워를 마치고 젖은 머리카락을 수건으로 털던 서준이 문득 떠오른 장미의 말에 거울을 쳐다보았다.

안 좋은 건 아니지? 근육이 조금 줄었나?

거울에 비친 자신의 몸을 꼼꼼하게 살펴보던 서준이 고개를 저으며 실소를 흘렸다. 그녀가 장난처럼 내뱉은, 몸 좋은 남자가 좋다는 말 한마디가 이렇게나 신경이 쓰이다니. 남자는 나이가 들수록 단순해진다는 말에 욱했었는데 그 말이 틀리지 않았다. 시간이 지날수록 심각하게 단순해지고 있었으니까.

욕실에서 나와 주방으로 향한 서준은 수납장을 뒤져 보다가 인상을 쓰곤 냉장고 문을 열었다. 하지만 꿀은 아무리 뒤져도 보이질 않고 우유는 오래전에 유통기한이 지나 있었다.

"젠장."

장미가 잠에서 깨어났을 때 마시게 할 수 있는 게 물밖에 없었다. 하긴 집에 꿀이나 유통기한이 지나지 않은 음식이 있을 리 없었다. 그가 술을 마신 다음날에는 물만 들입다 마셔대거나 곧장 해장국 집으로 달려가는 게 정석이었으니.

서준은 허리를 숙여 냉장고 안을 들여다보았다. 집에서 식사를 하는 일이 많지 않아 냉장고는 마냥 깨끗하기만 했다. 도우미 아주머니가 청소 하나는 기똥차게 해놓았다.

이마를 긁적이던 서준은 짧은 고민 끝에 지갑과 휴대폰을 챙겨 집에서 나왔다. 집에서 가까운 편의점을 달리듯 걸어가고 있는데 손에 쥔 휴대폰이 진동했다.

걸음을 멈추고 우뚝 서서 휴대폰을 노려보던 서준은 땅이 꺼져라 한숨을 내쉬었다. 오늘 같은 날은 그냥 넘어가 주면 좋으련만.

전화를 받지 않으면 장미가 오해를 살 수도 있기에 서준은 어쩔 수 없이 휴대폰을 귀에 가져다 댔다.

"네."

[같이 있냐?]

능글맞은 어투에 서준은 이맛살을 구겼다.

"아닙니다."

[집에 데려다줬어?]

"그라라면서요."

[흐음. 그래? 데려다줬다고?]

애매한 대답이 의심스러운지 강진이 재차 물었다.

"네."

데려다줬습니다. 제 집에.

해야 할 말을 꿀꺽 삼킨 서준은 편의점 문을 열고 들어갔다. 꾸벅꾸벅 졸고 있던 청년 알바생이 그를 보곤 눈을 비빈다.

서준은 꿀과 우유를 고르면서 아버지가 던지는 질문들에 건성건성 대답했다. 이미 장미와 술을 마시며 엔간한 호구조사는 끝냈으면서 뭐가 그렇게 궁금한 건지 알 수가 없었다. 자신이 만나는 여자에 대해 이런 호감을 보이는 것도 어쩐지 당혹스러웠다.

서둘러 계산을 끝내고 편의점에서 나온 서준에게 강진이 물었다. 이제까지와는 다른 진지한 음성으로.

[이번에도 가볍게 만나는 거냐?]

서준의 걸음이 느려졌다. 평소 같았으면 가볍게 만나는 게 아니라 쿨하게 만나왔던 거라고 눙쳤을 텐데 입술이 달라붙어 떨어지질 않았다.

모르긴 몰라도 강진은 서준의 결혼을 손꼽아 기다리고 있을 것이다. 하나밖에 없는 귀한 아들이 사랑하는 여자를 만나 행복하게 살아가는 것이 이강진의 마지막 바람이었다. 하지만 그는 서준에게 결혼을 강요할 수 없는 유일한 사람이기도 했다.

강진은 본인 때문에 아들이 여자를 못 믿게 되었다고 자책했다. 어머니 몫까지 훌륭하게 해냈으면서도 완벽을 주지 못한 것에 미안해했다. 그래서 서준은 어떤 여자를 만나던 강진에게 보여주지 않았다. 그건 희망고문일 뿐이라고 여겨왔었으니까. 강진이 알고 있는 서준의 여자들은 기사나 증권가 찌라시에서 본 사람들이 전부였다.

[나는 마음에 들더라.]

조심스럽게 건너오는 말에 서준은 따끔거리는 가슴을 손바닥으로 눌렀다. 아들이 만나는 여자가 마음에 든다는 말을 하는 것도 쉽지 않도록 만들어 버린 게 죄송스러워 마음이 묵직해졌다.

[술도 곧잘 하는 것 같고. 뭐 그래서 마음에 든다는 건 아니다만.]

그 부분이 제일 마음에 들었을 거면서 괜히 말을 돌린다. 흠흠, 헛기침을 하는 강진 때문에 서준의 입술이 곡선을 그렸다.

[가볍게 만나면 안 될 것 같던데.]

"왜요?"

[여려 보여서.]

역시 이강진이었다. 사람 보는 눈이 뛰어나 성공한 사람답게 장미가 겉모습만 강해 보인다는 걸 알아챈 듯했다.

"여려 보이는 스타일은 아닌데요."

서준이 부러 툴툴대며 대꾸하자 강진에게서 혀 차는 소리가 들려왔다.

[네놈은 아직 멀었어. 사람 인상만 보고 판단하지 말라고 귀에 딱지가 앉도록 가르쳤잖냐.]

"장미가 어디를 봐서 여려 보입니까?"

[눈.]

"눈, 이요?"

[너는 네가 만나는 여자 눈도 안 쳐다보냐? 다음에 만나면 한 번 들여다봐라.]

그러겠다고 대답한 서준이 공동 현관의 비밀번호를 누를 때였다.

[그런데, 그, 있잖냐.]

하고 싶은 얘기가 남았는지 강진이 시간을 끌었다.

"말씀하세요."

[내가 그, 한 번, 밥을 같이 먹어도 되겠냐?]

어지간히 마음에 드셨나 보네.

서준은 낮게 쿡쿡, 웃음을 터뜨렸다. 아마 장미는 강진과 함께 식사를 해야 된다는 걸 알게 되는 순간 극도로 긴장할 것이다. 하지만 애써 막고 싶지 않았다. 그녀에게는 미안한 일이지만 서준은 이제야 아버지가 원하는 효도를 하고 있는 기분이었다.

"번호 받아가셨잖아요. 물어보세요."

[그래도, 돼?]

이렇게까지 얘기했는데도 강진은 전혀 감을 못 잡은 눈치였다. 사람 보는 눈은 있으면서 왜 아들 마음은 못 읽어내시는지.

현관문을 열고 들어간 서준의 눈에 장미의 신발이 보였다. 무의식적으로 미소를 지은 그는 아버지를 안심시켜 드렸다.

"가볍게 만나는 거 아닙니다. 그러니까 물어보세요."

[어, 어, 그래. 알았다. 쉬어라.]

예상하지 못한 고백에 놀란 건지, 들을 일 없을 거라 여긴 말을 들어 믿기지 않는 건지는 모르겠지만 강진은 황급하게 전화를 끊어버렸다. 서준에게 번복할 기회를 주지 않으려는 듯.

웃음을 내보내려 간지러운 입술을 손등으로 비빈 서준은 우유를 냉장고에 넣고 식탁 위에 꿀병을 올려두었다. 그리고 조용하게 방으로 들어갔다.

장미는 천사처럼 잠들어 있었다. 색색 고른 숨을 내쉬며 이불 끝자락을 붙잡고 잠들어 있는 그녀는 정말이지 천사 같았다.

방바닥에 자리를 잡고 앉은 그는 장미의 얼굴을 가만히 바라보았다. 입술을 살짝 벌린 채로 잠든 그녀의 볼이 발갛다. 장미에게서 새어 나온 숨결에 단내가 묻어났다.

서준은 동그란 이마를 가리고 있던 붉은 머리카락을 손끝으로 걷어내 주었다. 그의 손길을 알아챈 건지 장미의 입술이 미소를 그린다. 서준의 입술도 그녀를 따라 부드럽게 휘어졌다.

살며시 장미의 볼을 쓸어내리는데 문득 강진과 태평이 했던 말들이 순차적으로 떠올랐다.

'그러다 결혼하겠다고 하시겠습니다?'

'아가씨는 언제쯤 결혼을 할 생각인가?'

태평은 서준에게, 강진은 장미에게 물었던 말들이었다. 말속에 들어간 단어는 같았으나 그 속에 담긴 의미는 확연하게 달랐다.

태평은 서준이 어떤 방식으로 여자들을 만나왔는지 잘 알고 있는 최측근이었다. 그래서 아무리 힘들어도 콧노래를 흥얼거리고 다니는 그에게 코웃음을 쳤다. 그렇게 좋아 죽을 것 같은 마음이 언제까지 가는지 두고 보잔 뜻이었다. 하지만 강진이 장미에게 결혼 계획을 물어본 건 서준의 마음을 떠보는 동시에 그녀에게 당신의 아들을 잡아달라, 부탁하는 것과 같았다.

……결혼이라.

결혼이라는 단어가 주는 거부감에 서준의 눈빛이 흔들렸다.

강진에게 말했듯이 그녀를 가볍게 만나는 건 절대 아니었다. 마음은 갈수록 깊어지고 그녀를 만나지 못하는 1분 1초가 헤아릴 수 없이 길게만 느껴졌다.

장미와 함께하는 시간은 표현이 불가능할 정도로 행복했다. 한집에서 같이 생활하게 된다고 해도 좋을 것 같았다. 하지만 결혼 대신 동거를 하자고 말할 수는 없는 일이었다. 그건 그녀를 혼란스럽게 만드는 짓이었다.

장미의 얼굴에 닿아 있던 손을 내린 서준이 주먹을 쥐었다. 강해 보이지만 겁 많고 여린 그녀는 용기를 내어주었는데 두려움에 휩싸여 발을 내딛지 못하는 자신이 마냥 한심스러웠다.

그녀가 좋다. 좋아한다. 진심으로 좋아하고 있었다. 헤어지는 건 상상도 못하겠고 사랑하는 사람의 행복을 위해 떠나보내겠다는 건 모자란 자식들이나 할 수 있는 개소리다. 그러니 마음먹은 것처럼 지켜줘야 하는데 실망시킬까 봐 겁이 난다. 그녀를 진지하게 대하고 있다는 증거가 '결혼'이라면 그는 장미를 실망시킬 게 분명했다.

서준은 결혼을 진지하게 생각해 본 적이 없었다. 그에게 결혼이란 있으나 마나 한 제도, 그 이하였다. 제 배 아파 낳은 자식도 버리고 도망치는 판국에 결혼을 해봐야 무슨 소용이 있나.

어둠이 내린 얼굴에 쓴웃음이 번졌다. 친모로부터 버림받은 아이. 그 아이가 바로 자신이라는 사실에 입안이 쓰다.

강진은 서준이 아무것도 모를 거라 믿고 있었다. 하지만 서준은 어렸을 적, 아버지 친구가 하는 얘기를 들었다.

'그 여자, 미국 가서 잘산다더라. 제 새끼 버리고 간 여자가 거기서 또 애를 낳았대? 그 얘기 듣는데 내 복장이 터지더라.'

'서준이 깨면 어쩌려고 그런 얘기를 해!'

'애는 아직도 제 엄마가 죽은 줄 알아?'

'그만해.'

화장실에 가고 싶어서 잠에서 깼던 열 살의 서준은 방 밖으로 나가지 못했다. 자신이 친모에 대해 알게 되는 걸 강진이 원하지 않았으니까. 강진에게마저도 버림받을까 봐 무서워서 화장실에 가고 싶었다는 것마저 잊어버렸었다.

서준은 그 후로 엄마의 엄 소리도 내지 않았다. 알려고 하지도 않았다. 알아야 할 필요가 없는 여자였다. 하지만 그 여자가 자신의 마음 한 귀퉁이를 잘라가 버렸다는 것은 부정할 수가 없다.

여자를 혐오하지는 않았지만 믿지도 않았다. 신뢰라는 것 자체가 존재하지 않았다. 믿을 수 없는 사람과 법적인 관계로 묶여 한

집에서 살아가야 한다는 건 상상할 수 없는 일이었다. 그런데 마음이 변한다. 부정이 긍정으로 기울고 있었다.

웨딩드레스를 입은 장미는 눈부시게 아름다울 것이다. 그 옆에 다른 남자가 서 있는 모습을 떠올리는 것만으로도 몸서리가 쳐진다.

괜찮을 수도 있어.

서준은 결혼의 좋은 점을 보려 애를 썼다. 그래야 했다. 강진에게 내어놓은 장미의 대답이 그를 그렇게 만들었다.

'결혼, 늦게 하고 싶지는 않아요. 아이를 좋아해서요.'

얼굴을 붉게 물들이던 모습이 얼마나 예뻤는지 그녀는 모른다. 그 대답에 서준의 심장이 쿵! 소리를 내며 떨어졌다는 것도 모른다. 결혼은 하지 않겠다고 말해 버리면 그녀가 떠나버릴 것 같아서 불안함에 오장육부가 오그라들었다는 것도 모를 것이다.

서준은 손을 뻗어 장미의 손가락을 건드렸다. 보드랍고 따스한 감촉에 그는 본능적으로 가느다란 손가락에 제 손가락을 얽었다.

괜찮을 것이다. 장미는 믿어도 될 것 같았다. 믿고 싶었다. 그녀는 아이를 버리고 떠나지 않을 테니까. 아이를 좋아한다고 했으니까.

스스로를 세뇌시키던 서준은 떨리는 눈빛을 감추려 눈을 감았다.

희뿌연 새벽빛이 블라인드 틈새를 힘겹게 비집고 들어왔다. 목이 말라 무거운 눈꺼풀을 들어 올린 장미는 낯선 방을 둘러보다 포옥 한숨을 쉬었다. 강진에게서 술을 받아 마실 때부터 취하겠다는 느낌이 오더라니 결국 서준의 집으로 실려 온 모양이었다.

장미는 두통이 이는 머릿속을 헤집어 기억을 더듬었다. 실수한 건 없는 것 같은데 또다시 서준의 앞에서 취했다는 게 부끄러웠다. 살면서 정신을 잃을 만큼 술을 마신 적이 많지 않은데 벌써 두 번이나 그의 앞에서 취해 버렸다.

엉킨 머리카락을 손가락으로 빗어 내린 장미는 침대에서 내려와 뒤꿈치를 들고 거실로 걸어나갔다.

은은한 조명이 켜져 있는 거실. 서준은 소파에 앉아 불편하게 잠들어 있었다. 팔짱을 끼고 다리를 꼬고서 허리를 꼿꼿하게 세운 채 잠든 그를 보고 든 생각은 참 이서준답다는 거였다. 다른 사람 같았으면 그냥 길게 누워 잤을 텐데.

목이 말라 일어났으니 물부터 마시고 에릭에게 전화를 걸려고 했던 계획이 변경되었다. 장미는 천천히 서준의 곁으로 다가갔다.

그녀는 서준의 옆에 무릎을 모으고 앉아 한참이나 그를 바라보았다. 어제도 느꼈던 거지만 제대로 쉬지 못했다는 걸 증명이라도 하듯 그의 턱 선이 날카로워져 있었다.

밥은 잘 먹고 다니는지, 잠은 충분히 자는 건지 물어봤어야 하는 건데.

혹시 일하는 데 방해가 될까 싶어 그를 챙기지 못한 게 후회가 된다. 하기야 요즘은 작업실에만 틀어박혀 있었던 터라 매일 집으로 오는 바우 얼굴도 못 본 지 오래다.

말없이 그를 바라만 보던 장미가 손을 뻗어 까칠해 보이는 서준의 얼굴을 감쌌다. 그는 모를 것이다. 못 본 사이 수척해진 것 같아서 장어를 먹자고 했다는 걸. 머릿속에 떠오른 보양식이 장어밖에 없어서 안타까웠던 마음도 모를 것이다.

희미하게 미소를 지은 장미가 그의 얼굴에서 손을 떼려던 순간.

"이게 끝?"

"애니!"

자는 줄 알았던 서준의 목소리에 화들짝 놀란 장미가 펄쩍 뛰며 엉덩이를 뒤로 물렸다. 하지만 금세 서준의 품으로 끌어당겨졌다.

"애니? 엄마 아니고?"

장미는 키득거리며 자신의 정수리에 턱을 세운 서준의 가슴팍을 찰싹 때렸다.

"놀랐잖아요!"

"어머님 성함이 애니?"

대답하기 전에는 놔주지 않을 심산인지 서준이 장미의 몸을 꽉 끌어안았다.

"버릇이에요."

옴짝달싹 못하게 안겨 버린 장미가 어쩔 수 없이 대답하자 서준이 다시 물었다.

"보통은 엄마를 찾지 않나?"

"몰라. 엄마보다는 애니라고 부를 때가 많아서 그럴 수도 있고."

"미국식인가."

"애니는 엄마라고 부르는 걸 더 좋아하는데 에릭이 어렸을 때 자꾸 애니라고 불렀거든요. 나는 에릭을 따라 하게 된 거고."

그녀의 가족에 대해서도 궁금한 게 무궁무진하지만 지금은 더 궁금한 게 있었다. 서준은 장미를 안고 있는 팔에 힘을 풀지 않고서 조금 전과 똑같은 질문을 던졌다.

"그런데 그게 끝이었어?"

"뭐가요?"

"자고 있는 사람 옆에 와 있었으면 도둑키스라도 해야 되는 거 아닌가? 아니면 진한 사랑 고백이라든지."

"도둑키스를 왜 해요. 비겁하게."

어디서 들어본 것 같은 말이다. 서준은 자신이 했던 말을 그대로 이용하는 장미의 이마에 쪽! 소리 나게 입을 맞췄다.

"그런 건 비겁해도 돼."

"안 자고 있었잖아요."

"자고 있었어. 당신 때문에 깬 거지."

"그럼 들어가서 다시 자요."

"재워주면 자고."

목이 갈라질 때까지 자장가를 불러준다 한들 서준이 잠들 것 같진 않았다. 반짝이는 눈빛과 싱글싱글 웃고 있는 표정을 보니 잠이 확 달아난 것처럼 보였다.

마음대로 하라고 하려던 장미는 입 밖으로 나오려던 한숨을 집어삼켰다. 지금 집에 가겠다고 하면 서준이 태워준다고 고집을 부릴 게 뻔했다. 우선은 가만히 놔둬도 피곤할 그를 쉬게 해주고 싶었다.

장미가 소파에서 일어나 손을 내밀자 서준이 멀뚱멀뚱 그녀의 손을 쳐다보았다.

"재워달라면서요."

싫어요? 하고 묻는 것 같은 눈빛에 서준이 벌떡 일어섰다.

"갑자기 막 졸리네."

손을 내민 사람은 장미인데 손을 잡아끌고 가는 사람은 서준이었다. 못 말리겠다는 듯 고개를 젓는 장미였지만 그녀의 입가에 머문 미소는 사라질 줄을 몰랐다.

방으로 들어간 서준은 침대에 앉아 손바닥으로 제 옆자리를 툭툭 두드렸다. 무슨 뜻인지 알면서도 장미는 그의 옆으로 가지 않았다.

"누워요. 내가 거기 앉으면 못 눕잖아."

"당신도 누워야지."

"난 그냥 재워주기만 할 건데?"

어깨를 으쓱해 보이는 장미를 쳐다보던 서준이 눈을 가늘게 떴다.

"재워주는 방법이 마음에 안 들어."

"재워주는 사람 마음이죠."

"아닐걸."

음흉하게 입술을 늘이는 서준을 보며 의아해하던 장미가 꺄악! 새된 비명을 질렀다. 그가 자신의 허리를 잡아 안아 올려 침대에 눕혀 버렸기 때문이다.

아이처럼 구는 서준이 귀여워서 장난을 친 것뿐인데 금세 전세가 역전되었다. 서준은 냉큼 장미의 옆에 누워 팔과 다리로 그녀의 몸을 옭아맸다.

기가 막힌 장미가 그에게서 빠져나오려 몸을 비틀었지만 소용없었다. 제 허리를 감고 있는 서준의 팔에 힘이 들어가는 것이 고스란히 느껴져 꼼짝도 할 수 없게 되어버렸다.

"움직이지 마. 위험하니까."

낮게 가라앉은 그의 음성에 손가락 하나 까딱할 수가 없었다. 장미는 서준의 품에서 빠져나오려던 마음을 급하게 접어버렸다.

쿵, 쿵, 쿵, 쿵. 눈치 없는 심장이 세차게 뛰어댄다. 그의 가슴에 코를 박고 있으니 시원한 향이 후각을 자극했다.

무슨 말이라도 꺼내야 할 것 같아 입술을 달싹여 보지만 이내 입을 꾹 다물게 된다. 그저 안겨 있는 것만으로도 숨이 가빠왔다. 온몸의 솜털이 곤두서고 발끝이 오므려진다. 이대로 안겨만 있으면 좋겠다는 마음 이면에 다른 무언가를 기대하는 감정이 피어오르고 있었다.

서준은 귀를 기울였다. 장미의 심장이 빠르고 강하게 뛸수록 그의 인내가 점차 바닥을 드러내기 시작했다.

이렇게 될 것 같아서 집에 데려오지 않았었다. 누구의 방해도 받지 않고 그녀를 마음껏 탐할 수 있는 장소에서 끝까지 참아내야 한다는 건 고문이었다.

건강한 육체는 이미 오래전부터 설레고 있었다. 불끈 성을 내고 있는 몸을 달래려 서준은 안간힘을 썼다.

"……자요?"

간신히 숨만 내쉬고 있던 장미가 소곤거렸다. 그가 잠들었다면 깨우지 않아야 하니까. 하지만 그녀에게 들려온 건 서준이 뱉어내는 길고 긴 한숨 소리였다.

"잠이 올 리가 있나."

서준의 시선은 아래로, 장미의 시선은 위로 올라갔다. 서로 눈이 마주친 두 사람은 누가 먼저랄 것 없이 가벼운 웃음을 터뜨렸다.

서준은 빙긋이 미소를 그리고 있는 장미의 입술을 손끝으로 톡톡 두드렸다.

"웃지 마."

"응?"

"예쁘잖아."

장미의 눈매가 곱게 휘어진다. 웃으면 예쁘다니까 더 예쁘게 웃어버리는 여자를 어쩌면 좋을까.

손가락으로 장미의 입술 선을 따라 그리던 서준이 얼굴을 내렸다. 키스까지만. 키스만 하고 멈출 것이다. 가능하다면.

다가오는 서준을 장미는 밀쳐 내지 않았다. 그저 살포시 눈을 감고 기다렸다. 따듯하고 포근한 그의 키스를.

서준의 입술이 장미의 입술에 살짝 닿았다가 떨어졌다. 그러기를 몇 차례. 파르르 떨리는 속눈썹과 매끈한 콧날로 옮겨졌던 그의 입술이 붉은 기가 감도는 볼에서 멈추었다. 주춤 망설이던 그는 이내 장미의 도톰한 입술 사이에서 새어 나오는 달짝지근한 숨결을 들이마셨다. 하지만 아무리 입술을 맛보고 숨결을 들이마셔도 부족했다. 채워지지 않는 욕구가 서준의 이성을 괴롭혔다.

공기가 들어갈 틈도 없이 밀착된 몸에서 열기가 피어올랐다. 몸은 열병이라도 난 것마냥 뜨거워지고 숨소리는 거칠어진다. 서로를 붙잡고 있는 손에는 점점 힘이 들어갔다.

장미의 턱을 잡아 입술을 벌린 서준이 촉촉한 공간으로 혀를 밀어 넣었다. 유영하듯 움직이는 그의 혀는 장미의 속살을 샅샅이 훑어 맛보았다. 그녀의 혀를 휘감아 강하게 빨아들이고 더 깊은 곳을 향해 움직였다.

암전. 머릿속이 텅 비어버려서 아무것도 생각할 수가 없었다. 그를 유혹하는 짙은 장미향에 단단히 취해 버렸다.

"하아, 하아."

서준이 입술을 놓아주자 장미가 막혔던 숨을 토해냈다. 발갛게 부은 젖은 입술을 엄지로 쓸어내리던 서준이 그녀의 목덜미에 이를 박았다.

"흣!"

어깨를 움츠리며 몸을 떠는 장미를 서준이 힘껏 껴안았다. 놓아줄 수가 없었다. 이대로 한 몸이 되었으면 좋겠다. 언제 어디서든 그녀를 느낄 수 있도록.

키스까지만 하겠다던 다짐은 그새 흔적도 없이 지워졌다. 이성 따위 멀리 날려 버린 서준의 입술과 손은 그녀의 몸을 바쁘게 헤매고 다녔다.

어깨를 매만지고 잘록한 허리 주변에서 배회하던 손이 느릿하게 위로, 조금 더 위로 올라갔다.

서준은 장미의 귓불을 입안에 머금고서 그녀의 봉긋한 가슴을 커다란 손으로 덮었다. 날카롭게 숨을 들이켠 장미가 그의 어깨에 손톱을 찔러 넣었다.

바들바들 떨고 있는 작은 몸이 애처롭다. 두려워하는 심정이 고스란히 전해져 제 욕심만 채우겠다고 고집을 부릴 수가 없었다. 그는 미약하게나마 남아 있던 이성을 끌어 모았다.

"……그만?"

서준이 장미의 귓가에 입술을 붙이고 속삭였다. 그만할 수 있는 상태가 아니었지만 그녀가 원한다면 어떻게든 참아볼 작정이었다.

질끈 감고 있던 눈을 뜬 장미가 서준의 가슴에 손바닥을 얹었다. 자신의 손끝만 스쳐도 바싹 긴장하는 건장한 몸에 눈앞이 어질어질했다.

귓불을 애무하는 서준의 혀와 입술에 아랫배가 조여들었다. 제 가슴을 쥐고 있는 뜨거운 손에 조금씩 힘이 가해질 때마다 본능적으로 몸이 비틀린다.

그만하고 싶지 않았다. 자극받은 몸은 맹렬하게 그를 원했다. 그녀의 마음이 두려움 같은 건 잊어버리라고 명령한다. 이 남자는 다른 남자들과 다르다고, 그들과 비교하지 말라고 화를 내고 있었다.

꿀꺽, 마른침을 삼킨 장미가 양손으로 서준의 가슴을 밀었다. 그리고 흥분으로 어둡게 가라앉은 그의 눈빛을 마주했다.

믿고 싶었던 사람을 어느새 온 마음을 다해 믿고 있었다. 매번 진심으로 부딪혀 오는 사람을 믿지 않는다면 세상에 믿을 사람 같은 건 없었다. 그녀는 서준의 마음을 믿었다. 그래서 기꺼이 내어주고 싶었다. 자신의 모든 것을.

천천히 눈을 감은 장미가 서준의 입술에 자신의 입술을 포갰다. 놀라 멈칫하는 그의 입술 사이로 들어가 그의 혀를 두드렸다.

장미의 허락에 서준은 더 이상 갈등하지 않았다. 얌전히 가슴 위에 얹혀 있던 손이 얇은 니트를 밀어 올렸다.

희미하게 새어 들어오는 빛을 머금은 그녀의 몸이 하얗게 빛난다. 엄청난 열기에 입안이 마르고 부풀어 오른 하체는 바지 앞섶을 팽팽하게 당기고 있었다.

서준이 봉긋한 가슴 사이에 얼굴을 묻었다. 양껏 달달한 향을 들이마시고 있는 그의 손이 브래지어를 풀어내고 몽글몽글한 가슴을 꽉 쥐었다.

그녀가 충분히 받아들일 수 있을 만큼 천천히 다가가야 한다는 걸 알지만 마음처럼 되질 않는다. 장미를 배려해야 하는데 멋모르는 철부지 소년처럼 급하게 몰아붙이고 있었다.

조몰락거리고 있던 가슴을 크게 베어 물자 장미에게서 달뜬 숨소리가 흘러나왔다.

"하아."

서준의 이마에 핏대가 섰다. 성급한 손길로 장미의 상의를 벗겨낸 그가 곧장 가슴의 정점을 혀로 굴렸다.

"흐읏!"

장미의 허리가 크게 휘었다. 그녀는 서준의 어깨가 생명줄이라도 되는 것마냥 꽉 붙잡고 있었다.

제 입에서 흘러나오는 신음이 낯설었다. 땀이 날 만큼 달아오른 몸이 부끄러워 그녀는 애꿎은 입술만 깨물어댔다.

그의 손과 입술에 의해 장미의 가슴이 이지러졌다. 하얀 피부에 점점이 열꽃이 피어난다.

자신이 새겨놓은 흔적을 눈으로 훑던 서준이 장미의 허벅지를 쓸어 올렸다. 순식간에 타이트한 청바지를 벗겨낸 서준의 뜨거운 손이 마지막까지 남아 있는 얇은 천 위를 방황했다.

"아!"

놀란 장미가 무릎을 모았다. 서준은 몸에 잔뜩 힘을 주고 있는 그녀의 입술을 찾았다.

"장미야."

다정하게 이름을 불러주는 서준의 눈빛이 너무 따듯해서 장미는 저도 모르게 울컥해졌다. 어깨와 얼굴에 끊임없이 내려앉는 자잘한 입맞춤에 눈물이 날 것만 같았다.

장미는 바보 같은 모습을 보이지 않으려 눈을 감았다. 하지만 손바닥으로 하늘을 가리는 것과 다를 게 없었다.

곧이라도 심장이 터질 것 같았다. 서준이 좋아서. 그가 자신의 남자라는 게 믿겨지지가 않아서.

그에게 안겨 사랑받는 여자는 다른 누구도 아닌 한장미, 자신이었다. 주체할 수 없는 기쁨과 행복감에 장미는 서준의 목에 팔을 둘렀다. 그리고 떠듬떠듬 진심을 고백했다.

"……사랑, 해요."

그녀의 고백에 서준의 몸이 굳어졌다.

"서준 씨?"

꼼짝도 않는 서준 때문에 장미는 팔을 풀고 그의 얼굴을 쳐다보았다. 그는 웃는 것 같기도 하고 우는 것 같기도 한 묘한 표정으로 그녀를 내려다보고 있었다.

"지금, 그런 말을 하면."

콧잔등을 찡그린 그가 쯧! 혀를 찼다.

"참을 수가 없잖아."

이상한 반응에 오해를 할 만한 시간이 없었다. 장미의 고백에 정신을 놓아버린 서준이 태풍이 되어 그녀를 휘감았다.

택시에서 내린 장미는 때 맞춰 전화를 걸어온 서준과 통화를 하며 대문 안으로 들어섰다.

[몸은.]

"괜찮아요."

다정하게 굴지 않는 서준이었지만 장미는 미소를 지었다. 퇴근하고 돌아올 때까지 집에서 쉬고 있으라고 했는데도 기어이 혼자 집으로 돌아와 버렸으니 그가 화를 낼 만했다. 데려다줄 테니 기다리라고 몇 번이나 전화와 카톡으로 당부했었으니까.

서준이 출근하는지도 모르고 잠들어 있던 장미는 해가 중천에 떠서야 부랴부랴 그의 집에서 나왔다. 에릭에게 말 한마디 없이 외박을 했으니 지금도 과하게 늦은 거였다.

[밥 먹고 다시 자.]

딱딱한 말투에도 감춰지지 않는 애정에 장미는 배시시 미소를 그렸다.

"많이 잤어요."

[힘들잖아.]

걱정해 주는 게 좋아 연신 실없이 웃음이 비어져 나온다. 아침까지 그의 품에 안겨 헐떡였던 터라 몸은 힘들었지만 마음은 날아갈 듯 가벼웠다.

"서준 씨는 안 피곤해요?"

[그거 가지고 피곤하면 안 되지.]

자못 거만하게 대꾸하는 서준 때문에 풋, 웃음을 터뜨린 장미가 현관으로 향하던 발길을 돌렸다. 집에 들어가면 에릭 눈치 보느라 전화를 끊어야 할 것이다. 외박 한 주제에 당당하게 깔깔거리면서 통화를 할 수는 없으니까.

  장미는 정원을 차지하고 있는 평상 끄트머리에 엉덩이를 걸쳤다.

  "오늘도 바쁘죠?"

  [왜, 벌써 보고 싶어?]

  장난스럽게 되묻는 서준의 음성에 간질간질, 목에 웃음이 걸린다.

  "보고 싶으면?"

  [봐야지.]

  "정말?"

  [당신한테 거짓말 안 한다고 했을 텐데.]

  "하나도?"

  [반도.]

  비실비실 끝도 없이 웃음이 난다.

  이런 게 연애구나.

  장미는 오랜만에 연애의 묘미에 흠뻑 빠져들었다. 서준의 목소리를 듣고 있으니 시간이 쏜살같이 지나갔다.

  손발이 오그라드는 애정 표현을 하지 않아도 마냥 좋았다. 식사는 꼭 챙기라고, 무리하지 말고 쉬면서 일하라고, 서로를 걱정하는 말들에 빼먹으면 안 되는 소스처럼 웃음이 섞여 들어갔다.

  [끊어야 될 것 같다. 연락할게.]

서준을 부르는 누군가의 목소리가 달갑지 않다. 하지만 장미는 고개까지 끄덕여 가며 수고하라는 말을 끝으로 전화를 끊었다.

장미는 휴대폰을 손에 쥐고 하늘을 올려다보았다. 하늘도 그녀의 기분을 아는 건지 새파란 바탕에 솜사탕처럼 뭉실뭉실한 하얀 구름이 유유히 떠다녔다.

"좋다."

눈을 감은 장미는 머리카락을 날리고 지나가는 바람을 느꼈다. 바람이라 여겼던 사람이 실은 나무였다는 걸 확인한 지금, 그녀는 더할 나위 없이 행복했다.

서준에게서 사랑한다는 말을 듣지는 못했다. 하지만 안 한 것이 아니라 못한 것일 거라고 믿었다. 언제쯤 사랑한다고 말해줄지 기다려야 하는 시간이 초조하지 않다. 설레고 또 설렐 뿐.

한동안 바람을 맞고 있던 장미는 슬슬 체온이 떨어지자 자리를 털고 일어섰다. 자신이 감기에 걸리면 서준도 걸릴 확률이 높아지니까.

현관문을 열기 직전, 장미는 길게 숨을 들이마셨다.

뻔뻔함과 당당함 장착 완료!

나는 스물여덟 살 먹은 성인이다, 하룻밤 외박쯤은 별것 아니다, 스스로를 세뇌하며 장미는 에릭을 마주할 준비를 마쳤다.

얼굴에 철판을 깔고 집 안으로 들어섰지만 도끼눈을 하고 있어야 할 에릭이 보이질 않았다. 오늘은 바우도 오지 않았는지 현관에는 에릭의 신발만 놓여 있었다.

아직 자고 있는 건가 싶어 살금살금 발소리를 죽인 채로 걸음을 옮기는데 에릭의 방에서 큰 소리가 들려왔다.

고개를 갸웃하던 장미는 에릭의 방으로 걸어갔다.

『붙은 사람이 몇 명인데 아직도 못 찾아!』

조심스럽게 문고리를 돌린 장미는 문을 벌컥 열어젖히지 못하고 가만히 서 있었다. 문틈으로 들려오는 에릭의 목소리에 본능적으로 몸이 얼어붙는다.

『넌 뭐 하는 놈인데 그 새끼가 어디 있는지 나한테 묻는 거야! 너한테 가장 중요한 돈 줄 아니었나? 아니면 너도 포기한 거야? 바닥까지 간 놈이라 뒤 봐주기가 귀찮아졌나? 그래?』

에릭은 분노하고 있었다. 그녀의 오빠는 이유 없이 화를 내는 사람이 아니었다. 장난을 쳐놓고도 상대가 상처 받았을까 봐 안절부절못하는 착한 사람이 에릭이었다. 그런 그가 대놓고 상대방을 비웃고 빈정거리고 있었다. 그래서 모를 수가 없었다. 무엇 때문에, 누구 때문에 오빠가 분노하는지.

『찾아! 무슨 짓을 해서라도 찾아! 다시는 내 동생 앞에 나타나지…….』

"에, 릭?"

불같이 화를 내며 방 안을 서성이던 에릭이 홱 몸을 돌려 장미를 쳐다보았다. 파랗게 질려 있는 동생만큼이나 그의 안색 역시 좋지 못했다.

잠시 복잡한 눈빛으로 장미를 응시하고 있던 에릭은 자신을 부르는 휴대폰 속 목소리에 정신을 차렸다.

『난 분명히 경고했어. 잊지 마.』

애타게 자신을 부르는 음성에도 그는 휴대폰을 귀에서 떼어내 전화를 끊어버렸다.

"······에릭."

떨지 않으려 안간힘을 쓰고 있는 동생의 모습에 에릭의 가슴이 조여들었다. 몇 년 전, 무너지는 동생을 그저 바라보고만 있어야 했던 자괴감이 되찾아와 그를 괴롭혔다.

장미가 자신의 동생이 된 순간, 그는 약속했었다. 무슨 일이 있어도 오빠가 지켜주겠다고. 다치지 않게, 아프지 않게, 수호천사처럼 항상 옆에 있겠다고. 하지만 수호천사는커녕 아무것도 할 수 있는 일이 없었다.

빌어먹을!

자책하는 에릭의 눈빛이 시꺼멓게 타들어갔다.

들키지 말았어야 했다. 이런 식으로 알게 하려던 게 아니었다. 조금만 조심했으면 되는 일인데 멍청이처럼 실수를 해버렸다.

이렇게 될 줄 알았으면 미리 말을 해주었을 것이다. 행복해하는 장미를 보며 하루만 더, 하루만 더, 그렇게 미뤘던 것이 잘못이었다.

숨긴다고 해결될 일이 아니라는 건 알고 있었다. 다만 장미가 몰라도 되는 선에서 처리하고 싶었다. 그렇게 될 수 있게 해달라고 낮이고 밤이고 기도했건만 신은 그에게 냉정했다.

"오빠. 무슨, 일이야?"

한 걸음 다가오는 장미를 죄책감 짙은 표정으로 쳐다보던 에릭이 손으로 얼굴을 쓸었다. 그는 동생의 손을 잡고 억지로 미소를 그려냈다.

"해줄 말이 있어."

차갑게 식어가는 동생의 손이 금세 축축해졌다. 두려움에 정처 없이 흔들리는 눈동자를 마주한 에릭은 힘겹게 말을 뱉어냈다.

"그 새끼가…… 사라졌어."

부족하기 짝이 없는, 제대로 된 부연 설명조차 없는 짤막한 문장이었다. 하지만 장미는 알 수 있었다. 별처럼 빛나던 남자, 그녀의 별이었던 남자가 자신을 찾고 있음을.

13

　평일 낮 시간, 서준은 눈을 부라리는 태평을 깔끔하게 무시하고 외근을 빙자한 땡땡이를 치고 있었다. 넓은 호수 위에 위풍당당하게 떠 있는 샛노란 거대 오리를 보기 위해서.

　"진짜 크네요."

　신기한 듯 눈도 깜박이지 않는 장미 덕분에 서준의 죄책감은 눈 녹듯 사라져 갔다. 태평을 비롯한 전 직원이 눈코 뜰 새 없이 바쁘게 일하고 있다는 걸 알지만 오늘만큼은 대표라는 자리를 마음껏 이용하기로 했다.

　한국에 상륙한 러버덕은 그야말로 인기 폭발이었다. 서준에게는 그저 거대한 오리일 뿐이지만 여자들은 이런 걸 좋아한다니 별 수 있나. 소속 연예인들까지 러버덕을 보러 가는 판에 그의 연인을 빼놓을 수는 없는 일.

'대체 왜 한창 바쁜 시간에 자리를 비우시겠다는 겁니까!'

R&E로부터 받은 'pine'의 타이틀곡이 오늘 자정에 공개되었다. 한마디로 정신없이 바쁜 시간이 지나가고 미치지 않는 게 이상할 정도로 바쁜 시간이 도래한 것이다. 뮤직비디오 촬영이 마무리 단계였고 회사 전체가 비상이었다.

절규하던 태평이 떠올라 서준이 입술을 씰룩였다.

나도 먹고 살아야지. 그게 밥이 아니긴 하지만.

하루 종일 굶어도 장미의 사랑만 있으면 배가 부른 그가 평일 땡땡이를 감행한 이유가 있었다. 주말엔 도떼기시장을 연상케 할 만큼 사람이 많을 것이고 사람이 많은 만큼 보는 눈도 많을 것이다. 이서준을 기삿감으로 여기는 기자들을 마주친다고 해도 이상할 게 없을 만큼.

"사진 찍어줄게."

서준이 잡고 있던 손을 놓고 주머니에서 휴대폰을 꺼냈다.

"같이 찍어요."

눈을 곱게 접은 장미의 말이 끝나자마자 서준의 고개가 바쁘게 돌아갔다. 그들을 찍어줄 사람을 찾아서.

대학생인 듯 보이는 여자 두 명이 서준의 레이더에 걸려들었다. 한걸음에 그들에게 다가간 서준은 매력적인 미소를 지으며 부탁했다.

"미안한데, 사진 한 장만 찍어줄래요?"

서준을 향해 눈을 빛내던 여자들이 고개를 끄덕이고 휴대폰을 받아 들었다. 그녀들은 장미의 어깨를 끌어안는 그를 보곤 급속도로 시무룩해졌지만 그래도 사진은 찍어주었다. 감사할 만큼 예쁘게, 아주 잘.

고맙다는 인사를 하고 여자들에게서 멀어진 서준이 사진을 보고 있는 장미의 얼굴에 제 얼굴을 바싹 붙였다.

"마음에 들어?"

"응. 나 이 사진 보내줘요."

"더 찍고 한꺼번에 보내줄게."

"또 찍게요?"

"당연하지."

서준은 정신없이 사진을 찍어댔다. 장미의 정면과 옆모습은 물론이고 뒷모습까지 알뜰하게 챙겼다.

"서준 씨도 찍어요."

의도치 않게 사진 모델이 되었던 장미가 서준을 끌어당겼다. 하지만 그녀가 원했던 서준의 독사진은 찍을 수가 없었다. 그가 그녀와 함께 찍는 셀카를 고집했기 때문이다.

"우리도 셀카봉인가, 그거 사러 갈까?"

진지하기 짝이 없는 서준을 뜯어 말리며 장미는 광대가 얼얼해지도록 웃음을 터뜨렸다.

러버덕을 배경으로 한참이나 사진을 찍어대던 두 사람은 잠깐 카페에 들러 커피를 샀다. 그리고 서로의 손을 꼭 잡은 채 천천히 호수를 따라 걸었다.

꽤나 쌀쌀한 날씨였지만 그들은 추위를 느끼지 못했다. 감기를 예방하고자 따뜻하게 입은 옷이 한몫했겠지만 서로의 체온이 더해져 땀이 날 만큼 찰싹 달라붙어 있었으니 추울 새가 없었다.

"그런데 바쁜 거 아니었어요?"

힐끔힐끔 대형 오리를 쳐다보던 장미가 묻자 서준이 입술을 늘였다.

"바빠도 볼 건 봐야지. 게다가 러버덕이라잖아. 러버, 덕."

환하게 웃고 있는 서준을 보면서 장미는 가만히 미소를 지었다. 서준이 러버덕의 러버가 RUBBER(고무)라는 걸 몰라서 하는 말은 아닐 테니까. 그리고 LOVER면 어떻고 RUBBER면 어떤가. 그와 함께 보고 있는 러버덕은 단순한 고무 오리가 아닌 사랑이 가득 담긴 고무 오리였으니 그거면 충분했다.

"한국에서 처음 본 거 맞지?"

"응. LA하고 피츠버그에 떴었다고 하는데 못 가봤어요. 한국에서 보니까 신기해요."

"다행이네."

두 사람은 깍지 낀 손을 놓지 않고 나란히 걸었다. 따사로운 햇살이 얼굴을 간질였지만 그들의 마음까지 밝히지는 못했다. 서로에게 털어놓지 못하는 근심과 걱정이 스며들어 오는 빛을 피하고 있었다.

장미는 미국에 있는 친구들과 동료들에게 전화를 걸었었다. 에릭에게서 그 사람에 대한 이야기를 듣고 나니 도저히 가만히 있을 수가 없었다.

'널 찾고 다닌다는 얘기를 들었어. 이유는 모르겠고.'

'이혼한 건 알지? 다시 약혼했었는데 파혼했어. 요즘은 클럽에 나타나지도 않아.'

'내가 알기로는 아마 꽤 오래전부터 집에서만 있었을걸? 재활원에서 나온 이후로는 들은 얘기가 없어.'

'누가 말해줬는지는 모르겠는데 네가 한국에 있다는 걸 아는 것 같아.'

들은 얘기들을 떠올리던 장미의 얼굴이 어두워졌다. 동료들과 친구들은 미리 말을 맞추기라도 한 듯 같은 말을 했다. 만약에라도 찾아오면 절대 만나주지 말라고, 그는 변하지 않을 거라고 경고했다. 장미 또한 그들과 의견이 같았다. 그는 변하지 않는다. 지금은 그저 또 다른 변덕을 부리고 있을 뿐이다.

그 사람의 변덕에 어째서 자신이 포함되어야 하는지 장미는 이해할 수가 없었다. 손만 뻗으면 그를 위해 달려갈 사람들이 줄을 서 있었다. 그런데 왜 또다시 자신을 찾는 것인지 이젠 이해하고 싶지도 않았다.

장미의 콧잔등에 금이 그어졌다. 다른 많은 감정들보다 가장 먼저 앞서는 건 분노였다. 자신을 이렇게까지 쉽게 봤다는 것도, 서준에게 말 못할 비밀을 가지게 만든 것도 미치도록 화가 났다.

서준이 과거에 집착할 남자가 아닐 거라고 믿고 싶었다. 하지만 집착하진 않더라도 알게 되어 기분 좋을 일은 아니었다. 더군다나 끊이지 않는 추문으로 세상을 들었다 났다 하는 인물과의 과거였다. 입장을 바꿔 그녀가 서준이라도 아무 일도 아니라는 듯 웃어넘길 수는 없을 것 같았다.

"무슨 일 있어?"

서준이 애꿎은 입술을 짓이기고 있던 장미를 멈춰 세웠다.

"아……. 아니요. 없어요."

장미는 애써 미소를 지으며 고개를 저었다. 숨기는 것이 나쁜가. 제 입으로 과거를 쏟아내는 게 나쁜가. 옳고 그름에 대한 선이 불분명했다. 그래서 그녀는 어떤 말도 꺼낼 수가 없었다.

"참, 기사 봤어?"

요즘 인터넷 기사에 예민한 장미로서는 서준의 질문에 얼어붙을 수밖에 없었다. 서준이 봤냐고 물어본 기사는 '그 사람'이 아니라 오늘 자정에 공개한 'pine'의 타이틀곡에 대한 것이었는데도.

"안 봤나 보군. 봤으면 이런 표정은 아니었을 텐데."

서준의 오해를 풀어줄 수 없는 장미는 그저 안타까운 마음으로 그를 바라보았다.

"반응이 폭발적이야. 좋은 쪽으로."

"그래요?"

서준은 지그시 장미의 눈을 들여다보았다. 하지만 강진의 말처럼 그는 아직 멀었다. 그녀의 눈을 하염없이 바라보아도 알아낼 수 있는 게 없었다. 하지만 하나는 확실했다. 지금 그녀가 완벽하게 행복해하지 않는다는 것.

"거짓말인 것 같아?"

고개를 저은 장미는 말이 없었다. 서준은 그녀가 무엇 때문에 우울해 보이는지, 어째서 웃는 얼굴이 서글퍼 보이는지 알고 싶었다. 무슨 말을 꺼내든 들어줄 수 있었다. 자신의 곁을 떠나겠다는 말만 아니면.

"그럼 자신감인가?"

장미의 환한 웃음을 보고 싶어 꺼낸 말이었지만 성과를 얻지 못한 서준은 한숨을 삼켰다. 차라리 저처럼 거만하게 내 실력이 그 정도다, 하면 좋을 텐데 그녀는 애매한 미소만 그리고 있었다.

어떻게든 사랑하는 여자의 미소를 보고 싶었던 서준이 휴대폰으로 인터넷 기사를 검색했다. 시간이 오래 걸리지는 않았다. 연예 기사에는 온통 'pine'의 타이틀곡 얘기뿐이었으니.

"봐."

서준이 장미의 손에 휴대폰을 쥐어주었다. 읽고 웃으라고. 당신이 만든 곡이 이렇게나 호평을 받고 있다고.

장미는 희미하게 미소를 지으며 서준이 보여주고 싶어 하는 기사를 읽었다. 기사를 보여주는 그의 마음을 알 것 같아서.

⟨'pine' 연이은 신기록 갱신!!⟩

9년간 멤버 교체나 해체설 없이 굳건하게 가요계를 지키던 'pine'이 2년 만에 괴물이 되어 돌아왔다.

오늘 자정 싱글 앨범의 타이틀곡 'DARK'를 공개. 순식간에 음악 차트 1위를 석권, 현재 오리콘 차트와 빌보드 차트에 당당하게 이름을 올렸다.

멤버들은 음악적으로 새로운 모습을 보여 드릴 수 있을 것 같아 뿌듯하다고 전했다. 그들의 말처럼 신곡 'DARK'는 소울 베이스에 재즈풍이 가미된 곡으로 멤버들의 뛰어난 가창력과 섬세한 감정 표현이 돋보이는 곡이다.

파인 엔터테인먼트는 이번 타이틀곡에 화려한 퍼포먼스는 없을 것이라고 밝혔다. 하지만 벌써부터 평론가들과 네티즌들의 호평이 이어지고 있다. 다섯 멤버들의 목소리만으로 충분하다는 평이다.

'pine'의 신곡은 빌보트 차트를 석권한 전력이 있는 작곡가 그룹 R&E의 작품. R&E와 'pine'의 만남이 빌보트 차트 1위를 만들어낼지 대한민국 가요계의 관심이 집중되고 있다.

'pine'의 신곡 'DARK'의 뮤직비디오는 일주일 뒤 자정에 공개된다.

기사를 읽은 장미는 다른 기사들도 훑어보았다. 비슷한 내용들의 기사에는 아마 오늘이 지나기 전에 빌보드 차트 1위에 올라서지 않을까, 조심스럽게 예측하고 있었다. 하지만 장미는 크게 놀라지 않았다.

평소와는 다르게 장미가 작곡을, 에릭이 작사를 했지만 공들인만큼 완성도가 높은 곡이었다. 파격적일 수는 있으나 기괴하지 않았고 무겁지만 어둡지는 않았다. 에릭이 'pine'의 컴백 무대가 성공적일 거라는 데 전 재산을 걸 수도 있다고 했을 만큼 잘 만들어진 곡이었다.

"정말 폭발적이네."

생긋, 장미는 서준이 바라는 대로 웃어 보였다.

"바람이 차다."

장미의 미소에 그제야 마음이 놓인 서준이 그녀의 옷깃을 여며주었다. 여름에 만나 어느새 가을인가 싶더니 겨울이 코앞이었다. 흘러가는 시간에 미련을 둔 적이 없었는데 새삼 빠른 속도로 지나가는 시간이 야속하다. 장미와 함께 할 시간이 많이 남아 있었지만 놓쳐 버린 시간들이 아깝기만 했다.

살짝 붉어진 장미의 코끝을 손끝으로 톡 튕긴 서준이 진한 눈웃음을 지었다.

"우리 집은 따듯한데."

서준의 흑심 가득한 말을 장미는 순진무구한 눈빛으로 대응했다.

"그래서요?"

"따듯한 집에서 맛있는 것도 먹고, 영화도 보고, 또."

"또?"

"뭐, 집에서 할 수 있는 일은 많으니까."

음흉하게 눈을 빛내는 서준을 보며 장미가 고개를 저었다.

"대표님은 일하셔야죠. 난 끝났지만."

"매정하네."

"이런 걸 내조라고 한다던데?"

허허, 서준이 힘 빠진 웃음소리를 흘리자 장미는 어깨를 으쓱해
보였다.

"싫으면 말구."

"누가 싫대? 내가? 설마."

서준과 티격태격하는 사이 어두운 마음에 가림막이 쳐졌다. 그
가 연신 자신의 얼굴을 살피는 탓에 장미는 억지로라도 웃어보려
고 노력했다.

서준에게 거짓말을 하고 있는 게 아니니까 괜찮다고, 장미는 스
스로를 위로했다. 그저 말하지 않을 뿐, 거짓말은 아니라고. 날카
로운 바늘이 가슴을 콕콕 찌르는 것같이 아팠지만 그에게 과거를
말하고 싶지 않았다. 그가 알게 되는 게 싫었다. 가능하다면 끝까
지 모르게 하고 싶었다.

누군가 말했다. 즐거워서 웃는 게 아니라 웃기 때문에 즐거운
거라고. 그래서 장미는 웃고, 또 웃었다.

"지금이라도 차 돌릴까?"

일산으로 가는 길, 신호에 걸려 잠시 차가 멈춘 사이 미간을 좁힌 서준이 장미를 쳐다보았다.

"대표님, 벌써 4시예요. 아까부터 계속 전화 왔었잖아요."

눈썹을 모아 서준의 표정을 따라 한 장미가 엄하게 타일렀다. 그녀라고 아쉽지 않은 건 아니었다. 아무것도 안 하고 얼굴만 봐도 좋은 사람이니까. 하지만 서준에게 말했듯이 그를 찾는 전화가 불티나게 걸려왔었던 걸 안다. 몇 번 전화를 받고서 얼굴을 구기는 모습까지 봤는데 가지 말라고 졸라댈 수는 없었다.

"나 지금 굉장히 서운해."

"안 바쁠 때 봐요. 일 안 하는 시간에."

서준은 입으로는 연신 너무한다 투덜대면서도 장미의 손을 잡아다가 깍지를 꼈다.

주말이거나 미리 약속된 만남이었다면 장미도 서운한 내색을 감추지 못했을 것이다. 하지만 자신을 위해 없는 시간을 만든 서준을 알기에 조금도 서운하지 않았다.

"혹시 아버지가 당신한테 전화하셨었나?"

집 근처에 도착해 안전벨트를 풀고 있던 장미의 눈이 휘둥그레졌다.

"전화, 하신다고 하셨어요? 나한테?"

"어."

"왜, 왜요?"

장미는 저도 모르게 말을 더듬었다. 강진이 전화를 하겠다는 이유를 모르겠어서 머릿속이 복잡해졌다. 분명히 그날 실수든 잘못이든 강진의 기분을 상하게 만들 만한 행동을 하진 않았었다. 하지만 기억에 오류가 있을 가능성을 무시하기가 어려웠다. 취했었으니까.

강진은 취한 상태에서도 대하기 쉬운 사람이 아니었다. 워낙 무서운 인상이기도 했지만 서준의 아버지라서 말 한마디도 편하게 뱉어낼 수가 없었다. 무조건 웃으면 웃음이 헤프다고 할 것 같고, 조용히 입 다물고 있으면 어두워 보인다고 할 것 같았다. 그래서 장미는 적절하게 웃고 말하려고 애썼었다. 강진이 세워놓은 적절의 기준을 맞췄는지는 모르겠지만.

서준은 놀란 토끼가 되어버린 장미의 볼을 살짝 꼬집었다.

"당신한테 맛있는 거 사주신다고."

"서준 씨는요? 서준 씨도 같이죠?"

커다래진 눈으로 자신의 팔을 잡아 흔드는 장미를 보면서 서준은 조금 미안해졌다. 이렇게 얼어붙을 줄 알고 있었으면서도 아버지를 말리지 않았으니까.

"아마 난 오지 말라고 하실 텐데."

"네? 왜요? 그럼 아버님하고 둘이 만나라구요?"

서준은 기겁하는 장미의 손을 잡았다.

"우리 아버지가 싫어?"

"아니요!"

"질색하는 것처럼 보이는데?"

정색을 하곤 도리질을 치던 장미가 입술을 깨물었다. 포옥 한숨을 내쉰 그녀는 눈을 내리깔고 입술을 삐죽였다.

"어려워요. 서준 씨 아버지잖아. 서준 씨도 우리 부모님 만나면 나처럼 어려울걸요?"

"맞아. 어려울 거야. 그래도 난 당신이 아버지하고 친해졌으면 좋겠어."

"……."

"무리한 부탁인가?"

할 말을 찾지 못한 장미의 목에 한숨이 걸렸다. 아버지를 만나지 말아달라는 부탁도 아니고 만나서 친해져 달라는 부탁을 어떻게 거절할 수 있을까.

장미는 강진을 싫어하지 않았다. 서준의 아버지가 위압감이 엄청나고 누군가 달려와 '형님!' 하고 외칠 만한 외모의 소유자이긴 했다. 하지만 대화를 나누다 보니 상당히 매너 있고 유머러스한 사람이라는 걸 알 수 있었다. 그 어색하고 어려운 분위기 속에서도 진심으로 웃음을 터뜨린 적이 있었을 만큼.

"맛있는 거 얻어먹을게요."

막혔던 숨을 길게 내뱉은 장미가 꾸미지 않은 미소를 그렸다. 아무리 생각해 봐도 강진과 친해지면 좋았으면 좋았지, 나쁠 게 없었다. 그렇다고 강진과 단둘이 있는 상황이 뛸 듯이 기쁘기만 하진 않겠지만.

"비싼 거 사달라고 해."

착한 아이에게 상을 주는 것처럼 서준이 장미의 머리를 쓰다듬었다.

"들어가. 연락할게."

"운전 조심해요."

차에서 내린 장미는 서준의 차가 더는 보이지 않을 때까지 자리를 지켰다.

"그래, 괜찮아."

억지로 입꼬리를 끌어 올린 장미가 혼잣말을 흘렸다. 마음은 싱숭생숭하고 두려움이 사라진 건 아니었지만 괜찮을 것이다. 이번에는 사랑을, 그로 인한 행복을 지킬 수 있을 것이다. 그때보다는 강해졌으니까. 서준을 잃을 수는 없으니까.

그날 늦은 밤, 책을 읽고 있던 장미는 서준에게서 날아온 카톡에 콧잔등을 찡그렸다.

「고마워. 그리고…….」

한참을 기다려도 그리고 다음을 잇는 카톡은 오지 않았다. 어느 정도 예상되는 문장에 심장은 벌써부터 쿵덕쿵덕 난리가 났는데 휴대폰은 조용했다.

읽다가 덮어버린 책은 중요하지 않았다. 재미있게 읽고 있었지만 서준이 하려고 했던 말이 무엇일지가 훨씬 더 궁금했다.

「그리고, 뭔데요?」

흥미진진한 부분에서 뚝 끊어버린 작가에게 따져 묻는 기분으로 카톡을 보내자 금세 답장이 도착했다.

「지금 막 빌보드 차트 1위 했다. 좋은 꿈 꿔.」

휴대폰에 구멍이 날 만큼 뚫어져라 액정을 노려보고 있던 장미의 어깨에서 힘이 빠졌다.

"나한테는 그게 중요한 게 아니거든요?"

입술을 툭 내민 장미는 팽개쳤던 책을 집어 들었다. 하지만 글자가 눈에 들어오질 않는다. 숨 가쁘게 달렸던 심장이 잠이나 자라고 위로 아닌 위로를 해댔다.

침대에 대자로 누워버린 장미가 헛웃음을 흘렸다. 자신이 원하는, 듣고 싶어 하는 말이 아닐 수도 있는데 시원하게 김칫국만 마셨다. 빌보드 차트 1위가 아무나 하는 게 아닌데 이렇게까지 감흥이 없을 수가 있을까. 그것도 하루도 안 되어 이루어낸 성과인데.

"잠이나 자자."

양치를 하려고 침대에서 내려와 방을 나서려던 장미를 휴대폰이 불러 세웠다. 혹시 서준일까 싶어 그녀는 이불 속에 숨어 있던 휴대폰을 정신없이 찾아 헤맸다. 하지만 전화가 끊기기 전에 휴대폰을 찾은 장미의 얼굴에는 미소 한 자락 남아 있지 않았다.

긴 복도를 걷고 있는 태평과 서준의 시선이 태블릿 PC에 꽂혀 있었다. 앞을 보고 걸을 시간도 없을 만큼 일에 쫓기고 있었기 때문이다.

"이래가지곤 다들 과로사로 쓰러지겠군."

인상을 찌푸린 서준의 말에 태평은 굳이 대답하지 않았다. 스타는 쉽게 만들어지지 않는다는 걸 가장 잘 알고 있는 사람이 서준이니까. 모두의 건강이 최우선이긴 했지만 현실은 녹록치 않다. 열심히 한 만큼 성공할 확률이 높아진다. 먹는 시간, 쉬는 시간, 자는 시간을 줄여가며 발로 뛴 만큼 스타의 자리에 가까워지는 것이다.

"투어 끝나고 돌아오면 스케줄 조정해. 최소한 하루는 쉬어야지."

"알겠습니다."

태평의 눈이 빈틈없이 메모가 적혀 있는 스케줄러를 빠르게 훑었다. 이제 태평은 소속 가수들의 투어 일정이 너무 길어지지 않게 조정하고 한국에서도 충분히 활동할 시간을 만들면서 그 사이에 휴식 시간까지 채워 넣어야 했다.

배우들도 마찬가지였다. 현재 할리우드에서 제작하는 영화에 캐스팅된 배우가 두 명, 일본과 중국에서 미니 콘서트 겸 팬 미팅을 가져야 하는 배우 역시 두 명이었는데 공교롭게도 네 명 모두 드라마에 출연하고 있는 상태였다. 무슨 짓을 해도 스케줄이 겹치는 일이 발생할 확률이 높았다.

2개로 나뉘어 있던 안무실을 하나로 만드는 리모델링 작업도 예상했던 것보다 늦어지고 있었다. 그나마 다행인 건 'pine'이 승승장구하고 있다는 거? 그래서 눈코 뜰 새 없이 바쁘다는…… 건 과연 다행일까, 불행일까.

쿵!

머리가 지끈거려 얼굴을 구긴 채 빠르게 걷던 서준의 다리에 무언가 부딪혔다.

"우리야!"

서준의 뒤에 서 있던 태평이 넘어져서 땅바닥에 엎드려 있는 아이를 일으켜 세웠다.

"우리? 내가 아는 그 우리?"

눈썹을 세운 서준이 아이를 빤히 쳐다보다가 태평에게 물었다.

"네. 천민정 씨 딸입니다."

태평이 하얀 타이즈를 신고 있는 우리의 무릎을 툭툭 털어주며 대답했다. 항상 청결을 유지하고 있는 건물이라 무릎이 지저분해지진 않았지만 혹여 다치진 않았을까 싶어서.

서준은 골이 아프게 바빴다는 것을 잠시 잊고 무릎을 굽혀 아이와 눈을 맞췄다. 그의 주먹만 한 얼굴에 커다란 눈 하며 앙증맞은 코와 입술이 자리를 잡고 있는 게 마냥 신기했다. 게다가 꽤 심하게 넘어졌는데도 아이는 배시시 웃고 있었다. 보조개가 예쁘게 들어가는 걸 보니 천민정의 딸답다. 아이의 엄마 천민정도 예쁜 보조개로 남자들의 마음을 흔들어댔으니. 지금이야 외모보다는 뛰어난 연기력으로 사랑받는 대한민국 대표 여배우가 되었지만.

"몇 살?"

입술을 길게 늘인 서준이 묻자 아이가 손가락 네 개를 쫙 펴 보였다.

"벌써 네 살이야?"

누구에게 묻는 건지 모를 질문이었지만 아이는 자기한테 한 말이라고 여겼는지 고개를 주억거렸다.

"시간 참."

왠지 모를 허탈함에 서준은 실소를 흘렸다. 아이의 돌잔치에 그도 참석했었다. 돌잡이 때 마이크를 잡았었던 아이가 떠올랐다. 가수인 아버지와 배우인 어머니의 피를 속일 수는 없는 거라고 자신이 장난스럽게 던졌던 말도 기억나는데 그게 벌써 3년 전이라니.

아이의 부모는 SNS를 이용하지 않았고 자식을 노출시키는 걸 꺼려했었다. 그래서 돌잔치 이후로 본 적이 없었는데 뽀얀 젖살이 깨물어주고 싶게 귀여웠던 아이는 훌쩍 자라 있었다.

"그런데 왜 혼자 있는 거야?"

아이에게서 눈을 떼지 못하던 서준이 태평을 쳐다보았다.

"아이와 함께 하는 리얼리티 프로그램에 천민정 씨와 우리가 출연해 줬으면 좋겠다는 연락이 왔습니다. 아마 그것 때문에……."

"화장실 갈래요."

천민정이 프로그램에 출연할지, 거절할지 생각해 볼 겨를이 없었다. 태평의 말이 끝나기도 전에 서준의 손을 잡아 흔드는 아이 때문에 두 사람의 얼굴이 눈에 띄게 굳었다.

"……화장실?"

"화장실!"

서준이 난색을 표하며 태평에게 아이를 떠넘기려는 순간.

"천민정 씨 찾아오겠습니다!"

충실한 최 실장은 바람처럼 사라졌고 아이의 얼굴은 조금씩 울상이 되어갔다.

"가자, 화장실. 가야지."

아이를 안아 올린 서준의 걸음이 바빠졌다. 아이는 빨리 가라며 칭얼거리는데 화장실이 너무 멀다.

안무실 리모델링 끝나면 화장실도 추가로 더 만들던가 해야지, 빌어먹을!

아이가 몸을 비틀자 서준은 뛰다시피 화장실로 향했다. 여자 화장실에 누군가 있을지도 모른다는 걱정 같은 걸 할 만한 여유가 없던 그는 곧장 여성용 화장실에 몸을 밀어 넣었다.

대표실 문을 열고 천민정이 들어왔지만 서준은 그녀를 앉은 상태로 맞이해야 했다.

"어머."

서준을 보고 놀란 민정이 손으로 입을 가렸다. 하지만 그의 눈엔 놀라서가 아니라 웃음을 숨기려는 것처럼 보였다.

"왜 이렇게 늦게 옵니까."

목소리 크기를 확 줄인 서준의 투덜거림에 민정의 입꼬리가 말려 올라갔다.

"더 늦게 올 걸 그랬네요. 자연스러워 보이시는데요?"

"담 옵니다."

"힘 빼세요. 그러다 근육통 생겨요."

"내 몸이 내 마음대로 안 됩니다."

킥킥, 웃음을 터뜨리는 민정의 볼에 보조개가 쏙 들어갔다. 지금 서준의 품에 안겨 곤히 잠들어 있는 아이가 웃었을 때처럼.

"바쁘신데 죄송해요."

말은 죄송하다면서 민정은 아이를 데려갈 생각을 하지 않았다. 그녀는 좋은 그림을 구경하고 있는 사람마냥 흡족한 미소를 짓고서 서준을 쳐다보고만 있었다.

"안 깨우고 옮길 수 있을까?"

서준이 슬쩍 시선을 내려 잠들어 있는 아이를 살폈다. 잠든 모습이 천사처럼 보이는 건 자신의 연인에게만 해당되는 건 줄 알았는데 아이도 만만치 않았다.

유전자의 힘인지 인형처럼 예쁜 아이는 앙증맞은 손으로 서준의 옷자락을 꽉 붙잡고 있었다. 떨어지지 않겠다는 듯. 그래서 억지로 떼어내고 싶지 않았다. 행여 아이가 깰까 손가락 하나 까딱할 수가 없었다.

"가능해요. 낮잠 잘 시간이라 짜증은 내겠지만 다시 잘 거예요."

서준에게 다가간 민정이 아이를 데려가려 팔을 뻗었다. 스르륵, 아이의 손이 떨어져 나가자 서준은 묘한 감정에 휩싸였다. 아쉬움인 것도 같고, 허전함인 것도 같은 이유를 알 수 없는 감정들이 당황스럽다.

"얘기 들으셨죠?"

뒷목을 주무르던 서준이 아이를 안고서 빙긋이 미소를 짓는 민정을 보며 고개를 끄덕였다.

"거절해도 되는 거죠?"

"흠. 회사에 손핸데."

"그렇게 생각 안 하시는 거 아는데요."

"나는 좀 신비스러울 필요가 있겠습니다."

마뜩찮다는 듯 서준이 혀를 찼다. 파인 소속 연예인들과 직원들은 그를 너무 잘 안다. 하기 싫은 걸 억지로 시키는 대표가 아니라는 걸, 돈보다 사람을 훨씬 중요시 여기는 사람이라는 걸 알고 있으니 선 결정, 후 의논이 되어버리는 것이다. 의논이라기보다 통보에 가깝다는 게 문제지만. 사실 그런 통보를 받고도 어깨 한 번으쓱해 버리는 서준이 더 문제이긴 했다.

"최 실장님한테 그렇게 말씀드릴게요. 우리 봐주셔서 감사해요."

서준이 별말 안 할 줄 알고 있던 민정이 문을 열고 나가기 전,

그를 돌아봤다.

"대표님."

"네."

"결혼하셔야겠어요."

뜬금없는 말에 서준이 눈썹을 세웠다.

"우리 보시는 눈을 보니까 결혼하실 때가 됐구나, 싶어서요. 예전하고 많이 다르시네요."

민정이 아이를 데리고 대표실에서 나가자 서준은 생각에 잠겼다. 천민정은 강진이 대표였을 때부터 파인 소속이었다. 아역 배우로 시작해 한 아이의 엄마가 된 여자라서일까? 서준은 그녀의 말을 가볍게 흘려들을 수가 없었다.

요즘 들어 아이들이 예뻐 보이긴 했다. 전에도 아이를 싫어하진 않았지만 딱히 좋아하는 건 아니었는데 확실히 아이를 대하는 자신의 모습이 달라져 있었다.

"나이가 들어서 그런 건 줄 알았는데."

혼잣말을 중얼거리던 서준이 이마를 긁적였다. 우리가 화장실에 가고 싶다고 했을 때 난감했지만 짜증스럽지는 않았었다. 화장실에 데리고 들어가긴 했는데 뭘 어떻게 해야 할지 몰라 네 살짜리 아이한테 도움을 받아야 했는데도 불쾌하거나 창피하진 않았다. 그냥 데리고 나오면 되는 줄 알았는데 아이가 손 닦아야 한다고 했을 때는 어찌나 기특하던지. 저도 모르게 아이의 볼에 뽀뽀를 하려다가 겨우 참아냈다.

결혼, 아이. 두 개의 단어가 서준의 머릿속을 빼곡하게 채웠다. 그런데 전처럼 심한 거부감이 생기지 않는다.

우리 결혼, 내 아이. 아니, 아니지. 우리 결혼, 우리 아이. 우리……
아이?

골똘하게 단어를 조합해 보던 서준의 입가에 미소가 머문다. 장
미를 빼닮은 아이를 상상하는 것만으로도 가슴이 묵직해지고 행
복 지수가 쭉쭉 올라갔다.

장미를 위해 진지하게 생각해 보았던 결혼이라는 것이 이젠 자
신을 위해 하고 싶은, 꼭 해야 하는 일이 되어버렸다.

뻐근해진 가슴을 손바닥으로 지그시 누르고 있던 서준이 인터
폰을 눌렀다.

[네, 대표님.]

"두세 시간쯤 외출을 했으면 하는데 언제 가능하죠?"

비서의 대답을 기다리는 동안 타다닥, 타다닥, 버릇처럼 데스크
를 두드리는 서준의 손짓에서 초조함이 묻어 나왔다.

제멋대로 땡땡이를 친 게 얼마 안 되었으니 또다시 권력을 남용
할 수는 없는 일이었다. 직접 스케줄을 확인해도 되는 일이지만
비서를 통해 갑자기 잡힌 약속이 있을 수도 있고.

[오늘은 비어 있는 시간이 없으세요. 내일 오후 4시에서 6시까
지는 가능하십니다. 늦어도 7시까지는 협회 모임에 참석하셔야
해요.]

오늘은 안 된다니 안타깝지만 어쩌겠는가. 내일이라도 시간이
나는 것을 감사하게 여겨야지.

"그럼 내일 4시부터는 다른 스케줄 잡지 말아줘요."

[알겠습니다. 그리고 최 변호사님이 기다리고 계세요.]

"들어오시라고 하세요."

망설임 없이 결정을 내린 서준이 의자에서 일어나 소파로 향했다.

　시간이 부족해, 시간이.

　최 변호사와 마주 앉을 때까지 서준은 미간을 좁힌 채 앞으로 해나가야 할 일들의 순서를 정하느라 바빴다.

　장미의 눈을 보며 하고 싶어서 아껴두었던 말을 꺼내야 하고, 그녀의 약지에 어울릴 만한 반짝이는 물건도 사러 가야 한다. 그 외에도 해야 할 일들이 어마어마하게 많았다. 그럼에도 불구하고 서준은 한없이 설레었다. 눈썹을 양껏 모은 상태에서도 입술은 미소를 그리고 있을 정도로.

　추적추적 비가 내렸다. 어제 낮부터 먹구름이 하늘을 검게 물들이더니 이튿날인 오늘까지 비가 내리고 있었다. 이왕 올 거면 쏴아, 시원하게 쏟아지면 좋으련만 찝찝하게 떨어지는 빗줄기 때문에 기분이 울적해질 지경이었다.

　그것 때문이 아니잖아.

　거실 창가에 앉아 비에 젖은 정원을 응시하던 장미의 시선이 흐려졌다.

　며칠 전, 낯선 번호로 걸려왔던 전화는 불길했다. 한국에서 개통한 휴대폰 번호는 입이 무거운 사람들에게만 알려주었기에 모르는 번호로 전화가 걸려올 일이 드물었다. 서준처럼 어떻게든 번호를 알아내는 사람들까지 피할 수는 없었지만 그런 일이 자주 일어나는 건 아니었다.

불길했던 전화는 끊어졌다가 다시 걸려왔다. 그리고 장미는 받고 싶지 않았던 전화를 받았다.

'여보세요.'

[……로즈?]

당연하게 한국어로 전화를 받았지만 상대는 개의치 않았다. 이미 그녀의 번호를 알아내어 전화를 한 것일 테니.

[로즈, 나야.]

당연히 자신의 목소리를 기억할 거란 확신에 찬 음성에 장미는 기가 찼다. 하지만 남자의 예상대로 그녀는 기억하고 있었다. 다른 이유는 없었다. 거의 5년을 매일같이 듣던 목소리였는데 잊어버리는 게 이상한 거였다.

[로즈, 듣고 있어? 끊은 거 아니지?]

장미는 굳이 영어를 못 알아듣는 척, 그가 누구인지 모르는 척 할 필요를 느끼지 못했다. 그래서 대답해 주었다. 듣고 있다고.

[할 얘기가 있어.]

'나는 들을 얘기가 없는데.'

[자기, 나한테 화났구나.]

멍해진 장미는 침대 위에 털썩 주저앉았다. 그가 자신을 지칭하는 단어, 그의 뻔뻔한 말투까지 모두 다 말이 되지 않았다. 바로 어제 싸우고 헤어진 연인을 대하는 듯한 남자 덕분에 장미의 벌어진 입술 틈새로 비실비실 실소가 새어 나왔다. 화도 나지 않았다. 그저 기가 막힐 뿐.

'화 안 났어. 너한테 화날 이유가 없어. 나하고 상관없는 사람이

니까.'

[로즈, 하고 싶은 말이······.]

'하지 마. 그만해. 나는 네 장난감이 아니야. 나는 사람이고 너도 사람이었으면 좋겠어. 내 말, 이해해?'

말없이 숨소리만 들리는 휴대폰을 쥐고 있던 장미는 일방적으로 전화를 끊어버렸다. 그 후로 전화는 걸려오지 않았지만 끝났다는 생각이 들지 않았다. 추적추적 내리는 비처럼 남자는 장미를 찝찝하게 만들었다.

그에게 했던 말을 전부 이해했을지에 대해서는 확신할 수 없었다. 사람들의 장난감으로 살지 말란 얘기가 아니라 사람답게 살라는 뜻이었는데. 그러니 사람이면 그만하란 소리였다. 날 찾지 말라는, 너하고 나는 완벽하게 끝났다는 의미였다. 하지만 그녀는 남자가 어떤 사람인지 안다. 그는 장미의 말을 알아듣고도 못 들은 척 제멋대로 굴 수 있는 사람이었다.

"밖에 뭐 있어?"

언제부터 와 있었는지 트레이닝 바지 주머니에 한 손을 꽂은 에릭이 창문 밖을 기웃거렸다.

"아니. 그냥 비가 와서."

"그렇지? 너도 비가 오니까 부침개가 먹고 싶은 거지?"

씨익 웃어 보이는 에릭 덕분에 장미의 얼굴에도 살짝 미소가 비쳤다.

"우리 부침개 만들어 먹자. 그런데 재료 없어서 사러 가야 해."

에릭이 장미의 손을 잡아 일으켜 세웠다. 며칠간 서준과 통화할 때가 아니면 멍하니 생각에 잠겨 있는 동생을 더는 지켜만 보고 있을 수가 없었다. 밖에 나갈 생각은 아예 하지도 않고 밥도 먹는 둥, 마는 둥. 그래서 괜히 빈대떡 얘기를 꺼낸 것이다. 미리 주방에서 뭐가 없는지 확인한 후에.

"오랜만에 마트 가자."

겉옷을 가져와 입혀주는 에릭의 말에 장미가 눈살을 찌푸렸다.

"비 오는데?"

"많이 오는 거 아니잖아. 걸어서 15분이면 되는데. 오빠 시식 코너 가고 싶어."

에릭이 어깨를 축 늘어뜨리고 불쌍한 표정을 지어 보였다. 선택권이 없어진 장미는 파라솔만 한 우산을 집어 든 에릭의 손에 끌려 마트로 향했다.

장미는 1+1 행사 물품들마다 카트에 담으려는 에릭을 말리느라 시간 가는 줄을 몰랐다. 마트에 온 건 탁월한 선택이었다. 적어도 잡생각은 들지 않았으니까.

빈 곳을 찾아보기 힘들 만큼 물건들로 가득 찬 카트를 보면서 장미는 고개를 설레설레 저었다. 그런데도 또 다른 물건에 눈독을 들이는 에릭의 팔을 잡아끄는데 주머니 속에서 진동이 울렸다.

"여보세요?"

[밖이야?]

반가운 서준의 음성에 장미의 눈매가 휘었다.

"오빠하고 마트 왔어요."

[비 오는데?]

"나도 그렇게 말했는데 오빠가 빈대떡이 먹고 싶대서."

[나도 먹을래.]

"다음에 해줄······."

[지금 가고 있는 중인데? 그냥 오늘 같이 먹지?]

웃고 있던 장미의 걸음이 느려졌다. 열심히 물건을 실어 담는 에릭은 이미 관심 밖이었다.

"온다는 말 없었잖아요."

[비 오잖아.]

"응?"

[비 오니까 당신이 보고 싶어서.]

서준의 그윽한 음성에 장미의 볼이 수줍게 물들었다.

[내가 먼저 도착하겠다. 기다리고 있을게.]

"빨리 갈게요."

[천천히 와. 넘어지지 말고.]

놀리는 것 같은 말투에도 베실베실 웃음이 난다. 안 넘어지고 빨리 가겠다고 말한 장미가 전화를 끊고 에릭을 찾았다.

"에릭! 오빠!"

"나 여기!"

멀지 않은 곳에서 에릭이 긴 팔을 들어 올려 흔드는 게 보였다. 입가에 돈가스 소스를 잔뜩 묻힌 모습이 참 볼만하다.

장미는 더 놀다 가자는 에릭을 잡아끌었다. 마음은 급해 죽겠는데 카트까지 말썽이었다. 그녀의 오빠는 바퀴 달린 카트도 잘 움직이지 않을 수 있다는 사실을 깨닫게 해주었다.

도저히 직접 들고 갈 수 있는 양이 아니었기에 배달 서비스를 이용하기로 한 남매는 두 손 가볍게 집으로 향했다.

"시간만 있었어도 반은 뺐을 거야."

투덜거리는 장미의 옆에서 에릭이 고개를 저었다.

"난 필요한 것만 샀어."

"오빠한테 차량용 휴대폰 충전기가 왜 필요한 건데?"

"미국 가져가서 쓸 거야."

"그럼 미국 가서 사지."

"한국 물건이 좋아."

"그거 메이드 인 차이나였어."

"그런 걸 왜 봐? 으흥. 으흥흥."

눈을 흘기는 장미를 외면한 에릭이 콧노래를 흥얼거리기 시작했다. 눈을 바로 뜬 그녀는 한숨을 내쉬었다. 나중에 몰래 빼면 된다고 생각한 제 잘못이지 누굴 탓하겠는가.

에릭은 서준이 온다는 말에 동생과의 오붓한 시간을 방해한다며 얼굴을 구겼다. 하지만 못 오게 하라거나 싫다는 소리는 하지 않았다. 그저 '우린 청양고추 많이 넣는데, 먹을 수 있을까?' 하고 물은 게 다였다. 아, 서준이 오면 막걸리가 모자라겠다는 말도 꺼냈다.

나름대로 다정하게 티격태격하며 걸었더니 어느새 집 근처였다. 익숙한 차의 뒷모습이 보이는가 싶더니 그녀를 봤는지 서준이 차에서 내려 우산을 펼쳤다.

서준에게 달려가고 싶은 마음을 꾹 참은 장미가 입꼬리를 끌어올리며 걷는데 에릭이 걸음을 멈춰 버렸다.

"에릭?"

무섭게 일그러지는 에릭의 얼굴을 쳐다보던 장미가 그의 시선이 향한 곳으로 고개를 돌렸다.

대문 앞. 웅크리고 앉아 있던 한 남자가 긴 다리를 펴더니 장미를 향해 미소를 지었다.

『로즈.』

장미는 우산을 집어 던지고 남자에게로 달려가는 에릭을 붙잡지 못했다.

14

퍽, 퍽! 잘난 면상에 주먹이 꽂히는 소리가 예사롭지 않았다. 장미는 말 한마디 않고 주먹만 휘두르고 있는 오빠를 멍하니 쳐다보고 있었다.

기억이 되돌아온다. 그날, 얼굴과 손에 피를 묻히고 들어왔던 에릭은 말했었다.

'그 자식, 고소할 거야. 다시는 얼굴 못 들고 다니게 해주겠어.'

나중에서야 알았다. 에릭이 고소를 당하지 않은 게 기적이었다는 걸.

그날 이후 장미는 '그 사람'을 본 적이 없었다. 우연이라도 마주치지 않으려고 집 밖으로 나가지도 않았다. 그리고 얼마 후, 한국으로 왔다. 그렇게 끝나는 줄 알았다. 아니, 끝났었다.

"에릭, 그만! 그만해요!"

서준의 음성에 퍼뜩 정신을 차린 장미가 에릭에게로 다가갔다. 그는 새우처럼 몸을 구부리고서 양팔로 얼굴을 가리고 있는 남자의 멱살을 잡고 있었다. 서준이 어떻게든 떼어놓으려 했지만 소용없었다. 눈이 뒤집힌 에릭을 말릴 수 있는 사람은 장미뿐이었다.

서준의 팔을 잡은 장미는 그와 눈이 마주치자 고개를 저었다.

"설명은…… 나중에. 괜찮죠?"

장미의 아련한 미소에 서준은 혼란스러워졌다. 하지만 지금 당장 설명하라고 할 수 있을 만한 상황이 아니었다. 정신이 나간 것처럼 보이는 에릭이나 두들겨 맞고 있는 남자는 관심 없었다. 내리는 비를 고스란히 맞고 있는 장미가 서준의 유일한 걱정거리였다. 그래서 그녀가 바라는 대로 에릭을 잡고 있던 손을 놓았다.

"에릭."

퍽! 주저 없이 남자의 턱에 주먹을 내리꽂는 에릭의 흰자위가 붉게 충혈되어 있었다.

"오빠."

장미는 아지랑이가 피어오르는 에릭의 어깨를 가만히 붙잡았다. 멈칫하는 것 같던 에릭이 이내 다시 팔을 들어 올리자 장미가 그의 손목을 움켜쥐었다.

"오빠, 안 돼."

"……."

"이제 그만해. 내가 오빠한테 너무 미안하잖아."

에릭의 주먹이 부르르 떨렸다. 분을 참지 못한 그의 입매가 사납게 비틀려 있었다.

"내가, 끝낼게. 부탁이야."

침묵하던 에릭은 끝내 동생의 부탁을 거절하지 못했다. 남자에게서 손을 털어낸 그는 장미의 앞에 섰다. 그리고 어느새 우산을 가져와 동생의 곁에 서 있는 서준을 보았다.

에릭은 우직해 보이는 이 남자가 동생을 오해하거나 의심하지 않기를 바랐다. 동생의 행복이 끝이 아닌 시작이길 원했다. 그리고 영원히 끝나지 않기를.

서준을 향해 고개를 까딱해 보인 에릭이 장미와 눈을 맞췄다.

『인간, 아니야.』

차분하게 가라앉은 에릭의 음성에서 삭이지 못한 분노가 묻어났다. 들으라는 듯 일부러 영어로 말하는 에릭을 보며 장미는 쓴웃음을 지었다.

『알아.』

『길게 상대하지 마.』

『그럴게.』

한숨을 내쉰 에릭이 불안한 눈빛으로 서준을 쳐다보았다.

"인간 아닌 남자하고 단둘이 있게 할 생각 없습니다."

장미의 옆에서 한 발자국도 움직이지 않겠다는 단호한 눈빛에 에릭이 동생에게로 시선을 옮겼다. 괜찮다는 듯 장미가 고개를 끄덕이자 에릭은 홀로 집 안으로 들어갔다. 쓰러져 있는 남자를 죽일 듯 노려보고서.

장미는 신음을 흘리며 땅바닥에 주저앉는 남자를 가만히 쳐다보았다. 미치도록 화가 나야 정상일 것 같은데 그저 가슴만 답답했다.

"잠깐 들어."

장미의 손에 우산을 쥐어준 서준이 입고 있던 재킷을 벗어 그녀의 어깨에 걸쳐 주었다. 다시 우산을 가져간 그의 얼굴은 단단하게 굳어 있었다.

"난 안 가. 인간 아니라며, 저거."

그가 예리한 시선으로 끄응, 앓는 남자를 가리켰다.

"차라리 귀를 막으라고 해."

진심이었다. 귀를 막으라면 막아줄 거고 눈을 감으라면 뜨라고 할 때까지 감고 있을 자신 있었다. 그가 들어줄 수 없는 건 가달라는 말, 그거 하나였다.

서준은 조금 전까지만 해도 R&E에 대해 알 만큼 안다고 믿고 있었다. 하지만 그의 서랍 안에 들어 있는 묵직한 서류 내용 중 어디에도 인간이 아닌 남자 '제이크 브라운'과 관련된 건 없었다.

희대의 트러블 메이커. 그럼에도 불구하고 전 세계적으로 사랑받는 남자, 제이크 브라운. 원하는 건 무엇이든 가질 수 있다는 남자가 장미와 어떤 관계로 얽혀 있는 건지 대충 감이 잡힌다. 그래서 더더욱 자리를 뜰 수 없었다. 어리석은 남자의 유치한 질투심이라고 해도 상관없었다.

"가지, 말아요."

장미가 서준의 옷자락을 잡았다. 못난 과거를 보이긴 싫지만 그가 떠나는 건 더 싫었다. 그가 떠난다는 생각만으로도 심장이 찢어지는 것 같았다. 그래서 잡았다. 서준이 어떤 말을 듣고 어떤 결론을 내리든, 과거 또한 그녀의 것이니까.

어설프게 미소를 지어 보이는 장미에게 서준은 짧지만 무겁게 고개를 끄덕였다. 그녀가 원한다면 언제까지든 옆에 있겠다는 뜻으로.

크게 숨을 들이 마신 장미는 제이크에게로 몸을 돌렸다. 볼썽사나운 얼굴과 자세로 앉아 있으면서도 그는 장미를 향해 눈웃음을 지었다.

『로즈.』

『왜 이러는 거야?』

『로즈, 나 이제 약 안 해. 술도 안 마시고 클럽도 안 가.』

제이크는 칭찬을 바라는 사람처럼 눈을 빛내고 있었다. 어린아이마냥 순진무구한 눈망울로 그녀의 손길을 기다리고 있었다. 하지만 장미는 그에게 손을 내밀지 않았다.

『그래서?』

『내가 잘못했어. 용서해 줘.』

『그래. 넌 잘못했어. 그래서 용서했어. 그렇게 끝났어, 너하고 나는.』

『아니, 안 끝났어. 널 사랑해.』

제이크의 눈에는 슬슬 열이 뻗치기 시작한 서준이 보이지 않는 모양이었다. 자신에겐 오직 장미만 보인다는 듯, 그는 열렬하게 사랑을 고백했다.

『내가 사랑한 사람은 너밖에 없어. 정말이야. 믿어줘.』

서준은 인내했다. 장미를 위해서. 자신마저 주먹을 휘두르게 된다면 그녀가 미안해할 사람이 한 명 늘게 될 테니까. 그래서 참고 또 참았다. 어디까지 참아낼 수 있을지는 모르겠지만.

『지겹다, 그 말. 이젠 네가 소름 끼쳐.』

담담한, 감정이라고는 한 톨도 실리지 않은 장미의 음성에 제이크의 눈동자가 흔들렸다. 그녀가 이렇게 나올 거라고는 생각해 보지도 않은 것 같았다.

『로즈, 이러지 마. 날 사랑하잖…….』

『아니, 내가 사랑하는 사람은 이 남자야.』

단호하게 못을 박은 장미가 서준을 바라보았다. 굳어져 있는 그의 얼굴에 가슴이 아프다. 다른 남자가 자신에게 사랑을 고백하는 걸 듣게 한 게 미안해서 미칠 것 같았다. 하지만 여기서 끝내야 했다. 이제는 정말이지 완벽하게 끝을 내야 했다.

『거짓말.』

엉거주춤 일어선 제이크가 장미의 턱을 잡아 자신을 보게 만들었다. 그 행동이 서준의 인내를 날려 버렸다.

제이크의 손을 거칠게 쳐낸 서준이 그의 목을 틀어쥐었다.

『손대지 마.』

『이, 이거…….』

얼굴이 하얗게 질린 제이크가 숨이 막히는지 끅끅거렸지만 서준의 손엔 점점 힘이 실려갔다.

『내 여자를 위해서 참고 있는 것뿐이야. 그러니까 털끝 하나 건드리지 마.』

제이크가 버둥거릴 때까지 목을 쥐고 있던 서준이 그를 놓고 가슴을 툭 밀었다. 장미와 제이크의 거리가 한층 더 멀어졌다.

『나는 완벽한 걸 좋아하는 사람이야. 내가 무슨 짓을 할 수 있을

지 궁금하면 네 멋대로 해도 좋아.』

장미에게로 돌아간 서준이 그녀의 어깨를 끌어안았다. 둘만 놔 뒀더라면 어떤 일이 일어났을지 상상하는 것조차 끔찍했다. 인간 아닌 게 확실한 인물이 나불거리는 말들은 유쾌하지 않았지만 그녀의 곁을 지킬 수 있어서 다행이었다.

『로즈.』

비틀거리던 제이크가 애절하게 애원하는 눈빛으로 장미를 바라보았다. 하지만 그녀는 꿈쩍도 하지 않았다. 따스한 서준의 품에서 벗어날 마음 같은 건 눈곱만큼도 없었다.

『너와 헤어졌어도 나는 잘살았어. 그런데 이 사람은…….』

장미가 잠시 서준을 쳐다보았다. 괜찮다고, 아무것도 걱정하지 말라고 말해주는 것 같은 눈빛에 울컥, 마음이 눈물을 토해낸다.

『이 사람이 내 옆에 없을 거라는 생각을 하면, 숨이 안 쉬어져.』

『……로즈?』

믿을 수 없다는 듯 멍한 표정으로 서 있는 제이크를 향해 장미가 입꼬리를 끌어 올렸다.

『너는 스타잖아. 그 자리에 계속 있고 싶으면 지금부터 날 잊어. 설마 몇 번의 도둑질에도 내가 증거 하나 만들어놓지 않았다고 생각한 건 아니지?』

『도둑질?』

제이크의 눈빛이 변했다. 순식간에 사나워진 그의 기세에 장미는 물론이고 서준마저 할 말을 잃었다.

『로즈, 다시는 미국에서 작업하고 싶지 않은 거야?』

비스듬하게 입꼬리를 끌어 올린 제이크를 보며 장미는 실소했다.

『제이크, 진심이야?』

『내 말 한마디면, 누구도 네 곡을 받지 않을 거야.』

『네가 말하는 사람들이 과연 누구 손을 잡을까? 약을 끊었다더니 뇌가 멈춰 버린 거야? 너, 우리한테 러브콜을 보내오는 사람들이 누군지 정말 모르고 하는 말이야?』

인상을 구긴 제이크가 한걸음 물러섰다. 그도 모르지 않을 것이다. 한 남자의 인기와 명성 때문에 히트 칠 곡을 거부할 수 있는 제작자와 가수는 많지 않다. 더군다나 그 남자가 망가질 대로 망가져 이제 노래가 아닌 인기로 연명하고 있다면 외면당할 상대가 누구일지는 굳이 계산기를 두드려 보지 않아도 알 수 있는 일이었다.

알 만한 제작자들과 가수들은 더 오래 살아남을 수 있는 쪽에 배팅한다. 더 많은 돈을 벌어다 줄 수 있는 사람에게 미소를 짓는다. 씁쓸하지만 그들은 배신에 배신을 더하고도 살아남는 자가 승리자가 되는 곳에서 살고 있었다.

『후회하게 될 거야.』

제 뜻대로 되지 않자 제이크는 이를 갈았다. 아마 늘 그래 왔듯 장미가 제게로 돌아올 거라 여겼을 것이다. 그렇게 또다시 훌륭한 곡을 내어줄 거라고.

남자답지도 못하고 스타답지도 못한 한심한 모습에 장미는 땅이 꺼져라 한숨을 내쉬었다. 이런 남자가 이혼했다는 소식에 슬럼프가 찾아왔었던 과거를 깨끗하게 지워 버리고 싶었다.

대체 무슨 말을 어떻게 해야 할지 모르겠어서 머리를 굴리고 있는데 서준의 묵직한 음성이 울려왔다.

『어이, 약쟁이.』

피식, 피식 웃어가며 자신을 약쟁이라 부르는 서준 때문에 제이크가 눈살을 찌푸렸다. 하지만 덤벼들지는 못했다. 이미 서준의 손아귀 힘을 체험한 뒤라서.

『후회는 네가 하게 될 거다. 후회하기 전에 뒈질 것 같다만.』

작게 욕설을 내뱉은 제이크가 장미를 노려보았다. 하지만 그녀의 눈빛엔 경멸과 혐오만이 가득했다.

제이크는 마지막 인사도 남기지 않고 뒤돌아섰다. 뻔뻔스럽게도 당당하게 제 갈 길을 가는 제이크의 뒷모습을 보며 장미는 오래된 상처에 이별을 고했다.

한때는 처절하리만치 사랑했던 남자. 그녀의 곡을 훔쳐가고 그러기 위해 다시 돌아오고, 빛이 사라지는 게 두려워 자신의 재능을 탐했던 남자지만 그래도 사랑했었다. 진심으로 사랑받았던 기억 하나를 붙잡고서. 잊지 않던 추억을 담보 삼아. 하지만 그것도 이제는 끝이다. 제이크 브라운에게 줄 수 있는 건 이제 아무것도 남아 있지 않았다.

"들어가."

서준의 음성에 장미가 고개를 들었다.

"입술이 파랗다."

쯧, 혀를 차는 그에게 장미는 묻지 않을 수가 없었다.

"안…… 물어봐요?"

그가 화를 내고 있는 것도 아닌데 괜히 눈물이 비집고 나왔다. 아니, 화를 내거나 이게 무슨 일이냐고 따져 묻지를 않아서 더 겁이 난다.

떠난다고 할까? 실망했을까? 그래, 실망했을 것이다. 고작 저런 남자에게 마음을 탈탈 털어줬었다는 걸 알게 됐으니 당연히 실망했겠지.

서준의 옷자락을 붙잡은 장미의 손마디가 하얗게 질렸다.

날 떠나지 말아요. 그러지 마.

파르르 떨리는 장미의 입술을 엄지로 문지른 그가 그녀의 얼굴을 감쌌다.

"내가 들어야 할 게 남았나?"

곧은 시선으로 바라보는 그에게 장미는 세차게 고개를 저었다. 그녀는 그저 오래전, 한 남자를 사랑했었다. 그게 전부다.

"예전에 이랬고 저랬고, 떠벌리는 여자 매력 없어."

언제부터 흘렀는지 투명한 눈물이 장미의 턱 끝에 매달려 있었다.

"당신이 말 안 한 게 당연하다는 거야. 잘못한 거 없고 미안할 것도 없어."

"⋯⋯화, 안 났어요?"

손끝으로 장미의 눈물을 닦아낸 서준이 그제야 눈썹을 세웠다.

"좀 믿어. 믿어도 된다고 했잖아."

멈추지 않고 눈물을 흘리는 장미를 보며 한숨을 삼킨 그가 우산을 들지 않은 팔로 그녀를 끌어안았다. 비에 젖은 여윈 몸이 차갑게 식어 있어서 절로 얼굴이 구겨졌지만 내색하지 않았다. 자신이 그녀를 불안함에 떨게 만들었으니까.

장미를 꽉 안은 서준이 뜨겁게 속삭였다. 완전한 진심을 담아서.

"사랑해. 당신을 사랑하는 날 믿어. 과거 따윈 상관없어. 당신이 나만 사랑하면 돼. 난 그거면 돼."

입술을 깨물고 있던 장미는 서준을 안은 채 흐느꼈다. 비도, 장미의 눈물도, 두 사람의 사랑한다는 고백도, 오랜 시간 끊이지 않고 세차게 내리쳤다.

서준의 티셔츠를 빌려 입은 장미는 그의 품에 안겨 있었다. 넓고 푹신한 침대 위에 있었지만 단단한 그의 가슴에 기대어 있는 게 훨씬 편안하게 느껴졌다.

두 사람은 서로에게서 떨어지길 원하지 않았다. 그래서 서준은 비를 흠뻑 맞은 장미를 차에 태운 다음 에릭에게 허락을 구했다. 그녀를 데려가겠다고. 그런 상황에 여동생이 말 한마디 없이 사라지길 원하는 오빠는 없을 테니까.

'부탁해요.'

에릭의 당부를 떠올리던 서준은 다정한 손길로 장미의 어깨와 등을 쓸어내렸다. 사람을 만나고 믿는 게 어렵다고 말했던 그녀가 자신을 믿게 된 건 가족의 힘이 큰 것 같았다. 에릭에게서 동생을 향한 사랑과 믿음이 보였다. 힘겹게 보려고 노력하지 않아도 자연스럽게 보였다.

장미는 서준의 등에 팔을 두르고 그의 가슴에 볼을 비볐다. 자신에게 체온을 나눠주려 티셔츠를 입지 않은 서준의 가슴은 갑옷을 입은 듯 단단했지만 이상하게 포근했다. 마치 푹신한 이불에 감싸여 있는 것처럼.

서준은 잠시라도 눈을 붙이라고 등을 토닥거려 주고 있었지만 장미는 잠이 오지 않았다. 십 년 묵은 체증이 내려간 날 복권에 당첨됐다는 소식을 들으면 누군들 잠이 올까.

배시시 미소를 짓던 장미의 입술이 서준의 맨살을 살짝 스쳤다. 움찔한 그에게서 곧바로 한숨이 흘러나왔다.

"유혹하지 마."

슬쩍 얼굴을 떼어내는 장미를 보면서 서준은 생각했다. 자신이 언제부터 이렇게 금욕적인 남자가 되었는가, 하고.

인간 같지 않은 인물 때문에 마음고생을 했는지 수척해진 그녀였다. 오늘 하루 장미가 받았을 충격의 크기를 짐작하기가 어려웠다. 그래서 그는 짐승으로 돌변할 수 없었다. 아껴주고, 지켜주고 싶었다. 사랑하니까. 말로는 표현이 불가능할 만큼, 머리와 심장이 터져 버려도 이상하지 않을 만큼 사랑하니까.

"장미야."

한참을 붉은 머리카락만 만지작거리던 서준이 나지막하게 그녀의 이름을 불렀다. 장미가 고개를 들어 그를 바라보자 서준이 희미한 미소를 머금었다.

"사랑해."

"사랑해요."

순식간에 달아오르는 얼굴이, 곱게 접히는 눈매가 미치도록 사랑스럽다. 주저 없이 사랑을 고백하는 그녀의 얼굴을 서준의 손이 부드럽게 감쌌다.

"한국에 있어. 내 옆에."

장미가 입술을 달싹였다. 그러겠다고, 당신 옆에 있겠다고 하고 싶지만 현실적인 문제가 발목을 잡았다.

서준을 사랑했다. 오랜 시간 서준의 옆에 있고 싶었다. 하지만 그녀는 미국 국적을 가지고 있었다. 한국인의 피가 흐르고 있었지만 법적으로 그녀의 나라는 한국이 아닌 미국이었다.

한국에서 일하는 건 문제가 없지만 무한정 체류할 수는 없었다. 더군다나 부모님, 친구, 동료, 그녀의 인생에 포함된 대부분이 미국에 살고 있었다. 그들도 장미에겐 서준만큼이나 소중하고 사랑하는 사람들이었다.

"내가 어리석었어."

어쩔 줄 몰라 하던 장미는 자신의 턱을 잡아 올리는 서준의 눈을 바라보았다.

"장거리 연애가 가능할 줄 알았는데, 아니야. 바보 같은 생각이었어."

서준의 입술 틈으로 헛웃음이 새어 나왔다. 그때는 어떻게 그런 생각을 할 수 있었는지 모르겠다. 시간이 나면 비행기를 타고서 그녀를 보러 가면 된다고 여겼던 자신의 단순함에 기가 찼다. 이제는 하루라도 못 보면 눈이 멀 것 같았다. 언제 그녀를 다시 볼 수 있을지 날짜만 세고 있을 제 모습이 훤히 그려졌다.

"당신을 붙잡으려면 어떻게 해야 하지?"

"……서준 씨."

장미는 입술을 깨물었다. 서준을 선택하게 되면 미국에서의 삶은 포기해야 했다. 누가 뭐래도 미국은 그녀의 고향이었고 28년간의 인생이 고스란히 담겨 있는 곳이었다. 그렇다고 자신도 쉽게 포기 못하는 고향에서의 삶을 서준에게 포기하라고 요구할 수는 없었다.

그녀는 일하는 장소에 크게 구애받지 않는 직업을 가지고 있었지만 서준은 달랐다. 그런 그에게 모든 것을 내려놓고 미국으로 같이 가자고 말할 수는…….

"내가 당신을 따라가면 되나?"

장미의 눈이 커다래졌다. 너무 놀라서 심장이 움직임을 멈췄을 정도였다.

"왜 놀라지?"

엄청난 쇼크로 눈도 깜박이지 못하게 만든 당사자는 무감한 표정이었다.

"서준 씨, 지금…… 무슨 말 한 건지, 알아요?"

장미는 떨리는 음성을 감추려 하지 않았다. 이서준은 평범한 직장인도 아니고 좌판 깔아놓고 장사하는 사람도 아니다. 서준은 무려 파인 엔터테인먼트의 대표였다. 대한민국에서 가장 반짝이는 별들만 모여 있다는 소속사의 대표가 다 내려놓겠다니. 말이 되지 않는 소리였다.

"알지. 당신을 따라가겠다잖아. 설마, 싫어?"

그는 진심인 것 같았다. 아니, 진심이었다. 서준의 까만 눈동자에 거짓이라고는 병아리 눈곱만큼도 묻어나지 않았다. 그런 눈으로 그녀를 응시하면서 거짓을 말할 수 있다면 그는 대표가 아니라 배우를 해야 옳았다.

"싫…… 고 좋고, 그렇게 쉬운 문제가 아니잖아요."

"왜?"

더듬거리던 장미가 느리게 눈을 깜박였다.

"당신, 미국에 가서 뭐 하려구요?"

"사랑해야지. 한장미하고."

씨익, 입꼬리를 끌어 올리는 서준은 아무 생각도 못하게 만들 만큼 매력적이었지만 장미는 정신을 바짝 차렸다.

"사랑만 하면서 살 거예요? 회사는? 아버님하고 친구들은?"

서준의 대답을 기다리는 장미는 눈에 힘이 들어갔다. 장난으로 넘어갈 생각은 하지도 말라는 듯이.

장미는 서준이 포기하게 만들 수 없었다. 그것이 무엇이 됐든지. 그녀에게 중요한 건 그에게도 중요한 것이었다. 저 때문에 그가 전부를 내려놓고 언젠가 후회할 수도 있다는 가정을 세우는 것만으로도 이미 가슴이 시커멓게 타들어갔다.

"이 여자 보게. 사랑할 수밖에 없게 만들더니 이제 와서 도망가 겠다는 건가?"

눈썹을 뾰족하게 세운 서준이 서로의 코끝이 닿을 만큼 얼굴을 들이밀었다. 엉덩이를 뒤로 빼며 서준과 거리를 만든 장미의 입술이 툭 튀어나왔다.

"누가 도망을 가요. 가라고 해도 안 갈 건데."

"뭐가 마음에 안 드는 거야? 내가 안 가면 당신이 천년만년 한국에서 살 건가?"

"차라리……."

장미는 손으로 입을 막았다. 차라리 내가 한국에 있겠다는 말이 나올 뻔했다. 차라리 그게 낫겠다는 생각이 말이 되어 튀어나가려 했던 것이다.

아니, 잠깐. 그래. 차라리…… 그러는 게 낫지 않을까? 나보다 서준 씨가 포기해야 할 게 더 많은데.

장미는 부모님을 떠올렸다. 다툼마저도 사랑의 일부로 여기는 부모님은 사이가 좋아도 너무 좋았다. 하지만 서준의 아버지는 아들밖에 없었다. 게다가 장미는 부모님 덕분에 한국이 제2의 고향처럼 느껴졌다. 미국이 완벽하게 타국인 서준과는 확실히 다른 점이었다.

친구들과 동료들이 마음에 걸리지만 세상이 좋아졌으니 크게 문제될 것이 없었다. 화상 통화도 있고 SNS도 있고, 연락하려면 얼마든지 할 수 있었다. 미국에 아예 걸음을 끊을 것도 아니고.

아, 에릭이 있었지.

"한장미 씨."

거세게 반대할 것 같은 에릭 걱정에 코에 잔뜩 주름을 만들던 장미가 서준과 눈을 맞췄다.

"내가 말 안 했던가?"

흘러내린 머리카락을 귀 뒤로 넘겨주는 서준의 눈이 웃고 있었다. 행복해서 어쩔 줄 모르겠다는 얼굴로.

"당신은 내가 유일하게 사랑하는 여자야."

장미의 사고 회로가 생각을 거부했다. 그녀의 눈은 서준을 담기 위해 크게 뜨여 있었고 귀는 오직 그의 말을 듣기 위해 열려 있었다.

"태어나서 가장 먼저 사랑하게 되는 여자가 어머니라는데……."

잠시 호흡이 흐트러졌던 서준이 크게 숨을 들이마셨다.

"나한테는 당신이야. 당신이 유일해."

장미는 이를 악물었다. 그렇게라도 하지 않으면 당장에라도 눈물이 터져 나올 것 같았다. 어떻게 이런 남자를 두고 고민이라는 걸 할 수 있었는지 믿기지가 않았다. 잠깐이지만 미쳤었던 거다. 그게 아니고서는 고민했던 자신을 설명할 길이 없었다.

"당신이 아니면 죽을 때까지 사랑 같은 건 못해봤을 거야. 그런 나한테 한장미보다 중요한 게 있을 리가 없잖아."

기어이 눈물이 삐죽 비집고 나왔다. 급하게 손등으로 눈을 비비는 장미에게 서준이 속삭였다.

"방금 한 말, 아버지께는 비밀이다."

눈물은 멈추지 않는데 서준의 말에 웃음이 터져 버렸다.

'방금 한 말, 우리 서준이한테는 비밀이야.'

서준과 같은 눈빛으로 당부하던 강진이 떠올랐다. 아버지와 아들이 똑같이 비밀을 만들고 있었다. 한장미를 두고서. 그래서 장미는 울고 웃으며 몇 번이나 고개를 끄덕였다.

서준이 미리 알려줬던 것처럼 강진에게서 전화가 걸려왔다. 조용한 한식당에서 강진을 만난 장미는 절절한 부정에 기어이 눈물을 보였었다.

'완벽하게 사는 거에 목숨 거는 녀석인데, 내가 완벽하지 못한 아버지였어. 그래서 우리 서준이가 아픔이 있네. 저는 안 아프다고 웃으면서 다니는데 내가 아버지 아닌가. 모를 수가 없지. 그래서 서준이가 괜찮다고 웃을 때마다 피눈물이 흘러. 내 자식한테 엄마가 없게 만들어 버린 게 가슴이 찢어지게 미안해서.'

고해성사를 하는 사람처럼 어깨를 축 늘어뜨리고 말하는 강진을 보면서 장미는 섣부른 위로조차 할 수가 없었다.

'그 녀석이 나 때문에 사람을 못 믿어. 그러니까 우리 서준이가 조금 서운하게 해도 이해해 줬으면 좋겠어. 그 녀석한테는 지치지 않고 사랑해 줄 사람이 필요해. 나는 장미가 그런 사람이 되어줬으면 싶어. 내가 세상에 없어도…… 우리 서준이가 외롭지 않게. 내가 바라는 건 그것밖에 없네.'

그저 아들이 홀로 외롭지 않기만을 바란다는 말에 장미를 고개를 숙이고 입술을 힘주어 다물었다. 흐느낌이 새어나갈 것 같아서.

'참, 나는 손주가 생겨도 며느리가 세상에서 최고일 거야. 아들, 뭐 필요 있어? 며느리가 최고지.'

장미를 집 앞까지 데려다준 강진은 진지한 얼굴로 그런 말을 했었다. 그리고 덧붙였다. 서준에겐 비밀이라고.

"비밀, 지킬게요."

눈물을 흘리면서도 장미는 약속했다. 서준과 강진에게.

서준은 장미가 진정될 때까지 동그란 이마에 제 이마를 가져다대고서 조용히 미소를 지었다.

아주 먼 훗날에라도 네 반쪽이 나타날 거라던 강진의 말을 믿지 않았었다. 반쪽이라는 거, 자신에게는 없는 건 줄 알았다. 이서준에게는 허용되지 않은 단어와 존재인 줄 알았다. 반쪽이 없어도 살아가는 데 지장이 없었다. 나이가 들수록 종종 허한 기분이 들긴 했지만 외로워서 미치겠다거나 결혼을 해야겠다는 생각은 들지 않았었다.

찾았어, 내 반쪽.

서준은 뻐근해지는 가슴께에 장미의 손을 올려놓았다. 그녀의 눈물에 전염되었는지 그의 눈가도 시큰거리기 시작했다. 자신의 반쪽이 한장미여서 얼마나 다행인지 모른다. 반쪽 같은 거, 없어도 상관없다고 여겼던 것이 커다란 무지(無知)였다는 걸 뒤늦게 깨달았다.

서준이 아이처럼 제 품을 파고드는 장미를 양팔로 꼭 끌어안았다. 그녀의 숨결이 자신의 가슴을 간질였다. 뼈가 저리게 행복한 고문에 서준의 근육들이 꿈틀거렸다.

"장미야."

"응."

"사랑해."

"나도."

"결혼하자."

"그래요. 결혼…… 해, 네?"

예쁘게도 그의 말에 따박따박 대답하던 장미가 번쩍 고개를 들어 그를 쳐다보았다. 휘둥그레진 눈으로 어버버거리는 모습이 깨물어주고 싶게 귀여워서 서준은 정말 깨물어 버렸다. 그녀의 입술을.

"결혼, 한다고 했다."

눈과 입술로 미소를 흩뿌리며 현혹하는 서준에게 장미는 함락되고 말았다. 멋스럽지 않은 프러포즈였지만 그러면 또 어떤가. 그의 마음이 진심인데. 심장이 열두 번은 더 떨어졌다가 제자리로 돌아올 만큼 격하게 사랑받고 있는데.

살짝살짝 입술을 깨물기만 하던 서준의 손이 장미의 허리를 휘감았고 눈 깜짝할 새에 뜨거운 숨결이 얽혀들었다.

함께 있어 아름다운 밤, 하나가 된 연인은 해가 뜰 때까지 사랑을 속삭였다.

15

"소식, 들으셨습니까?"

태평의 의심 가득한 눈길이 서준을 향하고 있었다. 하지만 공사 다망하신 대표님께서는 모니터링을 핑계 삼아 거대한 TV화면에서 눈을 떼지 않았다.

"제이크 브라운 공연이 취소될 거라는 거, 알고 계셨습니까?"

"그럴 리가."

심드렁한 대꾸에 태평이 바람 빠진 웃음소리를 흘렸다. 심증은 있는데 물증이 없다. 그래서 서준이 손을 썼을 거라고 확신하지만 따져 물을 수가 없었다.

현재 제이크 브라운은 한국에 없었다. 예정대로였다면 내일부터 공연이 시작되어야 했지만 어제 아침에 급작스럽게 공연이 취소되었다. 이유인즉슨, 제이크 브라운의 은밀한 밤놀이가 만천하에 드러났기 때문이었다. 그것뿐만이 아니었다. 호텔 스위트룸에서 행패를 부린 것까지 밝혀졌다.

한국에서까지 이어진 난잡한 성생활과 금주를 약속한 그가 만취한 상태로 여자들에게 손찌검까지 했다는 사실이 밝혀지자 대다수가 티켓 예매를 취소했다. 엎친 데 덮친 격으로 누군가 제이크 브라운의 섹스 동영상도 유포시켰다. 영상에는 여러 명의 여자들을 거칠게 대하며 욕설을 퍼붓는 모습이 고스란히 담겨 있었다.

그에게 열광하던 팬들은 차갑게 등을 돌렸다. 발 빠르게 미국으로 돌아간 그를 '톡겼다'고 표현했다. 앨범 불매 운동에 이어 입국 금지 조치를 바라는 서명 운동도 활발하게 이루어지고 있었다.

한마디로 제이크 브라운은 끝났다. 적어도 한국에서는.

팔짱을 낀 태평이 눈썹을 세우고 서준을 뚫어지게 쳐다보았다. 분명히 제이크 브라운 사건에 그가 관련되어 있었다.

제이크 브라운이 찾았던 비밀 클럽 몇 곳은 서준과 호형호제 하는 사람들이 운영하는 곳이었다. 그가 묵었던 호텔은 강진을 형님으로 모시는 분의 것이었다.

어떻게 그가 상위 1%만 출입이 가능하다는 비밀 클럽에 발을 들이게 된 걸까? 뜬금없이 호텔을 옮긴 이유는 무엇일까? 그것도 두 군데 모두 이서준의 입김이 닿는 곳으로.

세계적인 스타 제이크 브라운의 만행을 알리는 수십 장의 사진들과 동영상 유포. 외국에서라면 두 눈 시퍼렇게 뜨고 있는 파파라치들이 저지를만한 일이었다. 한국에도 외국 파파라치 못지않은 기자들이 많지만, 일말의 망설임 없이 할리우드 스타를 건드린다? 글쎄.

눈 깜짝할 사이에 제이크 브라운이 추락했다. 이서준 같은 사람이 손을 쓰지 않는 이상 불가능한 일이었다.

그런데 왜?

어마어마한 인맥을 자랑하는 서준이지만 이제껏 허튼 일에 권력과 돈을 남용하는 일은 없었다. 물론 손발이 오그라드는 연애를 시작한 후부터 틈틈이 남용하기는 했지만 어디까지나 웃으며 넘어갈 수 있는 수준이었다. 하지만 제이크 브라운 사건은 다르다. 그래서 태평은 좀처럼 이해가 되지 않았다. 거물급 할리우드 스타를 건드린 이유가 무엇인지 도통 감을 못 잡겠다.

"미국에서도 난리났답니다."

서준이 TV 볼륨을 높였다. 시끄러우니 조용히 하라는 뜻인 걸 알면서도 태평은 입을 다물지 못했다.

"미국에 가자마자 곧장 재활원으로 들어갔다는……."

"최 실장."

서준의 착 가라앉은 음성에 그제야 태평은 입을 다물었다.

"미국 가서 일하고 싶어?"

"네?"

"미국 일에 관심이 많은 것 같아서."

"관심 없는 게 이상한 겁니다."

"나는 미국 사람들한테 관심 없어. 우리 식구들이 미국에서 일하는 건 관심 있지만. 내가 이상해 보이나?"

태평은 진심으로 이상해 보인다고 말하고 싶었다. 할리우드 스타를 건드린 것도 이상하고, 건드려서 추락했는데 아무렇지 않아 보이는 것도 이상하다고.

"미국보다 우리 배우한테 관심 좀 가져봐."

뒤늦게 태평의 눈이 TV화면에 꽂혔다. 신인이라지만 신인답지 않은 연기력으로 주목받고 있는 배우에겐 문제가 없었다. 하지만 서준은 인상을 팍 쓰고서 태평을 노려보고 있었다.

"피부과는 다니고 있는 거야?"

아, 피부!

태평이 잘근, 입술을 씹었다. 그랬다. 연기력 출중한 신인 연기 자는 피부가 조금…… 이라기엔 양심이 아플 만큼 상태가 좋지 않 았다. 칭찬 일색인 댓글들 사이사이 피부가 더럽다는 말들이 끊이 지 않았다.

"피부과를 옮기던가, 다른 치료를 받게 하던가. 현대 의학으로 안 되는 거면 민간요법이라도 쓰던가. 어떻게 갈수록 피부가 저 모양이야? 매니저는 뭐 하고 있는 거지?"

"즉시 조치하겠습니다."

"말만 하지 말고 행동으로……."

Rrrr. Rrrr. Rrrr.

휴대폰 액정을 확인한 서준의 표정이 순식간에 변했다. 딱딱하 게 굳은 얼굴로 화를 내고 있었는데 눈 한 번 깜박였더니 입이 귀 에 걸려 있다. 존경하는 대표님께서 이중인격 소유자였다는 걸 알 게 되는 순간이었다.

"나가봐."

손을 휘휘 저은 서준이 리모컨을 찾아 영상을 일시 정지시켰다. 믿기지 않을 정도로 빠르게 일어난 변화에 태평이 입을 헤에 벌리 고 있자 다시 미간을 좁힌 서준이 턱짓으로 문을 가리켰다. 그 표정을 해석하자면 '꺼져.' 가 되겠다.

태평은 잽싸게 엉덩이를 털고 일어났다. 대표실의 문을 닫기 전 '지금 일어난 건가?' 하는, 휘핑크림보다 달콤하고 부드러운 서준의 음성에 태평의 온몸에 소름이 돋았다.

달라. 너무 달라.

눈을 가늘게 뜬 태평이 대표실 문을 노려보았다. 이번에는 다르다. 촉이 쎄했다. 동종 업계 인물과 연애를 시작한 것부터가 심상치 않았다.

원래 여자들에게 매너 있게 대하는 서준이었지만 현재 연인을 대하는 태도는 매너와 급이 달랐다. 저러다가 정말 결혼하겠다고……

설마. 그럴 리가. 말도 안 돼.

결혼식장에 서 있는 서준의 모습을 그려본 태평이 고개를 털었다. 태평이 알고 있는 이서준은 천상천하 유아독존, 자유로운 영혼을 가진 독신주의자였다. 그러니 지금은 좋아 죽겠다는 듯 굴어도 결혼까지 가지는 않을 것이다.

태평이 스스로 내린 결론에 고개를 끄덕일 때, 서준은 애매한 표정으로 턱을 쓸고 있었다.

[아마 모레쯤 도착하실 것 같아요.]

흥분한 장미와는 달리 서준의 이마엔 깊은 골이 패었다. 그녀의 부모님이 오신단다. 미국에서 한국까지. 딸에게 청혼한 남자를 만나기 위해서.

서준이 미국으로 가서 장미의 부모님을 뵙는 게 정석이었다. 하지만 그는 시간을 빼기가 어려웠고 그녀의 부모님은 하루라도 빨리 만나기를 원했다. 그래서 오신다는데 죄송스럽기도 하고 걱정되기도 하고, 오만 가지 감정이 교차했다.

[서준 씨?]

"어?"

[듣고 있어요?]

"그럼, 듣고 있지."

[그런데 왜 아무 말도 안 해요?]

서준이 신음을 삼켰다. 아마 그녀가 강진을 만났을 때 딱 지금의 자신과 같은 기분이었을 거라는 생각이 들었다. 당황스럽고 뭘어찌해야 할지 모르겠는 그런 기분.

그녀의 집에서 뵙는 게 나을까? 아니면 따로 장소를 마련해야하나? 음식은 어떻게 하지? 준비해야 할 게 많을 것 같은데 아버지께 물어봐야 할까?

답을 모르겠는 물음들이 머릿속에서 빙빙 돌았다. 서준은 그분들이 자신을 보고 흡족해하시길 바랐다. 꼭 그래야 했다. 하나밖에 없는 딸을 한국에 머물게 할 남자니까.

[설마.]

장미가 말꼬리를 늘였다.

[걱정하는 거예요?]

쿡쿡, 숨죽인 웃음소리에 서준이 한숨을 내쉬었다.

"걱정 안 할 수가 없잖아. 당신 부모님인데."

[걱정 말아요. 좋아하실 테니까.]

"그건 당신 생각이고."

[날 다시 행복하게 만들어준 사람이잖아요, 서준 씨가. 아마 에

릭보다 더 아들처럼 대해주실 거예요.]

다시. 장미가 무의식적으로 뱉은 말에 서준의 눈가가 미세하게 경련했다. 가능했다면 그 약쟁이가 어디에서든 얼굴 못 들고 다니게 밟아줬을 것이다. 에릭이 먼지 나도록 두들겨 팰 때 말리지 말았어야 했던 거라고 얼마나 후회를 했는지 모른다.

[그러니까 걱정할 거 없어요. 내 말 믿죠?]

"믿지. 누구 말인데."

휴대폰을 타고 넘어오는 그녀의 웃음소리가 서준의 심장을 간질였다. 움트기 시작했던 분노가 눈 녹듯 사라져 버린다. 장미는 서준에게 마법 같은 여자였다. 그러니 사랑하지 않을 수가 없다. 확신하건데 수천만 번을 다시 태어난다 해도 그녀를 사랑하게 될 것이다.

짧게만 느껴졌던 통화는 사랑한다는 말을 끝으로 끊겼다. 일시 정지된 TV 화면을 쳐다보며 휴대폰을 만지작거리던 서준이 자리를 옮겨 데스크 위에 놓인 마우스를 움직였다.

클릭 몇 번 만에 제이크 브라운에 대한 기사가 노트북 화면을 도배했다. 그는 미국에서도 몰매를 맞고 있었다. 당연한 일이었다. 아니, 너무 늦게 일어난 일이었다.

실력 좋은 파파라치가 찍은, 볼썽사납게 얼굴을 구긴 제이크 브라운이 재활원으로 들어가고 있는 모습을 본 서준은 인터넷 창을 닫아버렸다.

서준이 원한 건 단 하나. 제이크 브라운이 다시는 한국 땅에 발붙이지 못하게 하는 것이었고 만족할 만한 결과를 얻어냈다.

서준은 수단과 방법을 가리지 않았다. 인맥을 총동원했고 돈도 아낌없이 썼다. 일은 예상했던 것보다 수월하게 돌아가 주었다. 덫을 놓아야 하는 상황도 감수하려 했건만 쓰레기만도 못한 제이크 브라운이 발 벗고 나서서 서준을 도왔다. 손 안 대고 코 푼 격이고 누워서 떡 먹기였다.

"뭐 같지도 않은 게 감히."

잇새로 험악한 욕설이 튀어나왔다. 서준은 한때나마 그런 놈이 장미 곁에 있었다는 것에 분개했다. 그래도 오래전에는 제정신이었던 모양이다. 그녀를 알아보고 달라붙어 있었던 걸 보면.

이제 한국에서는 더 이상 제이크 브라운의 낯짝을 볼 일이 없을 것이다. 본다 하더라도 상관없었다. 이제는 그가 장미를 지킬 테니까. 작은 상처 하나 나지 않도록 철저하게.

자신이 만들어낸 성과에 만족한 서준은 약쟁이의 얼굴을 머릿속에서 깨끗하게 지워냈다.

"가만있어 보자."

타다닥, 타다닥. 지그시 눈을 감은 서준이 데스크를 두드렸다.

마음이 급해서 일단 장미의 약지에 반지를 끼워주긴 했는데 정작 중요한 프러포즈는 아직이었다. 결혼식장이나 신혼집은 그녀와 함께 상의해야 할 일이니 패스. 상견례에까지 생각이 닿은 서준이 번쩍 눈을 떴다.

장미는 에릭에게 청혼 받은 사실을 알렸고 그래서 에릭이 부모님께 말을 전했다는데 강진에겐 소식을 전할 사람이 없었다. 아들인 서준밖에. 그런데 아들인 서준이 까맣게 잊고 있었던 것이다. 아버지께 말씀드려야 한다는 걸.

쯧쯧, 스스로를 향해 강하게 혀를 찬 서준이 서둘러 강진에게 전화를 걸었다.

[그래, 애비다. 밥은 먹고 다니냐.]

"했습니다. 식사하셨어요?"

[아직 못 먹었다. 누가 챙겨주길 하나, 혼자서 상다리 부러지게 차려놓고 먹을 수가 있길⋯⋯.]

가만히 듣고만 있다간 강진의 하소연이 언제 끝날지 모를 일이었다. 입꼬리를 끌어 올린 서준이 강진의 말을 잘랐다.

"아버지, 저 결혼하려구요."

[⋯⋯.]

"아버지?"

대답 없는 강진에게 서준은 듣고 계시냐고 묻지 못했다. 아버지가 기뻐서 웃음을 터뜨리거나 잘했다고 칭찬할 거란 그의 예측은 보기 좋게 빗나가 버렸다.

미처 막아내지 못하고 새어 나온 강진의 흐느낌에 서준은 오랫동안 휴대폰을 쥐고 있어야 했다.

서준이 크게 숨을 들이마셨다가 길게 내쉬었다. 나름대로 마인드 컨트롤을 하고 있는 중인데 내쉬는 숨결에 떨림이 묻어났다.

손에 들고 있던 꽃바구니와 쇼핑백들을 잠시 바닥에 내려놓은 서준은 어깨에서 힘을 빼고 양손을 탈탈 털어보았다.

"괜찮아. 잘할 수 있어."

다시 짐들을 손에 든 서준이 그린 듯한 미소를 지었다. 처음 이 집 대문 앞에 섰을 때와는 비교도 되지 않게 긴장되지만 왜 그런 말도 있지 않은가. 피할 수 없다면 즐겨라. 그리고 이 또한 지나가리라.

서준이 손가락에 힘을 주어 초인종을 눌렀다. 누구냐고 묻는 말도 없이 대문이 열렸고 그는 전쟁에 참전하는 용사처럼 적진(敵陣)…… 이 아니라 장미의 부모님이 계신 집을 향해 전진했다.

"들어와요."

현관문을 열어준 장미의 입술에 과자 부스러기가 묻어 있었다. 저녁 먹을 시간인데 군것질 좋아하는 여자답게 과자를 먹고 있던 모양이다.

장미에게 눈웃음을 지어 보인 서준이 집 안으로 들어섰다. 거실에는 그녀의 부모님과 에릭이 과자 한 봉지씩을 안고 앉아 있었다. 장미와 에릭을 처음 봤을 때만큼이나 신기한 광경이었다.

"처음 뵙겠습니다. 이서준이라고 합니다."

세 쌍의 눈동자가 서준에게 꽂혔다. 세 사람의 눈빛은 관찰하는 것도 같고 서준처럼 신기해하는 것 같기도 했다.

"앉아요."

장미처럼 구불구불한 붉은 머리카락을 가진 여인이 손을 들어 소파를 가리켰다. 그녀의 품에 꽃다발을 안기고 맞은편에 앉은 서준은 놀라움을 내색하지 않으려 안간힘을 써야 했다. 피부와 눈동자 색은 에릭과 같았지만 생김새와 분위기는 장미와 쌍둥이처럼 닮아 있는 여인 때문에.

"로즈 엄마 애니 한이에요. 꽃, 고마워요."

"말씀 많이 들었습니다."

애니가 내민 손을 잡아 악수를 하고 있는데 그녀가 손을 놓지 않은 상태로 반짝 눈을 빛냈다.

"나는 기사를 많이 봤어요."

"……네?"

서준이 얼떨떨한 표정으로 묻자 애니는 어깨를 으쓱해 보였다.

"이 대표 기사가 생각보다 많더군요."

서준의 등줄기로 식은땀이 흘러내렸다. 웃어도 웃는 게 아니었다. 자신에 대한 기사 중 절반 이상이 스캔들이었으니.

"엄마, 이 사람 놀라요."

장미가 서준의 편을 들려는데 에릭이 끼어들었다.

"사실이잖아. 안 그래요, 아빠?"

서준은 어지럼증을 느꼈다. 나이를 먹을 만큼 먹은 미국 남자가 한국 남자를 향해 아빠라고 부르고 장미와 똑같이 생긴 애니는 읽어낼 수 없는 눈빛을 보내며 미소를 짓고 있었다. 게다가 머릿속에서는 자신의 스캔들 기사가 휙휙 지나가고 있다.

"사진보다 실물이 훨씬 잘생겼네요."

웃음을 깨문 애니의 말에 서준은 어색한 미소만 지었다. 평소에 그런 말을 들으면 사진도 잘생겼다고 능구렁이처럼 받아치겠지만 상대는 장미의 어머니였다. 자신의 스캔들 기사를 다 봤다는.

"식사 전이죠?"

"아, 네."

에릭보다 한국말을 더 잘하는 애니가 소파에서 일어섰다. 그녀는 조금만 기다리라고 하고서 서준의 유일한 지원군인 장미를 데리고 주방으로 가버렸다. 결국 서준은 그때까지 한마디도 하지 않고 있던 장미의 아버지와 그가 탐탁지 않은 척하려 하지만 장난기가 넘실거리는 에릭과 남겨졌다.

주방에서 키득키득 웃음소리가 새어 나왔지만 거실엔 찬바람이 불었다.

서준은 마른침을 삼켰다. 굳은 얼굴로 자신을 응시하고 있는 장미의 아버지가 금방이라도 '나는 이 결혼 반댈세!' 하고 외칠 것만 같았다. 아직 따님을 달라는 말은 꺼내지도 못했는데.

"한국에서 살 거라고 하던데."

무슨 말부터 꺼내야 하나, 좌불안석이던 서준의 표정이 조금 편안해졌다. 다행스럽게도 미리 답을 준비해 온 질문이어서.

"장미만 있으면 어디든 상관없습니다."

장미는 절대 그런 말을 꺼내지 말라고 했었다. 그랬다가는 정말 미국으로 데려갈지도 모른다고. 하지만 말했듯이 서준은 상관없었다. 그녀가 있는 곳이 자신이 있어야 할 곳이었다.

"미국에 가면 현재 하고 있는 사업은 어떻게 할 생각인가."

계속 답이 내려져 있는 질문을 던져 주시는 게 서준은 마냥 감사할 뿐이었다.

"3년에서 5년쯤은 전문 경영인을 둘 생각입니다. 그 후에 회사를 맡을 적임자가 있습니다."

"전부 두고 가도 괜찮다?"

"말씀드렸지만 저는 장미만 있으면 됩니다."

"그러다 사랑이 식으면. 후회하지 않을 자신 있나."

표정에 변화가 없는 장미의 아버지와 재미있다는 듯 입술을 씰룩거리는 에릭을 잠시 쳐다본 서준의 시선이 주방으로 건너갔다.

환하게 웃고 있는 장미의 모습이 보였다. 애니의 어깨를 툭 치며 얼굴을 붉히는 모습에 서준이 머금은 미소가 따스해졌다.

"그런 일은…… 생각해 본 적이 없습니다."

장미에게서 눈을 떼지 못하던 서준이 슬쩍 미간을 찌푸린 그녀의 아버지를 쳐다보았다.

"저에게는 일어날 수 없는 일입니다. 제가 존경하는 아버지를 제외하고 처음으로 사랑하게 된 사람인데 후회 같은 건 있을 수 없습니다."

"그래도 사랑이 식게 된다면? 그때는 어떡할 텐가."

장미의 아버지는 집요했다. 어떻게든 만족스러운 답을 얻어내려는 것 같았다. 그래서 서준은 진심을 내놓았다.

"다시 불을 붙이겠습니다. 따님의 얼굴에 늘어갈 주름을 사랑하고 언젠가 나타날 하얀 머리카락까지 사랑하겠습니다. 장미가 어떻게 변하든, 제가 사랑할 수밖에 없는 여자라는 사실은 변하지 않을 겁니다."

"브라보!"

휘익, 휘파람을 불던 에릭이 박수를 쳤다. 하지만 그녀의 아버지는 말없이 서준을 바라보고 있었다.

에릭의 호응은 얻어냈지만 정작 호감을 사야 할 분은 침묵을 유지했다. 서준은 초조하게 입안에서 말을 굴렀다. 따님을 달라는 말을 꺼낼 타이밍을 잡기가 돌아버릴 만큼 힘들었다.

식사하기 전에 해야 할까, 디저트를 먹으면서 해야 할까. 대체 장미를 달라는 말을 언제 꺼내야 어렵지 않게 허락을 받아낼 수 있을지 모르겠어서 서준의 반듯한 이마에 땀방울이 맺혔다.

서준이 힐끗 주방을 쳐다보았다. 야속한 님은 그의 등이 젖어가고 있는 줄도 모르고 어머니와 즐거운 시간을 보내고 있었다.

"한진환일세."

황급히 시선을 거두어들인 서준이 장미의 아버지를 응시했다.

"미국에서는 로버트로 불리지만 자네는 아버님이라고 부르게."

멍해져 있었던 서준의 얼굴이 순식간에 확 폈다.

"네! 감사합니다, 아버님."

짧게 고개를 끄덕인 진환이 일어나자 서준도 그를 따라 일어섰지만 에릭이 팔을 위아래로 흔들었다.

"워워. 잠깐."

엉거주춤한 자세로 주방으로 들어서는 진환의 뒷모습을 지켜보던 서준이 다시 소파에 엉덩이를 붙였다.

에릭은 조금 전, 진환이 앉아 있던 것과 똑같은 자세로 앉아서 서준에게 일렀다.

"미국에서는 에릭이라고 불리지만 자네는 형님이라고 부르게."

"……쿡!"

참을 새도 없이 웃음이 나와 버렸다. 에릭이 한쪽 눈썹을 추켜세우자 서준은 표정을 수습했다.

"죄송합니다, 형님."

"이제 내가 반말해도 되겠지?"

"편하게 말씀하세요, 형님."

고분고분한 서준의 태도에 기분이 좋아졌는지 상체를 숙인 에릭이 가까이 오라는 듯 손짓했다.

"내가 물어보고 싶은 게 있는데."

"네."

"그 있잖아."

"그, 라니요?"

"그거 말이야."

"네?"

한껏 목소리를 낮춘 에릭 때문에 서준이 고개를 갸웃했다. 자신의 형님이 된 남자가 무엇을 말하는 건지, '그'가 뭔지 알 수가 없었다.

전혀 감을 잡지 못하는 서준을 보며 포옥 한숨을 내쉰 에릭이 주방의 눈치를 살피다가 어렵게 말을 꺼냈다.

"그, 영희네 불 닭발 말이야. 한 번 더 먹어볼 수 있을까?"

"빨리 결혼해야겠어."

월요일 밤. 서울 외곽에 위치한 고풍스러운 카페는 한적했다. 그래서 장미는 서준의 말을 똑똑히 들었다.

"2주밖에 안 남았는데?"

장미가 큰 눈을 깜박이며 묻자 서준의 콧등에 주름이 졌다.

"2년은 남은 것 같아."

"금방 지나갈 거예요."

"아니야. 그렇지 않아."

서준은 연신 투덜거렸다. 얼마 전에 장미와 함께 웨딩드레스를 고르러 갔을 때부터 그는 반쯤 정신이 나가 있는 상태였다. 한시도 그녀를 곁에서 떼어놓을 수가 없었다. 덕분에 장미는 자꾸 웨딩드레스를 손보게 된다고, 조금만 참아달라고 부탁했지만 서준은 들어줄 수가 없었다. 안지 않고서는 못 배기게 예뻐 죽겠는데 어쩌란 말인가.

나날이 행복이 커져 가기만 했던 시간들이었다. 하지만 비극은 생각지 못했던 곳에서 일어났다.

결혼식 3주 전, 미국으로 돌아갔었던 장미의 부모님이 다시 한국에 왔다. 그것이 비극이었다. 부모님은 당연히 장미와 에릭의 집에서 머물렀고 그리하여 그녀는 외박을 못하게 되었던 것이다.

장미가 회사를 다니며 야근을 하는 사람도 아니고 출장을 다녀야 하는 직업을 가진 것도 아니어서 외박은 꿈도 못 꾸게 되었다. 이미 서준은 그녀를 안고 잠드는 것에 익숙해져 버렸건만.

정말이지 2주가 2년 같았다. 부모님이 아실 거라면서 계속 그의 손길을 거부하는 장미 때문에 돌아버릴 지경이었다.

"이제 일어나요. 서준 씨 요즘 바쁘잖아요."

주섬주섬 가방을 챙기는 장미를 바라보던 서준이 눈을 감고 끄응, 신음을 흘렸다. 신혼여행을 길게 가려고 일을 몰아서 하고 있는데도 도무지 피곤해지질 않았다. 곧 죽겠다 싶다가도 장미만 보면 힘이 벌떡벌떡 솟구치는데 그도 자신의 몸에 이상이 있는 건 아닌가 하는 의문이 생길 정도였다.

장미는 일어날 기미를 보이지 않는 서준의 팔을 잡아끌었다. 하는 수 없이 자리를 털고 일어선 서준이 입술을 불룩하게 내밀었다.

"너무했어."

서준을 달래가며 카페 밖으로 나온 장미가 눈살을 찌푸렸다.

"서준 씨, 우리 오빠하고 그만 놀아요."

"왜."

"자꾸 닮아가잖아."

"내가? 어딜 봐서."

시치미를 떼는 서준을 붙잡은 장미가 눈을 가늘게 떴다.

"방금 나한테 뭐라고 했어요?"

"뭐."

"너무했다고 했잖아요."

"너무했잖아, 당신이."

"내가 뭘요."

"못 안게 하잖아."

뭐가 그렇게 부끄러운지 주변을 살핀 장미가 서준의 팔뚝을 찰싹 때렸다.

"왜, 사람들이 들을까 봐 그래? 그럼 차에 타서 마저 할까?"

"서준 씨!"

장난이란 가면을 쓴 진심을 받아주지 않는 게 서운하다는 듯 서준의 눈꼬리가 추욱 처졌다.

절레절레 고개를 저은 장미는 서준이 문을 열어준 조수석에 올랐다. 안전벨트를 매어주며 쪽! 입술에 키스를 하고 자세를 바로 잡는 그로 인해 어쩔 수 없이 웃음이 터지고 만다.

"우리 배우가 나오는 영화 DVD 가져다 놨는데, 보고 갈래?"

시동을 건 서준이 흘리듯 던진 말에 장미는 갈등했다. 오늘 부모님이 가까운 친척들과 만나 술 한잔하시고 오신다고 했으니 늦게 들어가도 문제될 건 없었다. 마음에 걸리는 건, 사랑을 나눌 때 과하게 격렬한 서준 덕분에 사랑받았다는 사실을 숨기기가 어렵다는 거였다.

장미의 대답을 듣고 출발할 생각인지 서준은 그녀를 바라보며 기다리고 있었다. 서준은 어떻게든 오늘은 그녀를 자신의 집으로 데리고 갈 작정이었다. 더는 못 참는다. 더 참았다가는 숨이 넘어갈 것 같았다.

"아무래도 2주밖에 안 남았는…… 읍!"

서준이 거절의 말을 꺼내려 하는 장미의 입을 막아버렸다. 요즘 들어 미운 말을 골라 하는 얄미운 입술을 깨물고 그 사이 벌어진 입술 틈으로 혀를 밀어 넣었다.

서준의 가슴을 밀어내던 장미의 팔이 기운 없이 떨어졌다. 키스만 했다하면 몸이 뜨거워지고 그를 거부할 수 없게 되니 큰일이었다. 이러다 결혼식장에서도 서준이 달려들까 봐 걱정이 태산이었다. 아니, 그를 거부하지 못할까 봐 걱정이었다.

"하아, 하아."

서준의 입술이 떨어져 나가자 장미가 숨을 몰아쉬었다. 그리고 현명하게 항복을 선언했다.

"DVD만 보고 집에 갈 거예요."

부풀어 오른 입술을 삐죽거리는 장미의 말이 끝나기가 무섭게 서준이 액셀을 밟았다.

집에 도착할 때까지 깍지 낀 손을 놓지 않던 서준은 현관문이 닫히자마자 그녀를 벽에 밀어붙이고 은근하게 속삭였다.

"사랑해."

단단한 팔이 제 허리를 휘감고 뜨거운 입술이 목덜미를 쓸자 장미의 몸이 바르르 떨렸다. 아프지 않게 어깨를 귓불을 깨무는 서준의 숨결을 느끼며 장미는 미소 지은 입술로 한숨을 흘렸다.

　"사랑해요."

　소원대로 장미를 품에 안은 서준의 얼굴이 행복으로 물들었다. 그의 품에 감싸인 장미 역시 행복을 감추지 못했다.

　사랑한다는 고백이 끊이지 않는 밤. 사랑을 받고 돌려주는, 오랜 시간 되풀이될 아름다운 밤이 지나가고 있었다.

#에필로그#

파인 엔터테인먼트 이서준 대표의 결혼식은 그야말로 별들의 잔치였다. 연예계 관계자들, 파인 소속 연예인들과 직원들은 물론이고 서준과 친분이 있는 연예인들이 찾아왔다. 양가 친척들과 지인들, 취재 열기로 들뜬 기자들까지 속속 모여들고 있었다. 서준과 장미가 몇 주를 고심하며 하객 명단을 고치고 또 고쳤는데도 결혼식장 안팎으로 발붙일 틈이 없었다.

"어이구, 이 대표! 드디어 장가를 가시는구만! 어떻게 이 대표보다 강진이가 더 좋아하는 것 같아? 축하하네! 하하하!"

"감사합니다."

서준은 강진의 오랜 지인이 내민 손을 잡아 흔들었다. 하지만 그게 끝이 아니었다. 인사를 나누려 줄을 서 있는 사람들이 너무 많이 남아 있었다.

신부 대기실에 눈도장도 찍지 못한 서준의 미소가 조금씩 비틀려지고 있었다. 인사할 사람들은 왜 이리 많고 그와 대화를 나누고 싶어 하는 사람들은 또 얼마나 많은지. 얼굴 근육에 마비가 올 지경인데 기분까지 좋지 않으니 슬슬 못된 성격이 꿈틀거렸다.

어떻게 신부 대기실로 내뺄 수 있는 방법이 없을까, 눈을 굴리는데 강진이 옆구리를 꾹 찔러왔다.

"뭐 마려운 강아지처럼 있지 말고 웃어."

얼굴이 확 폈다는 말을 서준보다 훨씬 많이 듣고 있는 강진이 복화술을 선보였다.

"웃고, 있습니다."

서준도 지지 않겠다는 듯 웃는 얼굴로 이를 갈았다. 평생에 단 한 번, 고작 몇 시간만 버티면 되는 결혼식인데도 이렇게 스트레스를 받는데 미국에서 한 번 더 할 생각을 하니 눈앞이 깜깜했다. 물론 오늘과는 다른 웨딩드레스를 입을 장미를 볼 수 있다는 건 행복한 일이지만.

한국에는 장미의 아버지 진환의 친척들과 지인들이 있었고 미국에는 애니의 가족들이 있었다. 그것도 어마어마하게 많았다. 게다가 장미의 친구들과 동료들도 모두 미국에 있으니 결혼식을 한국에서만 할 수는 없었다. 미국에 있는 사람들 전부를 한국으로 데리고 올 수는 없으니까.

미국에서는 이렇게 힘들지 않을 거야.

서준은 스스로를 위로하며 힘겹게 입꼬리를 끌어 올렸다.

미국에서 올리게 될 결혼식 준비는 애니와 장미의 친구들이 맡았다. 장소는 애니가 소유한 대저택. 하객들도 꼭 초대해야 할 사람들만 초대했고 한국에서보다는 격식이나 예의를 덜 차리는 편안하고 아름다운 결혼식이 될 거라고, 장모님이 약속했다.

"슬슬 들어가야겠다."

수많은 사람들과 인사를 나누느라 정신이 없어서 안내 방송조차 듣지 못한 서준을 강진이 도왔다. 결국 서준은 신부의 머리카락 한 올 보지 못한 채 결혼식장 안으로 들어섰다.

"곧! 식이 시작될 예정이오니! 하객 여러분들께서는! 자리에 앉아주시길 바랍니다!"

사회를 맡은 태평의 음성이 쩌렁쩌렁하게 울렸다. 마이크에 입을 가까이 대고 소리를 지르지 않으면 도저히 통제가 되지 않는 상황이었다.

서준이 직원의 안내를 받아 자리를 잡았다. 결혼식 단상 앞에 서 있으니 희한하게도 그제야 결혼을 한다는 실감이 나면서 엄청난 설렘과 긴장이 동시에 찾아왔다.

연신 손수건으로 이마를 닦아내는 태평과 양가 부모님을 쳐다본 서준이 아직까지도 사람들로 바글거리는 식장 입구를 응시했다.

이제 곧 신부를 볼 수 있었다. 예비 신랑 덕분에 결혼하기도 전에 살이 쏙 빠져 버린 신부였다. 하지만 서준의 눈에는 세상에서 가장 아름다운 여자인 한장미가 그에게로 올 시간이 얼마 남지 않았다.

두근, 두근, 두근. 서준은 심장이 뻐근해지는 것을 느끼며 느릿하게 눈을 깜박였다. 마치 그녀에 대한 마음을 알게 되었던 때처럼 가슴이 미친 듯이 두근거리고 있었다.

"신부, 입장!"

태평의 말이 떨어지기가 무섭게 식장이 조용해졌다. 떨리는 손 끝을 말아 주먹을 쥔 서준은 마른침을 삼키며 자신의 신부를 기다렸다.

억겁 같은 몇 초가 지나고 드디어 신부가 모습을 나타냈다. 그리고 그때부터 서준의 귀에는 아무 소리도 들리지 않았다. 눈에 보이는 것이라고는 새하얀 웨딩드레스를 입고 나타난, 여신 같기도 하고 천사 같기도 한 아름다운 신부뿐이었다.

진환의 손을 잡고 한 걸음, 한 걸음 서준에게로 걸어가는 장미의 속눈썹이 파르르 떨렸다. 붉었던 머리카락은 옅은 갈색빛이 도는 본연의 색을 되찾았고 도톰한 입술은 핑크빛으로 물들어 있었다. 그녀는 혹시라도 넘어질까 봐 살짝 눈을 내리깔고서 조심스럽게 걸음을 옮겼다.

왜 이렇게 떨리는 거야.

장미는 남몰래 한숨을 삼켰다. 서준의 곁으로 가는 길이 멀게만 느껴졌다. 마음 같아서는 뛰어가고 싶은데 그럴 수 없는 게 안타까웠다. 그의 손을 잡기 전에 심장이 터져 버릴까 봐 겁이 났다.

얼마나 남았는지 확인하기 위해 살짝 고개를 든 장미와 여태껏 그녀만 바라보고 있었던 서준의 시선이 마주쳤다.

찰나의 순간, 절대로 지워지지 않을 기억 하나가 튀어나와 장미의 가슴을 채웠다.

'나한테 와. 실망시키지 않을 테니까. 믿어, 이서준이라는 남자를. 그래도 돼.'

선택한 일에 후회해 본 적 없다던, 당신이 좋아졌으니 앞으로 같이 좋아해 보자던 남자. 본인이 한 말에 책임이라도 지려는 것처럼 서준은 장미를 실망시킨 적이 없었다. 단 한 번도.

장미가 믿어 의심치 않는 서준이 그녀에게로 손을 내밀었다. 어서 오라는 듯. 빨리 내 손을 잡으라는 눈빛으로. 절대로 내 옆에서 떨어지지 말라고 말하는 것 같은 표정을 짓고서.

장미는 망설임 없이 서준의 손을 잡았다. 그를 만났을 때부터 행복은 이미 예고되어 있었다. 그래서 그녀는 서준을 보며 눈부신 미소를 지어주었다. 사랑을 듬뿍 담아.

짧은 주례와 가수들의 축가, 배우들의 축춤까지 끝나고 나자 태평이 눈을 빛냈다.

"그냥 보내 드리긴 아쉽지 않으십니까?"

태평이 던진 질문에 하객들이 열광적으로 호응했다. 여기저기서 뽀뽀해! 키스해! 난리가 났다.

장미는 부끄러운지 얼굴을 붉혔지만 서준은 자신에게 닥친 상황을 담담하게 받아들였다. 사회를 볼 사람은 진즉 정해져 있었고 말없이 고이 보내줄 거란 생각 같은 건 하지도 않았으니까.

"클래식하게 출발합니다. 신랑은 신부를 안고 앉았다, 일어섰다 10회 실시!"

가소롭다는 듯 입꼬리를 말아 올린 서준이 장미를 번쩍 안아 올렸다. 이렇게라도 신부를 안을 기회를 준다면야, 서준 쪽이 고마운 일이었다.

시키지도 않았는데 앉으면서 장미야, 일어서며 사랑해를 외친 서준은 그때까지만 해도 알지 못했다. 태평이 자신에게 쌓인 게 굉장히 많았다는 사실을.

앉았다가 일어서기 10회를 끝내자 곧바로 팔굽혀펴기 10회를 실시하라는 주문이 들어왔다. 서준이 그것마저도 가뿐히 해내자 태평은 신부의 이름으로 삼행시를 지으라고 시켰다.

"한!"

태평과 하객들이 한마음으로 운을 뗐다.

"한평생 사랑할 장미야."

우우우, 야유하는 소리와 꺄악, 새된 비명 소리가 합쳐서 들려왔다.

"장!"

"장미꽃보다 더 아름다운 내 장미야."

아직 마지막이 남았는데 하객들은 벌써부터 손발이 오그라드는 것 같다는 표정들이었다.

"미!"

"미친 듯이 사랑한다!"

하객들이 손바닥에 불이 나게 박수를 쳐댔다. 행복해하는 장미의 모습에 서준은 의기양양해졌고 태평은 주먹 쥔 손에 힘을 주었다.

서준을 골탕 먹이려고 작정한 태평의 테스트가 몇 개 더 이어졌다. 슬슬 서준의 눈썹이 위를 향해 움직이고 있었지만 태평은 멈추지 않았다.

"자, 그럼……."

그만하지?

또다시 말문을 여는 태평을 서준이 무섭게 노려보았지만 소용

없었다. 자신의 눈길을 외면하는 태평 때문에 서준은 아드득 이를 갈았다.

식은 끝났지만 끝나도 끝난 게 아니었다. 사진도 찍어야 하고 폐백에 피로연까지 마쳐야 공항으로 출발할 수 있었다. 서준은 무엇보다 장미가 걱정이었다. 어젯밤, 그녀는 잠이 오지 않는다고 했다. 그리고 오늘 새벽에 통화했을 때 한 시간도 못 잤다고 했었다. 하지만 태평이 장미의 컨디션을 알 리가 없거니와 안다고 해도 봐줄 리 만무했다.

"마지막으로, 신부를 사랑하는 마음을 담아 섹시 대앤스!"

태평이 큐 사인을 보내자 기다렸다는 듯 음악이 흘러나왔다.

"이 대표, 고고!"

어디서 말 같지도 않은 소리가 들려오나 했더니…….

"우리 매제, 고고!"

에릭이었다. 남아 있는 사람들 중에서 제일 신나 보이는 사람. 어깨를 들썩이는 걸 보니 나와서 춤을 추라고 하면 당장에라도 달려나올 기세였다.

서준은 매우 난감해졌다. 그의 형님 되시는 분께서 저렇게나 섹시 댄스를 원하시는데 정말 춰야 하는 것인가, 아니면 무시하고 장미를 데리고서 나가 버릴 것인가.

뜸을 들이는 서준을 가만히 쳐다보던 태평이 마이크에 입을 댄 순간.

"어멋."

다리에 힘이 풀렸는지 장미가 크게 휘청거렸다. 얼른 그녀의 허리를 팔로 감아 품에 안은 서준이 태평을 쳐다보며 손날로 목을 그었다.

장미가 연신 비틀거리자 태평도 꽤나 당황했는지 바지 뒷주머니에 집어넣었던 손수건을 꺼내 이마를 눌렀다.

"아, 신부님께서 긴장을 많이 하셨나 봅니다. 그럼 이쯤에서 두 분을 보내 드리도록 하겠습니다."

섹시 댄스가 물 건너가자 가장 아쉬워한 사람은 에릭이었다. 하지만 그는 행진을 시작한 부부를 위해 열심히 박수를 쳤다. 행복하게 살라고 고함을 지르면서.

"서준 씨."

서준에게 안긴 채로 꽃가루가 날리는 버진로드를 지나던 장미가 그의 귓가에 입술을 붙이고 속삭였다.

"태평 씨한테 뭐 잘못한 거 있어요?"

스윽 고개를 돌린 서준이 한껏 미소를 지으며 대답했다.

"아니. 우리 최 실장이 앞으로 더 열심히 일하고 싶은가 봐."

"……응?"

서준의 섬뜩한 미소에 장미가 빠르게 눈을 깜박였지만 그는 다른 질문을 던졌다.

"그것보다, 괜찮아?"

진심 어린 걱정에 장미가 작게 키득거렸다.

"다들 속은 거 맞죠? 나 연기 배워볼까 봐요."

그랬다. 장미는 곤란해하는 서준을 위해 금방이라도 쓰러질 것처럼 연기를 한 것이다. 뭐, 정말 쓰러져도 이상하지 않을 만큼 힘들기도 했지만.

"당신……."

장미의 이른 내조에 감격한 서준은 끝까지 말을 잇지 못했다. 고마운 마음을 직접적으로 표현하는 게 낫겠다고 판단했기 때문이었다.

"꺄악!"

"휘이익!"

행진을 멈춘 서준의 돌발행동에 하객들이 웃음을 터뜨렸다. 그만 좀 하라고 누군가 뜯어 말릴 때까지 장미에게 진한 키스를 퍼붓던 서준이 그녀를 보고 입술을 늘였다.

"사랑해."

"사랑해요."

평생 들어도 질리지 않을 고백에 신혼부부의 얼굴 만면에 웃음꽃이 피어났다.

THE END

작가 후기

안녕하세요, 이혜선입니다. ^^

작가 후기를 쓸 때면 항상 설레면서도 시원섭섭하고 허전하기도 하고, 많은 감정들이 저를 찾아오곤 해요. 이번에는 오랜만이라 그런지 더더욱 머릿속이 복잡하네요. ^^;

올해는 다른 때보다 더 제 스스로를 돌아보는 시간이 많았습니다.

아픈 일들도 많았고 그만큼 기쁘고 즐거웠던 일들도 많았어요. 그래서 내가 다른 사람을 이렇게 아프게 한 적이 있을까, 다른 사람들도 나 때문에 기쁘고 즐거운 적이 있었을까, 그런 생각들을 해봤어요. 아마도 그렇지 않았을까? 싶은데 아픈 사람보다는 기쁘고 즐거웠던 사람이 더 많았으면 좋겠다는 바람을 가지게 되었답니다. ^^

이번 글에서는 혹시라도 장미처럼 사랑에 배신당하고 상처받으셨다면, 서준이처럼 믿어도 되는 나무 같은 남자가 나타날 테니 걱정 마시라는 말씀을 드리고 싶었어요. 소설은 소설일 뿐이야, 하시는 분도 계시겠지만 현실 같은 소설과 소설 같은 현실이 존재하는 세상이니까요. ^^

제 글을 끝까지 읽어주신 독자님들, 우리 깨여 작가님들과 늘 힘이 되어주시는 가족님들, 시집 안 가고 나하고 놀아주는 내 예쁜 친구들, 서준이처럼 제게 나무가 되어주시는 언니님들, 부족한 글을 세상에 내어주시는 예원 관계자 분들과 끝까지 저를 응원해 주시는 유경화 실장님, 그리고 사랑해 마지않는 부모님, 진심으로 감사드립니다.

제가 사랑하는 모든 분들이 건강하고 행복하시길 소망합니다.

2014년, 겨울.
이혜선 드림.

예원북스에서는
로맨스 작가님의 소중한 원고를 기다립니다.

투고해 주실 메일 주소는
yewonbooks@naver.com 입니다.
많은 관심 부탁드립니다.